橙色风暴

ORANGE STORM WARNING

子鹿 著

长江出版社
CHANGJIANG PRESS

图书在版编目（CIP）数据

橙色风暴 / 子鹿著 . — 武汉：长江出版社，
2022.11
ISBN 978-7-5492-8503-7

Ⅰ．①橙… Ⅱ．①子… Ⅲ．①长篇小说－中国－当代
Ⅳ．① I247.5

中国版本图书馆 CIP 数据核字（2022）第 169743 号

橙色风暴 / 子鹿 著

出　　版	长江出版社
	（武汉市解放大道 1863 号 邮政编码：430010）
市场发行	长江出版社发行部
网　　址	http://www.cjpress.com.cn
责任编辑	陈　辉
策划编辑	鹿玖之
特约编辑	鹿玖之　拾　虞
封面设计	蜀　黍
印　　刷	艺通印刷（天津）有限公司
版　　次	2022 年 11 月第 1 版
印　　次	2022 年 11 月第 1 次印刷
开　　本	710mm×1000mm　　1/16
印　　张	23.5
字　　数	390 千字
书　　号	ISBN 978-7-5492-8503-7
定　　价	52.80 元

版权所有，侵权必究。如有质量问题，请与本社联系退换。
电话：027-82926557（总编室）027-82926806（市场营销部）

目 录

Contents

第一章　　橙色风暴　　　　　　001

第二章　　学霸被人堵了　　　　029

第三章　　年级第一　　　　　　063

第四章　　家长会　　　　　　　092

第五章　　我背你　　　　　　　124

第六章　　有我呢　　　　　　　153

第七章　　平安扣　　　　　　　184

目 录

Contents

第八章	酷哥的自信	213
第九章	等红灯	242
第十章	家属	273
第十一章	新年快乐	300
第十二章	没关系，明天见	328
番外一	西南之行	352
番外二	冬至	363

第一章
橙色风暴

现在是晚上七点三十二分。

还是秋末，本来还不到天黑的时间，但乌云压顶，天际已经是黑压压的一片。大风刮得一条路上的广告牌咣当作响，好像下一秒就要砸下来。路上的人本来就少，现在都加快了脚步，希望能在暴雨到来之前赶回家。

这样一来，就显得路边的方颉有点儿格格不入了。

人行道边上，一棵枝叶被风吹得东倒西歪的树旁，方颉坐在自己黑色的二十寸行李箱上，盯着街对面那家名为"云七"的酒吧，手机在膝盖处不紧不慢地敲着。

他这天穿了一件没有图案的黑色连帽卫衣、浅色的牛仔裤，背后背了个帆布书包，整个人被裹进阴沉沉的天色中。虽然暴雨还没来，但风中已经夹杂着潮湿的水雾，落了他满脸满身，浓密的眼睫上也有了点儿潮气。

但他懒得去擦，又把对面的酒吧从招牌到地面完完整整地扫了一圈。

酒吧是简约的金属风格，以黑色为主色系的招牌和装修，几扇巨大的褐色落地玻璃门隔开里外的世界，将方颉的目光遮得严严实实。

方颉在这儿待了近一个小时，酒吧里只进去了几个客人，隔了不到几分钟又都出来了。最后有个穿着黑色衬衫的男生出来，把门口放着的小酒桌收回去，又把门上挂着的写了"暂停营业"的牌子翻过来，看样子是该酒吧的服务员，准备提早关门了。

大概是天气太过恶劣，方颉守着行李箱的样子又太像一个初到绍江不知所措的异乡人，一位刚加完班、原本急匆匆地赶着回家的姑娘犹豫了片刻，停在路边轻声问："您好……需要帮忙吗？"

方颉转过头，朝声音的来源处看过去。

他离家时刚剪了个利落的寸头，毫无遮掩地暴露出棱角分明的五官，看人的时候面无表情，瞳孔像化不开的浓墨。

小姑娘被他吓了一跳，后退了半步。方颉才反应过来，对着面前的人略一点头。

"没事，我在等人。"他停顿了一下，又加了一句，"谢谢。"

方颉的声音有些低哑，对方连忙摆摆手："那你自己小心，暴雨很快就要来啦。"

等人走远了，方颉才把手机转回来拿在手里，点开了最上方的一条短信："受台风影响，预计本市10月7日有中到大雨，局部暴雨，最大雨量30到50毫米，局部将达到80毫米以上。强降水主要集中在今晚，局部伴随强风、雷电等强对流天气发生，现发布风暴橙色预警，请注意防范。"

这是一条天气预警。

他看了一会儿，正准备按灭屏幕，微信突然响了两声，又有消息进来了。

妈妈："小颉，到了吗？"

妈妈："到了回个消息给妈妈，好吗？"

方颉的动作就那么静止了。他微微皱起眉，一动不动地盯着那两条消息，直到屏幕上的光彻底暗下去。

然后他深吸一口气，似乎是被逼无奈后下定决心，终于收回手机站起来，随手把卫衣帽子捞起来戴在头上遮挡雨雾，拎着行李箱往酒吧走过去。

酒吧门前的花坛里养了一堆藤蔓绿植和多肉，方颉刚推开那扇褐色玻璃门，就隐约听见两个男人的说话声。

"江哥怎么还不来啊？要不要打个电话问问？"

"下大雨，他睡在家里懒得来了吧。钥匙你今晚带回去，明天提前来开门。"

"怎么又叫我带啊？你自己带。"

"行啊，那你来清账。"

"别，我错了……"

方颉又往里面走了几步。前方的吧台处有两道身影，一个在里，一个在外，都穿着一样的黑衬衫。外面那个人看起来比他大不了多少，染了一头黄毛，坐在吧台前的椅子上一边擦着杯子一边心不在焉地转过头，正好看到门口的他。

对方愣了一下才稍微坐直了一点儿，冲着方颉露出一个笑容："不好意思啊，兄弟，今天提前关门了。"

方颉放开行李箱，说道："我找人，江知津在吗？"

"黄毛"瞪大眼睛转过头，冲着吧台里的人说："找江哥的。"

不用他开口，吧台里的人也已经看了过来。

方颉抬眼看过去。

对方的头发有些长，在脑后扎了一个小辫儿，鬓角两边落下来几缕碎发，乍看有些女相，很漂亮。但他的身高很高，五官线条利落且充满英气，不至于让人难辨雌雄。

见方颉的目光落到自己身上，他利索地把手里的账本和笔一放，饶有兴致地开口："您哪位？找我们老板有事吗？"

"我是他……"方颉顿了一下，似乎自己也不知道该怎么说，便直接说道，"他让我来店里找他。"

面前的两个人对望一眼，眼神都有些古怪，最后还是吧台内的"小辫儿"先开口了。

"老板不在，你有他的电话号码吗？"

"有。"方颉晃了一下手机，"没回。"

"小辫儿"点点头，又随手指了个位子，说："你先坐着等会儿吧。"

酒吧里的空间还算宽敞，分散着放了好几套桌椅。方颉把行李箱放在一旁，随便拉了张椅子坐下，又低头点开通话记录，找到了两个小时前自己在机场拨出的那通电话。

他连电话号码都没存下来，幸好这天的通话记录只有这一个。他点开，又给对方发了条短信："我到你的店里了。"

他顿了顿，又加上了一句："我是方颉。"

等方颉收回手机，刚才坐在吧台前的"黄毛"已经凑了过来，有些好奇地问："哎，你找江哥有什么事啊？"

他说话大大咧咧，方颉还没回答，"小辫儿"就一巴掌狠狠地拍在了他的头上。

"关你什么事？"

黄毛哎了一声，捂着脑袋转头道："干吗啊？好奇也不行？"

"不行,去给老板打电话。"

"小辫儿"端了一杯热水放在方颉面前的桌上:"先喝点儿水。"

等"黄毛"拿着手机滚去另一边打电话了,"小辫儿"才冲着方颉客气地点了一下头:"不好意思啊,周二这人话多。"他停了一下,又接着说道,"你还在读书吧?看起来很小。"

方颉简略地答了一句:"高三。"

"小辫儿"有些诧异地挑了一下眉,但看出方颉似乎不想多说的意思,便知趣地不再问了,只转身去看那头的"黄毛"。

"老板怎么说?"

"黄毛"耸肩:"没打通,他可能睡着了。"

"他睡再死也不可能听不见电话。""小辫儿"皱了一下眉,"再打两次。"

说着他转过头看向方颉:"我叫顾巡,打电话那人叫周洪。酷哥,你贵姓?"

方颉沉默了一瞬,忍住了吐槽对方称呼他为"酷哥"的欲望,答:"方颉。"

顾巡点了点头:"还不接电话就直接去江哥家里吧,方颉小帅哥,你知道江哥住哪儿吗?"

方颉愣了几秒,才反应过来他说的"江哥"是江知津。

方颉当然不知道江知津住哪儿,毕竟,如果非要说起来,他是不认识江知津的,在他的记忆里两个人应该连面都没有见过。

"不知道,我只有他的电话号码和店的地址。"方颉说完觉得很尴尬,补充道,"他说让我到了机场给他打电话,但他没接电话。"

方颉在机场等了半个小时,又自己打车到了酒吧门口,接着等了一个小时。

顾巡听完也觉得自己的老板有点儿不靠谱,忍不住乐了一下,又说道:"江哥最近挺忙的,估计是忘了。没事,再打不通我送你过去。"

顾巡这嘴跟开过光似的,方颉还来不及说一句"不用了",就听见那头叫周洪的喊了一嗓子:"喂,谁?江哥!"

方颉和顾巡一齐转头看过去。

"江哥,这谁的电话啊?你在哪儿啊?有个——"

周洪废话一堆，本来快要说到方颉的事了，但电话那头的人似乎说了什么，直接将他的话打断了。

周洪听着电话，脸上原本吊儿郎当的表情越来越严肃，突然怒骂了一句，紧接着又大声问："江哥，你没事吧？"

听到这句，方颉还没反应过来，面前的顾巡已经霍然起身，皱着眉两步走到了周洪旁边。

电话那边的人又说了些什么，周洪冷静下来，连着嗯了好几声，最后说："知道了，我和顾子马上过去。"

等挂了电话，周洪脸色铁青，转头看着顾巡，咬牙切齿地说道："江哥在路上被人堵了，现在在医院，叫我们过去。"

顾巡的脸色也立刻难看起来。他走进吧台，伸手在柜子里摸了串车钥匙，问道："哪家医院？伤得严重吗？"

"市二院，江哥说没事，就是见了点儿血。"

顾巡点点头，将钥匙握在手里，转头看向方颉。

"走了，帅哥。"他说，"带你去见江知津。"

二人的神情、动作都很急，根本容不得方颉多想，直到坐上车，他才稍微回过神。

他们开的车是辆很新的白色SUV。顾巡负责开车，周洪坐在副驾驶座上，方颉独自坐在后座上听他们在前面说话。

"江哥说是上周在酒吧的那群人！可把他们牛坏了，上次叫他们滚都算轻的，就该直接揍一顿……"

"行了，"顾巡将车开得飞快，说话倒是很冷静，"在酒吧打架，店还要不要了？"

方颉默不作声地待在后座上，顺着他们的话捋了捋，大概明白了是什么事情。

估计上周有几个人在江知津的店里干了什么，被他赶了出去，现在他又被他们堵了，见了血，进了医院。

所以自己在机场等着江知津的时候，对方大概率在某条巷子里跟人打架。

方颉感觉对方非常像社会青年……而自己将要和这位社会青年共度整个高三时光。

去医院的二十分钟里，方颉的情绪从茫然、无语、憋火，到最后自暴自弃，成了一种"爱谁谁"的放弃思考的状态。

反正自己是来找江知津的,不管他是在机场、酒吧、巷子里打架,还是已经躺在医院的病床上不能自理了,自己都得找到他。

因为初到绍江,方颉没有其他认识的人了,而母亲还在等着自己回消息。

一想到这儿,方颉的太阳穴就有点儿疼,是那种血管一跳一跳的闷痛感,他觉得自己也可能是被饿的。

潮城到绍江,三个半小时的飞机,加落地后三个小时的奔波和等候,方颉都没有吃饭。饥饿感已经从胃蹿到了脑子里。

但是现在车刚停稳,顾巡和周洪已经不要命似的往急诊科冲了,方颉再饿也不可能喊一句"先等等,我去吃个饭",只能忍着头痛跟在他们后面。

晚上八点多的医院也很热闹,有很多来来往往的医生、护士和病患,三个人穿过人群,终于到了急诊科门口。

周洪冲在最前面,环顾一圈后就朝着一个方向蹿了过去。

"江哥!"他吼的声音很大,前面的护士回头冲他翻了个白眼。

急诊科旁边就是等候区,放了三排蓝色的塑料座椅,第一排有两三个大妈坐在一起唠家常,后面一排坐了一对母子,只有最后一排独自坐了一个年轻的男人。

江知津已经在塑料椅上闭目养神了四十分钟。缝了七针的左手小臂很疼,像是被火燎的程度。

他正前方坐着的小男生十四五岁,可能刚进入叛逆期,正处于"全世界的人都不了解我"的伤感阶段。江知津看不出来他哪儿有病,姑且猜是脑子——他母亲端着水一直让他先吃药,他就是不听,一边打着游戏和队友嘶吼交流,一边用同等音量冲他母亲吼"闭嘴"。

等前面的小男生再一次冲着他母亲吼的时候,江知津毫无征兆地睁开眼,右手一把扣住了前排的小男生的后颈,迫使他转过头。

他猝不及防地转头,估计也想来几句带着爹妈的问候,但一眼看见江知津衣服上大片的血迹便被吓愣了,只能呆呆地看着江知津盯着自己面无表情地开口。

"劳驾。"江知津说道,"把药吃了,然后闭嘴,可以吗?"

小男生一脸呆滞地点点头,江知津在对方母亲出声之前抢先说了句"谢谢",随即放开手。

世界终于安静了。

江知津舒了口气,单手从烟盒里摸出一支烟。医院禁止抽烟,他没点,只是习惯性地咬在嘴里,起到一点儿心理上的镇痛作用。

还没等他咬稳烟,就听见不知从哪儿传来一声撕心裂肺的"江哥",吓得他的烟应声掉在了地上。

江知津深吸一口气,捡起烟,转头看向扑到面前的周洪,压低了嗓音问:"你来医院给我叫魂呢?"

他这一转头,方颉得以看清他的全貌。

江知津穿了一件白 T 恤,上面染了斑驳的血迹,血迹已经干了,不知道是他的还是别人的。他的袖子挽到手肘处,头发有些凌乱,带着点儿湿气,垂在额间,手里夹着一支没点燃的烟,正和周洪说话。

挺好的,方颉刚开始听到江知津打架的时候,脑补出来的是一个穿紧身裤和豆豆鞋的社会青年,随时可能掏出一瓶矿泉水往头上浇。

现在看来,江知津的行为虽然很像社会青年,但脸还算符合正常人类的欣赏水平。

方颉走到三人面前几步的地方站住不动了,垂眼飞快地扫了一眼对方缠着纱布的左小臂,没有上去打招呼的意思,而周洪已经说到明天叫哪些人在哪条街堵人了。

"差不多得了,人都还蹲在派出所里呢,你上派出所门口堵?"

江知津被吵得伤口更疼了,环顾了一圈,最后把目光落到方颉身上。

打量了几秒之后,江知津皱着眉头问:"这人是谁啊?"

嘈杂的医院大厅里,方颉觉得自己的太阳穴突突地跳得起劲。他深吸一口气:"江——叔叔。"

在场几个人都沉默了。

江知津看着方颉,脸上没什么表情,估计被对方叫蒙了,过了一会儿才问:"你叫我什么?"

江知津，二十八岁的单身男青年，在医院被一个和自己身高差不多，甚至更高一点儿、完全不认识的男的，喊了一声"叔叔"。

　　现在他终于懂年轻姑娘被人叫"阿姨"的心情了，如果不是手太痛，他应该已经抽人了。

　　方颉看对方一脸"虽然我在问你，但你要再敢喊那两个字就死定了"的表情，最后回答："是我妈让我来找你的，我妈叫周龄。"

　　江知津先是没反应过来，盯着方颉，过了片刻才开口道："方颉？"

　　这还是个疑问句。

　　母亲送自己出门时一直说见到江知津要礼貌，但因为这一天破事很多又没吃饭，方颉快被疲惫感淹没了，甚至还有点儿火气，于是只干巴巴地回了个"嗯"字。

　　"你不是明天中午的飞机吗？"

　　"今天……"方颉的语气已经出奇地冷静，他只说道，"九月七日中午一点，潮城到绍江。"

　　江知津下意识地想掏出手机确认，等看到屏幕上蜘蛛网似的碎纹时才猛然想起，自己的手机在打架的时候被人摔了，现在它的作用等同于板砖，连刚才的电话都是借护士站的座机打的。

　　他很轻地骂了一句，随即站起来对方颉点点头，说道："不好意思，手机坏了。"

　　道歉的态度倒是很果断，没等方颉有所表示，他又指着方颉冲周洪和顾巡开口道："我姐的儿子，方颉。"

　　周洪斗胆开口问道："江哥，你还有姐姐啊？"

　　"邻居家的姐姐。"手臂上的伤又开始疼了，江知津简短地答了一句，皱了皱眉。

　　其实这件事真的不怪江知津。这天他过得一片混乱，先是在一条堆放垃圾桶的胡同里和人打架，路人报警后他被拉去派出所，再到后来发现受了伤，被送来医院。这种高度混乱的状态下，他还能站在这儿就很不容易了。

　　在场唯一的人精顾巡一把揽住周洪的肩膀，打破了这让人窒息的尴尬气氛，说道："先回去吧，快下雨了。"

　　江知津浑身最严重的就是手臂划伤，其他地方除了点儿跌打伤，没什么大碍。他们出了医院已经接近晚上十点，天际传来隐约的雷声，狂风过境，几乎能把一个成年人吹得趔趄。

顾巡先开车把江知津和方颉送回家。方颉依旧坐后排，旁边却多了一个江知津——自己高三这十个月的临时监护人。

这么一想，方颉转头看了一眼江知津。

他闭着眼睛靠在座位上，不知道是不是睡着了。

从长相来看，江知津也只算中等偏上，但他眉眼分明，五官线条锋利，连闭着眼都皱着眉头，和母亲所说的小时候又乖又讨巧的小孩儿好像没有一点儿相似。

江知津是周龄的邻居家的小孩儿，两家只隔了一堵青砖墙。江知津刚出生的时候，周龄在读初中。她大学毕业的时候江知津七岁，父母去世，他成了孤儿。

据说那是除夕前一天，江知津的父母骑摩托去县城里买第二天要用的年货和鞭炮，半路撞上了一辆水泥罐车，连人带车都被卷进了车轮底下。

家里瞬间就只剩下了江知津和奶奶相依为命。

江知津的奶奶身体不好，当年家里没有其他收入。周龄毕业后直接落户潮城，已经不大回老家了，她在潮城做工程的圈子里是有名的女强人，和丈夫开了一家规模不小的造价咨询公司，经济能力不错，又可怜这个自己看着长大的小孩儿，他高中三年的学费和住宿费都是当时已经工作了的她替他交的。

后来江知津十八岁参加完高考，奶奶就去世了。他没上大学，去当了兵，后来又退伍，自己在绍江做生意。

周龄在方颉来绍江前陆陆续续说了这么多事，无非就是为了说明江知津会对他负责，其他的她没说，他也没问过。

方颉移开目光。

邻居、朋友、被资助人，这三个身份足以支撑一个人答应帮别人照顾她读高三的儿子近一年吗？

周龄大学毕业的时候江知津撑死不到八岁吧？隔了二十年，他突然要帮忙照看邻居家的高三生十个月……

方颉自己想一想都有点儿替江知津头疼，但他居然答应了。

江知津住的小区离酒吧不远，他和方颉下车的时候顾巡从驾驶位探出头，很不放心地看着他。

"江哥，能行吗？"

天际已经电闪雷鸣，风吹得江知津的衬衫下摆纷飞，他随意地摆了摆手道："开慢点儿，到家来个信儿。"

等车掉头，江知津看了一眼方颉："进去吧。"

江知津的房子在三十二层，顶楼，两室一厅。进电梯按了楼层，他就没再说过话，一方面是他浑身上下都疼，开口发个声能耗干他最后一丝力气；另一方面是他有点儿尴尬，自己记错了时间，没接到人，让一个小孩儿自己横跨大半个陌生的城市，挺不负责的。

最重要的是，该接人的时候他还在打架。

要是做高三生的监护人需要打分，江知津觉得自己应该是负分起步的。

方颉也没说话，一半是因为饥饿，一半是因为烦躁，还有一点儿对未来生活的茫然。

新的城市、新的环境、新的学校，还有第一天就在医院见面、刚和人打完架从派出所出来的临时监护人。

这种一般人承受不了的奇遇人生让方颉心里莫名有点儿空。

二人出了电梯走到门口，江知津掏出钥匙开了门，方颉站在门口没跟进去，问了句："要换鞋吗？"

江知津回头看了一眼，说："不用，直接进来吧。"

方颉皱了一下眉，犹豫几秒，还是跟了进去。

江知津的房子装修得简单，客厅里除了必有的桌椅家电，再无一物，像买房时准备的样板间，因此显得空旷。客厅的桌子上扔着几个被捏扁的啤酒罐，他穿过客厅，推开一间房间的门，随手按开了灯。

"你就住这间房，学校那边我已经联系好了，明天带你去报名。"

方颉站到他的旁边往里看。房间不算大，一览无余，正对面就是窗台、白色的衣柜和书桌，床上是一整套海绵宝宝印花的被子和床单，上面有明显的褶痕，看起来是新买的。

这审美，实在不像是混社会的人该有的。

方颉和满床龇牙咧嘴的黄色方块对视一眼，最终还是本着基本的礼貌说了一句："谢谢。"

江知津偏头看了方颉一眼，说道："用不着这么客气。"

门口的地方不大，两个人站得很近。江知津隐约闻到了自己身上的血腥味，于是退后几步，说道："我去换个衣服，你先洗澡，换洗的衣服带了吧？"

方颉也已经很累了，累到疲惫战胜饥饿，只想收拾好倒头睡一觉。他点点头，刚往卫生间走了几步，又猛然停住。

下一秒，他在心里暗骂了一声。他终于知道自己一路上心里那股空落落的感觉是从哪儿来的了。

刚才一听说江知津进了医院，周洪和顾巡急得跟末日逃亡似的，方颉被他们搞得根本来不及多考虑，也跟着上了车。

他的行李箱和行李箱里的衣物、鞋子、洗漱用品……全部留在了酒吧。

江知津本来准备回房间，方颉一停，他也跟着停下来，莫名其妙地转过头，问道："怎么了？"

方颉沉默了几秒，答："要不你先洗吧。"

"真不用客气。"江知津冲对方抬了一下自己那条受伤的手臂，说，"洗不了澡，我待会儿用毛巾擦一下。"

方颉看着江知津，一时不知道该说什么，最后索性破罐子破摔道："行吧，你这儿有新的内裤吗？"

他心想：没关系，虽然是第一次见面，但都是男的，没什么大不了的。江知津好歹也是自己的长辈……真的太丢人了。

卫生间前的壁灯灯光是淡黄色的，两个人大眼瞪小眼地对望了一会儿，江知津才重新开口问道："什么？"

"新内裤、新牙刷和毛巾，还有睡衣什么的，随便找件T恤也行。"方颉发现人一旦开始不要脸，说话真的会顺畅很多，"我的行李在你的酒吧里。"

江知津也是这个时候才回忆起来，方颉一路上跟着自己，居然什么都没带。

外面已经开始下雨，估计没有店铺还开着门了，江知津看着方颉一脸很想死却还要装淡定的表情，有点儿想乐，忍住了。

"里面有牙刷，其他的……你先洗吧，我找找。"

接下来，在方颉洗澡的时间里，江知津单手翻了十多分钟，终于找到一条没拆封的藏蓝色四角内裤，不知道什么时候买的，看起来非常像是中老年人穿的。

新的睡衣是真的没有，江知津找了条运动裤，又找了一件黑色背心放在浴室门口，顺便敲了敲门。

浴室里的水声立刻停了。

"衣服放门口了。"

隔着白色的浴室门，里面模模糊糊地传来一声"嗯"。

江知津坐回客厅的沙发上，从口袋里摸出烟。一包烟只剩下了一支，他咬在嘴里点燃，把空烟盒捏扁扔进垃圾桶，抬眼看着烟雾在半空中升起又飘散。

他能理解方颉面对自己的时候，一半尴尬一半疏离的状态，毕竟"妈妈以前的邻居朋友"这种关系听起来比陌生人还要尴尬一点儿。

所以周龄打电话说要让方颉到绍江来读书时，江知津挺意外的。

给高三生办转学到异地的手续很麻烦，还要把儿子托付给一个不算特别亲近的朋友，周龄家里应该出了很大的事。江知津在电话里问过，她却语焉不详，只是说想给方颉换个环境，他便没再问。

不管怎么说，那都是别人家的私事。

江知津想起自己考上高中那年，一个十五岁的小孩儿没有任何赚钱渠道，想去工地干活儿，却被人撵了回来。那是十多年前，家乡无比落后，一切可以寻求资助的渠道也还不完善，最后是龄姐供他读完了整个高中。

这是他同意方颉来的原因。

抽完一支烟，浴室传来开门声，江知津抬起头。

两个人的身材差不多，江知津的衣服穿在方颉身上很合适。因为是寸头，方颉没有擦头发，刚刚洗完澡，整个人散发着潮湿的水汽。

江知津把烟掐灭,说道:"去睡吧。"

方颉往自己房间门口走了两步,不知道想到什么,又回头看了一眼江知津包着纱布的左手,问:"要帮忙吗?"

"不用。"江知津已经站起来往卧室走了,说,"关好窗,今晚雨很大。"

方颉没再客气,推门进了房间。

雨确实很大,台风过境带来的是雷暴雨加大风,窗子被雨打得咣当作响,巨大的雷声透过窗子传进来。方颉往外看去,整个城市都笼罩在飘摇的风雨里,看起来就像是末日电影里的场景。

潮城没有台风,只有绵绵持续一两个月的梅雨天,雨也是细细密密的,飘也飘不完。

现在是晚上十点十一分,时间还很早,方颉把手机充上电,又给母亲回了条微信:"我到了。"

过了两分钟,周龄的电话直接打了过来。

"到小津家了?"

"到了。"

电话那头,周龄的声音有些疲惫:"怎么这么晚?刚才我打了个电话给小津,他也没接。"

"他的手机坏了。"方颉没有把这一晚上乱七八糟的事告诉周龄,他听着那边背景音里隐隐约约的鸣笛声问,"你刚下班?"

"临时加了个班,刚从公司出来。"应该是离手机有些远,周龄的声音有点儿模糊,"绍江的教学条件挺不错的,你在那边好好读书,别给人家添乱。生活费每个月一号打给你,不够用你再和我说。"

"你打给江知津吧。"

"他不要,让我直接给你。等有机会我再专门谢谢他吧。"

周龄停了一下,继续说道:"方颉,大人的事和你无关,你通通不用操心,好好读书。"

说完这句话后,两个人有十几秒的停顿,方颉坐在床边看着窗外的暴雨,语气里听不出情绪。

"所以你不会离婚,是吗?"

那边的周龄沉默了一会儿,还是那个回答:"这不是离婚的问题。"

"你觉得不是就不是吧。"一股厌恶感从方颉心里生出。他说道,"无所谓,反正你们觉得我没资格管你们的事。开车小心,早点儿休息。"

挂了电话,方颉往后一仰,倒在床上,抬手关上了灯。

方颉的头发差不多已经干了。他翻了个身,听雨敲在窗子上的声响。被子应该已经洗过,有一股很淡的洗衣液的香味,和衣服上的一样,闻起来很舒服。他回想了一下,能记起卫生间洗脸台下面的架子上放的洗衣液的牌子。

江知津家的浴室里和外面差不多,东西很少,架子上放了必需的洗漱用品。牙刷是浅蓝色的,旁边有两瓶擦脸的护肤品,沐浴露和洗发水是同一个牌子。半瓶须后水和一个剃须刀放在一块儿。浴巾和毛巾是一套浅灰色的,挂在衣帽钩上。

方颉做了两分多钟的思想斗争,还是用了对方的浴巾。

哦,还有那条四角老大爷式内裤,这得是什么审美啊?!

方颉回想了一遍,回过头又觉得自己很无聊,但这是他改不了的习惯,一旦处在不太熟悉的环境里,就习惯性地尽可能多观察一些细节,缓解自己那些对接下来的生活感到没什么把握的焦躁情绪。

他把被子拉过头顶,惆怅地叹了口气。

虽然头一天很累,但第二天方颉依旧七点多就醒了,还是被饿醒的。

按时间来说,他已经将近一天没吃饭了。

他换好衣服推开门,看到江知津的卧室门紧闭着,客厅里空空荡荡的。下了一夜的暴雨已经停了,大片阳光从露台照进来,刺得他下意识地眯起眼。

他对着阳光在客厅里站了一会儿,有点儿不知道自己该干吗。

按理说他应该马上去厨房翻一翻有没有吃的,随便什么都行——他感觉自己再饿一会儿就能被送医院了。但这毕竟是别人家,他又是第一天来,主人还没起床,他去翻东西有点儿不合适。

十分钟后,方颉往厨房走过去。

爱合适不合适吧，等江知津起来自己就该躺下了。

厨房里锅碗瓢盆样样不缺，看着挺像那么回事，角落还有一个双开门的冰箱。方颉走过去，拉开了冷冻层的门，发现里面是空的。

冷冻层除了四壁上冻出的薄薄冰屑，什么都没有。

方颉面无表情地合上冷冻层的门，又拉开了剩下那道门。

十几罐啤酒整整齐齐地码在冷藏室里——黑啤、精酿，还夹杂着几瓶纯生。除此之外，还有两个鸡蛋，畏畏缩缩地挤在角落。

方颉盯了那两个鸡蛋快五分钟，思考着要不要拿出来煮个白水蛋，最后还是放弃了。

主要是那两个鸡蛋都散发着一种年代久远的感觉，方颉实在没法相信它们还没坏。

出了厨房，方颉又点开外卖软件，挑了一家配送时间最短的广味店，连店名都没看，就已经点了一堆乱七八糟的东西。

虾饺、奶黄包、豆浆、油条、肠粉……一共五十一块钱，他下单，界面跳到了地址填写。

昨晚天黑，刮大风，又是在车里，方颉根本没看到这是什么小区，幸好系统自动定位到了云山雅苑，在十八栋和十九栋之间。

这里到底是十八栋还是十九栋？

方颉皱着眉头把定位刷新了四遍，位置越来越离奇，最后一次已经出小区了。

他深吸一口气，终于放弃了这个系统，走到门口打开锁，猛地拉开门，抬起头。门口的门牌上只写了"32-01"——三十二层，第一户。

生怕多写两个字占地方。

方颉简直快被气笑了。

楼道里空空荡荡，没有其他人。方颉在瞬间考虑了一下要不要冲下楼看看楼道口的单元号，但看着一松手就自动合上的大门，最终放弃了。

三十二层很高，而且他没钥匙。

饥饿感和火气可能成正比增长，方颉觉得一股火气猛地冲到了头顶。他烦躁地把门一摔，转头回到屋内，径直走到主卧门口敲了三声门。

015

里面的人没反应。

方颉又敲了三下，然后在短暂停顿后开始一下一下地敲个不停。

咚、咚、咚……

这人睡死过去了吧？

他敲到第十一或十二下的时候，主卧的门被猛地拉开了。

可能怕碰到伤口，江知津只穿了一件黑背心，下面是睡裤，头发睡得很凌乱，几乎遮住了眼睛。他的左手拉着门，右手随便撩了一把垂在眼睛前面的头发，露出一张没睡醒的、极度烦躁的脸。

江知津盯了方颉四五秒，可能是在回想这人是谁？怎么会在自己家？

想明白之后，他才开口问："干什么？"嗓子还是哑的。

"早。"方颉面无表情地打了个招呼，问道，"这是几栋几单元？"

四周安静了。

敲了这么久的门把人叫醒，就问这么一个问题，要是他估计已经想揍人了，何况是江知津这种把第一次见面地址定在医院急诊室的人……

方颉这么一想，莫名觉得有点儿爽。

别问，问就是饥饿使人失去理智。

方颉这么想着，冷不丁地听见面前的人回答："十九栋二单元。"

方颉："嗯？"

"十九栋，二单元。"江知津凑近了点儿，和方颉四目相对，放慢了速度，又说了一遍，然后问道，"听见了吗？"语气很淡，没有不耐烦。

"哦。"

方颉的火突然不知道怎么撒了，他下意识地说了句："谢谢。"

江知津没回答，下一秒，又把门重重地关上了。

方颉走回客厅，站在原地想了想，最后把自己点的东西都加了一份。

他原以为江知津应该已经醒了，但等他折腾了一通，点上外卖，江知津都没出来，他只好坐在沙发上等外卖送到。

外卖送到时，方颉把它们拎进门，挨个摆出来，房门依旧没被打开。

现在是九点四十二分。

回笼觉挺能睡的，方颉想。

等方颉吃完一屉虾饺、一屉奶黄包，外加一份肠粉和一杯豆浆的时候，江知津的卧室门终于被打开了。

不知道是不是因为受伤或是被吵醒过，江知津的脸色有点儿白。走到客厅和坐在餐桌前的方颉四目相对后，他率先开了口："起得挺早的。"

估计他还对刚才的事耿耿于怀。

"还行。"方颉特别坦然地答，"饿了。"

江知津扫了一眼餐桌，问："你点的外卖？"

"点了两份，你吃吗？"

江知津估计是不怎么挑食那一类，点点头，先去卫生间洗漱了。

等江知津洗漱完出来的时候，方颉已经吃得差不多了，江知津拉开他对面的椅子，埋头开始吃东西。

江知津先喝了一口豆浆，接着开始吃虾饺。他吃东西的速度不慢，但是没什么声音，面色看起来比刚才好了一些。可能因为当过兵，他没有驼背，整个人看起来很利落，额头的头发湿了，应该是刚刚洗脸弄湿的。

方颉看到一半，猛然发现自己的毛病又犯了，在心里啧了一声，随即收回目光，盯着自己面前的外卖包装盒。

恰巧这个时候江知津也开口了："待会儿先去酒吧拿你的转学资料，再带你去学校，绍江一中。"

方颉喝完了自己杯子里的最后一口豆浆，答："行。"

绍江不算什么大城市，去年在国家新出的城市排名里勉勉强强地挤入三线，教育资源也是中等偏上水平。绍江一中算老牌中学，连出过三个全国高考状元，但比起方颉以前读的潮城七中依然有差距。他刚提出要转学的时候父母都坚决不同意，直到后来他说要么转学，要么退学，他们才没有反对。

去酒吧的路上，江知津开了自己的车。方颉一直没说话，只在对方临出门拿车钥匙的时候说了一句:"你的手。"

江知津低头看了一眼自己的左手,说道:"哦,没事。"

方颉闭嘴了,在心里又唾弃了一遍自己这种多管闲事的行为。

车子出了小区,一路上方颉都坐在副驾驶座上偏头往外看。

雨已经完全停了,有的路面还有积水,星期六的早上路上人很少,环卫工人在清理路边被暴雨打下来的树枝。

一片寂静中,江知津突然开口说:"云山路。"

猛然听到旁边的人说话,方颉猝不及防,盯着江知津问:"什么?"

"这条路叫云山路,小区对面就是公交站牌。坐113路,坐四站,到绍江一中站下车,就是你的学校门口,全程一共十五分钟。最早那班车早上六点半发车,最晚到晚上十点半。其实走路的话抄小道也很近,不到半个小时,但你刚来就算了,怕你迷路。"

前面有车插道,江知津按了一下喇叭,接着说:"晚上如果酒吧没什么事情,我早点儿走应该能来接你,早上可能就要你自己搭车去了。"

方颉这才明白,江知津是在给他说上学路线。

他从一年级开始就没被人接送过,从来都是自己拿着公交卡搭车来回,刚开始的时候他连刷卡机都得踮脚才能勉强够着。现在差两个月就十八岁了,猛然被人当成学龄前的孩子,他只觉得毛骨悚然。

"不用接我,我自己走就行。"

江知津看了一眼方颉,想了一会儿,又说道:"到时候再说吧。"

等两个人到了酒吧,里面没人。江知津打开门,方颉的行李箱和书包安安静静地被放在大厅里。他拉开书包看了一眼,一堆转学的档案和资料都在。

绍江一中其实离江知津住的地方不远,步行也就二十分钟,只不过两个人先去酒吧又折回来,耽搁了一点儿时间。进学校以后,方颉先背着包下了车,等江知津把车停到车位上。

这天是星期六,学校里依然在上课,校园里很安静,不知道哪个班在放英语听力,声音传到了停车场。江知津打着电话从车上下来，示意方颉跟着他走。

"已经进来了，你在哪儿？行，上来了。"

他的语气很熟稔，似乎是在联系学校里的老师。

方颉抬头看了一眼，江知津拿的不是昨晚那部屏幕碎成蜘蛛网的手机了，是另一部白色的，大概是以前用的，临时翻了出来。

绍江一中的面积很大，绿化也做得很好，两个人穿过一个荷花池到了行政楼，江知津带着方颉上二楼，推开了其中一间办公室的门。

里面应该是教师办公室，没什么人，只有正对门的办公桌后面坐了个男人，听见开门声立刻抬起头。

"嚯，来得还挺快。"

"不是你让早点儿来吗？"江知津转过头冲着方颉说道："唐易老师，你的班主任。"

"少来。"唐易笑着拍了一下江知津，又转头看方颉："方颉是吧？叫我唐老师就行，不出意外的话你这一年就跟我混了啊。"

跟他混这话听起来就很"社会"，这老师不愧是江知津的朋友。

唐易看起来年纪不大，娃娃脸，戴着一副无框眼镜，看起来笑眯眯的。

方颉点了点头："唐老师。"

"乖。"唐易跟哄三岁小孩儿似的说，"把资料给我吧。"

"江知津说你的成绩特别好，我一听，这不是白送我的升学率吗？"

唐易抽出方颉的档案，又翻了翻对方带过来的上次月考的成绩单："嚯，真不错。语文一百三十一分，数学一百四十分，英语一百三十七分，理综——呃，零分？"

这下不止唐易，连在一旁靠着办公桌的江知津也偏头看向方颉。

唐易开玩笑道："你这偏科有点儿严重啊。"

"那天我缺考了。"方颉回道。

"我说呢。"唐易收起档案，面上还是笑呵呵的，"先说好，以后尽量别缺考啊，我的心脏不好，来这么一下我可能受不了。"

这老师挺有意思的。方颉也笑了一下，答应："行。"

唐易倒是自始至终都没问方颉那天为什么缺考。

"高三星期一到星期六上课，星期六晚上和星期日白天休息。除了星期六，星期日到星期五每天晚上有两大节晚自习，七点到八点半有老师上课，八点四十五到十点学生上自习。这是我们班的课表。"

唐易绕回办公桌后面，抽出一张纸递给方颉，问道："你是走读还是住校？"

一旁的江知津先开口答："走读。"

方颉没说话。他其实考虑过住校，但按时熄灯和多人同住确实让人很难专注复习，加上自己不是社交型人格，住校对他来说意味着很大一部分精力要耗费在与人打交道上。

这很麻烦，虽然面对一个江知津也挺麻烦。

"哦，也挺好的，在家也方便复习。"唐易说道，"书什么的等你正式来上课了再拿吧，放教室就行，背回家怪沉的。星期日晚上是我的晚自习，我教语文。"

虽然才相处了这么点儿时间，但方颉发现唐易这人非常热心肠且话多，可能是当班主任的通病，听起来非常……

"话痨。"一旁的江知津说道。

方颉看了江知津一眼，但他只看着唐易。他就是随口吐槽了一句。

"怎么说话呢？"唐易瞪了江知津一眼，说道，"我这是尽职尽责的园丁精神。"

江知津说道："行了园丁，还有事吗？"

"最后一件事，带你们去领校服，不知道你们家小朋友多高，我就没帮他领。"

"你们家小朋友"，不知道的人还以为方颉这天幼儿园小班刚入学呢。

放校服的后勤室在一楼拐角处，方颉净身高一米八四，后勤阿姨翻了一会儿，说道："小唐老师，后勤室没有这个型号的校服啦，要去仓库拿哦。"

"那方颉跟着去吧，就在斜对面那栋楼。"唐易说道，"拿了直接拆开试试大小。"

方颉点点头，跟着阿姨往仓库走。

行政楼前面有一条走廊，爬满了紫藤花，开得热热闹闹。

江知津和唐易趴在行政楼墙档前，等人走远了，唐易看向旁边的江知津："还没问你呢，你这手是怎么回事？"

"意外。"江知津的烟瘾又犯了,但昨天那包烟已经空了,他没来得及再买。

唐易盯着江知津,不赞同地皱了皱眉,说道:"你经历的意外还挺多,昨晚下雨,腰伤又犯了吧?"

江知津答:"嗯,犯了。"

唐易幸灾乐祸地问:"疼吗?"

"疼。"江知津叹了口气,说,"疼到早上五点多没知觉了才睡着,七点多——"

江知津顿了一下,笑了笑,说道:"后来睡到十点,我突然想起来家里还有个小孩儿没吃饭,吓醒了。结果人家自己点了外卖,还记得给我留了点儿。"

唐易乐得不行,打趣道:"你可得把人小孩儿带好啊,这可关系到我的重本升学率。说真的,你一个单身独居大龄青年会照顾高三生吗?不行让他住校算了。"

那头方颉已经和阿姨回来了,江知津看着他抱着校服越走越近,答:"你不知道,我感觉这小孩儿挺……孤僻的,属于生人勿近的那种。人家在宿舍一起住了一两年,突然加进去个外地新同学,他本来就难融入,性格还这么闷,到时候万一人家给我们家小朋友整个校园暴力什么的……"

江知津看向唐易,说:"我总不能替他来揍祖国的花朵吧?唐老师,那你多难做工作啊。"

唐易无言以对,只好说道:"那我谢谢你了。"

等人走到楼前,两个人都止住了话头,江知津直起身。

"那我先带他回去收拾东西。你呢?唐老师,一起吃午饭?"

"我要去李家大院吃行吗?"

"行啊,进去点壶茶,能喝两个小时。"

"赶紧滚。"唐易气乐了,说道,"我下午还有课。"

说完他冲方颉说道:"记得星期日晚上七点来上课。"

交了档案、见了老师,已经十一点多,江知津开车出了学校,往酒吧的方向去。

"先吃饭,吃完饭我带你去趟超市,看看还有什么东西要买,然后再去酒吧拿东西。"

绍江一中三个年级的校服颜色都不同，高三的是红白相间、宽宽大大的运动服，方颉拿在手里，用手磨蹭着衣领的一角，没有说话。

江知津抽空看了他一眼，问道："行吗，方同学？"

"行。"方颉答，"如果太麻烦你，我自己去超市也行。"

"不麻烦。"江知津又叹了口气，把昨晚开始说的那句话重复了不知第几遍，"你真不用这么客气。"

"我想去刚才唐老师说的那个李家大院。"方颉突然说道。

"什么？"

"你不是让我别客气吗？"方颉看向江知津，说，"这个听起来挺贵的。"

江知津愣了一下，随即乐了快一分钟，前面是红灯，他停下车的时候还在笑，方颉看着他："有那么好笑吗？"

"不好笑。"江知津边说话边笑，"行，就吃它了。"

"你不会让我也只点一壶茶吧？"

江知津语气严肃地说道："那哪儿行啊？高三的花朵至少得点两壶。"

方颉也忍不住乐了一下。

前面的信号灯变成绿色，车流缓缓移动，江知津目视前方，跟在前车后面，笑道："既然你都这么不客气了，那我也不客气一点儿行吗？"

这话说得跟绕口令似的，方颉问："什么？"

"你上次月考为什么缺考啊？"江知津问道。

方颉半天没说话。

江知津等了一会儿，又怀疑自己是不是真的太不客气了，刚犹豫着要不要岔开话题，方颉终于开口了。

"学雷锋，做好事去了。"

"嗯？"

"真的。"方颉语气淡淡地说，"我遇到一个小孩儿哮喘发作，他妈让我帮帮忙，我就把他送医院去了，耽误了一个多小时。等我回到学校，考试已经快结束了。"

他说得很简略，但听起来很可信——因为没人能想出听起来这么像小学作文里"扶老奶奶过马路"似的理由，所以更像是事实。

但方颉说起来的时候明显心情不好，除了这件事情，肯定还有其他原因使他耽误了考试。

江知津没再问，只说道："你这也太像雷锋了。你想去李家大院是吧？我先打个电话问问有没有位子。"

"我开玩笑的。"方颉有点儿无语，说道，"随便吃点儿吧，等会儿还要去超市。"

江知津看了一眼方颉，他立刻说道："没客气，早上吃太饱了，你带我吃国宴我也吃不下，谢谢江叔——"

江知津打断他，强调道："你再叫那两个字我真抽你了，就大你十岁，装嫩是吧？"

方颉叹了口气，说："你叫我妈姐姐，我不得叫你叔叔？"

"用不着。"江知津顿了一下，说道，"叫哥吧。"

"江哥"听起来好威武，好霸气。但最后方颉还是回答："行吧。"

最后两个人靠导航就近找了家云南菜，吃完饭又去了趟隔壁的超市。星期六，超市人很多，江知津的本意是看看方颉上学有什么缺的东西，哪想他转了一圈，最后拿了两袋面包。

他真的不想再大清早点外卖了。

江知津在方颉拿东西的时候倒是没作声，走了几步才恍然大悟似的说："我的冰箱里是不是只剩酒了？"

"不至于。"方颉说道，"还有两个蛋。"

怪不得小朋友一大早就点了外卖。

江知津忍不住弯了一下嘴角，说道："我会做饭，真的，就是懒得做，不信今晚给你做一顿。"

方颉看了一眼江知津缠着纱布的左手，最后答："算了。"

虽然从见面到现在江知津都透着一股不靠谱的劲儿，但方颉明白，对方一个人过得好好的，是自己的突然到来给别人的生活添了麻烦。

他怕麻烦，也很怕给别人添麻烦。

江知津没坚持，又拿了两盒饼干跟牛奶扔进购物车里。

等他们重新回酒吧拿东西的时候，酒吧的门已经开了，周洪和顾巡在里面收拾，还把方颉的行李拎到了吧台后面放着。

一见江知津，周洪立刻蹿上来，嗓门儿大得方圆几里地的人都能听见。

"江哥，你的手好点儿没？我已经打听清楚了，那几个人是混长安街的，等他们出来我就找人——"

江知津点点头，打断他："找人再聚众斗殴一次，然后再进一次派出所，没准还能被拘留，刚好大家被关一块儿。"

周洪哑口无言，半晌憋出来一句："那就算了？"

江知津拍了拍他的肩膀，说："我自己会处理，你别管了。"

顾巡在后面边点酒边笑着搭话："得，周二都想了一百种堵人的办法了，被你堵回去了。"

"顾巡，你少来啊！"

周洪和顾巡在前面斗嘴，江知津扭头和方颉说话。

"这是顾巡和周洪，你昨晚见过了，都是我的哥们儿，刚退伍就认识了，一直在这家酒吧干。"

他说的不是"我的员工"，也不是"我的朋友"，而是"我的哥们儿"。

"以前这酒吧也不是我的，我在这儿上班。后来老板要回老家了，给了我个友情价，我又刚好攒了点儿钱，就盘下来了。"

周洪听到这话顾不上和顾巡吵架，转头搭话："江哥刚来酒吧的时候我觉得他就是一个小白脸——不对，他那时候晒得有点儿黑，那就叫小黑脸吧！一点儿都不像当过兵的。结果有一天酒吧搞活动，人特多，混进来一个占姑娘便宜的人，他上去一招就把人按翻了，差点儿没把那人的手拧断，特厉害！"

"这么暴力的事就别吹了。"江知津边往里走边说道，"方颉小朋友还未成年。"

方颉瞥了他一眼，说道："我十七岁了。"差两个月十八岁。

"嗯。"江知津说道，"未成年。"

方颉："……"

旁边的顾巡笑点奇低，笑得差点儿没背过气去。

最后晚饭是他们一起吃的，几个人暂时把门关了，去对面的火锅店点了个红锅，在九月的天气里吃得大汗淋漓。

等他们吃完饭，酒吧开门。

江知津的"云七"不是那种DJ在上面打碟、底下群魔乱舞的酒吧，有时会有驻唱歌手，有时只放着懒洋洋的英文歌，桌子与桌子之间间隔很大，让人很有安全感，适合下班后和朋友过来小酌。他照看了一会儿，让周洪和顾巡看着，自己先带方颉走了，原因是方颉同学明晚就要上学了，要早点儿休息。

但就算这样，等回到家，方颉洗漱完也差不多十点钟了。

他先洗漱，出浴室的时候江知津还在客厅抽烟。电视开着，江知津随意调着台，听到身后的动静还转过身问他要不要看会儿电视。

方颉拒绝了，说自己要收拾一下东西。

他也确实回房收拾东西了，把衣服一件一件挂起来，鞋子先放床底，再把要带去学校的东西全部收拾好——课本、笔袋、笔记本、错题集，还有些收过来的乱七八糟的试卷，里面就有上次月考他缺考的那张理综卷。

试卷是班主任骂了他半个小时后拿给他的，他自己考过，化学这次有点儿难，错了两个地方，物理有道选择题错了，总分三百分的试卷，他考了二百八十一分。

方颉看了一会儿，最后还是把它收了起来，倒在床上。

他这天和江知津说的都是实话，那天自己确实是送人去医院了，那是一个突发哮喘、心脏还有问题的小孩儿和一个女人。

在理综考试开始前，所有人在外面等着进考场的时候，在整个学校的学生面前，众目睽睽之下，那个女的给方颉下跪，还非要拽着自己的小孩儿一起跪下去。

"求求你了，方颉，阿姨跪下来求你。

"安安，过来求求你哥！你要叫他哥哥，知道吗？！你跪下来求求他呀！"

那时候四周有多少人？两三百还是四五百？方颉没注意，因为那小孩儿后来哮喘发作了，估计是被吓的，是方颉送他去医院的。

方颉翻了个身，长长地吐出一口气。

外面好像又下雨了，仔细一听，只有顶楼的风声。

周日两个人都没怎么出门，江知津的手伤了，没法做饭，两个人去了小区门口的小菜馆吃晚饭。吃完饭已经六点半了，他开车送方颉去学校。

本来方颉想自己走，但江知津坚持要送，理由是他这天第一天上课，说得好像他刚满三岁、准备就读幼儿园一样。

等到了学校门口，方颉下车关上车门，想了想，还是绕到江知津那边的窗边，微微俯身冲车里的他说了一句："我进去了。"

"去吧，晚上来接你。"江知津说完又突然伸出手，替方颉正了正被书包带拉歪的校服衣领。

江知津的速度很快，方颉只能感觉到对方的手到自己的颈边碰了碰，还带着一点儿温热气，下一秒，江知津已经把手抽了回去。

"好好学习，天天向上啊，方颉同学。"

这人真把自己当三岁小孩儿呢。

方颉皱了一下眉，直起身，头也不回地进了学校。

现在正是学生回校的时间，来来往往的都是人，高一到高三穿着各色校服的学生伴随着混杂的说话声拥入学校，方颉先去行政楼找唐易领教材。

这天办公室里有了其他老师，唐易正坐在办公桌后面和另一个老师聊教学进度，方颉站在门口敲了两下门。

唐易抬头看到方颉，立刻笑了："这么一看，高三的校服还挺好看的嘛，进来吧。"说完他又指了指自己的办公桌上的新书，说道，"你的书，到时候我们一起搬到教室里去。"

其实高二下学期学生几乎已经把所有课本都学完了，高三一整年就是复习冲刺阶段。潮城和绍江的教材都是人教版，课本相同，教学进度还算一致，所以唐易没再帮方颉领课本，领的全是习题集、练习册、试卷之类的东西，就算这样，也足足领了两摞。

还有五分钟到七点，唐易和方颉一人抱了一摞书往教室走去。

"我们班原来四十五个人，加上你一共四十六个。高三学习挺重要的，但你也要处理好和同学的关系，毕竟一整年呢。有什么矛盾你先和老师说，不要自己处理，更不要意气用事。学习上有什么问题你可以直接找各科老师，找不到本班的找外班的也行，老师们都会给你讲的……"

从行政楼到教学楼，唐易说了整整一路，没停过一分钟。

等上了三楼，打铃了，唐易终于止住话头，领着方颉到左边走廊尽头的教室。

银白色的铁门半开着，门上挂了块白底蓝字的牌子，上面写着：高三理科（3）班。

虽然已经打过铃，但里面依旧人声鼎沸，跟菜市场似的。有人在说话，有人在背书——《滕王阁序》，正扯着嗓子背到"落霞与孤鹜齐飞，秋水共长天一色"那句。唐易进去站到讲台上，敲了两下桌子，声音立即降了下去。

"行了，先安静一会儿，给你们介绍一个新同学。"

这下教室里所有人的目光都转到了一旁的方颉身上。

方颉被四十多个人一起注视着，感觉这场景有点儿像动物园里看猴，待会儿唐易要是让他做个自我介绍，那他可能会有点儿想死。

幸好唐易没搞那套，直接自己说了。

"这是方颉，刚从外省转学过来，以后就是我们班的一员了。你就坐那儿吧，徐航旁边。"

方颉虽然不知道徐航是谁，但顺着唐易手指的方向，看到全班只有一个空位。他抱着书走过去坐下，唐易的声音又响起来了："行了，别看了，让你们看书时不见你们这么积极。老规矩，先背半小时书，然后我讲上次那张试卷。"

学生又活跃起来，背书的嗓门儿一个比一个响，其中方颉的同桌应该是动静最大的，一篇李清照的《醉花阴》被他吼得跟《满江红》似的。方颉拿出自己的课本，还没翻开，旁边的动静突然停了。

方颉一抬眼，对方正看着他。这个人的头发留得有点儿长，属于在"中学生仪容仪表规范"边缘试探那种，还抓了个发型，看得出来很用心了。

这人叫什么来着？什么航？

方颉还没想起来，对方已经压低嗓子说话了。

"哎，我叫徐航，你叫什么来着？刚才小唐僧说话的时候我玩手机来着。"

这人也太诚实了。

方颉回答："方颉。方圆的方，仓颉的颉。"

徐航"哦"了一声,隔了一会儿又问:"仓颉是谁啊?你的朋友?"

"嗯。"方颉看了他一眼,答,"我以前的同学。"

徐航又哦了一声,接着问:"你干吗高三转学啊?还跨省,不够你费劲的。不过没事,有什么不会的你问我——"

"问你你就会啊?你上次月考语文就考了个及格分,我还没找你算账呢。"唐易神出鬼没,不知道什么时候蹿到了徐航后面,看着他的头说道,"还有你这头发怎么回事?都能扎小辫儿了。明天中午准你一个小时的假,出去给我推了。"

徐航被吓得够呛,低头继续猛背《醉花阴》,把"薄雾浓云愁永昼"翻来覆去地念了五六遍。

唐易又去看方颉:"想认识同学下课再认识,好好背书。"

方颉低低地嗯了一声,翻开课本,唐易又踱步去监督别人了。

窗外天光还很亮,耳边是嘈杂的读书声,新发的练习册堆在桌上,方颉深吸一口气,嗅到新书独有的油墨香气。

在一座全新的城市,方颉的高三开始了。

第二章
学霸被人堵了

唐易掐着点，过了半个小时就开始讲试卷，据他说是上次测试的题。方颉也领了一份全新的试卷，边听讲边做。

题不是很难，只是方颉需要重新适应老师讲课的方式。唐易喜欢先讲文言文和古诗词阅读，接着讲言语运用，再随便讲一讲阅读理解和作文。他讲题的速度飞快，但思路清晰，讲完最后一点内容刚好下课。

满教室的人重新活过来了，特别是方颉旁边的徐航，伸了个懒腰，长叹一声，都有点儿要喜极而泣的意思了。

"今晚把这份试卷修订好，再把四十五套卷的第七套除了作文的部分都做了，明天上课我要讲。"

欢呼声立刻变成了哀号声，唐易卷着试卷和教案笑眯眯地出去了。

晚自习课间休息十五分钟，教学楼立刻就热闹起来了，有上厕所的、接水的，还有结伴去另一头的小卖部买零食的。毕竟坐了一个半小时，大家都想站起来溜达溜达，徐航还站起来问了方颉一句："上厕所吗？"

见方颉摇头，他也没在意，揽过另一个男生就出门了。

方颉懒得动弹，也没有对新环境的探索欲。他从刚领的那堆教辅书里拿出唐易说的四十五套卷，有人路过他的位子时偷偷打量他，他知道，但没在意。

方颉找出第七套试卷，飞快地扫了一遍，估计自己做完的时间。

语文和英语他倒不是很担心，全靠积累，分数也已经趋于稳定。他更担心其他科目的进度。等徐航踩着铃声回来，他还向徐航借了理综笔记。

幸好徐航虽然表面上一副"我与学习势不两立"的样子，但他好歹是个高三生，笔记还是记了的,还特别豪气地让方颉这晚带回去看,因为这晚他要订正"小唐僧"刚才讲的语文试卷,没时间看理综了。

第二节自习课没有老师,全凭自觉。有人写作业,有人看书,偶尔有两三个偷摸睡觉和玩手机的学生。

方颉刚写完唐易布置的那套试卷,抽屉里的手机轻微地振动了两下。他抽出手机,上面显示有一条短信:"我在学校门口等你。"

来源是一串没有备注姓名的电话号码。

方颉反应几秒,明白这应该是江知津的电话,他上次压根儿就没存。

他再一看时间,晚上九点五十八分。

四周传来盖笔盖和拉书包拉链的声音,已经有人开始收拾东西了。徐航在旁边嘀咕:"完了,完了,写不完了。"

方颉也合上书,把要带的东西整理好,又放进书包。

在所有人都等着打铃的时候,方颉左边那排突然传来砰的一声巨响,是玻璃杯砸到地上的声音。

紧接着,那儿传出一句声音很大的话:"你有病吧?!"

全班的人都被这动静吓了一跳,纷纷转过头看向声源处。

一个短发的女生桌子上全是水,正手忙脚乱地用纸巾擦,她的同桌手里抱着一堆浸了水的书,着急地安慰她。

那一声是短发女生前桌的男生喊的,就在方颉斜对面。对方个子不高,戴了副镜片跟啤酒瓶底差不多的黑框眼镜,校服拉链直接拉到下巴位置,脸已经气得发红了。

"你是不是有病啊?玻璃杯放桌子上干吗?我的衣服都湿了!"

短发的女生还没说话,那个扎马尾的女生抢先开口道:"谭卓,你讲不讲理啊?!明明是你背书包的时候把王菁菁的杯子带下来了!"

那个叫谭卓的男生好像耳朵被堵住了,根本听不进去这话,跟个高分贝复读机似的又嚷嚷了一遍:"谁让她把杯子放桌上的?!是不是有病?!是不是有病?!"

他边说话边喘着粗气,脸涨得通红,额边的青筋都已经起来了,方颉都担心他一口气上不来晕过去。

放学铃恰巧在这个时候响了。

王菁菁看起来脾气还挺好,拉了拉自己的同桌:"陈瑶,算了吧,回宿舍。"

谭卓猛地拉开凳子,碰撞中发出刺耳的拖拽声。他没看任何人,喘着粗气,拎起书包出了教室。方颉看到那个叫陈瑶的女生暴跳如雷,冲着谭卓离开的方向骂了一句"神经病",又被几个同学小声劝住了。

这场变故来得快,去得也快,好像只是放学前的一个插曲。紧接着又有人离开了,人如潮水般从教学楼拥出去。方颉背着书包,跟随着人群出了学校,一眼就看见了斜对面站在车前的江知津。

刚放学的一中门口人挺多,有放学回家的学生、来接孩子的父母,还有趁着放学卖烤红薯和炸串的摊贩,但方颉也不知为什么,在熙熙攘攘的人群里一眼就看到了江知津,可能是因为对方的身高和长相使其在人海里确实有一点儿鹤立鸡群的效果。

江知津也看到了方颉,冲他招了招手。

等他们上了车,驶出一段距离,街上的人开始变少了。车里放着一首英文歌,声音开得很小,方颉听了一会儿,才发觉是 *Fly me to the moon*(《带我飞向月球吧》)。

"第一天上学,怎么样?"江知津问。

方颉沉默了一下,还是纠正他:"是高三转学后第一天上学。"

"行,行,行,"江知津问了一句,"能适应吗?"

"还成。"

"还成就行,你妈说你的成绩特别好,特别担心你在我手里待一年被我带废了。"

方颉突然问:"我妈和你说我为什么转学了吗?"

"没有。"江知津看了他一眼,问道,"你想跟我说说吗?青春叛逆期?"

方颉没出声。

江知津也不在意,打着转向灯将车拐进了小区,笑道:"不管为什么,你的胆子挺大的,可能学霸都这样吧。"

他的胆子大吗?方颉想。

错了,他就是胆子小,所以才选择转学,或者说选择逃避。

进了家门，方颉快速地冲了个澡，回到房间坐在书桌前看徐航的理综复习笔记。

比起方颉在潮城的复习进度，绍江一中的进度还是有些不同。物理的进度慢一些，刚复习到必修一中间，生物和化学却已经拉出一大截，复习到必修二开头了。这一部分内容都需要他自己补上。

方颉长吁一口气，对照着课本从头开始补笔记。

速度公式、位移公式、平均速度公式；减数第一次分裂、减数第二次分裂；七横八纵、短周长周……

这期间，旁边的手机响了两下，收到几条微信，大概因为他没回，对方直接打来了电话。

方颉有点儿烦躁地皱了皱眉，看了一眼来电显示，直接挂了。

他正在万分认真地做一件事的时候，非常讨厌外界因素的干扰。

方颉把一个章节的笔记补完，放下笔活动了两下脖子，拿过手机看了一眼，晚上十一点四十三分。

他点开微信。

祁向："哥哥，老张说你转学了，真的假的？"

祁向："我人傻了，回个话啊。"

祁向："懂了，复习完给我回消息。"

方颉回复："嗯，转了。"

那边的消息立刻跟了过来。

祁向："就因为上次来学校那女的？"

方颉盯着这条消息看了很长时间，考虑应该怎么回复。

是，也不是。

那个女人和小孩儿确实是一个因素，但也只是一根导火索，把埋在他们一家三口心里的雷引爆了，将这个家庭炸得四分五裂。

一家人被炸得四分五裂，却又不能真的分开，这才是他离开的原因。

祁向是他的朋友，但是他不知道该怎么说对方才能理解。

幸好祁向的情商一直在线，见方颉超过两分钟没回消息，他立刻换了话题。

祁向:"老张说的时候我看他都快哭出来了,痛失爱徒。你现在转过去能适应吗?"

方颉左手收拾桌上的东西,右手打字,秒回:"我在哪儿上学不能适应?"

祁向:"你……厉害。"

和祁向插科打诨地聊了几句,还差三分钟就十二点了,方颉发了一条:"睡了,改天再说。"

不出意外的话,十二点是方颉上学期间固定的睡觉时间,不管是学习特别轻松、别人一大早就在床上躺尸的时候,还是高三这种有些人恨不得熬夜奋战到两三点的时候。

下学期方颉可能会往后延长一个小时,但现在他不打算改掉自己的习惯。

祁向也清楚,特别利索地回了一句:"行。"

方颉按灭手机屏幕,打算睡前去厨房倒杯水。

他打开门,发现客厅的灯居然是亮着的。他迟疑了一下,走到客厅,发现江知津坐在沙发里。

他赤裸着上半身,估计刚洗完澡,锁骨那一片还有水痕,因为没穿上衣,露出了漂亮但不夸张的肌肉。

方颉的第一反应是:这人居然有腹肌;第二反应才是:这人干吗呢?

江知津听到声音抬起头,和方颉四目相对。

随后江知津问道:"还没睡呢?"

方颉略一点头,说:"倒杯水。"

"刚好。"方颉总觉得江知津松了口气,然后就听见他说,"过来帮我换一下药行吗?刚才洗澡,不小心进水了。"

方颉才发现江知津左手小臂上的纱布已经被拆掉了,露出鲜红的伤口。面前的桌子上有个医院的袋子,还堆了一些纱布和药。

方颉没答应,朝着沙发上的江知津走过去,等站到他面前了才开口问:"这要去医院吧?"

"不用。先用碘酒棉擦一遍,再用白色瓶子里的药,然后包纱布就行。"

江知津说得很随便,方颉沉默一瞬,先去卫生间洗了手,又折返在他旁边坐下,捞起桌上的碘酒。

江知津直接把手伸了过来。

碘酒的颜色很深，衬得江知津的小臂很白，皮肤下青色的血管清晰可见。方颉一心二用，莫名想起周洪说过，江知津退伍回来的时候很黑，叫他"小黑脸"。

可依照江知津现在这种白得反光的程度，他应该黑不到哪儿去吧？不过他当初高中毕业就去当兵了，为什么没读大学，没钱？

方颉想的时间有点儿长，江知津伸手在他眼前打了个响指，声音清脆。

"发呆？"

方颉扫了江知津一眼，语气如常："家里的环境不可能无菌，可能会感染，最好还是去医院。"

江知津觉得这小孩儿一板一眼的，还挺可爱，于是答："不会的，我试过了。"

方颉心想：忘了，这是经常动手的社会青年，受伤频率应该不低。

方颉没再说话，替江知津换好药，又用新纱布包扎好，利索地起身，说道："好了。"

江知津收回手道谢："谢谢啦。"

方颉含混地说了声"不用"，去厨房倒了杯水喝完，返回客厅时江知津已经进屋了，主卧隐隐透出一点儿光。

等方颉躺回自己的床上时，按亮手机，时间是晚上十二点十七分，比平时晚了十七分钟。

方颉扔开手机，烦躁地翻了个身，闭上眼。

方颉的闹钟定的是早上六点零五分，用的是系统默认铃声，嘀嘀的机械音刚响了一声就被他皱着眉伸手摸过手机关掉了。

关了闹钟，方颉翻个身，躺在床上没动，连眼睛都没睁开。

隔了一会儿，估摸着躺了将近五分钟，他在心里默念：三、二、一。

倒数结束，方颉睁开眼，利索地翻身起床抓过一旁的衣服换上。等铺好了床，他拿过手机，时间刚好跳到六点十五分。

江知津果然没有起床。方颉洗漱完毕，又去厨房拿了前几天和江知津一起买的面包和牛奶，等他吃完、收拾好，准备出门的时候，对方的卧室门开了。

江知津穿着睡衣，头发很乱，站在自己的卧室门口盯着准备出门的方颉，过了几秒才问："要我送你吗？"

他的声音都还是哑的，浑身上下都写满了"我没睡醒"几个字。

"不用。"方颉扭开门，说，"我自己去。"

"知道怎么坐车吗？你先过马路到对面公交车站，然后等113——"

方颉叹了口气，扭过头，面无表情地看着江知津。

江知津停住了，两个人对视了四五秒，他忍不住先笑了。

"行，马上成年的高三生，去吧。"

绍江一中早自习时间是七点十分，比潮城晚十分钟。方颉到教室的时候是七点整，教室里也只到了一半人，更多人是踩着点来的。

徐航就属于踩点的那批，铃声响的时候刚好冲到座位上大口大口地喘气。

英语老师正好在他后面进来，好气又好笑地瞪了他一眼。

等他把气喘顺了，方颉拿出他昨晚借给自己的笔记本递了过去。

"谢了。"

"客气。"徐航拿回本子，说道，"不过我记得有些不全，你可能看不懂。"

昨晚方颉就看出来了，有些笔记思维跳脱，有些有一段没一段的，还有的一看就是抵抗着睡意写下来的，字都扭出外太空了。他猜了快五分钟，没猜出写的是什么。

徐航没等方颉回话，拍了拍前桌女生的椅背。

前面的女生转过身来了，是个有点儿胖的小姑娘，长着娃娃脸，皮肤很白，瞪了一眼徐航，脸上却带着笑，问道："干吗？"

"我最尊敬的学习委员蒋欣馨女士，借一下理综笔记呗。"

"太阳从西边出来啦，你也知道学习了。"

"不是，给我同桌借的。"

蒋欣馨这才看了一眼方颉，没多说什么就把笔记递了过来。

"慢慢看，不急着用。"

方颉接过,说了声"谢谢"。

这天是英语早自习,上午两节英语、两节数学,还有一节物理。方颉见到了其他老师。

英语老师是个很年轻的女老师,看起来刚毕业不久;数学老师是男的,个子瘦高;物理老师看起来年纪有些大了,是个很有气质的女性,也很严厉。

重要的是,几个人的讲课方式虽然和潮城那边的老师有些不同,但整体上方颉还能接受。

方颉就算是个学霸,也不是那种"我逃学、睡觉、不听讲,照样拿年级第一"的神仙,虽然不至于头悬梁、锥刺股,但有严格的学习规划,自学和授课方式对他一样重要。更何况转学是自己提出来的,他就要有承担后果的能力。

所以,上了一上午的课、觉得自己应该能跟上的时候,方颉松了口气。

最后一节课是物理,离下课还有五分钟,已经有隔壁教室的学生嗷嗷叫唤着冲出来往食堂去了,路过窗台的时候还冲他们班教室里"嘿"了一声,刷一下提前下课的存在感。而他们班,物理老师的最后一题刚讲了个开头。

"完了,完了,"徐航一边看黑板一边嘀咕,"那群'牲口'已经往食堂去了,我的糖醋排骨危矣。"

他刚说完,讲台上的物理老师立即开口:"徐航,要不你来讲?"

徐航立刻不吭声了,低头装死到下课。幸好这个老师讲题也很快,拖堂两分钟讲完了题,利索地说了句:"行了,下课吧。"

等老师出去了,徐航如蒙大赦,迅速蹿起来,振臂一呼:"同志们,开饭了!"说完他又转头热情洋溢地冲着方颉道:"走吧,同桌,带你参观绍江一中最神圣的地方——食堂!"

方颉:"哦。"

接下来徐航又以同样的热情邀请了"左邻右舍"一起去吃饭,四五个男生并排往食堂走,挡了半条路,看起来特别像是去从事什么不良活动。

方颉看出来了,徐航应该是那种大大咧咧到有点儿"二"的老好人。方颉虽然怕麻烦,但不抗拒这种善意——在一个陌生的环境里能有一个人主动向自己释放善意,是件挺难得的事。

食堂有两层楼，菜的种类还挺丰富，他们没有去打菜的窗口，直接上楼点了盖饭。四五个青春期的男生在一起吃饭本来就话多，从上次打球聊到开学考，又聊到月末的月考，最后话题转到了方颉身上。

坐在方颉对面那个男生似乎成绩一般，说起考试一脸愁容："我从来不知道高三居然是一月一考试，也太反人类了吧？！你干吗高三转学啊？多影响学习啊？"

方颉挑开番茄炒蛋上的葱，没抬头地胡诌："听说这边的教学质量好一点儿。"

对方了然地"哦"了一声："那你爸妈还挺拼的，为了高考说走就走。"

"他们没来。"

"啊？"旁边的徐航一脸震惊的表情，问道，"高三在异地上学，你爸妈不担心你啊？"

"这边有他们认识的人，一个——"

方颉本来想说"叔叔"，但又想起上次江知津特别严肃地说再提这两个字就抽人，顿时感到有点儿好笑，犹豫了片刻之后重新开口说："哥哥。"

说完方颉自己都被哽住了，心说这比叫"叔叔"还有装嫩的嫌疑，但一群人都看着他，他只能硬着头皮重复一遍："一个哥哥。"

传说中的"哥哥"江知津把方颉送出门后直接睡到下午，饿醒之后起床吃了两片面包，洗了个澡，又磨蹭了一会儿。快到九点时，他开车去了酒吧。

顾巡早已经把门开了。这天生意还行，周洪在一桌客人前说着些什么，顾巡坐在吧台后摆弄手机，听见推门声抬头看了他一眼。

"现在才来啊？方颉小酷哥呢？"

"上学呢，"江知津看了他一眼，问，"你这是什么称呼？"

顾巡笑道："真的挺酷的，那天他来找你的时候我和周洪吓了一跳。"

江知津坐到吧台前问："什么吓了一跳？"

"你说呢？"顾巡放下手机，笑着去给他倒了杯柠檬水，"你真要把他带到高中毕业啊？"

"嗯。"

见顾巡看着自己，江知津喝了口水慢慢回答："他妈给我打电话的时候语气真的挺为难的，估计是家里出了什么事情，不得不求人。"

那些年的照顾对于江知津来说已经不是人情那么简单，是恩情，他该报恩的那种。

江知津说完，见顾巡抬头往自己身后示意了一下。

江知津顺着他的目光转身一看，一个个子很高、穿着黑色风衣的男人正朝自己走过来。

江知津很轻地骂了一声，顾巡又是一通笑。就这么一会儿的工夫，男人已经到吧台前，坐到他旁边叫了一声"江老板"。

江知津在心里重重地叹了口气，脸上和嘴里都还挺客气："延哥。"

"风衣男"姓李，叫李行延，算是江知津的酒吧的常客，好像是哪个银行的高管，其他的他不知道，也从来没问过。二人头一次见面就是在"云七"里，李行延跟人喝酒，不知怎么聊的，对方突然在众目睽睽之下扇了李行延一巴掌，之后转身就走了，还是他让顾巡给李行延拿了个冰袋。

后来江知津才知道那是李行延的对象，两个人刚谈完分手。李行延就记住了他，得空就会过来坐一坐。

李行延冲顾巡点头打了个招呼，要了杯黑啤，又看着江知津，露出一个笑容，说道："好久不见了，江老板。"

来者是客，江知津也客气地回他："有吗？可能我最近有点儿忙。"

李行延喝了一口酒，转而说道："星期六想去爬山，江老板，一起吗？西山秋天景色还不错。"

"我就不去了，星期六有点儿事。"

李行延似乎早就预料到江知津会这么说，有点儿无奈地耸了一下肩："一个人多无聊，不如给自己一个认识别人的机会。"

江知津面不改色地说道："是真有事，要在家带孩子。"

李行延："什么？"

"家里的小孩儿还在读书，星期六我得在家陪着他。"

李行延："……"

李行延有些不相信地笑道："谁的小孩儿？怎么还住你那儿？"

"我们家小孩儿，"江知津看着李行延，嘴角似弯非弯，"我儿子。"

旁边调酒的顾巡发出哐当一声，差点儿把杯子摔了。李行延有些摸不准江知津是不是在开玩笑，稍微收了点儿笑，语气倒还自然："江老板是和我开玩笑呢？"

江知津没回答，低头看了一眼时间，对着对方略一点头："不说了，我得去接小孩儿放学了。"

他从座位上站起身，冲着顾巡招了一下手，吩咐："延哥这杯我请了。"然后大步走出了酒吧。

那天之后的一个星期，李行延都没来过酒吧。

虽然已经是九月，秋老虎的威力依旧很强，一场台风过去后，有几天的日温跟触底反弹似的，重新恢复到三十摄氏度，尤其是下午，热得人昏昏欲睡。

星期六下午最后一节课，底下的一帮人跟被晒蔫了的树苗似的，唐易把练习题讲了一半，拿书在讲台上敲了敲。

"行了，行了，还有没有高三生的样子了？"

底下传出几声笑，混合着有气无力的哀叹声，徐航大声说道："饶了我们吧，老师，孩子快困傻啦。"

"高考还是六月呢，到时候你们怎么办？"唐易瞪了徐航一眼，抬头看了一眼教室后面的挂钟，时间已经差不多了。

"行了，自己做会儿题吧。别怪我没提醒你们啊，月考就在下周了，到时候可是要开家长会的。"

底下的哀号声又大了一点儿。唐易铁石心肠，装作没听见，丢下一句"好好做题"就捧着水杯出了教室。

绍江一中高三部，每月月底有一次月考，每学期有两次市联考、一次省联考。其实这个考试频率比起潮城七中已经很低了，潮城七中不过星期六，上十天休二天，每次休息前会有一次自测，放假前测完，收假那天就能在教室门口看到成绩，让人根本没有喘息的机会。

但和潮城七中不同的是，绍江一中每次月考完都要开家长会。

这对徐航来说简直是噩梦。

"下星期五就要考试了，我完了，开学考我退步了二十名，我妈差点儿没和我断绝关系，再来一次我真的死定了。"

徐航家里的条件很不错。他是个话多但心思挺单纯的人，唯一需要操心的就是自己糟糕的学习成绩。

方颉一心二用，边听徐航诉苦边做了道古文翻译，然后才问道："考试难吗？"

"考试不难，难的是家长会，那才是对身心的双重折磨。"

徐航叹了口气，又说道："不过你爸妈不在这儿还好，希望到时候我爸妈也出差了。"

方颉顿了顿，含混地嗯了一声。

徐航没发觉不对，接着开导自己："算了，人生就是要及时行乐。明天我们去市游泳馆游泳，一起去呗。"

他说的是这几天都和他们一起吃饭的几个男生，本班、外班的都有。方颉还没说话，前面的蒋欣馨先回头望着徐航。

"厉害啊，就休息一天，布置了四张试卷，你还有时间去游泳呢？"

"学无止境，我朝气蓬勃、风华正茂，青春怎么能虚度在学习上？"

"滚。"蒋欣馨被逗乐了，说道，"开家长会的时候可别哭。"

"真正的勇士敢于直面每一次家长会——"

方颉边写题边听两个人扯皮，刚准备回话，斜对面传来一声隐约的嗤笑。

正在拌嘴的两个人没注意，方颉转笔的手立刻停住了，他转头看过去。

是啤酒瓶——不是，是谭卓。

谭卓依旧把校服穿得一丝不苟，神情厌恶地盯着徐航，似乎是在看什么脏东西。被方颉猛地抬头对上视线，他才仿佛被烫了一下，低头重新盯着手里的试卷。

"下次吧。"方颉收回目光，说了一句，"明天有点儿事。"

"行吧，下次再叫你。"

徐航热情，也有分寸，有团体活动一定会邀请方颉，但邀请不成也不会拽着他不放，是个好同桌。

方颉冲他点点头，承诺道："行，下次一定去。"

临近下课，唐易接完水回来了。

"回去的路上慢点儿，大家记得把作业写完，可以适当放松，但出去玩一定注意安全——"

他估计还想说些什么，可惜下课铃刚好响了，唐易把手一挥："行了，走吧！"

一帮人嗷嗷叫着冲出了教室。

方颉出了教室，唐易还站在门口，见他出来，笑着问："上了一个星期的课，感觉怎么样？"

方颉点点头，答："还行。"

"下周有场小考试，你放平心态好好考。"唐易没说什么特别高的要求，担心方颉刚转学不适应，会给他造成压力。

方颉再次点头，应道："我尽力。"

"尽力就行。"唐易笑道，"走吧。"

方颉出了校门，江知津已经在门口的树荫底下乘凉了。

他穿了件白衬衫，太阳从树叶的间隙里穿过，落到他的衣服上，特别晃眼。他的右手夹着一支烟，没点燃。

一个星期过去了，方颉没想到江知津虽然早上起不来，但居然能坚持来接自己，他父母都没这么做过。

周龄和方承临工作太忙了，又坚持认为男孩子不能惯着养，幼儿园接送方颉的是保姆，他从小学开始就自己上下学，再也没享受过放学有人接的待遇。

江知津抬头看见方颉，又不想从阴凉处走出来，站在原地冲他招了招手，把人叫了过来。

"今天没开车，带你走走近道，顺路去趟超市买菜。"

方颉的思绪断了一下，他重复道："买菜？"

江知津看着他，一脸理所当然地说："是啊，我跟你说过我会做饭的。"

方颉依稀记得有过这么一场谈话，但是那是很久以前的事了，更何况……他的目光落在了江知津的左手上。

"明天就去拆线了。"江知津跟能通灵似的，立刻猜到了方颉在想什么，安抚道，"做顿饭还是没问题的。"

"哦。"方颉点了点头。

胡同四通八达，抄近道的话小区离学校也不算远，两个人最多半个小时就到了。已经到了五点半，太阳的余威依然厉害，但巷子被居民楼和行道树一遮，反而生出一点儿清凉之意。

两个人一前一后地穿过胡同口一群逗鸟和下象棋的大爷，江知津问："你有什么想吃的东西吗？"

方颉："都行。"

"没这道菜。"江知津走在前面没回头，说，"直接报个菜名。"

方颉没回答，忽然停在半道回头看了一眼。

不知道是不是错觉，方颉总觉得有人在角落里看他们，但四周人多且杂，他又怀疑自己是神经过敏了。

江知津走了几步见人没跟上来，转头看向停在原地的方颉。

"怎么了？"

"没什么。"方颉继续往前走，顺便回答了江知津的上一个问题，"凉拌黄瓜吧，太热了。"

江知津看了方颉一会儿，说道："你也太好养活了。"

虽然这么说，但逛超市的时候江知津还是买了黄瓜，还买了些排骨、牛肉和一些其他的新鲜蔬菜以及水果，还有一堆调料。

因为一个人懒得动手，他太久没做饭了，这次一买就买了两大袋东西。两个人一人拎了一袋，出超市前他问方颉要不要吃冰棍。

"牛奶、水果、巧克力，你要哪种？"

方颉本来想说随便，但因为刚才点菜的前车之鉴，还是忍住了，开口答："除了杧果都行，牛奶吧。"

江知津最后拿了两个牛奶小布丁。方颉接过来咬了一口，甜甜腻腻的，一股奶味。

两个人一手拎着购物袋、一手拿着冰棍走回家，已经六点多了。江知津拎着东西进了厨房，方颉换了衣服，把校服和一堆脏衣服扔进洗衣机，又绕回厨房。

江知津正在洗菜，方颉在门口看了一会儿，觉得自己干站着不太合适，于是问："要帮忙吗？"

其实他的水平只停留在会煮面的程度，最多再摊个鸡蛋。这个时候一般人就会说"不用了，你去休息、学习或看电视吧"，可江知津头也不回，干脆地回答："过来淘米。"

厨房不大，两个人站在处理台前有点儿挤，方颉拿过电饭煲，在江知津的指导下舀了两碗米，打开水龙头，仔仔细细地淘了两遍。

洗完米，方颉犹豫了一下，转头看向江知津。

"加多少水？"

江知津也停了手上的动作，转头看着方颉。

"没做过饭？"

方颉面不改色地说道："没有。"

江知津替他打开水，然后说道："手伸进去。"

方颉还没反应过来，水已经接得差不多了。江知津啧了一声，关掉了水，把手放在被水浸泡的白米上。他的手骨节分明，关节处有些许被磨出的茧子，但不妨碍它看起来干净又纤长，而且还很白。

方颉看了一眼，觉得江知津的皮肤差不多要和水里泡着的米一样白了。

也可能是因为自己的衬托？

方颉其实一点儿都不算黑，小麦色皮肤，但和江知津的手对比，很容易就看出了区别。

还没等他看仔细，江知津已经收回了手。

"看到了吗？没过手指，只露出手背就行了。"

"哦。"

方颉按照江知津的指示把饭煮好，重新看向对方，问道："还有呢？"

"去洗衣服吧。"江知津叹了口气，说，"我来。"

江知津做饭确实不错，毕竟出来了这么多年。晚饭他做了个油炸排骨、孜然牛肉、三鲜汤和方颉要的凉拌黄瓜，居然都被吃得差不多了。

吃完饭，天已经黑了下去，方颉自觉地去洗碗，出来时江知津正准备出门去"云七"，问他要不要一起去。

"算了吧。"方颉答，"我写会儿作业。"

江知津也就随口一问，总不能天天带着方颉去酒吧啊。他笑着说："行，回来给你带夜宵。"

方颉洗了个澡，回房间戴上耳机写了两套试卷。试题难度不高，他做得很流畅，最后一笔落下时微信跟着响了。

祁向："救救我。"

这消息后面跟了张照片，是道数学题。

方颉点开，看了大约三分钟后就开始动笔。

他解题的步骤很工整，该写的步骤一个不落，等算出最终解，他拍了张照给祁向发了过去。

方颉："哪儿的题？"

祁向："周测卷最后一题，全班没一个人写出来，老张气死了，让所有人重做。"

祁向："方小颉是永远的神。"

方颉："把完整的周测卷发我一份，找老张拿，就说是我要的。"

那边的祁向发了个"OK"的手势，又问："你放假了？"

方颉："嗯，在家，写作业。"

祁向："你那个叔叔也在？"

方颉想：让江知津知道"叔叔"这称呼非抽你不可。

他莫名其妙地有点儿想笑，回："他出去了。"

祁向："你们的关系还好吧？"

方颉打字的手一停。

他们的关系算好吗？好像不算，但好像也不至于算差。

最后他回了个模棱两可的"差不多吧"。

祁向："那就好，反正不管怎么说你先高考完吧。跟人把关系相处好，人家照顾高考生也挺不容易的，何况是遇到你这种狗脾气的人，现在这种活雷锋可不多了。"

方颉："……"

和祁向聊完，方颉伸了个懒腰，摘下耳机。

写作业的时候很难感觉到时间的流逝，方颉看了一眼手表，已经十点半了。没有音乐声，房间里寂静无比，他听到了客厅传来的细微响动。

他打开门，客厅里只开了昏暗的壁灯，江知津不知道什么时候已经回来了，正窝在沙发上看电影，面前的桌子上放了听啤酒，还有两盒烤串。

江知津抬头看了他一眼，问道："写完了？"

"嗯。"

江知津点点头，又问："吃夜宵吗？烧烤。"

方颉确实有点儿饿，而且觉得自己可能是写题太多出现幻觉了——昏暗的灯光下，江知津一个人坐在沙发里看电影的样子看起来居然有点儿孤独。

关爱空巢活雷锋。

"行。"

方颉去厨房拿了听可乐，走过去坐到江知津旁边。

两个人都没有说话，屏幕的光影不断变化，落在两个人身上，方颉抬头专心地看着电影。

这是部低成本网络电影，演员他都不认识。

剧情刚刚开始，讲的是一群大学生去探险，到了一个荒废的村子里。他们刚刚进村，就发现村子口放着棺材……有人死了。

方颉终于察觉出不对，转头问："这是恐怖片？"

"好像是吧，随便找的。"江知津说完，半晌没听到方颉的回话，转头定定看了他十几秒，忽地笑起来，"你不会是害怕吧？"

方颉想：怕恐怖片怎么了？有人怕虫、有人怕蛇、有人怕高，自己怕恐怖片很稀奇吗？凭什么歧视怕恐怖片的人？

"不是。"他回答。

怕恐怖片不稀奇，但是这事从即将成年、身高一米八四的高三学生嘴里说出来有点儿丢人。

江知津看了方颉半晌，嘴边的笑意越扩越大。

"没事，你怕的话就看别的。我还有全套的《天线宝宝》。"

这人长着这张嘴却活到现在还没被人打死，这个世界真是充满爱啊。

"用不着，"方颉拿起可乐喝了一口，说，"就这个。"

虽然这部恐怖片是那种每年能拍几百部、粗制滥造的网络电影，但它对气氛的烘托还像那么回事。电影里一个接一个地死人，冷不丁传出来的尖叫声吵得方颉的脑仁儿疼。他喝了口可乐，用余光瞟旁边的江知津。

对方很淡定，专注地看着屏幕，恐怖片昏暗的阴间打光落在江知津的脸上，隐约照亮他的侧脸，莫名呈现出一点儿静谧的感觉。

当电影里又有一个人被砍掉头挂在房檐上，并且镜头还给了个特写的时候，方颉一下从沙发上站了起来。

江知津被他吓了一跳，问："干吗？"

方颉语气很正常地回答："上个厕所。"

说完，他转身大步冲到卫生间，关上了门。

上完厕所，方颉在洗漱台前洗手，隐约听到电影里的尖叫声传进来。他叹了口气，有点儿不想出去了。

什么人会拉着别人大半夜看国产恐怖电影啊？！

方颉刚洗完手，电话响了。

他抽张纸把手擦干净，掏出手机，屏幕上的"爸"字不停地闪烁着。

方颉只看了一眼就抬起头，盯着镜子里的自己，脸上毫无表情。直到电话快要自动挂断了，他才接了起来："喂？"

电话那头的人安静了好一会儿，才试探性地喊了一声："小颉？"

方颉没有说话。

"我昨天想去学校看看你，你不在……后来我打电话给你妈妈，她说你转学了。"

方颉到绍江至今，满打满算是九天时间，方承临这天晚上才知道自己的儿子转学到异地了。

这几天他连回家看一次都没有。

方颉心里的厌恶感翻腾，他强压着情绪问："有事吗？"

"你在那边学习上能适应吗？我……真的不太赞同你中途转学，高三了，又要重新适应新环境，压力该多大？我还是建议你继续在潮城读书。"

方承临的语气很温和，带着一点儿忧虑感，好像一个不赞同儿子的决定，又愿意妥协和商量的开明父亲。

方颉打断他，说："你也知道我高三了，我还以为你忘了。"他感觉嗓子有点儿紧，反问，"你让我回潮城真的是为了让我读书吗？"

那边的方承临好像被问蒙了，顿了几秒才急急忙忙地答："当然——"

"我要是真的回潮城了，你是先让我回学校，还是先让我去医院？"

方承临好像被掐住了脖子，一句话也说不出来了，电话里只剩下呼吸声。方颉和镜子里的自己对视，声音出奇地冷静。

"他们来学校找我的事你知道吧？我在哪个学校读书是你告诉他们的吗？"

"我是提过一次，但我——"

"就算是同父同母的兄弟姐妹，配型成功的概率也只有百分之二十五，我和他只是有同一个父亲，你觉得成功的可能性有多少？"

那头的人彻底没声音了，方颉的耐心尽失："有时间你们多看看骨髓库吧，希望更大一点儿。"

挂掉电话，他将手撑在洗漱台前站了一会儿。

很好，他拿住自己父亲的软肋痛痛快快地报复了一场，把对方呛得说不出话，逻辑清晰、丝毫不慌，挺厉害的，当初如果报文科，成绩应该也不错。

但他并不高兴。

方颉重新打开水龙头，俯身洗了一把脸，最后把脸埋进手心里，深深吐了口气。

顶着满脸的水珠,他心里终于舒服了一点儿,转身打开卫生间的门,准备出去。

他一开门,一个人正站在卫生间门口,和他面对面。

"我——"看清面前的人的脸,方颉生生把后面的字憋了回去。

"你——光看恐怖片不够,还得自己上手演是吧?"

大半夜约人看恐怖片后还要堵在卫生间门口吓人,这得什么畜生才干得出来这种事啊?!

"我又不是故意的。"江知津无奈地笑了一下,说,"你上个厕所半天没出来,我还以为你吓得躲在卫生间里哭呢,过来看看。"

他这说的是人话吗?

方颉刚通完电话的郁闷、烦躁情绪瞬间被吓没了,他站在门口和江知津大眼瞪小眼。

江知津眼睛尖,借着厕所前的廊灯看了方颉一眼,发现他的眼角居然真的有点儿红,立刻收起玩笑的姿态:"不会吧?真被吓哭了?"

其实江知津刚来,没听见那通电话,因此有点儿震惊,现在少年的内心这么脆弱吗?

方颉懒得搭理他,准备绕过他出去。他突然上前一步,左手搭住方颉的肩膀不让人动弹,右手胡乱地揉了揉方颉的脑袋。

"行了,行了,胡噜胡噜毛吓不着,没事了。"

这人打架把脑子打坏了吧?

但不可否认,江知津手上的温度,以及他特意放缓的语调,居然让他生出一点儿奇异的温暖感。还有那句"没事了",让他真的有种"没事了"的感觉。

因为刚才那通电话,家里乱七八糟的关系,心里的愤怒、恐慌、逃避、纠结、负罪感、不甘心等情绪现在都没有了。

方颉把头抵在江知津的肩膀上靠了一会儿,就十几秒,又或者是一分钟甚至更长,他终于开口,声音因为埋着头有点儿闷。

"能放手了吗?"

"真没良心。"江知津啧了一声放开手,"行了,别看了,快睡吧。"

方颉也没心情再看恐怖片，洗漱完快进房时，江知津又叫住了他："方颉。"

方颉刚进门，闻声，转头看向对方。江知津看了他几秒，突然笑了。

"害怕的话可以把灯开着睡。"

砰！

方颉重重地把门关上了。

第二天方颉依旧醒得很早，客厅里昨晚剩的啤酒罐和烧烤扦还在茶几上，他收拾干净，又打扫了一遍卫生，扔了垃圾。

江知津还没起，他已经习惯了，吃了两片面包回房间把剩下的作业写完，又背了两页单词，才听见江知津开门的声音。

等他出去的时候，江知津正在厨房炒饭，声音懒洋洋的："待会儿我要去拆线，你——"

他顿了顿，似乎不知道该怎么安排方颉。

方颉主动开口说："我和你一起去吧。"

已经快十一点了，两个人吃完午饭出门去了医院。星期六，医院的人很多，加上他们本就来得晚，足足在医院待了两个多小时。

江知津的手机已经修好拿回来了，等待叫号的时候他一直把手机拿在手里滑来滑去，眉头紧锁，聚精会神。

方颉没有看别人的屏幕的习惯，但江知津保持这个动作一个小时以后，方颉终于忍不住偏头看了一眼。

江知津在静音玩《开心消消乐》。

江知津察觉方颉的动作，干脆把手机在对方眼前晃了晃："厉害吧？打到三千关了。"

方颉："……"

和人打架进医院、爱看恐怖片、有全套《天线宝宝》、玩《开心消消乐》突破三千关并以此为荣的社会大哥江知津，每次都能刷新方颉对他的印象。

江知津刚拆完线，伤口有些发红，没有大碍。回去的路上堵车了，方颉闲着没事，扫了一眼他搭在方向盘上的手臂，问："你为什么和人打架？"

江知津语气漫不经心地说道："有人喝多了在酒吧闹事，被我赶出去了。"

这很合理。方颉点点头，没再问。

两个人回到家休息了一会儿，又吃了晚饭，已经六点多。晚自习七点开始，方颉收拾好东西，差不多该去上课了。

他在房间里收书的时候听见江知津在客厅里接了个电话，好像是顾巡打来的，应该是酒吧那边的事。等他出去时，江知津已经挂了电话。

见方颉出来，江知津开口道："你可能要自己去学校了，酒吧那边有点儿事，我得过去看看。"

方颉点点头，江知津又说道："放学去接你。"

"不接也行。"方颉说，"我自己回来。"

他已经在门口换鞋了，江知津看着他，突然想起昨晚自己摸对方的头的那几下。

寸头的头发短，所以有点儿扎，但他感觉摸着还挺舒服。

江知津干脆趁着方颉俯身换鞋又摸了两下，然后趁对方翻脸之前退了回去，特别正经地点了点头。

"到时候看吧，好好学习，别迟到。"

关爱空巢老人，别和打架把脑子打傻了的人计较，方颉在心里重复了一遍这话，没再看江知津，转身出了门。

现在是早上六点二十分，还有点儿早，方颉站在小区门口看了一眼，对面的公交车还没来。他干脆转身进了小巷，打算走昨天的近道。

这里是绍江老城区与新城区的交界，巷子和胡同错综复杂。方颉的记忆力好，虽然只走过一遍，但他已经记下了路线。

正是饭点，巷子里没多少人，有些空旷。方颉走着，忽然听见身后传来的脚步声，听声音应该有两个人，不远不近，一直跟在他后面。

方颉走了近十分钟，半道上蹲下身解开已经松垮的鞋带，重新系了一遍。

后面的脚步声也一起停下了。

这下方颉真的确定了，身后的人是在跟着他。他脚步没停，继续往前走，转一个胡同转角的时候偏头看了一眼。

跟着他的是两个男的，一胖一瘦，他不认识。

方颉收回目光继续往前走。这条巷子很偏，没什么人，他拐了个弯，面前多了个男人，站在胡同中央挡住了他的路。

后面的两个人也到了，站在方颉后面，隔了一两米的距离。

方颉停在原地看着前面的人，尽量不带任何情绪地问："有事吗？"

面前的人三十岁左右，长得很瘦，两只手臂上全是文身，戴了条小指粗的金项链，闪得跟刚刷了层漆似的，放水里估计能浮起来。

"金项链"抽了口烟，盯着方颉问："同学，认识江知津吧？"

方颉现在知道这些人是从哪儿来的了。他飞快地用余光扫了一眼周围，除了这三个人，没有人经过，旁边墙角有几块碎砖，出了这条胡同就是学校对面的马路，路程要三分钟。

"认识，怎么了？"

面前的男人一边说话一边抖腿，看得方颉有点儿难受。他尽量不去看对方抖动的腿，抬头与对方平视，目光不偏不倚地和人对上。

这样一来"金项链"反而愣住了，把烟扔到地上用脚踩碎。

"很狂啊。"

方颉想：不是狂，是不想看你跟得了帕金森病似的哆嗦。

但为了不让自己显得更狂，方颉选择了沉默。

"前段时间他在这儿和我的几个兄弟打了一架，我有兄弟伤得不轻，这事你知道吗？"

"金项链"总算不抖腿了，朝方颉走近一步："你应该知道吧？我看江知津总接你放学啊。"

后面两个人也跟着上前一步，靠近方颉。

哦，原来这儿就是江知津打架的胡同。

方颉几不可闻地叹了口气，没再说话。

"金项链"一步一步走近方颉，活动了两下自己的手腕："他打了我的兄弟，我肯定不能不管，既然你认识江知津——"

这段没说完的话，被方颉砸在"金项链"脸上的一拳终结。

方颉这一拳很重，正中"金项链"的鼻梁，把对方打得退后了几步，再抬头时鼻血已经流出来了。

后面的两个人估计也看傻了，"金项链"捂着鼻子骂："看什么啊！上啊！"

两个人立刻朝着方颉冲上去。

方颉根本没在意后面的两个人，而是朝着"金项链"冲过去，一脚踹在对方的肚子上。

这一脚直接把"金项链"踹翻在地。后面的两个人也上来了，方颉挨了几拳，跟跄了一下，依旧没回头，几步冲上前把"金项链"拖了起来。

"金项链"也不是吃素的，手肘对着方颉的腰侧重重砸了下去，又一脚踹在方颉的腿上。

方颉喘了口气，剧烈的疼痛感让他下意识地弯了一下腰，下一秒又直起身，头顶往对方的下巴狠狠一撞，又一脚把人踹开了。

"金项链"倒在地上，嘴巴里也开始冒血，可能刚才被撞那一下磕到了舌头或牙。

他整张脸上都是血，瘫在地上半天没爬起来，这副样子让后面的两个人也迟疑了，站在原地暂时没敢动。

"金项链"是他们的老大，他们平时跟着他混，也就只是跟着他打牌喝酒，狐假虎威地风光几回，打群架都没几回，更别说第一次见自己的老大被打成这样。

欺负弱小的时候，他们可以仗着人多威风一下，但是遇到这样对着一个人往死里打的狠人，他们就怕了。

方颉没看他们，就在他们迟疑的时候，大步出了巷子。

他走得非常快，感觉自己都快带风了，原本三分钟的路程被他压缩到一分钟。拐过最后一个弯，他差点儿撞上一个人。

那一瞬间方颉差点儿以为对方又是里面那三个人叫来的兄弟，下意识地就要动手，突然看到了熟悉的校服和黑框眼镜。

是谭卓。

谭卓似乎在那儿待了有些时间了，差点儿被方颉撞上时吓得叫了出来，后退两步，表情惊慌地看着方颉。

方颉没有管他，越过他，几步走出巷子，到了大街上。

旁边就是学校，路上人来人往。方颉进了大门，站在原地长长地吐了口气。

疼，他非常疼。

被后面两个人揍的那几拳都在背上，倒也没什么，但是被"金项链"一记肘击砸到腰上的那一下，疼得他冷汗都冒出来了。

这种疼痛一直持续到方颉进教室趴到座位上。班里学生依旧热闹得很，有聊天的、讲题的、借作业的，徐航在旁边急匆匆地借英语作业，嗓门儿能传出五里地。

但这些声音在方颉耳朵里好像都蒙了层雾，毛玻璃似的，让他听不真切。

徐航借作业无门，抱着死马当活马医的心态凑到方颉旁边问了一句："同桌，你写英语作业没？"

方颉直起身，从书包里把所有作业抽出来递给徐航。

"自己翻。"

"失策了，我同桌居然是深藏不露的学霸——"

徐航接过作业，话刚说了一半，他看到方颉一头冷汗，愣住了。

"这么热吗？你没事吧？"

方颉咳了一下，感觉嘴巴里有点儿腥。

"没事。麻烦你帮我接杯热水行吗？"

"行啊，怎么不行？！"徐航立刻站起身。

等徐航接热水来的这段时间里，方颉掏出手机给江知津发了条消息："你在哪儿？"

江知津秒回："酒吧，今天人有点儿多，怎么了？"

方颉松了口气，一只手捂着腰，另一只手飞快地打字："晚上你来接我的时候别走路，开车，到了以后别下车，在车里等我。"

过了一会儿，江知津的消息才接二连三地发过来："怎么了？你在哪儿，能接电话吗？"

方颉："没事，我在教室，接不了。"

江知津："拍张照给我。"

这人怎么这么多事？

方颉举起手机，随手拍了张教室里的场景发给江知津："真在教室，还有两分钟上课。"

这个时候徐航刚好回来了。他不知道从哪儿要了纸杯，接了半杯热水递给方颉。方颉接过水杯，小口小口地喝完水，终于感觉舒服了一点儿，疼痛感也没有那么明显了。

江知津回复道："行，放学后待在学校里，我叫你你再出来。"

方颉看到这条消息，明白江知津应该是猜到什么了，心里的石头落了地，然后关掉了手机。

江知津确实是猜到方颉可能遇到什么事情了，虽然不清楚到底是什么事情，但应该有点儿严重，而且还和自己有关，不然方颉不会特意发短信提醒自己。

放下手机，江知津抄过放在一旁的外套。顾巡刚好送完酒回来，见状，立刻说道："干吗？又要跑，这么多客人呢。"

"有事。"江知津穿上外套，说，"去接方颉放学。"

"你没事吧？"顾巡掏出手机看了一眼时间，又在江知津眼前晃了晃，说道，"现在是晚上七点零五分，不是九点，酷哥十点放学，没错吧？"

"他那儿可能遇到点儿麻烦了，我现在就去等他，担心出事。"

顾巡正经起来，问："怎么了？人没事吧？"

江知津已经往外走了，答："没事，他在教室呢，我先去学校外面看着。"

方颉强撑着上了一节晚自习后，腰腹上的疼痛感终于缓解了些许。他自己轻轻按了按，那块儿没什么骨头，不会是骨折，内脏大概率也没什么损伤，否则自己应该已经被送去急救了。

方颉松了一口气，课间趴在桌子上休息了一会儿。第二节晚自习，为了忽略源源不断的疼痛感，他甚至做了一套理综模拟卷。

简直是身残志坚，他都有点儿佩服自己了。

放学铃一响，方颉背起书包往学校外面走去。

江知津肯定已经来了。虽然那几个人不至于在学校外面等三个小时，但方颉还是有点儿担心他和他们遇上，毕竟他的手星期六才拆了线，再受伤很可能会比上一次更严重。

万一他再被送一次医院急诊，那自己作为唯一的同居人就会变得很麻烦。

出了学校大门，看到不远处路边的那辆白色轿车，方颉微微松了口气，朝那边走过去。

下一秒驾驶座的门也被打开了，江知津从车上下来，大步朝着方颉走过来。

等他走到面前，方颉先开口道："不是让你在车上等吗？"

江知津问："出什么事了？"

"先上车吧。"方颉犹豫了一下，说道，"有点儿长。"

车上的空调开得很足，吹着冷风。方颉系上安全带，闻了闻车里的气味，然后皱了一下眉。

"你在车里抽烟了？"

"狗鼻子吧？"江知津瞥了他一眼，说，"就抽了两支，我还开了窗又吹了半小时空调，这你都闻得出来。"

抽了两支烟，开了半小时空调，方颉在心里重复了一遍，忽然问："你什么时候来的？"

"你先说你出什么事了。"江知津盯着他，随后问道，"被人堵了？"

"嗯。"方颉答。

"对方应该和我刚来绍江那天你遇到的那些人是一伙的，估计撞见过你接我放学，把我堵在巷子里了，"方颉顿了顿，觉得有些好笑，说，"就是你打架的那条巷子。"

江知津没笑，盯着方颉问："然后呢？他们揍你了？"

"我揍他们了。"见江知津没出声，方颉叹了口气，说道，"真的，我学过四五年拳击，从初中学到高中，高二结束才停的，我妈说影响学习。"

他想了想，又补充道："不过没事，就是看起来打得挺狠的，都是轻伤，不会惹麻烦。"

江知津好长一段时间没说话,也没开车,只是盯着方颉看了半晌,才慢慢开口道:"行啊,方颉,深藏不露。"语气里带了隐隐的笑意。

方颉一时不知道怎么回话,下意识地接茬儿:"还行吧。"

"受伤没?"

方颉还是选择实话实说:"腰被人撞了一下。"

江知津将笑意一敛,问:"什么撞的?"

"手,"方颉看着江知津,安抚道,"别紧张。"

江知津说道:"让我看看。"

"什么?"

现在是晚上,这里又是学校门口。车外,一堆家长等着接孩子,一堆祖国的花朵走在回家的路上。

车里的感应灯发出的光是暖黄色的,灯光洒在前排的两个人身上。方颉看着江知津,有点儿震惊又有点儿无语。他不知道该说什么,最后说道:"回家看吧。"

江知津眉头紧锁:"先看看要不要去医院。"

车窗早已经全部关上,将里外隔绝成了两个世界。车外人群熙熙攘攘,车内方颉瞪着江知津,脑子有点儿转不过来。

看腰?怎么看?

就在方颉纠结的时候,江知津突然开口了:"算了。"他转过头没再看方颉,而是说,"直接去医院。"

"哦。"方颉点点头,心想:什么毛病?

路上江知津把车开得很快,方颉沉默了一路,最后咳嗽了一声,又问了一遍刚才江知津没回答的那个问题。

"你什么时候来学校的?"

"收到你的消息以后。我当时觉得你应该是遇到事了,被人堵了什么的。"

江知津说完,轻轻笑了一声,说道:"我担心他们冲到学校找你,或者在学校门口闹出点儿什么事情,对你不好,想来盯着点儿。当时着急,我犯蠢了,一中治安挺好的，他们应该进不去。"

方颉没说话。

——我担心他们冲到学校找你，或者在学校门口闹出点儿什么事情，对你不好。

居然有人会这么觉得。

他又想到了潮城七中的那对母子。当时他们在学校也就待了十到十五分钟，反正时间很短。但就一个下午过去，这件事情已经传遍了整个年级，然后是整个学校，甚至隔壁学校都有人来问："听说有个女的带着小孩儿在你们学校给学生下跪，那学生是谁啊？这么牛。"

不可避免地，方承临和周龄也知道了这事，痛痛快快地在家里吵了一架，指责对方出轨、不要脸、不顾家、不顾公司……他们吵了很久，大概有方颉一个人在楼上做完两张英语试卷和十二道物理高考真题那么长时间。

他们拿这件事情做武器，相互攻击，没人上楼来问方颉一句，出了这事他在学校会不会有麻烦。

第一个担心有人在学校闹事会对方颉不好的人是江知津。

因为有可能发生什么事，他在学校门口盯了三个小时。

方颉感觉有点儿不可思议，又有点儿微妙的、他不愿意承认，但的确存在的感动情绪。

这种复杂又有点儿难受的情绪持续了很久，久到方颉居然不知道该说些什么了，看到市二院大大的红十字标识，他才强行开口找了个话题。

"商量一下，以后能别在车里抽烟吗？"

"……"

江知津脸上的表情说不清是无奈还是无语，但他还是答应："行。"

方颉觉得他们跟市二院真的很有缘，他来绍江不到小半月，已经进来三次，这里可能是自己在绍江除了江知津家和学校，最熟悉的地方了。

两个人到了诊室，坐诊的是个看起来上了年纪的老头儿，见两个人进来，微微一抬眼皮。

"怎么了？"

"腰撞到桌角了，有点儿疼。"

"把衣服掀开看看。"

到了医院，方颉就没那么别扭了，在明亮的白炽灯下拉开校服拉链，又掀起里面那件灰蓝色衬衫，露出一截腰。

被撞的地方瘀青了一大块儿，全是青紫色的血斑，看起来很瘆人，一半露在外面，一半隐没在校裤底下。

医生扫了一眼："嚯，这是撞的？被人打的吧，裤子往下拉一点儿。"

方颉愣了愣，拉下一截裤子把伤全露出来，脑子里想的都是：幸好刚才江知津没坚持要看他腰上的伤。

当然，现在江知津依然站在旁边，目光落在方颉的腰上。

瘀伤在方颉的腰的左侧，从他的胯骨往上延伸到肋骨下面，大概是成人的巴掌那么大的地方。但江知津看了一眼，反而松了口气——没有见血，也没有伤口。

方颉没有把裤子拉低太多，只是刚好露出受伤的地方，但依旧露出了腰线，线条利落，还有明显的腹肌，可能是学拳击以后练出来的，干净得没有一点儿赘肉，很漂亮。

江知津看了一眼就把目光移开了。

老医生伸手按了按。

"疼不疼？"

"不疼。"

"这儿呢，疼不疼？"

"有点儿。"

医生按了好几处地方，收回手开始写单子。

"没事，没伤到内脏，拿点儿活血化瘀的药回去自己擦。"

一旁的江知津开口问："能拍片子吗？"

"能啊。"医生上下打量了方颉一下，"现在知道紧张了，早干吗去了？这底下可是肾，万一真出了什么事情你就哭去吧。"

方颉："……"

这句话太直白了,他还没想好怎么接,旁边的江知津先转过头笑了,还不是闷声笑,而是乐得停不下来那种,他都能听见对方想压又没压住的笑声。

出了诊室,江知津居然还在笑。

"有那么好笑吗?"方颉皱着眉看着江知津。

"不好笑。"江知津答,说完又迅速转过头,不让方颉看自己笑得跟朵太阳花似的脸。

方颉放弃了,问:"真拍片吗?"

"拍啊。"江知津看着方颉,嘴角还扬着,"你是因为我挨揍的,我得为你下半生的幸福负责。"

江知津脸上的笑配上让人很难不乱想的玩笑话,就算是为了自己好,方颉也有点儿想揍他。

这人能正经超过三分钟吗?

大半夜拍片子的只有他们,值班医生速度很快地对着片子分析了半天,结论还是一样——没什么问题,开点儿药回家吧。

折腾了这么久,他们回到家已经接近晚上十二点,今晚肯定没办法复习了,方颉放下东西先去洗澡。

他特意把水调得有点儿烫,闭眼冲了一会儿,长长地舒了口气,低头去看自己的伤。

其实脱光了看,除了腰间,方颉的手上和腿上也有一些瘀青,但不严重。当时腰上这一块儿的疼痛感太过剧烈,让他直接忽略了身体的其他地方。

以前他练拳击的时候也会有磕碰的情况,但都有防护,而且点到为止,这样和人在巷子里一拳一脚地下狠手打架还是第一次。

要是周龄和方承临知道了这件事可能会震惊得晕过去,母亲应该会火速和学校沟通学生安全问题,父亲则会给他上一小时的政治课。方颉想到这儿,洗头的手短暂地停了一下。

现在他们都在千里之外,不知道自己发生的任何事,同样,自己也不知道他们的事——周龄到底有没有和方承临离婚?方承临还住在家里吗?那个小孩儿怎么样了,是七岁还是八岁来着？

方颉在热水里闭上眼，缓缓吐了口气，不再去想这些乱七八糟的事。

洗了个热水澡，方颉感觉自己又活过来了。他出了浴室，江知津还在客厅里。见他出来，江知津开口说："明天休息一天吧，我给唐易打电话。"

"不用，没什么大事。"

见江知津看着他，方颉又补充道："真的，这个星期星期五、星期六要考试，我得回去听课。"

"行吧。"江知津没再坚持，只说，"那你自己多注意。"

见方颉点头，江知津又问："今天截你的人长什么样子？"

方颉不知道该怎么形容，只能大概描述一遍："三个男的，领头那个三十岁吧，戴了条金项链，手臂上都是文身。"

这个形容挺宽泛，江知津却点点头说道："知道了。"

方颉看了江知津一眼，犹豫了片刻，说："我今天动手有点儿狠……不会给你添麻烦吧？"

毕竟是第一次和人打架，虽然方颉确定自己控制好了力道，但对方看起来很浑，比江知津"社会"多了，他担心惹了对方，江知津和店会有麻烦。酒吧是很容易出事的地方。

江知津听到这话，望着方颉，最后叹了口气。

"你这人真是……这难道不是我给你惹的麻烦吗？"

"没关系，这件事情我会处理好，你用不着担心。而且——"江知津看着他说，"方颉，就像你一来我就和你说的那样，你用不着这么客气。"

方颉回想了一下自己来绍江以后的言行举止，问："我对你客气吗？我怎么觉得有时候我挺过分的？"

他大早上敲人家的房门，不许别人在车里抽烟。

"我说的不是总说'你好、谢谢、对不起'那种客气，而是非要在自己周围划个区域，不许人进，也懒得出来；不喜欢和人交流、担心给人添麻烦，也觉得别人麻烦，所以尽量和一切人及事都保持距离的那种客气。"

江知津笑了一下，说："其实你没必要想那么多，我从来不怕麻烦，否则当初就不会同意你来绍江。所以你那个自己划定的'范围'可以稍微让我看一眼，起码让我知道你喜欢吃什么、不喜欢吃什么、有哪些生活习惯。耍点儿高考生的脾气也可以，你在我这儿有特权，特别是因为我受伤之后。"

　　江知津说完，短暂地停顿了一下，随后看着方颉，又说道："我的意思是，在江知津面前，方颉可以嚣张一点儿。"

　　方颉很久没有说话。他到绍江之前，周龄说了很多江知津的事，身世、性格、经历、和自己家的关系，尽量让他相信对方会好好照顾自己。但他一直对自己有一个明确的定位：一个因为家里出了事，不得不背井离乡寄人篱下的借住者。

　　他的自我认知非常明确。

　　方颉从小到大都被人评价懂事、聪明、自理能力非常强，不需要任何人操心。但他的父亲出轨事发，他突然多了个同父异母、可能等着自己移植骨髓的弟弟，导致他在高三阶段跨省转学来到异乡，却在机场等了两个小时没人来接——虽然当时江知津是真的出事情了。

　　这些事情接连发生，一个不到十八岁的少年就算再聪慧早熟，也很难不生出一点儿孤独感和被遗弃感。

　　这天江知津却说，方颉可以嚣张一点儿，因为自己在他那儿有特权。

　　方颉感觉眼眶有点儿发热，飞快转过头深吸了一口气，然后才重新看向江知津。

　　"我长这么大，真没见过要求别人对自己嚣张一点儿的人。"

　　江知津挑了一下眉，说："装听不懂，是吧？"

　　方颉看着江知津笑了，过了一会儿忽然说道："这个星期的考试是月考，挺重要的。"

　　这句话没头没尾，说得很突兀，方颉却好像做了很久的心理建设，轻咳了一声才说出接下来的话。

　　"到时候也许会开家长会，如果你有时间，我可能需要你去一趟学校。"

　　他一句话停顿了很久，还连着用了"也许""如果""可能"，但他还是说出来了。

　　"能考年级前十名吗？"江知津笑着问，"不能的话我可能没时间。"

"能。"方颉答,心想:这人可真欠抽啊……

"好。"江知津说。

方颉心里忽然有一块石头落地了,有种说不出的轻松感。

家长会的话题告一段落,江知津把医院开的药递给他:"回卧室记得擦药。"

方颉指了指自己,问:"我自己拿回卧室擦?"

他刚才说了那么长一段感人肺腑的话,这时候不该直接拆开药帮自己擦一擦吗?

"伤的不是腰吗?你自己够得着吧?"江知津看着方颉说,"当然,你要是不觉得尴尬,想让我帮你擦的话,现在可以脱裤子了。"

方颉一把扯过江知津手里的药,说道:"我自己来。"

"好好擦药,擦完就早点儿睡觉。"江知津看着方颉,脸上露出一点儿笑意,道了一句,"晚安。"

第三章
年级第一

或许是因为前一天晚上整个身体和精神都处在一种紧绷的状态，方颉擦完药就倒在床上睡着了，并没有觉得特别疲惫。第二天一早醒过来，浑身上下的酸痛感差点儿让他没能爬起来。

他破例让自己多躺了五分钟才去拿衣服，浑身肌肉酸痛，有些使不上劲。他出了房门，发现江知津居然已经换好衣服，坐在餐桌前玩手机。

方颉到绍江这么多天，第一次见到早晨六点半起床的江知津，下意识地掏出手机看了一眼自己是不是看错了时间。

江知津这次手机没有静音，还有几步距离，方颉就已经听到了消消乐独有的欢快音效。

"Great（很好）！"

"Excellent（好极了）！"

"Unbelievable（非常好）！"

浮夸的音乐声中，江知津抬头扫了方颉一眼，说道："早。你再过十分钟不出来，我就打算帮你请假了。"

餐桌上摆了早餐，是牛奶和一碟蒸好的速冻奶黄小馒头。方颉喝了一口牛奶，是热的。

"真不用请假吗？"

"真不用。"方颉咽下牛奶，说，"我没问题了。"

"待会儿我送你去上学。"

方颉下意识地就想接一句"不用那么麻烦"，但话即将脱口而出的瞬间，他忍住了，没有说出口。

他想起了昨天晚上江知津说的话。

嚣张一点儿，方颉。

方颉仰头喝完了牛奶，放下杯子说："那走吧。"

两个人出门时离上班还有一段时间，路上并不算堵。依旧是江知津开车，方颉坐在副驾驶座上，打开窗子让晨风吹进来。

他看到打扫卫生的环卫工人、晨练的大爷大妈、街边卖早点的小摊贩，甚至能看到几个和自己穿着一样的校服的学生骑着单车，飞快地穿过街头。

深秋的早晨满是凉爽又鲜活的气息。

车子到了学校门口，江知津看着方颉下了车，说："好好学习，别担心，这件事我会解决的。"

方颉本来准备走了，听见这话立刻转身，在车外盯着江知津问："怎么解决？"

"小孩儿就好好读书，不许操心大人的事情。"江知津笑着答。

见方颉没动，表情不赞同地盯着自己，江知津才接着说："放心，和平解决，不会出事情的。"

方颉有点儿不相信地望着江知津，但学校已经开始打预备铃，他只能说了一句："注意安全。"

江知津点点头说道："知道了，去吧。"

方颉往学校走去，进门时忍不住回了一下头，自己都觉得自己有些操心了。

江知津的车还在原地，等方颉走到学校里面的时候，车才打着转向灯，慢慢动了起来。

方颉收回目光，没再看江知津。

他这天确实来得有点儿晚，连徐航都已经在座位上背《岳阳楼记》了。

徐航见到他，连忙起身拉开椅子让他进去，还热情洋溢地喊了一声："早啊，同桌！吃了吗？"

方颉一路上都在想江知津到底会怎么解决这件事，突然被这一嗓子打断了思路。

"吃了。"

"刚才英语课代表收作业，我连你那份一起交了，谢谢大佬救我的狗命。"

方颉这才想起自己昨晚把作业借给了徐航。

"不客气。你有没有随便改几个题？"

徐航比了个"OK"的手势，说道："放心，我业务很熟练，每十题改两题。"

星期六的英语作业是学校专门订的英语报，需要写的是专题训练篇目，全是完形填空和阅读理解，刚好一百五十道题。

方颉愣了一下，扭头看着徐航问："你平时英语考多少分？"

向来没脸没皮的徐航居然有点儿羞涩："离及格线有一点儿距离……五六十分吧。"

方颉沉默了片刻，然后说道："恭喜你。"

徐航一头雾水，还抬手说了一句："谢谢啊。"

方颉："……"

直到下午上英语课，徐航才明白方颉那句"恭喜你"的意思。

英语老师姓李，叫李冰，是个身材高挑的年轻女性。她很漂亮，总是笑眯眯的，有学生会在私下加个字，偷偷叫她"李冰冰"。

除了长得好看，她教书也很认真，譬如英语报这种东西，其他老师可能会偷个懒，让学生互相批改一下，但她一定会自己批，还会写上评语。

讲台上，一沓英语报被"李冰冰"压在手下，上面全是鲜红的痕迹。

复习了一节课的时态转换，最后几分钟，她终于说到了上周留的作业上。

"我用一上午时间改了一下你们的作业，还是那些问题。有的同学单词储备不够，不能理解意思，分不清时态，主、谓、宾老出错……"

她顿了顿，笑眯眯地接着说道："不过有些同学进步很大，让我很意外啊。"

"李冰冰"的目光朝这边扫过来。

"比如徐航同学，平时考试成绩在五六十分徘徊，这次作业居然得了一百一十四分。"

方颉低下头，无声地叹了口气。

因为距离近，他清晰地听见了徐航震惊中夹杂着绝望的一声粗口。

"李冰冰"望着徐航，笑得让人心惊胆战："来，和同学们分享一下进步的方法。"

徐航硬着头皮站了起来，明明紧张得要死要活，居然还能毫不磕巴："没什么办法，就是勤奋苦读加坚持不懈，还有老师的教导和同学的帮助……"

班上已经开始传来低低的、压抑不住的笑声。

"李冰冰"居然还很认真地听完了他的话，随后点点头，带着一脸"我相信你了"的表情说道："特别好，星期六刚好月考了，希望你能保持这个成绩，老师相信你一定可以，坐下吧。"

方颉感觉徐航内心的绝望与崩溃情绪已经淹没整个教室。他低头笑了一下，结果下一秒就听见了自己的名字。

"方颉，是刚转来的那个同学吗？"

方颉放下手里的笔，站起来抬头看向讲台上的老师。

"李冰冰"将目光落在他身上，随后笑了一下："作业完成得不错，坐下吧。课代表和今天的值日生发下作业，晚自习我来讲，下课吧。"

她没直接说方颉的分数，等试卷发到手里，他低头看了一眼，一百四十六分，错了四个题，和他估计的差不多。

他低头去看是哪几个题失误，徐航表情忧愁地偏头扫了一眼他的试卷，然后立刻瞪大了眼睛，一副撞见鬼的表情。

"这也太不是人了吧？"

徐航再看向方颉的时候，眼睛里已经充满了钦佩之色。

"同桌，原来你真的是学霸。"

"这套题挺基础的。"方颉有点儿无奈地说，"题难一点儿就不一定了。"

"可以了，过分谦虚只会让我们这种底层学渣更受伤。"徐航惆怅地说道，"怪不得你不怕开家长会呢，要是我考一百四十六分，我就要求学校每天开一次家长会。"

"不至于。"方颉看他一眼，想了想，忽然问道，"你这儿有上次开学考全年级的成绩单吗？"

"全年级的？我这儿没有，蒋欣馨那儿应该有一份，她是学习委员嘛。"徐航迅速去拍前桌的椅背。

"学习委员，有上次开学考的年级排名吗？我同桌想要一份。"

蒋欣馨正在看自己作业上的错题，闻言转过身，恰好和方颉对视。

一般在班级里，沉默寡言的学生是容易被忽略的。方颉虽然话少到令人惊奇，但从转学至今，他依旧是个不可忽视的存在，究其原因是他的这张脸。

蒋欣馨虽然不是看脸的人，但猛然一对视，她才发现方颉的眼睛非常漂亮，睫毛浓密，瞳孔像是浸过水的玉，看人的时候会显得非常专注。

她愣了一下，耳朵有点儿发热，慢了半拍才回答："有，但是只有电子版。"

"我加你的微信，你给我发一份行吗？谢谢。"方颉拿出手机，片刻后加了一句，"只要年级前十的。"

送方颉进了学校，江知津没有再回家，自己去酒吧开了门。

这条街本来就是昼伏夜出的青年人娱乐的场地，最热闹的时间是晚上九点到深夜三点，而早上七点钟这个时间，基本上连个活物都看不见。

江知津清理了昨夜还没收拾的酒瓶和杯子，打扫了卫生，闲得无聊，又把门口的绿植浇了一遍。

这时候他才感觉到累，随便吃了两块吧台抽屉里不知道是不是顾巡放的饼干，上楼去酒吧阁楼的房间。

阁楼的房间不大，堆满了一箱箱各种各样的酒，角落处放了一张钢制的一米二的折叠小床，原来有段时间不太平，为了防止意外，江知津会住在这里守店。

江知津刚沾床就立刻睡了过去。

他这一觉睡得天昏地暗，直到听见有人上楼的脚步声才猛然惊醒过来。

上楼的是来开店门的周洪，推开门见到江知津，一脸震惊的表情。

"是你啊，江哥。"

"嗯。"江知津搓了一把脸，看了一眼时间，下午三点半。

"我还以为是顾巡呢。你怎么这么早就过来了？刚好，待会儿一块儿吃饭吧，斜对面新开了家干锅店……"

"你和顾巡吃吧。"江知津冲周洪笑了一下，站起身说道，"我要出去一趟。"

"行。"周洪立刻应了一声，又忍不住问，"江哥，你去哪儿啊？"

"长安街。"阁楼的房檐很低,江知津低头踩着楼梯下楼,一步一步,说话的声音有点儿闷,"找人。"

长安街是绍江很久之前开发的城乡结合区,据说政府已经决定规划改建,但迟迟没有动静。道路因为长久被碾压有些不平整,出现了深深浅浅的沟壑。路面很窄,又堆满了乱七八糟的杂物,有时候来辆对头车都有些难以通过。

街面上的店倒是很多,小吃店、饭店、发廊、服装店……大多数还保留着很久之前的风格,打着油布喷绘的招牌,洋气点儿的店会有彩色的 LED 灯。在这儿住的一半是原居民,一半是鱼龙混杂的租客——开店的、打工的、求学的,或者是好像什么都不干的一类人。

一个"黄毛"蹲在人行道边上抽烟,从江知津在路旁停下车开始,就一直斜着眼看过来,估计是想等车主走了,看看有没有机会捞一把。

江知津下了车,"黄毛"见到他的脸,顿时愣了一下,立刻站起来想往身后的巷子走。

"站那儿,接着抽你的烟。"江知津指了指他,不疾不徐地说道,"再走一步试试。"

"黄毛"立刻停住不动了,转身看着江知津,动了动嘴,却没能说出话。江知津已经绕过他往巷子里面去了。

巷子很窄,两边都是老旧衰败的居民楼,堆积着扎好的塑料瓶和纸箱板,不知道哪家倒的洗菜水流了一地。

江知津的右手拿着一个很厚的黑色塑料袋,方方正正的,不知道裹着什么。

他绕开地上的水痕,走到一个楼梯口前。

楼道里没有灯,边上挂了一个巨大的牌子,写着"好运来麻将馆"。

江知津到二楼一间房门前,已经能听见清晰的搓麻将的声音,夹杂着几声男人的脏话和女人的大笑。

门没锁,他推开门走了进去,呛人的烟味扑面而来。

客厅里没什么家具,只摆了四张麻将桌,已经被男男女女坐满了,旁边还有两三个拉了椅子观战的。

江知津穿过他们,打开了本来应该是主卧、现在大概率是包间的门。

里面只放了一张麻将桌，四个男人围坐着。

背对着江知津的人三十岁左右，戴了条金项链，两只手臂上全是文身，没听见开门声，正在骂骂咧咧地摸牌。

"什么手气，一下午一把没和……"

江知津把手上的塑料袋放在门口的鞋柜上，随后上前两步，一脚踹在了"金项链"的背后！

砰！

他下手比方颉重多了，一脚踹得"金项链"整个人重重地撞在麻将桌上，连桌子都被撞得挪动了几分，桌上的麻将四处散落，砸在地上发出混乱的巨响。

剩下的三个人被这场变故吓得赶紧站起来退后几步。"金项链"狼狈地起身，转身看见了江知津，就要冲过来："江知津——"

江知津没让他说完，一脚踹在了他的左腰上！

"金项链"剩下的话都尽数被吞了下去，剧烈的疼痛感让他的额头起了密密麻麻的冷汗，他捂着自己的腰发出一声闷哼。江知津拽住他的胳膊反手一擒，把人重重地按在了麻将桌上。

"金项链"的脸蹭着麻将桌上独有的绿色细绒，非常不舒服，但他试着挣扎了一下，居然纹丝不动。

江知津低下头凑近了一点儿，看着手底下的人，语气非常平静地说："昨天晚上在一中旁边的巷子里，你拦我们家小孩儿了，是吧？"

"金项链"咬着牙没说话，默认了。

江知津面无表情地说道："你们有规矩，事不及家人，不用我来教你吧？"

"江知津，你少在我面前狂！""金项链"话里都是不甘心的狠劲儿，"上次酒吧的事情还没完呢。"

"第一，"江知津看着他，说道，"我早就说过了，在我的酒吧里不许摸东西。第二，上次既然动刀见了血，按规矩这事本来算完了。"

"金项链"冷笑道："做梦！进所里的是我兄弟，又不是你——"

江知津拍了拍"金项链"的脸，说道："我现在火气已经很大了，别逼我抽你。"

"金项链"还没说话,包间的门又被人推开了。

"抽谁呢?"

房间里的人都朝门口看过去。

门口站了很多人,大多是一身横肉,打头的是一个四五十岁的中年男人,长相普通,穿了件灰色的亚麻衫,脖颈间挂了串蜜蜡,光泽很好,看起来价值不菲。

"金项链"像是看到了救星,趴在桌上大声喊道:"洪哥!"

江知津松开了手,对着男人点了点头,也喊了一声:"洪哥。"

"你知道这是我开的吧?来这儿砸我的场子呢?"被叫作洪哥的人看着江知津,语气里倒是听不出来生气之意。

"老杨就是这么教你做事的?"

老杨就是"云七"的上一个老板,据说以前也是长安街混出来的,性格豪爽,在绍江混得很开,三教九流的人都认识大半。

"没人教我,"江知津笑了一下,说道,"他堵了我家里人,我来讨个说法。"

洪哥的目光又落在了"金项链"身上。

"是吗?"

"金项链"头上全是汗,不知道是疼的还是吓的,大声说道:"是他先在酒吧冲我的兄弟动手的!堵了又怎么了?"

"再说一遍试试。"江知津立刻转头看着"金项链",冷笑一声,指了指对方的嘴巴,说道,"别逼我把你的舌头割了。"

"金项链"愣了一下,下一秒就要暴跳如雷,洪哥一抬手,说道:"行了。"

"自己的事情不牵扯家里人,这是规矩。"他在两个人身上扫视了一圈,问,"但你就这么冲过来砸我的场子,合适吗?"

江知津点点头说道:"不合适。"

他在众人的目光中走到门口,抄起放在那儿的塑料袋两下撕开,露出里面厚厚一沓红色的纸币。

"这儿有一万块钱。"

钱没有捆,被江知津扔到麻将桌上,散成一堆。

"两件事。"他看着洪哥说,"今天我心急,砸了场子,是我的错,怎么解决都行。昨天我家小孩儿说把人揍得有点儿狠,我替他赔医药费,他那儿的事情就了了。"

事情一码归一码。

他的声音清晰地回荡在房间里,"金项链"的脸都绿了。

上次他确实没想到一个小孩儿能有那股狠劲儿,没留意,被摆了一道,颜面扫地,恨得咬牙切齿。但那小孩儿再怎么狂也就是个学生,他已经联系好了十几号兄弟,准备哪天再堵人一次,来点儿狠的。

但他没想到江知津居然敢第二天就冲到麻将馆来。

外面本来喧闹的打麻将声不知道什么时候已经停了,满室安静,一房间的人的目光都在江知津身上。

洪哥死死地盯着江知津看了一分多钟,江知津没有回避,也与他对视。

洪哥先说道:"行了,走吧。"

江知津却没有动。

洪哥皱起眉头。

一片寂静中,江知津听见了人群里有人打开甩棍的声音。

但最后,洪哥还是开口了。

"看在老杨的面子上,"他说道,"今天你的事情,还有你家里人的事情都了了。"

江知津猛地松了口气,心里的大石落地。

洪哥开口说了了,那就是一切都结束了,没人敢继续动手。

江知津终于直起身,对着眼前的男人点头:"谢谢洪哥。"

说完,他警告地看了一眼旁边的"金项链",穿过人群,走出了麻将馆。

不知道两边的居民楼里哪家在吵架,女人尖厉的骂声和男人的粗口回荡在整个巷子里,其间还夹杂着锅碗瓢盆被砸到地上的巨响。到了巷子口,"黄毛"还站在原地没动,江知津居然还有心情冲他笑一下。

直到坐到车上,江知津整个人才松懈下来,背靠在座椅上,闭着眼,长长地吐了一口气。

三十摄氏度的天气里,这么折腾了一回,他的背已经湿了大半。

江知津翻出烟盒，抽出一支烟放进了嘴里，又想去翻打火机。

这天身上没带打火机，他费半天劲终于在副驾驶座的收纳盒里找到一个。

准备点火的瞬间，他又停住了。

他好像想起了什么，停了几秒，感到好气又好笑，叹了口气，又把烟和打火机都放回包里，发动了车子。

星期一晚上是英语晚自习。因为要讲的题有点儿多，第一节晚自习"李冰冰"没能讲完，占用了第二节晚自习半个多小时，只剩下四十分钟给他们写作业。

方颉做完作业的时候差不多已经到了下晚自习的时间。他没再刷题，收拾好东西后随便拿了本单词本盯着看，却已经开始走神。

不知道江知津的事情解决没有，他说的和平解决到底是怎么解决？他们理解的和平是一个意思吗？以及，他会不会出事？

他那种就差在脸上直接写"我很狂"三个字的人，应该轻易不会有人惹他吧？毕竟他还是个社会大哥。

可万一呢？

满脑子其他的事情让方颉很难集中注意力，五分钟过去，他刚看到第三个单词，这让他更加烦躁了。

桌子里的手机在这时微微振动了两下。

方颉立刻低下头，左手按着单词本，右手拿出手机看了一眼，是江知津的消息："我在学校门口。"

看起来一切正常，方颉莫名地松了口气。

在看到完好无损、靠着车抽烟的江知津时，方颉的一颗心彻底落地，他顿时有点儿想嘲笑自己刚才不着边际的想法。

见到方颉走过来，江知津掐掉烟："走吧。"

方颉回到家洗完了澡，坐到书桌前。他把手机微信点开，五分钟前，蒋欣馨给他发了个文档，包含绍江一中开学考年级前十的名单和所有科成绩。

他点开认真看了一遍，第一名总分六百五十六，第十名总分六百二十一。

十名相差了三十五分，分差有点儿大了，语文和数学分数都差不多，差距在英语和理综上。

这两科是他的强项。

他略过后面，直接去看第一名的学生的各科成绩。

第一名的学生理综分数很高，英语稍微差了一点儿，数学和语文考得都很不错……方颉一边看一边拉动表格，一直滑动到最前面，瞥到了对方的名字——谭卓。

方颉一愣，立刻想到了在小巷里撞到谭卓时，对方惊慌失措的表情、面对徐航时有意无意的鄙夷不屑样子，以及撞倒别人的水杯之后的神经质表现。

方颉意外，又不意外。

对方看起来就是那种好学生的典型，校服拉链一丝不苟地拉到底，课间也很少离开座位，方颉无意中扫过他的座位的时候，他永远垂着头在看书。

方颉倒是不太在意第一名是谁，只不过看到是有印象的人，有些惊讶罢了。他把手机开成静音模式放到一边，抽出了一套理综试卷。

这晚他要做两套理综试卷，包括写完后的批改与修订，时间很紧。因为星期五、星期六要考试，他打算把睡觉的时间往后推一小时。

方颉的写题习惯不算好，一边看题目，他一边开始动笔。如果是有图形的数学题或物理题，看了第一行字，他就能顺手画出四五条辅助线来。因为这个毛病，他以前被潮城的老师骂过，说他考试跟赶进度似的，万一判断出错又要推翻重来，考试有那么多时间让他重来吗？

但方颉依旧我行我素，原因很简单：一是这样做题速度很快，二是他极少有判断出错的时候。

写完两张试卷，时间已经到十二点二十分，方颉闭眼休息了一会儿，从包里摸出一颗糖放进嘴里。

糖是柠檬味、浓缩型的，酸得发苦，含一颗跟生吃了一个新鲜柠檬似的，提神醒脑到极致。方颉把糖咬碎，慢慢吃下去，换了支红笔对照答案开始批改。

这时候他听见了门口传来的敲门声。

敲门声很轻，响了三下。

方颉起身，走过去打开门，江知津正站在门口。

他刚洗了澡，头发被吹得半干，柔顺地垂着。走廊的灯是感应式，因为他的敲门声骤然亮起，昏黄的灯光照亮了门里门外的两个人。

见他开了门，江知津收回手笑了一下，问："还没睡啊？"

"刷题。"方颉答道，又问，"怎么了？"

江知津问："我能进去吗？"

方颉没说话，侧身让江知津进来了。

书桌上还摊着理综卷子，旁边是答案，还有没合上的红笔和黑笔，看起来有些凌乱。江知津刚好走到书桌前，低头看了一眼。

"字挺漂亮的。"江知津说。

方颉的字是从小被母亲送到少年宫书法班练的，五岁多的孩子刚开始学写字，先抬头挺胸地握着鸡蛋练了半个月握笔姿势，接着就是无止境地练习点、勾、横、撇、捺……导致他童年时期最恨的一件事情就是上书法班。

但这也让他练出了一手干干净净的行楷，语文考试写作文时，老师都会因为他的字给卷面分。

从小到大，看到他的字的人基本都会夸一句。

但这天晚上江知津随口夸了一句，方颉突然就有点儿不好意思了。

原因是他觉得自己刚才做题做得很快，写字没发挥出正常水平，其实不着急的时候写得更好一点儿；还有，因为是刷题，所有辅助线都画在试卷上了，卷面估计挺不好看的。

"还行吧。"方颉答，听起来特别不在意。

"刚才你妈妈来电话了。"江知津说道，"问你最近的学习情况，我说挺好的，说你学习刻苦努力、尊敬老师、和同学打成一片……"

"我妈听到这么敷衍的话没骂人吗？"方颉忍不住问。

"也没这么官方，反正差不多就是这么个意思吧。"江知津笑道。

方颉点点头，问："然后呢？"

"然后她又问了你的生活情况。"江知津顿了一下，露出笑意，又说道，"我说生活上也挺好的，无忧无虑，吃嘛嘛香，跟我关系也挺好的。"

方颉看着江知津，一时没能说话。这话他实在不知道该怎么接。

"你这是什么表情？"江知津挑了一下眉。

他闲得无聊，右手撑在桌子上，摆弄着方颉将合未合的笔，咔嗒一声，他把笔盖盖上了，问道："方颉同学，我们的关系还算不错吧？"

方颉还没说话，江知津又说："考虑之后再回答，不然你明天下自习就自己走回来吧。"

威胁别人必须和自己当好朋友，这得是幼儿园小孩儿才能干出来的事吧？小学一年级的孩子都比这成熟了。

方颉和江知津站在桌子前对视。他卧室的窗子没关，凉爽的夜风通过纱窗吹了进来，试卷被吹翻了一页，江知津靠在桌前，额间的头发被吹得微动。

方颉看了江知津一会儿，最后答："算吧。"

江知津跟着重复："什么算吧？"

方颉想：说他是幼儿园的都高估他了，还得是幼儿园小班的。

方颉在心里重重地叹了口气，说道："我们的关系算挺好的。"

逗小孩儿真的挺好玩的，江知津忍住笑意，见好就收，继续说："反正她就说了些不痛不痒的话，你要考试、要开家长会的事情和这次的事情我暂时都没说，都是你自己的事情，等你决定要不要说以后，我再开口。"

方颉愣住了，抬眼看到江知津一脸淡然的表情。

他点点头，说了声："谢谢。"

见江知津要开口，方颉抢先补充道："我这是讲文明懂礼貌，不是和你客气。"

"我还没说什么呢。"江知津看着方颉，说，"我是想说，巷子里的事情解决了。"

方颉还没来得及松口气，又听见面前的人说："明早自己上学啊。"

看来他是真的解决了。

方颉无言以对，点了点头。

江知津直起身说道："行了，赶紧睡觉吧，过两天不是要考试了吗？"

"我改完试卷就睡。"

方颉跟着江知津到门口，眼见着对方就要出去了，他已经准备关门，江知津突然转身，低头往他这儿凑近。

方颉猝不及防，下意识地想要退后一步，江知津似乎预料到了他的动作，把手按在他的肩膀上，提前说了一句："别动。"

两个人的身高差不多一样，江知津又靠近一点儿，在离方颉的正脸还有一段距离的位置停住了。

他侧过头飞快地闻了一下，随即直起身，收回手说道："柠檬味。"

方颉："……"

他心想：这人还好意思说别人是狗鼻子呢？

"大晚上还吃糖呢？"江知津啧了一声，一脸看小孩儿的表情，说道，"记得刷牙。"

看着江知津回了房间，方颉在门口站了一会儿，伸手轻轻哈了口气。

有柠檬味吗？为什么自己闻不到？

方颉往书桌那边走了两步又停住了，过了几秒，转身走出房门，径直走向卫生间。

学生时代的时间是很玄学的东西，平日里日复一日地上课下课好像很难熬，但一到快考试的时候，时间就会过得飞快。

星期四中午，月考的考场和座位号就已经整整齐齐地贴满了高三楼下的整个信息栏。一群穿着红白校服的学生挤在前面，叽叽喳喳地踮脚看自己的考场和座位号。

星期四最后一节课是每周唯一的一节体育课。

方颉很惊讶，绍江一中居然还能保证一星期一节体育课。通常都是学生去操场随便跑两圈，然后体育委员去器材室借几个篮球和排球，想活动的人继续在球场上活动，不想活动的人有的回教室，还有的直接趁着其他班没下课，先去食堂吃饭。

因为考场安排刚贴出来的时候人太多，方颉没有下去看。

等老师宣布自由活动后，他和徐航他们打了会儿球，最后几分钟才趁着人少溜达着去看了一眼。

考场和序号是按照开学考的名次排的，他是之后转学来的，没参加过开学考，所以直接被排到了最后一个考场的最后一位。

他被分到了第二十四考场，考号是717。

方颉飞快地念了一遍后记住。

晚上是数学晚自习，教数学的老师看上去五十多岁，快要退休了，但依旧精神抖擞。他可能也被第二天的考试搞得万分紧张，讲题情绪高昂，一个多小时连口水都没喝过。以方颉为代表的小部分人还能适应，大多数人已经跟不上进度。而以徐航为代表的一些同学，一个半小时下来已经痛不欲生。

下课铃响的时候，数学老师还舍不得离开，争分夺秒地布置了一道大题。

"白皮卷的第十一套，最后一道附加题，一共有三问，头两问都简单，最后一问有点儿难度，大家去试试。"浑厚的男中音盖过尖锐的下课铃声，"这道题你们要是能全做出来，那基本上没什么可操心的了。我顺便把星期六的作业也布置了吧，两张专题卷，课代表跟我去办公室领一下，其他人下课。"

等老师出了教室，四处都响起了解脱似的长叹声，其中徐航的声音最大。

"我的膀胱都要憋炸了！"

教室里响起一阵哄笑声。

一分钟不停地听了一个半小时数学课，没多少人受得了。拉动桌椅的声音纷纷响起，方颉听见连前面的蒋欣馨都和同桌小声说了句"我们去吹吹风吧，我的头都听痛了"。

几分钟的工夫，教室空了大半，只有四五个人在座位上聊天或者玩手机。方颉倒没觉得特别累，还翻开白皮卷看了一眼刚才老师布置的那道附加题。

那是一道数列题，第一、二问确实不算难，带入条件再套几个公式，不断化简就能得出答案。最后一问是论证所设值 β 存在，并求取范围。

这题乍看起来也很常规，方颉在草稿本上写了几个步骤，才发现有些复杂。

他盯着题看了半晌，整个人都没怎么动，皱着眉的样子看起来就像在放空思绪，只有右手还没停，飞快地在草稿本上落笔。

即使遇到不会的题，方颉一般也不会停笔，除非真的卡得一个字都写不了，否则会理出所有自己能找到的条件，在这个过程里激发灵感。

这种办法对他很有用，大约过了五分钟，他差不多已经理清了思路，开始在草稿本上论证。等他差不多写出答案的时候，徐航也回来了。

"怎么就剩这么点儿人了？同桌，你在哪个考场啊？"

徐航天生大嗓门儿，一句话差不多能喊得整栋楼的人都听见。

方颉边写边答："最后一个，二十四考场，717号。"

"那我比你强点儿。"徐航瞬间自信起来，声音又大了一倍，"我在二十一，好险，差一点儿就进入最后一百名的队伍了。"

方颉写完最后一笔，听得有些好笑。

徐航又开始喋喋不休地说："不过我觉得这次我应该是不行了，真的，我有预感，今晚先回去和我爸妈说一声，让他们提前做好准备。"

前面聊天的同学听笑了，回头问道："你考试，你爸妈还得准备什么啊？"

"准备良好的心态吧。"徐航表情沉重地说道，"如果这事太难就准备好鸡毛掸子，上次那个被我一气之下偷出来半路扔进垃圾桶里了……"

砰的一声巨响打断了徐航的话和满教室的哄笑声。

声响太过突然，直接盖过了所有声音，有女生被吓得惊呼了一声，整个教室立刻陷入寂静状态。

方颉恰好把最后一个字写完，也被这声音搞得有些烦躁，跟着所有人一起朝着声响处看过去。

是谭卓把书砸了。他看着徐航，胸口激烈地起伏着，脸色有些难看，语气也非常恶劣："能小声点儿吗？我要写作业。"

徐航原本还在耍宝，闻言愣了一下，话脱口而出："不好意思哈，没注意——"随后他又反应过来，问，"不是……大哥，这不是下课时间吗？"

他现在还是有些开玩笑的语气。

谭卓冷笑了一声："你不学习总有人是要学习的。"

这话就有点儿难听了，徐航踹开凳子站起来，向着谭卓走过去，问："你说什么呢？"

方颉也跟着站了起来，在徐航快要冲到谭卓旁边时拉了他一把，把他拦住了。

"你刚才是什么意思？下课时间我还得围着你转是吧？"

"行了。"方颉拦在徐航面前，又转头盯着谭卓说："能好好说话吗？"

"我怎么好好说话？"谭卓表情讥讽地看了他一眼，说道，"没看见我在写题吗？他吵得我根本做不出来。他不写作业是他的事情，能不能不要耽误别人？"

这人真的没被人打过吗？

方颉一时间被他这种"全世界都要为我考虑"的理论惊住了，完全不知道该说什么，只能再一次拦住要冲上去的徐航，顺便低头看了一眼谭卓的课桌。

上面放着白皮卷，摊开的那页是第十一套的附加题，最后一问写了一半。

方颉看了几秒，说："你写不出来是因为写错了。"

谭卓原本落在徐航身上的目光猛然转过来，死死地盯着方颉。方颉和他对视，抽出一只手在对方的答案上点了点。

"$0 < x < 1$ 的条件下，要满足 β 存在，方程一定要有正根，否则别说不同数列了，你连唯一解都求不出来。你一开始的假设就错了。"

这话说完，教室里又短暂地安静下来。

没有人说话，就连刚才嗓门儿堪比唢呐的徐航都瞬间安静了，谭卓低头看了自己的试卷一分多钟，又缓缓抬起头看着方颉。

然后方颉发现他的脸色更难看了。

如果说刚才谭卓还是愤怒和讥讽的表情，既因为题解不出来而生气，又看不起徐航这类成绩垫底的人，此刻他的表情在这个基础上又多了一些难堪之意，整张脸连着脖子都发红了，面色难看到了极点，呼吸急促，好像随时会喘不上气来。

方颉甚至觉得对方对自己的恨意瞬间超过了对徐航的，让他情不自禁地回想了一下自己刚才说的话——没带情绪，没骂脏话，甚至为了让自己的话有说服力，语气还非常真诚。

离谱。

徐航见状更来气了，盯着谭卓嚷嚷："我的同桌教你写作业，你是什么表情？"

方颉在心里无声地叹了口气，恰好这时候上课铃声响了，越来越多的人也回到了教室里，他顺势推了徐航一把，说："先上自习吧。"

徐航瞪着谭卓骂了一声，心不甘情不愿地转身回了位子。方颉走得慢了点儿，清晰地听见身后传来了撕东西的声音。

谭卓把那张试卷给撕了。

方颉想：这人这心态还高考呢，考个月考估计都够呛。

相比之下，徐航的心态就有些好过头了，晚自习前他一脸不爽的样子，整个自习过程中都没说话，下晚自习的时候却已经重新活跃起来。

因为要提前布置第二天的考试考场，这天的晚自习会提前半小时放学。到点后，全班同学都开始动起来，把座位底下用透明收纳箱装着的书一箱一箱地搬到教室后面，再把多余的桌椅和板凳拖出教室。拉动桌椅的声音在整个教学楼中回荡。

徐航跟花蝴蝶似的穿梭在教室里，一会儿帮这人搬桌子，一会儿替那人拿书。他问了方颉一句："同桌，要帮忙吗？"

"不用。"方颉看着他说，"我还以为你得气到明天上考场呢。"

"那不至于。"徐航挥挥手，说道，"虽然我现在还是挺想抽他的。"

他叹了口气，说："我学习确实不好，但也有自尊心好不好？祝我们一起脱离年级最后两百名——你看起来有点儿学霸的影子，很有希望。"

"行。"方颉笑了一下，又说，"数学回去练几道数列吧，物理把前天讲的那个单元测试卷再看一遍，考的概率有点儿大。"

"啊，哦。"徐航愣愣地回答。

把一切弄好，方颉出了学校。距离十点还有二十分钟，门口没有江知津的身影，他才想起自己忘记和江知津说这晚可能提前放学的事情了。

学校门口灯火通明，车流来来往往，方颉站在门口考虑了一下，掏出手机给江知津发信息："你在'云七'吗？"

隔了一会儿，江知津回复："嗯。方颉同学，上课玩手机？"

方颉："提前放学了。"

江知津："那我现在去接你。"

现在估计正是酒吧最忙的时候，方颉想了想，打字："不用。我去'云七'找你。"

两分钟后，江知津的消息发来了："行，来吧。"

方颉按灭手机，走到路边打了个出租车。

其实他也可以直接回家，但想了一秒，就打消了这个念头。

以前都是江知津来接他，回家洗漱完，江知津看部电影或者打打游戏，他待在房间里写作业、刷题，有时候两个人说话不超过五句。

但那个时候家里是有光的，方颉有时候摘掉耳机，还能隐约听见客厅里传来模糊的电影声。

现在一个人，方颉忽然有点儿不想回去。

"云七"里的人的确很多，酒吧的灯光是暖色调的，有点儿暗，但方颉进去时还是引起了不少人的注意，一是因为他的一身校服和背后的书包，二是因为他的脸。

周洪正在收拾一张靠门的、人刚走的桌子，一抬头就看见方颉进来，立刻冲他"嘿"了一声："你放学啦？"

方颉点点头，问："要帮忙吗？"

"不用，你先进去吧，江哥——"周洪转头看了一圈，最后一指前方的角落，说，"江哥在那儿，你先等等。"

方颉顺着他手指的方向看过去，江知津正站在角落那张桌子旁，微微弯下身和那桌的三两个客人说些什么。

察觉这边的目光，江知津抬头看过来，望见方颉时脸上带了点儿笑意，指了指吧台示意他进去。

可能是因为酒吧气氛的影响，或者是"云七"的灯光设计得确实不错，角落饱和度低的暖色光打在江知津的脸上，让他的五官线条明朗。他身上穿了一件藏青色的外套，整个人看起来很舒服。

方颉突然发现，江知津其实挺帅的。

可能是因为他平时看多了对方歪在沙发上打游戏或者看剧、早上刚起床顶着乱七八糟的头发走来走去的样子，居然没能及时发现江知津很帅。

等他到了吧台，顾巡一见到他就笑了，边让人进吧台边说道："好久不见啊，酷哥，你是我见过的第一个穿着校服进'云七'的高三生。"

"我刚放学。"方颉有点儿无奈。

顾巡点点头说："知道，江哥每天晚上都要去接你放学，跟养儿子似的。"

方颉一时没说话，心想：如果和方承临比，江知津确实更像在养儿子。

"说什么呢？"江知津走过来，把刚点的单拿给顾巡，说，"一扎黑啤。"

"说你尽职尽责。"顾巡接过单笑着答。

方颉不太好意思在旁边干站着，问："要帮忙吗？"

"别。"江知津看了他一眼，忽然笑了一下，说，"穿着校服在酒吧帮忙，别人还以为你勤工俭学呢。"

方颉无话可说，为了不那么引人注目，伸手把校服外套脱掉了。

天气慢慢转凉，早晚的温度都有点儿低了，方颉这天穿了件蓝色针织毛衣，领口有些宽松，露出清晰的锁骨。寸头依旧没长长多少，五官暴露在吧台的灯光下。

如果说江知津的脸是利落干净的好看，那么方颉这张脸就像是初次开刃的匕首，有些锐利的感觉。

他坐在吧台里，及腰以上的吧台挡住了他的校裤，短短十几分钟，已经有三个人来要他的微信。

方颉一律面无表情地冲着别人点一下头，说句"不好意思"，便没有别的话了，简直狂得不行。

听到第三声"不好意思"的时候，不远处的江知津叹了口气，放下手里的东西走过来，在方颉的肩膀上轻轻一拍，说："拿好你的东西，走了。"

方颉站起身拎过书包问："不忙了吗？"

"有周洪和顾巡足够了。"江知津看着方颉，一本正经地说道，"高中生不许待在酒吧里，添乱。"

方颉回顾了一下自己自从进了吧台就没挪过地方的二十分钟，盯着江知津重复道："我添乱？"

江知津点点头，说："你这张脸就够添乱的了。"

他说得刚才让人来的不是他似的。

方颉已经习惯了江知津说话十句有九句不着调，便跟着他出了"云七"。

两边都是酒吧或是餐厅，灯火通明，街道上起了一点儿风，带起凉意。绍江有些行道树是桂花，这个时候花开得正好，被夜风一吹，整条街道都笼罩着桂花香气。

江知津看了一眼方颉，问：“现在想回去了吗？”

方颉一怔，问道：“什么？”

"你刚才不是不想回去吗？现在呢？"

"不是，"方颉看着江知津，说，"我什么时候说我不想回去了？"

"要是你想回去，刚才给我发短信的时候就直接说了。"江知津看着方颉，语气笃定地说，"你不是来'云七'了吗？"

方颉不想回家，所以问江知津在不在"云七"，然后说过来找人。他刚收到短信的时候就看明白了，但他没说，只是让方颉过来。

方颉一时没出声。

江知津猜得挺准的，让方颉有点儿猝不及防，又有点儿不爽。

因为对方猜得太准了，所以他不太想承认。

但没等他反驳，江知津就万分随意地说："还不想回去的话就走，带你吃烧烤。"

江知津说的烧烤店不远，在街的尽头，两个人拐进一条巷子，再往里走五分钟左右，就能看见亮着 LED 灯的招牌。

"老王烧烤"的招牌孤零零地挂在门上。"王"字最上面那一横的 LED 灯还不亮了，方颉第一眼看过去的时候还以为是"老土烧烤"，心想：这名字真是返璞归真。

店门前放了巨大又简陋的大长桌，上面分门别类地放着不同的食材——鸡翅、排骨、豆腐、韭菜、小瓜、土豆、掌中宝……罗列得很整齐，看起来也很新鲜。旁边是巨大的烧烤架，烧烤架后面坐了一个胖乎乎的男人，看起来四十多岁，正在翻动烧烤架上面的一大排烤虾。

江知津应该是这里的熟客了，对方见到他，笑着扔过来一个小筐，说："自己拿。"

江知津几乎不挑，挨个拿了一点儿，递回去的时候说："少放点儿辣椒。"

老板答应得很爽快："行，进去坐着吧。"

店面不大，里面摆着几张长条小桌，江知津带着方颉进了店，随便选了个位子坐下。他们刚坐定，老板娘就走了过来，问两个人想要喝什么。

"白酒、啤酒都有。自家泡的青梅酒也能喝了,要不要倒一点儿?"

"今天不喝酒。"江知津笑着说,"有饮料吗?"

老板娘也回答得很爽快:"有啊,杧果汁、酸梅汁、葡萄汁,你要哪个?"

方颉还没说话,江知津开口说道:"不要杧果,其他两个各来一瓶吧。"

方颉看了一眼江知津,没再开口,等人走了才看着他,随口问:"你不吃杧果?"

这有点儿巧。

"吃啊。"江知津说,"你不是不吃吗?"

方颉愣了一下,问:"你怎么知道?"

"我们第一次买菜,挑冰棍的时候你不要杧果的。"

江知津的表情看起来有些无奈,他说道:"你这记忆力还能当学霸呢?"

方颉半晌没说话。

其实他想说"我做题的时候记忆力挺好的",或者反驳说"就算记忆力好,学霸也不会那么无聊地记人家吃什么口味的冰棍"。

但江知津记住了。

这让他的心情有些复杂,他想问问对方记这个干什么,又莫名觉得不太合适,于是没再开口,低头去看桌布上的蓝色碎花花纹。

江知津也没再说话,打开手机,想看一眼微信。

就在这个时候,门口传来一声带着些许惊讶之意的"江老板"。

江知津抬头看过去,门口站着的是李行延。

李行延见到江知津看过来,脸上惊讶的表情换成了笑意,朝着他走过来,说道:"这么巧,这都能遇到。"

李行延有一段时间没来"云七"了,没想到两个人没在酒吧遇到,反而在烧烤摊撞见了。江知津冲他点了一下头:"是挺巧的。"

"我和同事刚加完班,请他们来吃点儿东西。"李行延示意了一下正在门外面选烧烤的三四个男女,目光又落到了方颉身上。

"你这是……"

李行延抬眼看向江知津对面的人。

方颉还没穿上校服，身上依旧是那件蓝色毛衣，已经和江知津差不多高，抬头和李行延对视了几秒。

一旁的江知津紧接着开口打断他："这是我们家小孩儿，刚放学。"

李行延愣了一下，不太确定两个人是什么关系，于是立刻转了话题："哦，好久没去'云七'了，顾巡他们还好吧？"

"挺好的，"江知津答，"前两天他们刚说你很久没来了。"

李行延笑道："工作太忙了，过几天一定去。"

他们随便说了两句，门口那几个人点完单都进来了，估计是看到李行延正在和人说话，没有叫他，找了张桌子笑闹着坐下了，还要了几罐啤酒。

李行延看了一眼，对着江知津说道："我过去了。"

江知津点点头，说："好。"

李行延他们选的桌子在对面的最后一排，和方颉他们刚好是对角，距离有点儿远。隐约有笑声和说话声传过来，方颉听见他们叫刚才过来说话的人"李总监"。

方颉看着对面的江知津，对方正在低着头玩手机，听声音就知道对方又把《开心消消乐》打开了。

"刚才那人是谁啊？"

"李行延。"江知津连头都没抬，说，"'云七'的客人。"

"哦。"

外面烤串的香气不断飘进来，对角那桌人正在喝酒。方颉沉默了片刻，又看着江知津，压低了声音问："他刚才想说什么？"

江知津滑拉着手机，淡然的声音伴随着音效声传出来："什么想说什么？"

"刚刚那句话。"

"哪句话？"

"啧，"方颉皱眉盯着江知津，问，"你跟我在这儿装傻呢？"

江知津笑着退出了游戏，也抬头看着对方。对视之间，他答："没什么，我跟他之间有一点儿私事，你要想知道，告诉你也行。"

方颉看了江知津一会儿，最后答："算了吧。"

他只是觉得李行延有点儿奇怪，好像他和江知津之间发生过什么事情，但既然江知津说了是自己的私事，他就不打算再往下问了。

　　他再问下去不够礼貌，也不尊重人。

　　江知津似乎预料到了方颉的回答，笑了一下，没再说这个话题。

　　在有些冷场的时候，他们点的东西到了，是热腾腾的两盘烤串和蘸碟。老板把铁盘放在桌上，声音很爽朗："东西都齐了，还要什么再叫我就行！"

　　江知津道完谢，转头对着方颉说道："吃吧。"

　　方颉拿起一串小瓜咬了一口。江知津估计对这家店很熟悉，点的东西味道真的不错。

　　江知津挑了串排骨，问："好吃吗？"

　　方颉点点头，又问："你经常来这儿？"

　　"我以前和周洪、顾巡经常来。这家店的老板也是个退伍兵。"

　　方颉这才想起江知津也是退伍兵。

　　江知津十八岁入伍，二十三岁退伍，当兵一共五年。按理说这个年限他应该可以转中士了。方颉吃完了那串小瓜，问："你当初为什么退伍？"

　　见江知津抬头看自己，他又补充道："如果还是私事就算了。"

　　江知津忍不住笑了，答道："不是，执行任务的时候受伤了，伤退。"

　　方颉觉得自己真的话很多。他犹豫着要不要向江知津道个歉，又觉得有点儿刻意，定在那儿不知道该怎么开口。

　　反而是江知津先敲了两下桌子，说："发什么呆？吃你的串。"

　　他的语速不紧不慢，也没有生气的意思，方颉松了口气。

　　两个人吃得差不多的时候江知津又让老板烤了一份，带回酒吧给顾巡和周洪。

　　他们走的时候李行延那桌的人还没吃完，江知津没上前打招呼，等回到家才收到他发来的微信。

　　李行延："不好意思，今天好像给你添麻烦了。"

　　江知津下意识地回头看了一眼卫生间，方颉正在洗澡。

　　其实他倒是不在意被方颉知道自己的事情，这天方颉问他的时候，他犹豫了一下，只是觉得好像没有必要对高三的小孩儿说这些自己的私事，但是如果对方要问，他也会回答。

不过方颉没有往下问。

他回复道:"没关系。"

李行延:"我还以为那是你朋友。"

江知津不知道怎么介绍自己和方颉的关系,说是朋友好像不对,说是家人又没有血缘关系,说是以前邻居家的暂时借住的小孩儿……

啧,他没必要和外人解释那么多。

于是他只回了个"亲戚"。

李行延不愧是在各个场合修炼出来的人精,没有追问。

江知津转了一下手机,恰逢方颉洗完澡出来,对沙发上躺着的他说道:"我洗好了。"

"行。"江知津从沙发上爬起来走进卫生间,说,"明天不是要考试吗?早点儿睡。"

方颉嗯了一声。

已经是十二点,为了考试,他打算抓紧时间再看一小时书,书包在进门时被扔在了沙发上,他过去拎起来,打算拿回房间。

恰逢江知津扔在茶几上的手机响了一声。

方颉发誓他不是故意的,只是听到手机收到消息的声音时下意识地抬头看了一眼。

江知津的手机已经被按灭,因为收到消息,屏幕又亮了起来,一条微信消息孤零零地挂在屏幕上,只有短短几个字,方颉一眼就能看清楚。

李行延:"早点儿休息,好梦。"

方颉怔了一下,发觉自己这样不太合适,于是立刻移开了目光。

进了房间坐到书桌前,方颉随手打开化学笔记,手里的黑色碳素笔转得飞快。

两天的考试,第一天考语文和数学,第二天考理综和英语,全国大概都大同小异。早、晚自习依旧要上,但对于一些人来说,反正只要白天不上课就是放松的,至于家长会,那是考试之后的事情了。

这让整个高三考场都洋溢着一股轻松的气氛。

方颉在吊车尾的考场,这种气氛便更加明显。

整个考场简直轻松惬意过头了，有人半个小时了还没写一个字，盯着试卷不知道思绪跑到了哪里；有人一进去就开始睡觉——方颉前面那个男同学因为考数学时睡觉呼噜声太大被监考老师叫醒过三次。

这样一来方颉反而成了特例——作为最后一个考场的最后一名，他是唯一一个考试时在认真写试卷的人。监考老师在他旁边转了快十圈，最后干脆在他后面的空位子上坐下了。

方颉倒是无所谓，一旦进入状态，很难被外界事物打扰。

考试的两天过得飞快，这个星期作业不太多，方颉都待在家里，江知津除了晚上会去"云七"，平常也懒得出门。

星期日晚上，江知津的酒吧有点儿事情，方颉一个人坐公交车去了学校。

路上有点儿堵，方颉到教室的时候已经快上课了，所有人都没坐在座位上，在教室后的黑板前围成一团，声音乱糟糟的。他到座位上把书包放下，顺便朝那儿看了一眼，恰好和人群最里面的徐航目光对了个正着。

见到方颉，徐航瞪大眼，用他那堪比唢呐的嗓子咆哮了一句："同桌，你厉害啊！年级第一！"

方颉愣了一下，朝那边走过去。其他人因为徐航这一嗓子，将目光全部放在了他身上。

见他过来，众人稍微往外散了散。

方颉没走太近，在人群外借着这点儿空隙看清了贴在后面黑板上那一排用A4纸打印出来的榜单。

榜单开头是黑体加粗的标题："高三第一次月考统测成绩"。下面开头第一行就是方颉的名字——

方颉，语文122，数学139，英语136，理综271，总分668，年级第一。

这个分数和方颉自己估的差不多，高了五分左右，只是他没想到能拿年级第一。他倒是没什么多余的情绪，这个分数其实也不算特别高，他看了一眼就转身回座位。徐航扑上来搭住他的背，比他还激动。

"上次向你借英语试卷的时候我就隐隐感觉到了你的学霸气息,果然是对的!"

方颉被徐航猛地一扑,差点儿往前栽了一步,答:"还行吧。"

"太牛了,这么久了,我还是第一次看见年级第一换人,以后我就跟着你混了。"

方颉这才想起刚才的名单上,在他后面的人好像是谭卓。

他下意识地朝着谭卓的座位上看了一眼,桌上的书摊开着,书包也在,只是人不见了。

每次月考成绩出来,最关心成绩和排名的除了学生自己,还有老师。教务处刚把成绩排出来,办公室里所有老师就已经人手一份了。

"这次年级第一、第二名都在唐老师的班?"

隔壁班的班主任就坐在唐易的办公桌斜对面,看着他晃了晃手里的成绩单,笑道:"唐老师,你也太厉害了。"

唐易连忙摆摆手,脸上带着梨窝,说道:"是学生自己比较厉害。"

"这话说的,你是班主任嘛。"对方又看了一眼成绩单,"谭卓我知道,这个方颉我怎么没听说过?"

"他是个新同学,刚从外地转学过来半个月。"

"厉害啊,这么点儿时间他就跟上进度,还考了年级第一。"

"他以前成绩就挺好的,读的是他们那儿的省重点高中。"

对方闻言惊讶地说道:"怪不得。那他干吗还高三转学啊?"

"这就不知道了,没问,学生自己的事情嘛。"唐易笑着答,拿起自己桌上的教案和课本说,"周老师,快上课了,我先走啦。"

唐易走进教室的时候刚好打铃,还有一群人围在教室后面的榜单前,他敲了敲讲桌。

"都考完了,别看了,先回座位。"

等所有人回了座位,唐易才笑着说:"第一次月考只不过是检测一下大家的基础和复习情况,没考好的同学也不要气馁,老师讲题的时候认真听,自己做好总结,知道自己的问题在哪儿就行。"他顿了顿,接着说道,"不过这次我们班有几位同学考得很好，值得鼓励一下。"

方颉直觉不妙，果然，下一秒就听见唐易说："比如说方颉同学，考了六百六十八分，年级排名第一。"

全班同学立刻跟接到指令似的噼里啪啦地鼓掌，其中旁边的徐航拍得最激动。方颉叹了口气，坐在自己的位子上，低头看着没翻开的课本装死。

唐易接着往下说："还有我们班的谭卓同学，考了六百五十七分，年级排名第二。"

十一分，两个人的差距不大。

方颉这么想着。

讲台上的唐易将目光落到谭卓的座位上，接着有些诧异地问："嗯？谭卓呢？"

"刚才还在的。"谭卓的同桌小声答，"可能去厕所了。"

话音刚落，门口传来了一声"报告"。

唐易和全班同学都往门口看去。谭卓站在门口，脸上和额前的头发都有些潮湿，校服袖子看起来也是潮湿的，面色微微发红。

唐易笑道："去哪儿了？"

谭卓答："去厕所。"声音有点儿沙哑，听起来倒是很正常。

唐易说道："以后不要迟到，进来吧。"

谭卓走了进来，在众目睽睽之下回到自己的座位上，低头开始看书，从头到尾都没有看任何人。

方颉听见旁边的徐航嘀咕："这么淡定啊，我还以为他得发疯呢。"

见方颉看着自己，徐航连忙说道："真的，他高二有一次考试没拿年级第一，在教室里把试卷撕了，特恐怖，当时都没人敢和他说话。"

方颉皱了一下眉，而讲台上的唐易已经开始说话了："星期六下午不上课，开家长会，两点开始，记得通知家长。"

这话一出，教室里立刻哀鸿遍野。唐易笑着不说话，等声音下去了才说："行了，每月一次，慢慢你们就习惯了。大家把这次考试的试卷拿出来，这节晚自习我要把它讲了。"

周围还有人在嘀咕，方颉把试卷拿出来翻到第一页。

星期六下午开家长会，那江知津应该有时间，毕竟一般星期六他都只躺在家里，出门去的最远的地方就是小区门口的超市。

上次他说方颉考年级前十名就来开家长会，自己考了年级第一，应该算是超额完成指标了吧？

唐易已经开始分析文言文，方颉收回思绪，专心看题。

一节晚自习刚好把一份试卷讲完，下课的时候唐易走到方颉的桌前敲了敲，示意他跟自己出来。

天已经黑了，下课时间，教学楼的走廊里人来人往，见到唐易，有的学生会叫一声"老师好"，他都会笑着答应。

等到了走廊尽头，人少了许多，唐易才停下来转身看着方颉。

"没什么事，"唐易的语气很松快，仿佛他不是在和学生说话，而是在跟朋友聊天，问，"星期六的家长会你这儿有人来吗？比如你父母什么的？"

方颉答："他们应该不会来。"

"哦，那也没关系——"

"江知津。"下一秒，方颉答，"江知津会来。"

他说得毫不犹豫，以至唐易愣了一下，随后才笑道："那更好了，你考得这么好，让江知津散了会请吃饭。"

方颉也笑了一下。唐易拍拍他的肩膀，说道："行了，我就问问这个，你回去吧。"

第四章
家长会

晚上回家，方颉洗完澡出来，江知津已经回房间了，但房门没关，门缝里透出了光亮。

方颉犹豫了一下，还是去敲了几下门。

江知津的声音立刻传出来。

"进。"

方颉推开门走了进去。

江知津的房间的装修风格和客厅一致，属于简约风，木质衣柜和床是浅色系的，床品也正常，灰白色的被子和枕头。

所以当初到底是怎样的心路历程让江知津买下了那套印着海绵宝宝的被子和床单的？

床的对面放着一台台式电脑的电脑桌，江知津已经换了睡衣，正对着电脑噼里啪啦地打字。见方颉过来，他关掉页面，转过椅子，问："怎么了？"

方颉轻咳了一声，说："上次月考的成绩出来了，我考得还行。"

江知津问："多少？"

方颉尽量让自己的声音听起来特别平淡："六百六十八，年级第一。"

江知津一时没说话，最后慢慢笑起来，笑意还越来越明显。

他开口说道："厉害啊，方小颉。"

"还行吧。"方颉突然被他这么叫，莫名有些不自在，面上却一副淡定的表情，说，"分不算很高。"

江知津摇摇头说道："年级第一，很厉害了，有时间记得和你妈妈说一声。"

"哦。"

方颉顿了顿，又说："星期六下午两点要开家长会，唐老师问我有没有人去，你去吗？你去的话我和唐老师说一声。"

"去啊。"江知津立刻答。

方颉心里忽地松了口气。毕竟自己几乎是毫不犹豫地和唐易说了江知津会去，要是他拒绝那真的挺丢人的……

"哦。"方颉点点头，回了个"行"字。

江知津看了他一会儿，突然笑了一下。

"上次我和你说月考考年级前十名我就去家长会，你不会是因为这个考年级第一的吧？"

"不是。"方颉答。

江知津整个人都蜷在座位上，看起来万分懒散。他仰着头，靠在椅背上，目光专注地盯着方颉，脸上还带着笑意。

"真的假的？"

他的睡衣领子很宽，一仰头就露出了修长白净的脖颈，还有隐约的没遮盖住的锁骨。方颉将目光移到他的脸上，和他对视。

"真的。"他看着江知津，说，"考年级第一不是为了谁考，是因为我能考。"

他的语气平静无波，但还是透露了一点儿少年意气——通俗一点儿来说，就是他无形中装了一下，狂得不行。

江知津忍不住笑了，稍微直起身，对着方颉点点头说道："知道了，酷哥。"

方颉看着他没说话。

江知津换了个词，语气严肃认真地说："知道了，方小颉，快去睡觉吧。"

方颉想：这人怎么这么烦？

因为这次月考成绩，方颉在学校里一下子引发了不少关注。毕竟是从来没听说过的、刚来的转校生，第一次考试他就拿了年级第一。有些人会在课间路过他们班教室的时候在窗台处看一眼，在去食堂和操场的路上，落在他身上的目光也会多一些。

当然，这种情况也只持续了一个星期，因为不管多少人愿意或者不愿意，星期六的家长会还是来了。

从中午十二点多开始，就已经陆陆续续有家长进了学校，不少同学担心自己的父母找不到教室的位置，也已经在学校门口等着。方颉和徐航他们去食堂吃饭时远远看了一眼，门口的人很多。

"我爸出差了，这次我妈来帮我开家长会，估计她还得去做美容、搞头发……"

徐航这次考得还行，没退步，由于考前抱着死马当活马医的心态翻了翻方颉给他画的知识点，甚至进步了六七名，这让他整个人都感到阳光明媚。

"反正她来的时候肯定踩点。"徐航看着方颉，突然又想起对方是外地的，问，"你家里有人来吗？"

方颉把目光从学校门口收回，点点头说道："有。"

江知津醒的时候天已经大亮了。他摸过手机看了一眼，早上十点半。

他磨磨蹭蹭地爬起来，洗漱完随便找了套衣服换上，又转到厨房准备吃个早点或者是午饭。他走到冰箱面前，才看到上面贴了一张手掌大的便笺，上面的字漂亮又工整："下午两点钟，家长会。"

那人还在右下角认真地写了落款：方颉。

江知津笑了笑，把便笺撕下来放在一旁。

吃完东西，他又打了会儿游戏，快到下午一点的时候，才穿上外套，换好鞋，准备出门。

临出门时，他站在门口犹豫了一下，考虑自己是开车去还是走路去。

这天是整个年级一起开会，江知津担心自己要是开车去，应该挺难停车的，而且会特别堵，但是开完会自己就得去酒吧了……

还没等江知津考虑清楚，他的手机就响了。

屏幕上显示的是一个陌生的外地电话号码，地点显示是潮城。江知津接通电话，那边是个男人的声音。

"你好。"

"你好。"江知津问,"请问你是……?"

那边的男人声音很温和:"你是江知津吧?我是方承临,方颉的爸爸。"

江知津准备出门的脚步停住了,一只手握住门把不让门合上,另一只手握着手机,他微微偏过头仔细听那头的人说话。

"这段时间方颉给你添麻烦了,我出差路过绍江,你现在有时间的话,我能和你见一面吗?"

他顿了顿,语气诚恳无比地说道:"我很担心他,想了解一下他最近的情况。"

方承临住的酒店在市中心,最后江知津还是开车出了门。到了对方说的咖啡厅,他停好车,看了一眼时间,下午一点二十分。

中午喝咖啡的人很少,只有寥寥几桌客人。江知津推门而入,环顾了一圈,朝着最里面的那桌走过去。

那儿坐了一个穿着灰色夹克的男人,头发梳得一丝不苟,戴着一副无框眼镜,看起来温和儒雅。看到江知津朝自己走过来,他立刻起身,等人到面前时才开口说道:"你好,江知津是吗?"

江知津冲他点点头,说道:"你好。"

方承临也点了点头,声音听起来很温和:"坐吧,喝点儿什么?"

"都行。"江知津坐下后,停了几秒又说,"我待会儿有点儿事情,可能不能待太久,不好意思。"

方承临要了两杯美式咖啡,闻言看向江知津,抱歉地说:"不,不,不,怪我这么着急打扰你。"他停了停,然后说道,"其实我也没什么事情,就是想问问,方颉最近还好吗?"

"挺好的,平时他都在学校里,学习很努力,成绩很好,回家后在自己的房间里刷题,不太爱出门。"

"他在家也这样。"方承临笑着说道,"给你添麻烦了。"

江知津看了他一眼,答:"没有,他不是会给人添麻烦的人。"

"这次他一定要转学就够给你添麻烦了吧?"

"没什么麻烦的。"江知津又回答了一遍，然后说道，"我能问问吗？当初方颉为什么一定要转学？"

这次方承临沉默了很久，咖啡端上来，他喝了一口才回答道："是我和他妈妈的感情出了点儿问题，我们经常吵架，可能对他也有些影响，他是个很敏感的小孩儿。"

江知津没说话。

就因为这事吗？他不太相信。

在江知津眼里，方颉确实有些敏感，而且不爱说话，喜怒都不太表现出来，但他不脆弱，相反，有的时候还会有些自己独有的傲气。如果只是父母吵架，他不至于到要坚持转学的地步。

但江知津没有再问，只是点点头示意自己知道了。

"我坚持反对他转学，担心影响他的成绩，他原来的成绩非常好，现在突然要在高三转学，我很担心他跟不上进度——"

方承临的语气很忧虑，江知津没忍住，打断了对方："没有，他现在的成绩也挺好的。"

"是吗？"

"嗯。"江知津答，语气里带着一点儿莫名的嚣张，"刚考了年级第一。"

刚说完他就后悔了。

——你显摆什么、嚣张什么啊，那是人家的儿子。

幸好方承临并没察觉，反而松了口气似的问："真的吗？"

"真的，我待会儿要去给他开家长会……如果发成绩单，给你发一份？"

方承临愣了一下，问："家长会吗？"他抬起手看了一下腕上的表，犹豫了片刻之后说道，"要不我去吧。"

江知津立刻抬眼看向他，方承临一脸歉意表情地看着江知津，说道："太麻烦你了，家长会都要你去。刚好我是晚上的飞机，还有点儿时间。我也很久没看到方颉了，趁这个机会见他一面。"

两个人安静了一瞬。

桌上放了一盆绿植，不知道是什么品种，长得枝繁叶茂。江知津定定地看着方承临，一直没说话。

亲生父亲想替儿子开家长会挺合情合理的,何况两个人还是那么久没见了,江知津好像也没什么权利拒绝……

方承临已经站了起来,问:"在绍江一中是吗?几点钟?我……"

"算了吧。"江知津突然说道。

方承临顿住了,有点儿诧异地问:"什么?"

"算了吧。"江知津重复道,"你说是因为你和龄姐的感情问题方颉才转学的,所以我不知道方颉想不想见你,不通知他一声就让你去开家长会不太尊重他。"

隔着桌上绿植的光影,江知津停了一下,又笑道:"而且方颉和我打赌,只要能考到年级前十名我就去给他开家长会,我答应他了,不想反悔。"

方承临连忙说道:"我到时候和他解释一下……"

江知津抬起头,看着方承临说道:"比起事后再解释,还是尊重他好一点儿。"

还有两分钟到下午两点,班里几乎坐满了家长,家长在座位上坐着,学生站在一旁说话,教室里吵闹又拥挤。方颉站在教室外的走廊上,犹豫了片刻,还是掏出手机给江知津发了条消息:"你到了吗?"

没人回。

方颉等了一会儿,把手机收了回去。他莫名地烦躁起来,扭头隔着窗子看了一眼教室,转身下了楼。

楼道里很空,每个班里都挺吵的,声音回荡在教学楼里,引起轻微的回声。

他又想起自己刚来绍江那天,自己一个人拎着行李箱站在机场大厅里待了一个小时,独自面对完全陌生的城市、陌生的人群。他打的电话没有人接听,最后手机快没电了,只能先打车独自去江知津的酒吧。

那个时候,他除了烦躁和不爽,还有一点儿不愿意承认的孤独感。

这种感觉曾经出现在幼年父母一起加班、他被去买菜的保姆锁在家里时;出现在他很多次一个人待在家里时;出现在他得知方承临在外有个女人和儿子时;出现在绍江机场的大厅,也出现在此刻。

他有种"没有人会在乎你、没有人会真的把你的话放在心上、没有人在等你"的被遗弃感。

方颉想随便找个地方待一下，操场、走廊、食堂，或者学校外面也行，不知道现在能不能出去……

他一边想一边下楼，越走越快，等到了一层临转弯时，一个没留神，差点儿撞在正好上楼的人身上。

"我……"江知津有点儿无奈地看着方颉，说，"走路能看点儿路吗？方颉同学？"

方颉猛地被他一喊，才发觉自己面前的是谁，半晌没有说话。

江知津轻轻一挑眉，问："不在教室里跑下来干吗？接我呢？"

又隔了几秒，方颉才开口，声音有点儿哑："你能准时点儿吗？不会是睡到现在吧？"

江知津心想：十七八岁的少年果然不得了。

他看着方颉反问："你能讲点儿良心吗？我从市中心开车过来，贴着限速开的车，就差闯红灯了。"

方颉一愣，问："你去市中心干吗？"

"有事情。"江知津顺手揉了揉方颉的脑袋，催促道，"赶紧带路。"

方颉瞥了江知津一眼，转身重新上楼。

在江知津只能看到他的背影的这点儿时间里，他深深吐了口气，把突如其来的鼻酸感压了下去。

到了三楼，方颉停了下来。

"在中间那间教室，靠窗倒数第三排里面的那个座位——估计也就我那个位子空着了，你进去就看得到。应该不会让学生待在里面，我就不进去了。"

"行。"

眼见江知津要朝着教室走过去，方颉突然喊了一声："江知津。"

江知津立刻转过头盯着方颉，微微眯起眼睛，说："叫我什么呢？欠抽是吧？"

方颉笑道："谢谢。"

江知津看了他几秒，忽然过来揉了一下他的头。

"找个地方待着，别乱跑。"江知津说道，"等我出来。"

江知津刚进去没多久，唐易就从楼下冲上来了。估计是因为迟到了几分钟，他急得冒汗，看到走廊上的方颉都没来得及打招呼，直接大步跨进教室里。

开家长会的时候，老师们都不会让学生留在里面，隔了几分钟，班里其他同学也都出来了。徐航看到了走廊上的方颉，几步过来把手往他的肩膀上一搭，对着其他人振臂一呼。

"走，走，走，打球！"

方颉回头看了一眼教室，还是跟着大部队去了球场。

班上打球的就是固定的那些人，下午大家提不起来劲，打了半场后，几个男生懒懒散散地投球玩。徐航一边投篮一边问方颉："今天来帮你开家长会的那个人是谁啊？"

方颉答："就上次和你说的，我——"

他稍稍停顿，徐航立刻接上："哦，你哥啊。"

"啊。"方颉答。

徐航接着说道："我正和我妈说话呢，他就进来了，和我说'帅哥，能让我过去吗'，他还挺帅。"

方颉想象了一下当时的场景和江知津说这话时候的语气，有点儿想笑，又点点头说道："他有时候是挺帅的。"

家长会的流程都差不多。班主任讲开场白，各科老师分别上来讲讲各科的情况，接着再由班主任收个尾，偶尔会有几个学生的父母面对面地谈谈话，差不多也就结束了。

方颉桌上的东西还没收好，江知津在听老师讲话的时候分心看了一眼，摊开的物理笔记和错题集、笔袋、一听喝了一半的桂花味可乐放在桌子左上角处，旁边还有一颗不知道什么牌子的、塑料包裹的糖。

江知津闲得无聊，拿过糖来撕开包装喂进嘴里，下一秒就吸了一口气。

糖是柠檬味的，酸得发苦，提神醒脑必备。江知津想起来某个晚上自己在方颉身上闻到的就是这个气味——淡淡的柠檬香气。

场面话结束，老师开始和父母有针对性地一对一面谈。唐易下来的时候江知津的糖还没吃完，唐易嫌弃地看了他一眼。

"开家长会还吃糖呢？"

"方颉的。"江知津把糖咬碎，尽快"毁尸灭迹"，问，"唐老师，怎么了？"

"没什么，就是方颉这次考得不错，请家长让他继续保持，不要骄傲，把错的题多看看。"

"他不是那种人。"江知津露出一点儿笑，说，"我就没见他骄傲过。"

唐易瞪他，笑道："差不多得了，他又不是你儿子。"

说到这儿，江知津又想到了方颉的爸爸，最后对方还是同意让自己来开家长会了。其实他还挺不好意思的，因为他的确没有足够的立场代替方承临来，但还是开口了，不仅开口了，态度还很强硬。

因为他答应过方颉，确实不太想让方颉失望。

唐易作为班主任忙得脚不沾地，马上又被其他家长叫走了，有些家长也已经开始离开，江知津感觉没什么事了，对着他示意了一下，出了教室。

这个星期六下午只开家长会，什么时间结束就什么时间放学。江知津下楼后给方颉打了个电话，刚响了几秒那边的人就接通了，江知津问道："结束了，人呢？"

"球场。"方颉打完球，喘着气说道，"马上过去。"

过了两三分钟，方颉从球场过来，又上楼收拾了一下自己的东西，出来后两个人慢慢往校门口走去。

出去的这段路上，江知津先开口说道："不好意思啊，今天迟到了。"

方颉看着他，语气很平淡地问："你不是来了吗？"

江知津看着他，脸上浮现一点儿笑意，正想接着往下说，他突然扭头看了江知津一眼。

然后他万分笃定地说："你是不是偷吃我的糖了？"

江知津还没说话，方颉低头闻了闻，接着万分肯定地说道："一股柠檬味。"

"什么叫偷吃啊？"江知津没想到糖的气味持续这么久，理所当然地说道，"你不是放桌上了吗？"

方颉点点头，反问："我放桌上你就可以吃了吗？"

江知津被十七八岁热爱吃糖，还不许别人吃的高三生方小颉同学折服了，真没见过这么幼稚的青少年。他点点头，说："下次你干脆贴个条吧。就写'方颉的糖，生人勿动'。"

方颉转过头看着前方，没忍住笑了起来。

他倒不是想和江知津辩扯一颗超市里随处可见的柠檬糖，就是无聊，觉得和江知津为了点儿鸡毛蒜皮的小事扯来扯去很有意思。

反正他也没有别的事干，那随便说点儿什么都很有意思。

江知津观察了片刻，觉得方颉的心情看起来还行，于是重新开口说："有件事情和你说一下。"

方颉没说话，等着他接着往下说。

"我来的时候不是说去了趟市中心吗？就是去见个人——"他停了一下，继续说，"你爸爸来了。"

江知津看见方颉先是愣了一秒，好像在消化自己这句话的意思，接着表情肉眼可见地冷了下来，刚才那种轻松的状态瞬间消失了。

江知津想：情况不太妙。

眼见就要到学校门口，方颉问："他在哪儿呢？"语气听不出来情绪。

江知津在心里叹了口气，答："学校门口。他出差路过，今晚的飞机，想过来看看你。"

方颉没再说话。

到了学校门口，江知津的车停在路边的停车位上。窗子半开着，方颉一眼就看见了副驾驶座上坐着的方承临。

对方不知道正在和谁打电话，一直说个不停，直到转头看到了方颉和江知津，才匆匆说了两句挂掉了电话，打开门下了车。

人还没到面前，方承临先朝方颉走了几步，喊了一声："小颉。"

方颉没出声，只是点了点头。

方承临却好像很高兴，喋喋不休地说道：“爸爸出差路过绍江，特意停了半天，想着一定要来看看你。听说你考了年级第一，真不错，我就知道不管在哪儿你都是——"

方颉打断他："你有什么事吗？"

方承临立刻停住了，看着方颉，好像整个人都被失落的情绪笼罩，脸上的神情看起来很难受。

最后，方承临对着方颉笑了一下，说："没什么事，就是担心你，想看看你过得怎么样。"

方颉不想看到他这样的表情，扭过头盯着一旁的行道树，语气很淡地说："挺好的。"

已经有越来越多的家长和学生结伴走了出来，江知津及时打住两个人的对话。

"找个地方说吧。"江知津说道，"别在学校门口。"

最后三个人找了个不远处的奶茶店，二楼没有人，他们随便点了点儿喝的东西，找了个僻静的位子坐下。

一路上方颉都没说话。他对方承临突然出现在自己的学校门口这事没有做好准备，对于江知津已经见过方承临这事也没有准备。

对他而言，绍江是他逃避潮城一切乱七八糟的事物的地方，而江知津作为在这里他最熟悉的人，就成了过去与现在的分割线。

因为方承临的出现，这条分割线被打破了。

方颉又不得不面对糟心的、一团乱麻的、让人想吐的血缘烂账。

江知津没有坐下，而是对着方颉和方承临略一点头，说："你们说吧，我下去抽支烟。"

他转身下楼的时候，手轻轻地在方颉的肩上按了一下。

他的动作很轻，似乎只是无意识的一下，方颉却立刻从刚才的情绪里抽离了出来，抬头看着方承临。

两个人沉默了几分钟，最后还是方承临先开口了。

"爸爸对不起你。"方承临说道。

方颉低头看着自己面前的柠檬水。

"怪我，爸爸也没预料到事情会变成今天这个样子，让你不得不转学，因为……

我一直待在医院,被搞得焦头烂额。真的,爸爸特别对不起你。"

良久后,方颉说:"你对不起我妈。"

方承临点点头,苦笑道:"对,我还特别对不起你妈,对不起的人太多了。"

"你前段时间都在医院?"

见方承临点头,方颉沉默了很久,最后还是问:"他怎么样?"

方承临愣了片刻,才反应过来方颉问的是谁。他捂住脸,控制了一下情绪,隔了一会儿才放下手,尽量让语气听起来正常一点儿。

"不太乐观,医生说保守治疗还不奏效的话要开始安排化疗了。"

"哦。"方颉沉默了很久,最后答。

方承临也不愿在这个话题上停留太久,便说:"这些事情你不要操心,好好读书,钱不够用就和我说。对了,下个月就是你的十八岁生日了,到时候你要不要回家?"

"不。"方颉这次没听完,就立刻回答了方承临。

"好,到时候再说。"

说完,两个人之间又陷入了安静之中。一场谈话,沉默的时间是交谈的好几倍,最后方承临看了一眼时间,叹了口气。

"爸爸得走了,六点的飞机。有什么事情你一定和爸爸联系,好好读书,知道吗?"

方颉没有送方承临下楼,但隐约听见了楼下江知津和方承临的说话声,大概是方承临在感谢江知津之类的,具体的话听不清楚。

隔了一会儿,江知津上了楼,坐到他对面。

方颉已经准备好江知津会问点儿什么,比如自己为什么对自己的爸爸摆臭脸,或者什么都不问,只是安慰安慰自己别难过。

但江知津只是看了一眼时间,说道:"现在四点多,我们去哪儿啊?"

方颉:"什么?"

"总不能就在这儿干坐着吧,要不我们回家?"江知津说道,"但是现在回家又早了点儿。"

方颉望着江知津,不知道他到底要说些什么。

江知津冲着方颉笑了一下,说道:"走吧,为了奖励方颉同学考出年级第一名的好成绩，带你去个地方。"

上车的时候方颉一直在想，江知津会把自己带去哪儿，"云七"？他说得那么神秘，应该不可能。那就是什么秘密基地之类的，一个只有他知道的地方，心情不好的时候就一个人去那儿待着，与世隔绝。

方颉知道江知津看出来自己心情不好了，很明显。

所以江知津直接把车开到市中心的购物大厦下，带着方颉上到六楼的时候，方颉的心理落差还挺大的。

六楼是个面积巨大的电玩城，各种机器的灯光绚丽多彩，不停地跳跃着。机器发出的音乐声交织，显得很吵闹。毕竟是星期六，里面人流如织，学生和小情侣居多。

方颉在门口迟疑了一下，旁边的江知津看了他一眼，问："以前来过电玩城吗？"

"来过。"方颉答。他看着江知津走到机器面前扫码付钱，过了几秒，兑币机噼里啪啦地掉出来一大堆游戏币，落入接币的小筐里。

"我还以为学霸不打电玩呢。"江知津说道。

方颉点点头，说道："对，学霸一般还不吃饭、不睡觉，一天二十四个小时有二十五个小时都在写作业。"

江知津乐了好一会儿，才说道："那你都玩什么？"

"投篮机吧。"方颉想了想，答。

江知津盯着方颉，突然笑了。他笑得很灿烂，像是忍俊不禁。

方颉立刻反应过来，瞬间无语至极，觉得眼前这人真的挺欠揍的。

"投，篮，机。"方颉一字一顿地重新回答。

"哦。"江知津点点头，脸上还带着笑，说，"那就先玩这个。"

投篮机在电玩城靠里面一点儿的位置，面对面地放了五台，人不是很多，只有三四台前面是有人的。方颉试了试球，很轻，不太容易有手感，但毕竟只是游戏机，不能苛求太多。

江知津倒了一盒币给方颉，看着他投了一会儿，自己也投了三个币到旁边的机器里，投篮机响了一声，灯光闪了起来。

方颉是先开始的，三分钟时间一到，机器自动停止，计分器显示他一共得了二百七十二分。

他又转头去看江知津。

江知津是在他之后投的币，还没到时间。他看了一眼江知津的分数，显示的是一百七十分。

哐当一声，江知津投进一个，一百七十二分；之后又投进一个，一百七十四分。

一百七十六、一百七十八、一百八十……方颉盯着计分器看了一会儿，目光慢慢移开，落到了江知津的身上。

江知津投篮的姿势很随意，站在原地，没有躬身分膝，可能怕弄脏衣服，灰色的卫衣袖子被拉到手肘处，只等球滚落下来就随手抄起，抬手往篮筐里投。

就算这样，他的命中率依然很高，一球两分计，三分钟结束，他拿了二百六十六分。

江知津活动了一下手腕，转头对上方颉的目光。

他微微一挑眉，问："怎么，想比一比？"

方颉原本没有这个想法，但江知津一提，他突然就有点儿兴趣了。

"怎么比？"

"同样的时间，看谁投进的球多吧。"

"行。"方颉答，转头又问，"赢了有好处吗？"

"讲点儿良心，游戏币还是我买的。"

"怕输啊。"方颉问。

"啧，"江知津看着方颉，稍微眯起眼睛，说，"你有没有发现自己有时候挺欠揍的？"

"发现了。"方颉拿起三个游戏币对着江知津晃了一下，"所以玩吗？"

江知津也拿起三个币，挨个投进机器里，说道："谁输了谁就大扫除吧。"

方颉没说话，拿起球。

相邻的两台投篮机差不多一起放起音乐，江知津和方颉同时拿起球，开始投篮。

篮球撞击篮筐发出的哐当声夹杂在音乐里，一下接着一下，听起来挺热闹。江知津依旧很随意，一心二用，一边投篮，一边用余光去看身边的方颉。

方颉脸上没什么表情，但眼神很专注，嘴唇微微抿起，看得出来非常认真，手上投篮的速度很快，而且很准，基本没有没投进的。因为侧着脸，他露出了线条分明的下颌线，以及脖颈处明显的喉结，头发好像稍微长了点儿，整个人看起来有点儿冷厉，充满了十七岁少年不服输的劲儿与年轻气盛的感觉。

江知津笑了一下，收回目光。

方颉没有察觉到江知津的举动，所有注意力都集中在了面前的投篮机上。等时间一到，他停下手，计分器上显示的是二百八十分。

他立刻转头去看旁边，江知津的机器也停了，计分器上显示的是二百七十分。

江知津也看见了，把手里的篮球往机器里轻轻一扔，笑道："挺厉害的。"

方颉慢慢呼了口气，觉得挺爽的。

虽然连续三分钟不间断地投篮，还要保持准度与速度，他的手已经有点儿发酸，但这通发泄使得因为方承临突然到来的事产生的烦躁与不安情绪猛然消失了大半。重点是，赢了江知津这事让他挺爽的。

可能是因为这人老叫自己"方小颉""方颉同学""未成年高三生"……现在自己突然在某件事上压过了他，顿时有点儿扬眉吐气——虽然只是玩投篮机。

江知津低头看了一眼，游戏币还有大半。

"玩个别的。"江知津说道，"玩个我能在技术上碾压你的那种，敢吗？"

"什么？"方颉问。

抓娃娃。

江知津口中所说的"在技术上碾压方颉"的游戏，就是抓娃娃。

估计是为了迎合市场，这个电玩城里最大的就是抓娃娃的区域，方颉站在一群由中小学生以及广大情侣组成的队伍中间和江知津大眼瞪小眼，一时没有说话。

对视之间，江知津先开口问："你那是什么表情？"

"不是，"旁边人很多，方颉压低了声音问，"一定要玩抓娃娃吗？"

"抓娃娃怎么了？你知道我为什么要带你来这儿吗？"

江知津看着方颉，嘴角一勾，说道："绍江每个电玩城我都去过了，这个是我抓娃娃成功率最高的地方。"

"那你挺有探索精神的。"

江知津没说话，随便找了个娃娃机，投了两个币。音乐一响，娃娃机开始启动。

方颉看不出来江知津有什么特别的动作，就是动了两下摇杆，最后按下按钮。里面的爪子摇摇晃晃地下坠，抓住了一只毛绒狗，接着又升起来，移到出口的位置，猛地松开。

这人有点儿厉害。

方颉看着江知津蹲下身，从挡板那儿把那个毛绒狗拿了出来，随手递给自己。

"拿着。"

接下来就是方颉看着江知津无限循环投币、抓娃娃、拿娃娃、换个机器接着投币的过程，几乎每次江知津都是两个币抓一个，最多的也不过抓了两次，用了四个币。已经有旁边的人围上来看他们操作，夹杂着惊呼和讨论声，最后已经发展到他每抓起一个娃娃就有路人自动鼓掌的地步了。

方颉从刚开始的无语发展为震惊再到无语，恍惚中有点儿自己跟着江知津在大杀四方的感觉——虽然杀的是电玩城的娃娃机。

最后抓起一个米老鼠，江知津把它拿在手里，对着围观的人晃了晃，说道："谢谢大家，最后一个，没币了。"

人群笑着散开了，还有男生喊了一句："厉害。"

江知津看向方颉，问："牛吗？"

"牛。"方颉真心实意地回答，"老板居然还没把你拉黑也挺牛的。"

"所以我不常来，害怕他们记住我的样子，或者拍照贴门口。"江知津笑着把米老鼠递给方颉，问，"几个？"

江知津一共夹了三十三个娃娃。方颉已经拿不下了，只能统一钩着娃娃脑袋上的那根绳，但就算这样，走在人群中也挺壮观的。他冲着服务台示意："去换个大的。"

三十个小玩偶可以兑换一个大玩偶，两个人直接把三十三个小玩偶都给了他们。柜台里的大玩偶很多，方颉看着江知津，问："兑哪个？"

江知津说："随便，挑一个你喜欢的。"

最后方颉挑了个圆鼓鼓的绿色恐龙布偶，因为摸起来挺软的，很舒服。

两个人出电玩城时已经是六点钟，江知津问方颉："想吃什么？"

"都行。"方颉扫了一眼楼梯口的广告牌，说，"火锅吧。"

电玩城楼上就是火锅店，两个人懒得再去其他地方，直接上楼拿了个号，刚好遇上空出来的双人桌。

一路被领到位置，二人点了两份锅底，又点了很多菜，以肉类居多。旁边的服务员俯身低头，听得很有耐心，随后又给两个人端来了柠檬水。

等对方走开，方颉才松了口气。

"至于吗？"对面的江知津忍不住笑。

"太热情了。"方颉喝了口水，恐龙被他放到了身旁的位子上，刚才他抱进来的时候引起了一些人的注意，服务员还很真情实感地夸了一句"真可爱"。

江知津说道："待会儿我和服务员说一声你考了年级第一，所以带你来庆祝一下，没准儿他们会手拉手地在你旁边唱歌。"

"那你肯定会被我揍。"方颉答。

江知津乐得不行，半晌才说："出息了，这么跟长辈说话。"

方颉也笑道："你像长辈吗？"

"那我像什么？"江知津反问。

江知津像什么？

临时的监护人、长辈、叔叔……方颉想了一圈，等到服务员都开始上菜了，他才在火锅腾腾升起的雾气里看着江知津答："朋友吧。"

这个定位其实也不太准确，方颉想。因为江知津好像和发小祁向、同桌徐航又有点儿不一样，是朝夕相处、同居一室、有些隔阂又好像有点儿亲密的朋友。

江知津听完，在对面对着方颉笑了一下，说道："行了，吃吧。"

深秋天色本来就暗得早，吃完饭两个人又去超市买了点儿东西，等开车回到家，天已经完全黑了。江知津先去洗了澡，方颉主动把买的零食和第二天的菜放进厨房。

方颉洗完澡出来时，江知津正靠在客厅沙发上看电影，面前放着一罐啤酒。方颉问："你不去'云七'？"

"今晚不去了，累，懒得跑了。"

方颉点点头，又说："谢谢啊，来帮我开家长会。"

"不至于。"江知津看了他一眼，最后还是说道，"其实你爸很想帮你去开家长会。"

方颉擦头发的动作停住了。江知津拿起啤酒罐喝了一口，继续往下说："他说很久没见你了，看起来……挺诚恳的。但是我不知道你愿不愿意让他去，所以没同意，如果不合适的话——"

"没有。"方颉打断他，说，"挺好的，谢谢你。"

江知津点点头，没接着往下说，只是拍了拍沙发，问："坐会儿吗？"

方颉其实原本打算洗完澡去刷两套英语和化学题，因为觉得这次这两科的成绩没达到自己的预期。但此刻他犹豫了一下，还是走过去坐到了江知津旁边。

客厅只开了壁灯，电视里放了一部外国电影，好像是俄语片。江知津喝了一口啤酒，清了清嗓子，问："你的玩偶呢？"

"卧室。"方颉没想到江知津突然问这个，答道，"刚才放进去了。"

"哦。"江知津点点头，手里的啤酒刚从冷藏室拿出来，握在手里有点儿冰。

"我也不知道该和你爸妈聊什么，在我心里只要不是干了特别严重或者危险的事情，打架斗殴、逃课、谈恋爱什么的——"

方颉打断他，问："谈恋爱是特别严重的事情吗？"

"我就随口打个比方，"江知津叹了口气，说，"别打断我。"

方颉笑了一下，不说话了。

江知津接着说道："反正你自己看着办吧。我觉得很多事情都是你的私事，不用我来考虑要不要告诉谁，毕竟方颉同学马上就十八岁了，不需要别人来替他做决定。"

方颉听得认真，偏头看了江知津很久，最后移开目光，喉结轻微地滚动了一下。

可能是因为第一次有人这么面对面地和他讨论、尊重他的想法，又或者这天方承临的到来让他突然有了一点儿倾诉的愿望，在电影的背景声里，他慢慢开口："我转学是因为我爸。"

方颉说完，又沉默了很长时间。江知津也不着急，转身进了厨房，出来时拿了听可乐递给他。

方颉道了声谢，拉开拉环喝了一口可乐，握在手里。

"我爸妈在我小时候就挺忙的。那个时候他们的事业刚起步没多久吧，两个人飞这儿飞那儿地出差，有时候会直接住公司，或者跑工地，好几天不能回家。"

方颉说话的声音很低哑，语气听起来还算正常，但常常说一会儿又停一会儿。江知津并不着急，盘腿坐在沙发上，握着啤酒罐安静地等着他接着往下说。

"后来我十一二岁的时候，公司差不多已经稳定了。很多搞工程的人都知道，潮城有个叫衡云的造价公司，里面有个女老板叫周龄，特别厉害。"

说到自己的母亲，方颉停了一下，重复了一遍："我妈真的很厉害。刚开始没业务，她一家一家地去谈，为了投标，连续几天几乎不睡觉，有问题自己跑工地，吃住都在那儿。很多人说她比男人还拼。"

在建筑这种行业里，女人要想站稳脚跟，一般要比男人拼很多倍。

"我爸和我妈是大学同学，比起我妈，我爸偏学术派吧。虽然公司挂在两个人的名下，但他其实对经营没什么兴趣，在几个学校挂名了外聘老师，帮学生上上专业课、培训一建二建什么的。"

说完这一段，他又沉默了很长时间。

方颉手里的可乐是刚从冰箱里拿出来的，罐子上凝结出淡淡的水汽，沾湿了他的手。他把可乐放在茶几上，身体往后一仰，眼睛看着头顶的天花板。

"那个女的……是他后来认识的。据那个女的说，他们在一起应该有七八年了吧。

"他们生了个儿子，孩子快六岁了。我听见那个女的叫他安安，全名我没问……我妈一直不知道，她太忙了，方承临也忙，两个人一个星期能见一次就很不错了。"方颉顿了顿，继续说道，"其实本来这事还能瞒久一点儿的，但是那个小孩儿今年被检查出患了急性白血病，需要移植骨髓。方承临和那个女的配型都不合适，她可能是急疯了，就找到我家里去了。"

江知津盯着方颉，片刻后骂了一声。

方颉本来心情有点儿复杂，听见这骂声反而闷笑了几声。他依旧靠在沙发上，只是扭过头看向江知津，说道："今天你该当着方承临的面骂。"

"我要是早点儿知道这事，今天见面的时候就已经骂了。"江知津看着方颉，问，

"然后呢？"

"然后我妈就知道了，因为我当时不在家，那女的又来学校找我，然后全校的人都知道了。"说完方颉自嘲地笑了笑，又说，"不对，不止全校吧，我还在潮城一个八卦公众号上看到过相关内容。反正那段时间鸡飞狗跳的，我也不太记得了。"

江知津终于明白了方颉转学的原因。他喝完最后一口啤酒，不知道该从哪里劝解方颉合适，犹豫了片刻，终于问："周龄不打算离婚吗？"

"不。"方颉长长地吐了口气。

方颉还记得自己回家时看到一地的狼藉，方承临一个人仰在客厅沙发里，捂着脸不知道睡没睡着。周龄把自己锁在书房里，直到晚上十点多才出来。她还穿着当天上班时的那套黑色西装裙，已经哭花了妆，但表情和语气都一如既往地冷静。

"要离婚的话就签协议，公司、房、车，还有账户里的钱你一分都别想要，干干净净地给我滚出去。"她说，"又想离婚又想拿钱去养你的'小三'和私生子，做梦去吧。"

方承临没同意，那个女人没有工作，孩子住院、化疗、骨髓移植、后期恢复每一样都需要钱，他愿意只要最低的、能保证手术和日后恢复的资金，其他的都给周龄，但她没有松口。

她爱恨分明，报复心和事业心一样重。当初方承临几乎什么都不管，公司股份和每一处房产落的还是两个人的名字，现在她就要他分文不剩地滚出去，否则就这么拖着吧，看谁能耗死谁。

一直拖到方颉转学，这件事情还是没有结束。他后来便不想问了，周龄的偏执和方承临的恶心让他有点儿透不过气，偏偏每天还得忍受学校里的议论声和眼神，装作不为所动。

所以他来到了绍江。

这是一条分界线，其实说到底是他逃避的一种方式。有时候他觉得自己其实挺懦弱的，但一个十七八岁的少年心理防线就这么高，发生超过防线的事，很容易就决堤了。

方颉不管不顾地说完，想了想好像没什么要补充的内容，浑身一松，整个人都陷进了沙发里。

舒服，方颉想。

这是他第一次完完整整地向人说出自己家里的破事，连祁向都只知道大概情况。他很不喜欢向人倾诉，一是觉得挺不好意思的，马上要成年的高中生要跟人交心什么的……二是他也确实没什么人可以说。

但就在这个普普通通的晚上，他喝了两口可乐就和喝了假酒似的，对着江知津把这事全说出来了。

真轻松啊，方颉微微合上眼，旁边的江知津一直没有说话，他也不去管，只是安静地闭目养神。

隔了一会儿，他感觉到旁边的江知津动了。几秒钟后，江知津的声音在他的耳边响起。

"方颉。"

那声音很近。方颉睁开眼，发现江知津坐到旁边，也仰头躺了下来，转头注视着自己。两个人的距离非常近，方颉一睁眼，甚至能看清江知津的睫毛。

江知津的睫毛非常长，在灯光的映照下在眼下投出了一小片阴影；他眼睛很亮，目光专注的时候像是琥珀。

方颉一下就忘记了自己要干什么，下意识地应道："嗯？"

"虽然这么说好像站着说话不腰疼，"江知津说，"但是这些都不关你的事。"

"我还以为你要教教我怎么劝我妈，或者和我一起骂骂我爸呢。"方颉说。

"如果你需要，也可以，"江知津又说，"但我还是想和你说，这事和你没有关系。你用不着每天想要怎么劝你妈离婚、怎么和你爸相处、怎么面对以前的同学，还有要不要和医院里的那个小孩儿配型、如果配型成功了要不要移植，不管怎么选好像都有负罪感……"

他看着方颉，有点儿不耐烦，但还是放缓了声音，问："你的脑子里放得下那么多东西吗？"

方颉一时没说话。

他确实在想这些事，在潮城的时候几乎每天都在想，来绍江后想的频率低了一些，但有时候这些事还是会不可避免地冒出头。

江知津的脸上没有表情，语气和平时相差甚远，平淡妥帖，却莫名有种让人信服的力量。

"这件事情从头到尾都不是你的错，所以没有人能要求你来承担后果，更没人能道德绑架你。别管谁拿血缘或者其他事情来要求你做什么，他们都不配。"

真狂啊，江哥。

方颉听着有点儿想笑，又有点儿难受。

虽然他不肯承认，但自从那个女人来找过他之后，他很怕。

方颉想：凭什么要我去配型，凭同父异母吗？他出生时征求过我的意见吗？我想要这个从来没见过面的弟弟吗？

但他要是真的因为自己不肯配型死了呢？

"你转学来绍江是为了读书，那好好读书就行了。"

江知津望着方颉，两个人都躺在沙发里，视线交错的时候，他的声音在安静的客厅里显得清晰、坚定。

"你现在身边没有其他乱七八糟的人，所以只看着我就行了。"

方颉没有说话，也没有动作，江知津也是一样。两个人都偏着头，目光在一片静谧的灯光中相对。

灯不算亮，冷色，像是一个离得很近的月亮。电影已经结束，片尾曲是一首舒缓的俄语歌。

方颉不知道自己在想什么，喉结下意识地轻轻上下滚动了一下。

"看到了。"他说。

就像唐易说的，一次月考只不过是开始。家长会结束，所有人又投入到了无止境的复习当中，连午休那一个小时的时间都经常被教化学、物理或者数学的老师轮流征用二三十分钟，剩下半小时给他们休息。

有时候也会有学生小声抱怨，但发几句牢骚以后，还是会听话地把书拿出来。

因为高三了，"高三了"这三个字压倒一切。

上完数学晚自习，方颉下楼买了瓶水，回到教室时看见前桌蒋欣馨身边围了三四个女同学，正围在一起不知道在说些什么。

见他进来，一群人都停下了讨论，转头看了他一眼。等他回到位子上，蒋欣馨好像犹豫了几秒，转过身小声地喊了一声他的名字。

"方颉。"

方颉原本已经拿起笔想写写这晚的作业，闻声抬起头来。

见方颉看过来，她接着说道："刚才高老师讲的那道大题我们还是有点儿不会……"她看着他，问，"你有时间的话能给我们讲讲吗？"

"可以。"方颉停止转笔，问道，"哪题？"

以蒋欣馨为首的一群女生明显松了口气，连忙递过练习册，说道："这道。"

方颉把练习册接过来，又抽过一张草稿纸，一边写一边讲。这题不难，只不过思路有些绕，方颉尽量把所有步骤都写出来，讲完一遍后抬头看向她们，问："懂了吗？"

见几个人都点头，方颉又把练习册翻了几页，在几道题上打了个钩，把书递回去，说道："这几道题都是同一个类型的，你们可以一起看看。"

蒋欣馨接过书，有点儿吃惊地看着方颉，说道："你都做到那儿了啊。"

方颉点点头，有个女生很小声地哇了一声。他不得不解释："我复习一般都靠刷题。"

一群人七嘴八舌地说了"谢谢"，其中一个女孩儿开玩笑道："我们一直觉得你好高冷啊，都不敢来和你说话，觉得问你题你肯定也会不耐烦。"

方颉一愣，转头看了她一眼，对方梳着高马尾，说话的声音很爽朗，他好像对她有点儿印象。

片刻之后，方颉想起来了，自己第一天来的时候谭卓打翻了后桌女生的一瓶水，这是那个女孩儿的同桌，还骂了人，好像叫陈瑶。

方颉冲对方笑了一下，说道："不至于。"

陈瑶吐了一下舌头，小声道："有些人就特别不耐烦啊，高高在上的，觉得我们都是废物——"

话没说完，蒋欣馨拍了她一下，说道："别说啦。"

陈瑶将声音压得很低，被蒋欣馨一拍估计也不想再说了，于是撇撇嘴说道："算了，反正不会和他说话了。"

方颉反应过来她们说的应该是谭卓,下意识地朝对方的位子上看了一眼,人不在。

他有点儿尴尬,不知道自己是否该就这种话题发表意见,索性什么也没说。幸好蒋欣馨招呼了一下,一群人又转过头去看刚才他勾的那几道题了,他这才松了口气。

他确实是不太习惯和不熟的人相处,但用"高冷"这个词形容好像也不至于,他还是会时常和徐航他们一起打球、吃饭什么的……

方颉莫名地又想到了顾巡每次见面的时候都叫自己"酷哥"。

酷哥……江知津才应该算酷哥吧,长得帅、开酒吧、身手好,但也会做饭什么的……不知道他这晚是不是自己做饭,不过他一个人时一般都懒得做。

不知道江知津现在在干什么,应该是在酒吧吧,方颉想。最近"云七"好像事情挺多的。他已经有几次没法来接自己下晚自习了,因为他回来得比自己还晚。

方颉乱七八糟地想了一通,又被上课铃声拉回思绪,才猛然发现自己就江知津的事发呆很久了。

这不是第一次,从上次聊天以后,方颉总是会有意无意地突然想到江知津。

可能是因为他第一次和人聊了那么多话,有了可以交心的人,所以和江知津的关系变得亲密了一点儿,也可能是那天晚上的江知津和平时不太一样,很温柔。

江知津在灯光下懒懒散散的样子、看自己的眼神、说话的语气都很温柔。就算过了一个多星期了,方颉还是很清晰地记得他的样子。

学霸嘛,记忆力就是好。上次江知津是因为什么事嘲讽自己记忆力差来着?哦,杧果汁。

啧,就那么一句话谁能记住?他凭什么怀疑学霸?

方颉在心里反驳完,没忍住笑了一下,松快地舒了口气,低头开始做题。

与此同时,谭卓正待在唐易的办公室里。唐易给他倒了杯热水,随意摆手道:"坐着吧,别这么拘谨。"

谭卓道了声谢,还是站在原地没动,目光微微下垂,落到地砖上。唐易有点儿无奈,还是没有强求,只是又把声音放缓了点儿。

"最近其他科老师说你的作业情况不太好,上课你的注意力也不太集中,是真的吗?"

谭卓没说话。

唐易接着说道:"是因为上次月考?你的成绩一直非常棒,上次考试发挥也很稳定,其实没有退步。"

谭卓猛地抬起头盯着唐易,半晌才开口,声音很沙哑:"我退步了一名。"

"考试名次是最不重要的。"唐易的脸上还带着笑,说话的语气却很认真,"上次家长会你家里没人来,所以我就和你谈吧,你的各科成绩和均分没有问题,不要被名次束缚。"

唐易又笑着加了一句:"你该多和同学玩一玩,高考很重要,但青春不是只有读书这一件事嘛。"

谭卓又不说话了。唐易也不勉强,挥挥手说道:"你回教室自习吧,天冷了,多穿点儿。"

经过这么一场谈话,谭卓回教室的时候自习已经开始了十多分钟。他坐回座位上,却没有和平时一样立刻低头刷题,只是坐在座位上一动不动地看着隔一排的方颉。

方颉正在刷题,察觉到有目光落到自己身上,立刻抬起头,随即和谭卓四目相对。

对视之间,方颉先开口:"有事吗?"

为了不打扰其他上自习的人,方颉的声音很低,几乎只是做了个口型,手里的碳素笔还在有一搭没一搭地转着,看起来整个人无比从容。

谭卓没说话,收回目光,低下头盯着桌上的课本。

快放学的时候,方颉感觉包里的手机微微振动了两下。

江知津:"今天'云七'有事,来不及接你,自己回来。"

方颉不太意外地读完消息,按灭手机屏幕,开始收拾东西。放学出了校门,他没怎么考虑,转身进了巷子。

晚上十点以后公交车就很难等了,他经历过在车站站了二十分钟都没等到车的情况,只能走回去。那次他走到半路,江知津还打来了电话——江知津回家见屋里没人,还以为他出什么事了。

所以这晚方颉还是打算走回去。

巷子里有路灯，不暗，虽然人烟稀少，但安全。方颉有点儿无聊，一边走一边拿出耳机，开始用手机放英语范文。

他只戴了一只耳机，另一只垂在身前，一只耳朵里是流畅纯正的英语作文，另一只耳朵里是风声、虫鸣、自己的脚步声，还有猫叫声。

喵——喵——喵——

细声细气，估计是很小的小奶猫，一声接着一声地叫。方颉听了一会儿，声音是从不远处的一条巷子里传过来的。

可能是野猫，也可能是谁家的家养猫跑出来了。方颉接着往前走，刚走了没几步，猫叫声陡然凄厉了起来。

喵！！！

这不是正常的猫叫，几乎是惨叫。方颉脚步一顿，随即皱起眉头。

第二声惨叫传出来的时候，方颉转过身朝那条巷子大步走去。

他走得很快，几步就冲进了巷子里。不远处的路灯下站着一个身影，那人穿着校服、背着书包，站得笔直，是谭卓。

对方的脚旁有一只长着花白纹的猫，趴在地上一声接一声地叫着，声音比刚才好一些，却没有动。方颉停住脚步，眉头紧锁地看着眼前的人，开口道："这么巧。"

谭卓大概也没料到会遇见方颉，明显慌乱了一下，过了几秒才问："你在这儿干吗？"

"回家。"方颉又往前走了一步，问，"你呢？"

谭卓大概冷静下来了，盯着方颉，语气也正常了一点儿，说："我家住这儿。"

方颉才想起来，上次遇到"金项链"时自己也遇见了谭卓，估计他是住这里。

方颉点了点头，接着朝前走，走到谭卓跟前才开口问："这是你的猫吗？"

"不是，我不养猫。"谭卓的脸上闪过一丝厌恶之色。

下一秒，方颉开口问："那你在这儿干吗呢？"

他的语气很冷静，目光却始终盯着谭卓的脸。谭卓没想到他会质问自己，整张脸立刻又充血了，嘴唇微微抖动。

"这就是年级第一对同学的态度——"

117

"你要不是我的同学，你现在已经躺在这儿了。"方颉又朝谭卓走了一步，和他近距离地四目相对，脸上没什么表情。

"考第二不是垃圾，自己心情不好就欺负流浪猫才是垃圾。"

谭卓下意识地退后了几步，死死地盯着方颉，整个人都气得发抖，半晌不敢说话，最后才挤出来一句："年级第一了不起吗？"

"比起你确实了不起。"第一，第一，第一，方颉有点儿佩服这人什么都能扯到学习上，懒得再和他废话，俯身轻轻把猫捞了起来。

小猫轻轻叫了一声，扑腾一下又不动了。方颉抬起头看着谭卓，问："你不是看过我打架吗？"他面无表情地说，"别让我看到第二次，否则你肯定会被我揍，我说真的。"

谭卓没敢再说话，方颉转身走出了巷子。

晚上的温度已经很低了，方颉手里的猫还在叫。他边走边在手机上查宠物医院。

晚上十点多，开门的宠物医院已经很少了，方颉滑动了好几下手机，才看见一家看起来很正规，还在营业的店。

很巧，那家店就在"云七"那条街上。

方颉松了口气，脱下校服把猫裹住，在路边拦了一辆出租车。

方颉找的宠物医院就在"云七"那条街的街口，名字很随大溜，叫"宠物之家"，玻璃门关着，但里面亮着灯。

方颉推开门走进去，里面有一个穿着白大褂的女人，戴着口罩，看不清模样。

见方颉进来，她抬头看了一眼。

方颉把猫递过去，说："捡了只流浪猫，能帮忙看看吗？"他补充道，"之前好像被人踢过。"

那个女医生皱起眉头，从方颉的校服里把猫小心地接过去，小猫轻轻地叫了一声。

接下来就是各种检查，过了差不多二十分钟，对方才把猫还给方颉。

"还好，没有内出血，四肢也正常，没什么大问题，好好养几天就好了。平时多观察，有什么不对的你就送过来——"

她说到一半又想起了什么，对着方颉说道："哦，忘了问，你要收养它吗？"

"不知道。"方颉犹豫了片刻，说道，"我要问问家里人。"

江知津一个独居男性负责一个高考生就够麻烦了，自己再给对方捡回去一只猫，他不知道江知津会不会同意。

"也是，你还是学生是吧？"女人点了点头，说，"要是不能收养的话可以把它送到我这里来。"

女医生说话特别爽快，很有女侠风范。方颉点点头问："行，多少钱？"

女医生随意地摆了摆手说："就做了个检查，不用付了。不过，如果你要收养它，记得尽快来打三联和驱虫，那个贵一点儿。"

方颉点点头道谢："谢谢。"

出了宠物医院，方颉抱着猫在门口站了一会儿，掏出手机看了一眼。

十点四十多了，江知津没有打电话、发消息，说明他也没回家，应该还在酒吧。

自己来都来了，不如一起回去吧，还能蹭车什么的。

方颉脚步一转，抱着猫往街内走去。

这条街店很多，大多是美食店、酒吧、咖啡厅，越到晚上越热闹。"云七"在整条街三分之二的位置，算是好地段。方颉走了大概十分钟，已经清晰地看到了"云七"的招牌。

他手里的猫趴着不动，脑袋歪在手里，绒毛蹭得他有点儿痒，又有点儿舒服。他稍微放缓步子，还在犹豫着自己抱着猫进去合不合适的时候，忽然听见右边江知津正在说话的声音。

"谢谢啊。"

其实路上有点儿吵，江知津的说话声也不大，但那个声音太熟悉了，以至方颉一秒辨出，下意识地转头朝右边看过去。

右边是一条比胡同宽不了多少的步行巷，巷子口往里三四米处，江知津倚墙站着，右手夹着一支燃了一半的烟，正笑着和面前的人说话。

方颉看过去，江知津对面的是个穿着衬衫的男人，有点儿面熟。

隔了几秒，方颉想起来了，这是上次他和江知津一起吃烧烤的时候遇见的那个男人。这人叫什么来着？哦，李行延。

方颉站在原地，一时不知道该不该上前打招呼，毕竟他们好像在谈什么事……

就在他犹豫的时候，李行延也笑着开口了。

其实按照常理来说，这晚江知津应该是可以去接方颉放学的，"云七"这晚的客流量还很正常，顾巡和周洪也应付得来。

但就在江知津差不多准备走人的时候，酒吧里突然传来了骚动。中央相邻的两桌客人都站了起来，声音很大，其中夹杂着各种脏话，一下子就吸引了全场人的注意。

吧台后的江知津轻轻地骂了一声，利索地站起来朝那边走过去。周洪和顾巡也赶紧跟在后面，把人拉开。

江知津站在中间隔开两拨人，扫了一圈，脸上带了点儿笑意，问道："这是怎么了？"

两拨人年纪都不大，顶多二十多岁，男女都有，看起来大部分已经喝多了，面色发红，嘴里骂骂咧咧的。

江知津就从他们夹杂着无数脏话的描述里勉强拼出了事件始末。大概就是两桌人都喝得差不多了，其中一桌人觉得另一桌有个姑娘很漂亮，想要个联系方式，但姑娘的男朋友就坐在边上，骂了几句，另一桌人也恼了——你们一桌五六个男女，谁知道那是你的女朋友？

芝麻大点儿的事，江知津想。

但两拨人都年轻气盛，又有酒精加持，江知津耐着性子劝了一会儿，劝到最后自己都有点儿烦了，双方还在不依不饶。要号码的男生一定要对方鞠躬道歉，另一桌人不甘示弱，回敬了一串脏话。

男生恼羞成怒，一脚踹开凳子，拎起了桌上的酒瓶。江知津手疾眼快，一把把对方的手按住了。

"哥们儿。"江知津叹了口气，说，"我还得做生意呢。"

那个男生的声音很大，带着浓浓的酒气说："我赔得起！"

他穿着一身名牌衣服，看起来确实赔得起。

江知津笑了一下，没放手，看着对方的眼睛说道："不是赔不赔得起的事，我店里还有其他客人，要打架——"他指了指门外，说，"出去。"

男生的脸瞬间充血了似的，他冲着江知津喊道："你——"

话还没说完，一只手搭在了男生的肩上，不急不缓的声音响起。

"周小少爷，这么巧。"

所有人一起转头看过去，江知津也不例外。

来人是李行延。

李行延穿了件浅灰色的衬衫，黑色的风衣外套搭在左手上，右手搭在男生的肩膀上，笑盈盈地说："出来喝酒？"

江知津看到那个男生愣了一下，喊道："李哥？"

李行延点了点头，问："周叔还好吧？上次见他还是一个月前了，说是换季有点儿秋咳。"

他的语气很温和，听起来就跟闲聊似的，但听到对方提到自己的父亲，这个小少爷明显软了下来，支支吾吾地答："我爸……挺好的……"

话题开始走偏，江知津当机立断，转头对准另外一桌人劝了几句，又帮对方的酒水打了个折，利落地把那些人送走了。

而这边，男生刚才的气势也不在了，他随便和李行延聊了几句，便借口有事要先走。李行延也没拦他，和江知津把一堆男男女女送到了酒吧门口。

等一群人打车离开了，江知津才收回目光看向李行延。

李行延看了他一眼，笑道："怎么了？"

"觉得你挺厉害的。"江知津笑了一下，说，"什么人都认识。"

李行延也笑了一下，从口袋里拿出烟，抽出一支递给江知津。

"我不光认识他，还认识他爸，业务往来很多。当初这个小少爷的信用卡加民间借贷欠了五六百万元，他爸卖了套房帮他还钱，是我全程帮忙处理的。"

"怪不得。"

门口迎风，两个人往一旁的巷子里走了几步。江知津低头掏出打火机点燃烟。

李行延嘴里咬着烟没有点燃，摸了摸自己的包，然后"啧"了一声，大概是没带火机。他微微凑近了点儿，示意江知津帮他点上。

江知津微微挑眉，隔了几秒后，把手里的打火机直接扔给了李行延。

"嘿。"李行延被气笑了，问，"有没有良心啊？"

江知津笑了一会儿，才说道："谢谢啊。"

"客气了。"李行延点燃烟，把打火机还给江知津，说，"真想感谢我就拿出点儿实际行动。"

江知津笑着看着李行延，没说话。

两个人对视了一会儿，李行延先叹了口气，说道："行了，我的意思是有时间和我一起去钓钓鱼、爬爬山什么的。"

"还挺养生。"江知津笑道，"你这么说好像我挺冷酷无情的。"

"你是挺无情的，但也没办法啊。"李行延笑着叹了口气，说，"谁让我欣赏你呢？"

江知津也笑了，一支烟差不多快要燃完了，星火闪烁，忽明忽暗。

李行延叹了口气说道："我知道了。"

江知津又道了声谢："改天请你吃饭。"

李行延点了点头。

眼看两个人就要聊完了，方颉突然后知后觉地发现自己站在这儿有些尴尬。

听墙脚这种行为虽然不是自己的本意，但也挺奇怪的，现在走好像又有点儿不好……方颉犹豫了一下。怀里的猫可能因为有些冷，晃了晃脑袋，拖长声音叫了一声。

方颉："……"

这声猫叫在夜里分外明显。江知津下意识地转过头看了一眼，不止看到了猫，还和抱着猫的人四目相对。

江知津明显没想到会在这里看到方颉，脸上的表情定格了几秒，笑容随即淡了下去。他把手里的烟按灭，大步朝着方颉走了过来。

方颉在心里叹了口气，没有动，看着对方几步走过来站到自己面前。

"放学了？"江知津问。

"嗯。"

"怎么跑到这儿来了？"

"我捡了只猫，带它到宠物医院看看。"方颉解释完，还画蛇添足地抬手把猫捧到江知津面前让他看，说，"刚好有一家店在这儿。"

江知津看了一眼猫，笑道："还挺有爱心。"

他语气如常，又转头冲着已经走过来的李行延说道："这是方颉，你见过了。"

李行延面不改色地笑着冲方颉点了点头。江知津走到方颉身旁，轻轻拍了一下他的肩膀，说道："回去了。"

第五章
我背你

　　回家的路上两个人一直没说话。江知津专注地开车，方颉坐在副驾驶座上，偶尔从后视镜里看他一眼。他的表情很平静，方颉不知道他在想什么。

　　方颉移开目光，最后还是没开口。他不知道在这种情况下该说什么，道个歉好像也挺尴尬的。

　　回到家，江知津从阳台翻出来一个快递盒子，又找出几件不要的旧衣服，简单地做了个窝，放在了客厅的角落。

　　"先这么着吧。"江知津蹲在纸箱前抬头看了一眼方颉，说道，"需要什么我明天再去买。"

　　方颉也蹲下身，小心翼翼地把猫放进去。

　　这只猫不认生，被放进箱子以后只是叫了两声，扒拉了两下垫在底下的旧衣服后就乖乖地趴下了。

　　"我们要养它吗？"方颉问。

　　"捡回来了就养着呗。"江知津伸手揉了一把猫脑袋，说，"挺可爱的。"

　　他收回手，看了一眼方颉，突然问："你写完作业了吗？"

　　这话题转得猝不及防。方颉愣了几秒才答："写完了。"

　　方颉坐到江知津对面。

　　江知津掐灭了烟，为了散烟味，阳台的窗户是开着的，风吹到客厅有些凉。他轻轻咳了一声，问："我和李行延聊天的时候，你在外面站很久了吧？"

　　"啊，"方颉太过尴尬，以至不知道该说什么，只说，"我不是故意的，就是路过看到你在那儿——"

他顿了顿，索性放弃解释，直接说了句："对不起。"

江知津看他这样子，反而露出一点儿笑意说道："行了，我就随便问问。"

聊天暂时告一段落，江知津站起身伸了个懒腰，衬衫因为他的动作往上跑了一截，露出一截腰。他又立刻放下手，在方颉的脑袋上揉了一把，手法和刚才揉猫时差不多。他说："睡觉吧，少年，明天还得上学。"

话虽这么说，可方颉回了房间没立刻睡觉，思绪乱七八糟的，没有一点儿睡意，干脆刷了一个小时的题。

房间里很安静，他隐约能听见江知津开门进卫生间，出来、关门、开卧室门、然后关门的声音。

方颉转了转手中的笔，把所有东西都收好，关灯躺回床上。

这件事好像就这么被轻轻揭过去了。第二天方颉照常去上学，江知津依旧没起，方颉在学校门口买了豆浆和油条，吃完时刚好到教室。

刚进教室，方颉就收到了谭卓的目光。

对方坐在座位上，直勾勾地朝方颉看过来，目光带着恐惧和紧张，又有几分愤怒。等他回看过去，谭卓又飞快垂下头，估计是害怕他把昨晚的事情说出来。

一大早就这样让方颉有点儿烦躁，但他又懒得和对方计较，直接走到位子上坐下。前面的蒋欣馨回头看了他一眼。

"早。"蒋欣馨冲着方颉笑了一下。

方颉猝不及防，点了点头回道："早。"

"昨天物理作业的最后一题你写了吗？"蒋欣馨有点儿不好意思地抿了一下嘴，说，"我算出来了，又觉得不太对，想对一对答案。"

"行。"方颉拿出昨晚的物理作业递给蒋欣馨，说道，"昨晚的题确实有点儿难。"

"太难了，我算了好几遍。"蒋欣馨接过练习册翻到那一题，喊道，"哇，我们的答案一样，看来我做对了。"

"也不一定，"方颉笑道，"我不保证对。"

"多一个相同的答案多一份保障嘛。"蒋欣馨笑着把作业递回来，说，"谢谢啦。"

方颉还没说话，旁边的徐航先拖着嗓子说道："不客气——"

蒋欣馨笑着往他的肩上拍了一下，说道："别闹，没和你说话。"

"当然没和我说话啦。"徐航叹了口气，问，"你和我说话这么温柔过吗？"

"少来啊。"听出来徐航在开玩笑，蒋欣馨大大方方地笑了一下，说道，"你作业写了没啊？待会儿我可要收了。"

徐航立刻转移话题："这些都不重要。对了，马上就是国庆假期了，要不我们一起出去玩一趟吧？"

蒋欣馨和方颉还没说话，旁边一个爽朗的女声随即响起。

"徐航，你不好好复习，就想出去撒野是吧？"

方颉看了一眼，说话的是上次和蒋欣馨一起找自己问问题的女生，陈瑶。

"什么叫撒野啊？我这叫劳逸结合。"徐航立刻转头反击道，"有本事你别去。"

陈瑶嘿嘿笑了两声，凑过来问："去哪儿？"

"我已经计划好了，星期日早上九点我们碰头，上午去爬西山，登高望远，下午去游乐园，晚上去市中心吃火锅，吃完饭再去文化街。"

陈瑶："无聊。"

蒋欣馨笑得不行，说："你绍江一日游啊。"

"我倒是想去其他地方呢，我妈肯定骂死我。"徐航表情无奈地说道，"能出门就不错了，就当监狱放风。"

蒋欣馨和陈瑶笑成一团，算是同意了。徐航转头看向方颉，表情严肃地说："你一定要来，同桌，不然我们的友情就得宣告结束了。"

"行。"方颉点了点头。

江知津是被绵绵不绝的挠门声吵醒的，刚开始还没反应过来，直到捂着眼睛在床上一动不动地躺了一会儿，听到挠门声和细微的猫叫声，才反应过来，昨晚方颉捡了只猫回来。

他长舒了口气，认命地爬起来打开门，门口的猫仰起头看着他，嘴里不停地叫着，估计是饿了。

江知津快速地洗漱完，换好衣服捞起猫出了门。他不知道就近哪里有宠物店，索性带着猫开车去了酒吧那条街上、昨晚方颉去过的那家宠物店。

昨晚的那个医生正要下班，见到江知津手里的猫有些讶异地挑了挑眉。

"这不是昨晚一位小帅哥捡的猫吗？"

江知津面不改色地点了点头，说："对，我是小帅哥的朋友，大帅哥。你这儿有猫粮卖吗？"

美女医生本来挺困的，闻言忍不住笑了，说："有，你要哪种？"

"你推荐吧，还有养猫需要的喂食器、猫砂、猫窝什么的也一起给推荐一下吧。"江知津叹了口气，说道，"我第一次养猫。"

"这么坦诚，不怕我坑你啊？"

"已经做好被坑的准备了，实在太坑我就换一家。"江知津答。

医生乐得不行，先免费贡献了一小袋猫粮让猫安静下来，又带着江知津把所有东西挑齐了。

"先观察两周，没什么问题就带过来打猫三联，流浪猫挺麻烦的。加个微信，有问题你随时问我。"

江知津看了她一眼。

女医生双手插着白大褂的兜，啧了一声，说道："放心，对你没企图。"

"我就是想说你挺负责的，但你这话还挺伤我的自尊的。"江知津顺着她的话说。

对方也笑了，边扫码边开玩笑道："不好意思啊，我喜欢昨晚那位小酷哥的类型。"

"那不行。"江知津收回手机微微一笑，语气很严肃地说，"我们家小朋友还小呢。"

江知津拎着一堆东西和猫回了家，又挨个拆开放好。把全部东西归置完成，他已经累得半死，回头一看小猫在地板上撒了尿。

"嚯。"江知津被气笑了，拎着猫的后颈放进猫砂盆。小猫可能是知道自己闯祸了，趴在猫砂上一动不动。他拍下"罪证"给方颉发了过去："记得每天帮你弟弟铲屎。"

隔了一会儿，大概是午休时间，方颉的消息回了过来："……"

江知津回复："否则就让它睡你的床上吧。"

这人得有多幼稚啊。方颉趴在课桌上叹了口气，回道："知道了。"

国庆法定有七天假期，但高三生永远属于灵活掌握放假时间的那批人，七天假被学校直接砍掉一半多，只放三天假。即使这样，最后一节数学课老高也还是焦虑得不停地踱步。

"三天假期啊，同学们，又浪费了三天的学习时间。大家在家一定要记得学习啊。别人在放假，你在学习，你就超过别人一大截——"

底下的徐航听着这样的谆谆教诲顶风作案，压低了声音说道："明早九点，公园门口不见不散啊。"十分猖狂，不知悔改。

晚上江知津窝在沙发上打游戏，穿了一身白色的纯棉睡衣，《开心消消乐》的音效不断从手机里传出来。大概是对声音好奇，小猫爬过去蜷在他的胸口看。他睡衣的领口被猫扯得有点儿歪，露出一片皮肤。

方颉洗完澡出来，看到的就是这样的场景。

他在门口一停，江知津抬头看了他一眼，拎着猫放到一边，坐直了一点儿。

"洗好了？过来把你弟弟带走。"

"……"

小猫被捡回来后暂时还没起名字，方颉一般都管它叫"猫"，江知津更缺德一点儿，他在的时候一般都叫它"你弟弟"。

方颉走过来，拍了一下正在用沙发磨爪子的猫，以示警告，然后又去看江知津："它要是我弟弟的话，应该是你的什么啊？"

江知津通了一关游戏，说话都不带停顿的："我儿子吧。"

"好好说话。"方颉看着江知津说道，"不然今晚我就让我弟弟去你的床上撒尿。"

江知津终于暂停了游戏，笑着看了方颉一眼，问："那不然怎么论啊？我要也叫它弟弟，你叫我一声哥哥吗？"

说完，没等方颉开口，他自己先来了兴趣，躺在沙发上对着方颉微微一颔首，眼睛微微眯起，饶有兴味地说道："叫声哥哥来听听。"

行，自己输了。方颉在心里叹了口气，论臭不要脸，江知津比他更胜一筹。

江知津笑够了，从沙发上直起身，说道："行，行，行，干脆起个名字吧。"他伸手挠了挠猫的下巴，说，"就叫汤圆吧。"

方颉看了一眼猫，白底黑花，蜷起来小小一坨，确实很像漏了馅儿的芝麻汤圆。

不管怎么着，这名字反正比"你弟弟"好。方颉嗯了一声，爽快地说："行。"

"明天我要出一趟门，同学过生日。"方颉说道。

"好啊，去哪儿玩？"

"西山。"方颉回道，"说是要去爬山来着。"

江知津一下子想到了李行延，问："你们的娱乐方式都这么正能量吗？约人出去玩都约爬山？"

"徐航说一定要登高望远，展现十八岁少年的青春活力。"方颉边说边叹了一口气，但刚才江知津的话让他有点儿在意，他停了一下，问，"什么叫'都这么正能量'？"

方颉看了一眼江知津，又问道："还有人约你爬过山？"

"有啊，李行延。"

哦。真看不出来啊，李行延这种天天泡酒吧的人居然会约人爬山，还挺俗的，方颉想。

何况平时江知津能十一点爬起来就算早起了，早上七八点打电话约他去爬山，他应该会抽人。

"你没去吧？"方颉说道，"让你早起一次跟要你的命差不多。"

"你平时在学校里别这么和人说话。"江知津叹了口气，说道，"我担心哪天你被揍了唐易还得打电话给我。"

"这话你得对你自己说。"方颉觉得自己最近的话越来越多了，主要体现在和江知津的互呛上，完全不符合班上女生给的"高冷学霸"的人设。

"这么多年你没少挨揍吧？"

"这倒没有，因为我嘴甜，损完人以后都会叫哥哥，不像有些同学，面对比自己大十岁的人都学不会叫人。"

江知津对答如流，扭头看着坐在旁边的方颉，身体微微朝前倾斜，笑意盈盈地凑近了点儿，不紧不慢地问："学会了吗？"

江知津刚吹干的头发垂在额间和耳际，米白色的睡衣让他整个人看起来柔和了不少。他的眼神里带着戏谑的笑意，目光落在方颉的脸上。

方颉脑子里冒出的第一个想法是：这人可真欠抽啊。

这句话只出现了短短几秒，随后第二个想法立刻"拔地而起"，强势地压过了他的第一个念头，以迅雷不及掩耳之势在他的脑海里清晰展现——这人还挺好看的。

江知津逗完人，下一秒就直起身问道："国庆你要不要回一趟家？"

他用的是"回家"这个词，方颉居然反应了一秒才明白他说的是潮城。

"不回。"方颉说道，"三天假期很短，我给我妈打过电话了，她说她假期要出差，不在潮城。"

方颉是昨晚打的电话，周龄正在收拾行李，语气听起来倒是很平静，问了他的学习和生活情况，又问了国庆放假的时间，知道只有三天后，她让他别回家了。

周龄的原话是："我要出差，家里没有人，你回来也是白跑，好好休息两天吧。"

她只字不提方承临，但方颉明白，方承临应该是不在家。

最后挂电话前，方颉没忍住，还是问了周龄打算什么时候和方承临离婚。她答非所问："我最近咨询律师了，除非自愿放弃，否则以我们家这个情况，就算是出轨，过错方净身出户的可能性也不大。"

方颉没再问，挂了电话后也没有打电话给方承临。

江知津点点头，表示自己知道了。他看着坐在旁边的方颉，突然伸手揉了揉方颉的头，说道："行，乖乖待在我这儿吧。"

第二天一早，方颉出门的时候江知津还没起，汤圆倒是一大早就已经在客厅里溜达了，见他出来了就围着他喵喵叫。他换了水，又给它倒了猫粮才出门。

西山公园在城北，方颉坐公交车过去要四十多分钟，到公园门口的时候是上午九点左右，他居然还是第三个到的。

头两个是蒋欣馨和陈瑶，两个人都穿了运动装站在公园门口，看起来青春洋溢。见到方颉时，蒋欣馨先笑着冲他挥了挥手，等他走到面前了才开口说："你来得好早啊。"

"你们更早吧。"方颉扫了一眼四周，问，"徐航还没到吗？"

一旁的陈瑶立刻表情嫌弃地吐槽："刚才给他打了电话，他说他堵车了，马上就到，他肯定是睡过头啦。"

方颉点了点头，不知道该说什么了。

陈瑶问了一句："学霸，你的作业写完了吗？"

"叫我方颉就行。"方颉有点儿受不了这称呼，说，"没那么快，写了一半吧。"

陈瑶鼓了两下掌，捧场地哇了一声："也挺牛了，我现在还没翻开呢。"

方颉只好转头看着前方，希望徐航他们那群人赶紧来。幸好蒋欣馨和陈瑶已经在一起讨论一部最近上映的电影了。

没过几分钟，方颉就看见徐航手里拎着袋子，带着一群人跑过来了。

"迟到多久了？"陈瑶对着徐航的肩膀拍了一下，说，"头天晚上还好意思叫我们准时呢。"

徐航赶紧拿起手里的袋子求饶："我错了，我错了，我去给你们买水了。"

除了他们三个，徐航还叫了两个人，都是一中的，是隔壁班的两个男生，估计和他玩得挺好的。方颉也和他们打过球，不算太陌生。一群人边聊边往公园里走，陈瑶嘴上损着他，还是帮忙把水给发了。

西山就在公园最里面，不算高，也不够出名，就只有本市的人知道。但山上大多数是树，秋冬的时候叶子红成一片，很漂亮。

国庆又是放假第一天，来爬山的人很多，他们上山的时候还排了会儿队。几个男生原本想着比一比速度，结果前后都是人，只能随大溜地往前挪。

徐航仰头看了一眼前面的人群，吐槽："我还以为我到市中心了。"

"国庆出游就这样。"隔壁班的一个男生叹了口气，说道，"昨晚我说要来爬山，我妈还笑我来数人头。"

没那么夸张，但也到一抬眼前面全是人的程度了，一路上都是拍照、野炊、休息的人……挺热闹，甚至有拎着鸟笼爬山的大爷。

方颉看了一眼时间，就算在门口耽搁了一会儿，现在也才九点四十分。

现在的人精神都挺好的，江知津昨晚还嘲笑他们的娱乐方式来着，真应该让他来看看，哦，他现在应该还在睡觉。

方颉忍不住笑了一下。

刚开始的时候几个人还兴致勃勃，一边爬山一边聊天，讲的也就是学校里的那些事：前几天隔壁班的谁早恋被抓住了，谁又和谁分手了，小测成绩、国庆作业……

"物理那几张提升卷也太难了，昨晚做了半张，我都怀疑我没读过书。"陈瑶一脸愁容地对着蒋欣馨抱怨，"要不我明天来找你一起做吧？"

蒋欣馨爬山爬得脸有点儿红，和陈瑶一起走在后面，笑道："你来呗，不过我也没写完，估计我们班也就谭卓写完了，他写作业特别快。"

陈瑶撇撇嘴没说话，前面的徐航听到了这话立刻回过头，有些不满地嚷嚷："提他干吗？"

其实徐航以前只觉得谭卓这人有点儿神经质，可没和对方起过冲突。上次被嘲笑，虽然方颉解了围，但他想起来依旧有点儿不爽。

"好啦，都是同学。"蒋欣馨习惯性地打圆场，"谭卓虽然性格不太好相处，但真的很厉害。"

"他再厉害有我的同桌厉害吗？"徐航把手搭在方颉的肩上，骄傲地说道，"我的同桌才叫学霸好不好，上次的年级第一是谁？"

蒋欣馨可能还想维系一下班里同学的感情，接着说："谭卓家里条件也不太好，家长会好像没人来开过……"

旁边一个男生大大咧咧地插嘴："谭卓家里好像只有他奶奶和他爸吧，我小学的时候和他家住一个胡同。"他挠了挠头，回想了一下才接着说道，"反正我没见过他妈，他爸好像也不经常在家。"

蒋欣馨可能觉得背后说别人的家庭不太好，摆摆手说道："反正你们要是不喜欢他，别和他打交道就行了，不要起冲突，都最后一年了。"

徐航哼了一声，说："我懒得理他。"他又转头冲着方颉说道，"同桌你说是吧？"

方颉想了想，答："前提是他不招我。"

毕竟谭卓目前挺讨厌自己的，方颉也不知道以后会发生什么事、会不会到自己动手抽人的地步，毕竟那个人有点儿神经质。

徐航表情震惊地看着方颉："同桌，你好狂。"

方颉本来回答的是真心话，被他搞得有点儿想叹气，只能问："还有多远？"

"再走四十分钟吧。"徐航答。

据说山顶有座很漂亮的寺庙，很小，也不算出名，但是风景很好，一般人爬了山会顺便来求求签、拜拜佛什么的。徐航准备坚持爬到顶，为下一次考试，还有未来的高考祈福。

这个时候他们刚爬到一半，陈瑶和蒋欣馨的体力明显有些不行了，在半山腰的亭子歇脚时，陈瑶一边捶着小腿一边摇头，愁眉苦脸地说道："不行，我的脚有点儿疼。你们上去吧，我在这儿等你们。"

她这天穿了双薄底的帆布鞋，本来也不太适合爬山。蒋欣馨坐到她旁边，看向方颉他们，说道："要不你们上去吧，我和瑶瑶在这儿等你们下来。"

方颉看向她们，问："你们能行吗？"

"放心。"蒋欣馨笑道，"这儿人很多。"

在凉亭里休息的人确实多，男女老少都有，也不会有什么危险。徐航也不勉强，爽快地说道："那你们有事就打电话。"

见蒋欣馨点头，几个男生才继续往山上走。

他们往上走了挺长一段时间，路上的人少了一些，大概是因为上面的路有些陡峭，放弃的人也多了起来。他们刚开始倒是挺兴致勃勃的，七嘴八舌地说些球赛、游戏之类的话题，后来觉得累了，对话的频率也少了。

一旦安静下来，周围环境的变化就会很明显。不知道什么时候，早上还挺好的，太阳不见了，整个山间都阴了下来，山风吹得很凉快。方颉抬头看了一眼，云层有点儿厚，有片灰黑色的云正在从不远处飘过来。

他皱了一下眉，掏出手机看了一眼天气，说道："可能要下雨。"

"不会吧？"徐航愣了一下，说，"我昨天查，天气预报说今天天气挺好的啊。"

"希望别吧。"方颉在心里叹了口气，无奈地说道，"山里下雨挺麻烦的。"

然而怕什么来什么，他们接着走了不到十分钟，方颉感到额头一凉，有水砸在上面。下一秒，伴随着隐约的雷声，黄豆大的雨噼里啪啦地砸了下来。

这场雨来得毫无征兆，声势浩大，是典型的雷暴雨。爬山的人都有点儿慌了，一时间有人往上爬，也有人往下冲，想就近找个落脚点。

雨势凶猛，几个人的衣服瞬间就湿了大半，没有人带伞。徐航可能有些蒙了，两只手护住头在雨里扯着嗓子喊："怎么办啊？"

隔很长一段路才有一座凉亭，现在他们前不着村，后不着店，徐航大声喊道："往上找座凉亭？估计不远了。"

"别往上走。"方颉摇摇头说道，"往下找吧。"

"那个挺远了——"

"不知道这场雨要下多久，往上走太危险了。"方颉说道。

虽然雷暴雨持续的时间一般都不会很长，可能只有一小时到两个小时，但这场雨太大了，如果他们还往山上走，方颉担心会有山体滑坡之类的危险，不如趁现在雨还没下多久找机会下山。

方颉不爱说话，但做决定的时候很容易让人信服，几个人没说什么，立刻跟着他往下走。

往下的路上人也很多，因为下了雨，路有些滑，大家都不敢走得太快，居然开始有点儿拥堵。暴雨里徐航有点儿冒火，不停地往前面看。方颉听了一会儿，确定已经没有雷电了，随即拍了拍他，说道："先给蒋欣馨她们打个电话。"

徐航这才反应过来，立刻掏出手机拨了过去。隔了很久，蒋欣馨那边才接电话，说是公园的工作人员正在组织她们下山，她们差不多已经到山脚了。

徐航浑身湿透，手机握在手里都有点儿打滑，冲着电话那头费劲地嚷嚷："行，你们先下山，打个车先走，不用等我们！"

他们还不知道什么时候能下去，不用猜也知道蒋欣馨她们也被淋得差不多了，总不好让两个女孩儿湿着衣服等他们。

徐航还没挂电话，方颉的手机已经响了。

方颉拿出手机看了一眼，是江知津打来的。他的脑子还没反应过来，手已经先一步接通电话，将手机放到了耳边："喂？"

隔着大雨声，那边江知津的声音听起来有些不清楚："还在山上？"

"嗯。"方颉答,"有点儿堵。"

江知津叮嘱道:"注意安全,我过去找你。"

"现在?"方颉愣了几秒,问,"你开车过来?"

"不然呢?"江知津好像笑了一下,叮嘱道,"找个地方避避雨,别站在树底下啊,我马上过去。"

"知道了,这点儿常识我有。"方颉有点儿无语,紧接着说了一句,"开车慢一点儿。"

雨太大了,可能江知津开车都不一定能看清路。

"知道了。"江知津答了一句,没再多讲,直接挂掉了电话。

而那头,几个人的父母也纷纷打来电话,问他们是不是还在山上、要不要来接。徐航对着电话那头的人哀号:"当然要了,你让张叔来接我,不然你儿子可能就被雨困在山里了。"

几个人跟着人群在大雨里往下走,刚开始徐航还用手挡一挡,后来干脆直接放弃了,雨太大了,根本挡不住。

几个人几乎浑身湿透了,刚才和他们讨论谭卓的那个男生哭笑不得地骂了一句:"这也太倒霉了吧。"

旁边的男生笑道:"天气预报有毒。"

几个人的心态倒是很好,在一众骂骂咧咧的游人里格外突出。不知过了多久,他们才看见一座凉亭,几乎要被人站满了。

"进去吗?"徐航叹了口气,说,"要不我们继续往下走吧,反正也被淋得差不多了。"

其间蒋欣馨打了个电话过来,说她和陈瑶已经出了公园,问要不要等他们。几个男生不约而同地拒绝了,让她们先回家。

四个人苦笑着接着往下走,徐航哀号:"这都什么破事啊?!"

方颉没说话,在想江知津到哪儿了。

如果是从家里出来,大概需要四十分钟,就算开得再快也要半小时,江知津应该没那么快到。但他和自己打电话的时候声音有点儿远,像是戴着蓝牙耳机,应该已经在路上了。

他是看到下雨就出门了吗？应该是。方颉这么想着，轻轻吐了口气。

一路上都有景区工作人员疏散游客和维持秩序。他们快要到山脚的时候，方颉的电话又响了。他想也没想立刻接通了电话。

"喂。"

"山里不让人进去了，"江知津说道，"我在入口这儿等你。"

不知道为什么，方颉居然有些慌了，下意识地抬头看了眼前面的路程和人群，飞快换算自己还有多长时间能到进山口。

"大概还要十分钟。"

"知道了，等你。"江知津说。

挂了电话，前面和后面的人依旧很多。

他刚才没觉得，现在却突然觉得前面的人速度太慢了，简直是在用龟速往前挪，让他恨不得开口朝前面的人喊"快点儿"。

但雨天在人流量多的地方，为了保证安全，只能这么走，差不多又过了十五分钟，四个人终于挪到了进山口。

方颉一眼就看到了江知津。他站在入山口，撑了一把黑色的折叠伞，手里还拿着两把叠好没拆开的，看起来像是新伞，应该是给他们准备的。

雨实在是太大了，车只能放在停车场，江知津一路走过来，裤子湿了大半，已经可以拧出水来。

方颉立刻朝他走过去。徐航他们不明状况，也赶紧跟了过去。到了他面前，方颉看着他，居然不知道该说什么了，下意识地说道："你——其实在停车场等我就行了。"

"然后让你们淋过去？"江知津看傻子似的看了一眼方颉，把手里的两把伞递给了徐航他们。

方颉这时候才想起来介绍，对着徐航他们抬首示意了一下。

"这几个是我的同学，这个是我——"

方颉停了几秒，在要不要被江知津抽这件事情上衡量了一下，看了他一眼，才接着说道："我哥哥。"

然后他看见江知津的嘴角一勾，非常明显地笑了。

被大雨淋了个透、浑身都是凉意的时候，方颉的耳际无端地有点儿热。

徐航和剩下的几个同学赶紧和江知津打了招呼，江知津收敛了笑意开口说道："走吧，先送你们回去。"

徐航连忙摆了摆手拒绝："我家里有人来接我。"

江知津点了点头，说道："先到停车场再说。"

雨依旧很大，幸好停车场离得不远，他们到的时候徐航家的车已经等在入口了，司机正在给他打电话。其他两个人是跟着他来的，也顺路一起回去。

雨太大，没什么时间寒暄，江知津和方颉看着三个人关上车门，也冒雨上了车。

江知津先是打开全部空调，把暖风调到最大，又转头去看方颉。

方颉浑身湿透了，脸上也全是水，坐上副驾驶座时带上来一身水汽。江知津好不了多少，但除了裤子和鞋，至少上半身还是干爽的。

方颉正在找卫生纸，想擦一擦脸上的雨水。他摸了一下自己的衣服，找到半包纸巾，已经被雨水泡得不成样子。他有点儿烦躁地皱了皱眉，察觉到江知津的目光，扭过头问："有纸吗？"

"没带。"江知津扫了一眼方颉湿透了的外套，感觉暖气已经充足才说道，"先把衣服脱了。"

湿衣服穿在身上确实很难受，方颉这天穿的还是牛仔外套，被淋湿以后除了重和冷，没其他感觉。他没怎么犹豫，把身上的外套脱下来扔到后排座位上。

下一秒，江知津也动手拉下外套拉链，露出了里面的黑色T恤。

江知津穿的是一件浅灰色拉链卫衣，看起来像出门随便套的，没怎么弄湿。他脱下衣服，朝着副驾驶座上的方颉侧身，随意地招了一下手，说："过来。"

方颉下意识地靠近点儿，问："什么？"

下一秒，方颉的眼前暗了下来。

江知津没再说话，将自己的外套随意地罩在方颉的头上，帮他擦头上和脸上的雨水。

方颉愣住了，在原处没有动，只能感觉到江知津的动作。

江知津的动作不算轻，手法跟前几天帮汤圆洗澡的时候类似，甚至比那时还潦草一些，跟拿了块抹布似的。外套带着若有若无的洗衣液的香味，还有他温热的体温。

方颉被笼罩在衣服里，嗅觉和触觉还能感知到这些信息，脑子却仿佛有点儿停滞了，有些空白。

江知津干吗呢？

视线被衣服的一角遮住，光线随着江知津的动作忽明忽暗，方颉垂目时只能看见他的腰。不过这也没持续太久，下一秒，他就把衣服抽走了，皱着眉看了一眼方颉，说道："差不多就这样吧，先回去。"

方颉的眼前一亮，视野重新恢复完整，江知津已经在发动车子，方颉看到的是一张线条清晰的侧脸。

他转过头，系好安全带，目视前方，半晌之后才反应过来似的慢慢开口说道："哦。"

回去的路上很堵，从公园到小区车子几乎开了一个小时，一路上暖气都没关。进小区门时，微信响了几声，方颉打开看了一眼，是蒋欣馨和徐航他们先后在群里报了平安到家的消息，徐航还提到了方颉，问他到了没有。

方颉回复："到了。"

进了家门，江知津随意把外套一扔，冲着方颉说道："先去洗澡。"

"你先洗吧。"方颉看着江知津。

"啧。"湿漉漉的衣服贴在身上，让江知津有点儿难受，他已经往卧室里走了，边走边说道，"赶紧去。"

"你先。"方颉站在原地没动，很坚持，"你洗完我再洗。"

江知津闻言，回头看了一眼方颉，有点儿无奈地问："我们谁淋雨的时间更长？谁衣服湿得更严重？"

方颉很淡定地说："我，但是你先洗。"

江知津一时没说话，看着方颉，片刻之后突然笑了一下，说道："行吧，酷哥，那我先洗澡，你先去换衣服行吗？"

方颉表示自己知道，转身往卧室里走去。

湿衣服贴在身上的感觉很不好受，又冷又潮，方颉关上门，把衣服和裤子依次脱下来，又找出睡衣穿上。

他收拾好，出了房门，卫生间的门已经关上了，里面的灯亮着，有隐约的水声传了出来。

江知津应该正在洗澡。

方颉看了一眼卫生间，转身去厨房烧了壶热水，倒了两杯，一杯自己端在手里，另一杯放在茶几上。大概过了十分钟，卫生间的门咔嗒一响，被人打开了。江知津穿着居家服，湿着头发从里面走出来，对着他颔首道："快去洗。"

方颉洗完澡出来时，茶几上的那杯热水已经被喝了一半。江知津从卧室出来，身上已经又换上了出门的衣服。

方颉一愣，问道："你要出门？"

他边问边转头看了一眼窗外，雨小了一点儿，但还在下。江知津点了一下头，走到门口开始换鞋。

"前段时间订的酒到了一批，我要去看看。"

"顾巡他们不在吗？"

"在，但是这批酒挺贵的，检查完没问题以后估计还要一起吃个饭什么的。"

江知津换好鞋，抬头看向方颉，说："你就在家待着吧，午饭——"他看了一眼时间，十二点四十分，"我回来估计很晚了，自己点外卖行吗？"

"行。"方颉看着江知津，突然说道，"要我和你一起去吗？"

"好好在家待着，淋了一上午的雨还想出门呢？"

江知津打开门，冲着方颉随意地一挥手，说道："走了。"

雨还没停，江知津到"云七"的时候门口已经停了运酒来的货车，周洪和小工冒着雨在往店里搬酒，顾巡和送酒的老板站在店门口有说有笑的。江知津走过去和人打了个招呼，拍了拍顾巡的背。

送酒的老板是个大大咧咧的中年人，姓朱，已经给"云七"送了两年酒，跟江知津也很熟，笑道："顾巡说你有事可能过不来了，我还以为'云七'要有老板娘了！"

江知津也没忍住笑了，说道："怎么扯这么远？就是家里有点儿事耽搁了。"

"你也该找个对象了，我有个侄女，比你小三岁，在国企上班，人也漂亮，要不给你介绍一下？"

江知津笑眯眯地听对方讲完，说道："你给顾巡介绍吧，他比较合适。"

顾巡笑着接话："是啊，怎么没人给我介绍一个？"

朱老板看了一眼顾巡，说道："算了，你比我侄女还漂亮。"

几个人都笑了，又站在门口开玩笑，扯了几句。等将酒全部清点好已经接近四点，江知津把尾款打了过去，对方也很爽快，一定要请他们吃个饭。

这个时候已经分不清是午饭还是晚饭了，但朱老板兴致还挺好，入座就先叫了酒。顾巡和周洪晚上要看店，江知津没让他们多喝，只能自己陪着喝了不少。

一顿饭吃到了晚上七点钟，吃了将近三个小时，哪怕江知津的酒量非常好，出门的时候他也有点儿发飘了。

雨倒是已经停了，路面湿漉漉的，冬天的天色暗得早，霓虹灯光映在积水的路面上，光影一圈一圈地散开。江知津和顾巡、周洪把人送走后终于松了口气，抽出一支烟放进嘴里。

周洪担心地看了他一眼，问："江哥，你没事吧？"

"没事。"因为咬着烟，江知津说话的语调有些模糊，"你们回店里吧，我今晚不过去了。"

"行，你打个车回去吧。"顾巡顺手帮忙拦下一辆出租车，说，"你的车明天我给你开回去。"

上了出租车，江知津坐在后排座位仰着头，闭着眼睛报了地址，司机从后视镜不放心地看了他一眼，才慢慢将车子往前开。

其实江知津还没醉到不省人事的地步，这晚确实喝多了，到最后把"红黄白"轮番喝了一遍，再加上早上接方颉时淋了雨，他现在脑袋昏沉，头也有点儿痛。

这种感觉一直持续到江知津回到家进客厅倒在沙发上时，原本窝在沙发上的汤圆被他吓了一跳，喵了一声窜到了桌子底下。

客厅里没人，他连灯都懒得开，沙发上还丢着白天那件衣服，他拽过来盖住了脸。

过了一会儿，他听见房门被打开的声音，有脚步声由远及近，停在他的身边。

"你喝酒了？"方颉的声音透过衣服传了过来。

因为早上大家都淋了雨，徐航他们原定的晚上与下午一起出去玩的计划也取消了。方颉一个人在家点了外卖，又用了一个下午把国庆假期这三天的作业写完了。

吃过晚饭，江知津还是没有回来，方颉打扫了卫生，又喂了猫，觉得没事干，又回房间刷了套物理题。

这可能就是学霸的自觉吧，方颉在心里嘲笑了一下自己。写到一半时，他听到客厅里传来了开门的声音。

方颉停住了手上的动作，安静地听了一会儿，最终还是放下笔，推门走了出去。

客厅里很暗，方颉抬手把灯打开，才看见沙发上躺着的江知津用衣服蒙住了头，不知道睡着了没有。他走近了一点儿，已经闻到了对方身上的酒气。

方颉皱起眉头，问："你喝酒了？"

江知津刚开始没说话。

外套隔绝了一部分声音，让方颉的问话听起来不太清晰，而江知津的思绪有点儿混沌，让他对旁边的问话判断不那么准确，一时没有反应过来回答。

方颉半晌没有听见回应，俯下身凑近了一点儿，喊了一声："江知津。"

又隔了一会儿，江知津的声音才从衣服底下传出来，闷闷的："叫谁呢？找抽是吧？"

方颉忍不住笑了一下，语气却没什么变化，问："你喝酒了？"

"嗯。"江知津可能觉得方颉听不清声音，把盖在脸上的衣服微微一扯，露出了大半张脸和一双眼睛。

因为喝了酒，江知津的眼角泛着有些不自然的潮红。他的皮肤白，这种红色就更加明显。

江知津眯起眼睛看着方颉，语气里有些被打搅的不耐烦之意："干什么？"

方颉严重怀疑江知津已经醉迷糊了，伸出食指在他的眼前晃了晃，问："这是几？"

江知津看了一眼方颉，语气有点儿无奈："我说二你信吗？"

方颉没说话，也没收回手，反而在江知津的眼前晃了晃。江知津叹了口气，抬手一把握住了对方的手。

可能是因为喝了酒，江知津的手有些湿润，热到已经发烫的地步。方颉愣了一下，反握住他的手，在他的手心里轻轻按了按，有些不确定地问：“你是不是发烧了？”

"没有。"江知津率先放开方颉的手，拖着声音，语调懒洋洋的，"就是喝了点儿酒，睡一会儿就好了。"

他翻身从沙发上坐起，头痛和眩晕感越发明显，让他不禁皱了皱眉，闭上了眼睛。

方颉及时伸手握住了江知津的肩膀。

"我扶你回去。"方颉说道。

说完，他没等江知津说话，直接把江知津的手往肩上一带，将人扶了起来。

江知津不算重，这是方颉的第一个感受。

即使江知津半个人的重量都压在了方颉身上，他依旧觉得不算很重。只是江知津偏过头来时，呼吸刚好落在他的脖颈间，让他有些不习惯。

进了主卧，方颉把江知津扶到床上。对方一倒下就用手臂遮住了眼睛，眉头紧锁，始终没有睁开眼。

方颉站在床头没急着离开，片刻后，伸手去碰江知津的额头，感到有点儿烫，但不太确定这个温度是不是发烧的热度。他去客厅翻了会儿医药箱，总算找出一根很普通的水银温度计，用酒精擦了一遍才拿回房间。

江知津保持着那个姿势没动，好像已经睡着了。方颉轻轻开口，喊了一声："江知津，测体温。"

江知津没动，许久之后才嗯了一声。

"脱衣服。"方颉说道。

江知津依然没有动。

方颉又等了一会儿，有点儿不确定对方是喝醉了、睡着了还是已经烧晕过去了。他看了一眼，江知津已经脱了外套，现在只穿着一件浅灰色的衬衫。

方颉担心再过一会儿江知津就烧傻了，没再等，俯身，伸出手，开始去解对方的衬衫纽扣。纽扣是木质的，解起来有点儿费劲，他用十几秒解开领口下面的第一颗纽扣，想接着往下再解一颗。

下一秒，他的手就被江知津拽住了。

方颉被江知津突如其来的动静吓到了，下意识地抬头去看他。他也已经醒了，皱着眉看着方颉，喝酒的缘故，他的眼睛有点儿红："干吗呢？"

"测体温。"方颉说。

江知津隔了一会儿才说："我自己来。"

说完，江知津放开了手，方颉没再说话，把温度计递给了他。

江知津伸手接过方颉手里的温度计，没再解扣子，随便拉开一点儿领口把温度计放进去夹住，又闭上眼，看起来很累。

等到了时间，他拿出温度计来递给方颉。

方颉看了一眼，三十八点一摄氏度，确实发烧了。

相比方颉，江知津自己倒是很淡定。他看了一眼体温，哑着嗓子道："低烧，不用去医院，医药箱里有退热贴和退烧药。"

方颉找出退热贴和退烧药，又去烧了水。

退烧药有两种，方颉按说明倒了药，等水凉得差不多了才一起递给江知津。

等他吃了药，方颉又撕好退热贴递给他。

江知津接过去，笑着说了一句："还很贴心。行了，待会儿我自己贴，你去睡吧。"

方颉没走，看了一眼江知津有些迷糊的样子："现在贴吧。"

江知津叹了口气，说："同学，这个世界上的退热贴有两种，贴额头的和贴肚子的，你拿的这是第二种，意味着我要贴的话就得脱衣服，还有可能要脱裤子，懂了吗？不会有事的，放心。"他说完笑了一下，抬手在方颉的额头上轻轻一弹，放下手说道，"行了，你去睡吧。"

房间里暂时安静了一下。

淋雨又醉酒，江知津的头真的挺疼的，思维也有些迟钝，但就这么安静了几秒，他明白自己这话说得有些突兀了。

他叹了口气，抬眼看向旁边的方颉，方颉也在看他。两个人对视之间，方颉面无表情地开口问："什么意思？"

"没什么意思。"江知津觉得自己迟早要被喝多了以后就口无遮拦这个习惯给害死。他沉默了片刻，在脑子里整理语言，但是看到一动不动地站在自己床前盯着自己的方颉时，又不知道该怎么说了，最后只能自暴自弃地往床上一躺，随手拽过被子一盖。

"我喝晕了，行了吧？你赶紧回去睡觉。"

"不行。"方颉嘴角紧绷，上前两步，到了江知津的床头，低头看着床上的人。为了看清他的表情，方颉甚至俯身低头靠近他，问，"你什么意思？"

因为俯身，床头的壁灯灯光被方颉遮住了，江知津就被笼罩在他的影子下，仰头只能看见他在光影里的脸，还有注视着自己的眼睛。

方颉的睫毛还挺长的，江知津莫名地想。

过了会儿，方颉直起身。

光线没了遮挡，重新落在江知津的脸上。他放缓了语气说道："行吧，是我说错话了，谢谢你照顾我，回去睡吧。"

他一边说一边还得忍受着疼痛，心想，这都什么事啊？

半晌之后，江知津听见方颉嗯了一声。

对方的声音很低、很短，江知津又听不出来什么情绪，就说了这么一句，方颉已经转身出了江知津的卧室，又帮忙把门给关上了。

"啊——"江知津哀叹了一声，心想：小孩儿挺敏感的，估计又要多想。

方颉躺在床上，慢慢地吐了口气。

江知津说得好像没错，但他就是有点儿不爽。

他还没找到自己不爽的原因，暂时归结为江知津这种突然划清楚界限的举动有些伤人。

——没有我，你喝醉以后谁照顾你啊？那个约你爬山的人吗？那人叫什么名字来着？哦，李行延。

方颉喷了一声，蒙上被子。

夜里不知道什么时候又下起了雨，还挺大，直到方颉第二天早上起床时才停。他依旧起得很早，看到江知津紧闭的卧室门时，迟疑了一会儿，最终还是试着去开了门。

毕竟对方昨晚还病着，不知道现在怎么样了。

昨晚是方颉关的门，江知津没有锁上，方颉一转把手，门就被打开了。卧室里窗帘全部拉着，也没有开灯，显得很暗。床上的人还睡着，整个人埋进了被子里，方颉看不清楚对方有没有醒。

他下意识地放轻了脚步声，缓缓走到江知津的床前。江知津的眼睛紧闭，看起来没醒，只是呼吸声有些重。

方颉皱了皱眉，伸手放在了江知津的额间，发现很烫。

昨晚江知津还是那种体温计测出来的低烧，现在却是光摸额头就已经发烫了。方颉紧锁眉头，推了一下床上的他："江知津，起床。"

半晌后，江知津含混地哼了一声，没有动作。

方颉不再犹豫，推了江知津一把，把人从床上拽了起来，说道："起床，你发烧了。"

江知津被拽起来时人还是蒙的，呆坐着没什么反应。方颉随意翻找出衣服扔给他，他看了一眼方颉找的衣服，有些无奈地开口："羽绒服是什么——"

刚开口说了几个字，江知津就闭嘴了。他的声音又干又哑，喉咙里像是冒火，整个人都是昏沉沉的，看来是真的发烧了。

方颉懒得管他要说什么，直接把衣服扔到了床上，说："赶紧穿，然后去医院。"

江知津看了方颉一眼，刚想用他那破锣嗓子说句话，方颉却先开口了。

"我在门口等你。"

"不用。"话说到这儿，江知津一把脱掉了睡衣。

昏暗的房间里，江知津赤裸着上半身，头发因为没有打理，乱七八糟地垂在额间。

他换好衣服，方颉收拾好东西带着他出了门。

因为喝了酒，昨晚江知津把车停在了"云七"那儿，现在两个人只能去小区门口打车前往医院。出了单元门，两个人才发觉，因为下了一夜的雨，单元楼门口积了很大一摊水。

水大概没到脚踝，不算深，但是面积有些大，要走一段距离，出门肯定要踩到。江知津整个人病恹恹的，下意识地低头去挽裤脚，准备蹚水。

下一秒，他的手臂被方颉拽住了。

"我背你。"方颉说。

"什么?"江知津愣了愣。

"你不能再碰水了,我背你。"方颉说完拉起裤脚,没有迟疑地俯下身说道,"上来。"

江知津烧得有些发晕了,愣在原地暂时没有动作,方颉回头看了他一眼,皱起眉头喊:"上来,别磨蹭。"

他还挺凶。

江知津不再纠结,趴到了方颉的背上。

水没到脚踝,因为背上有个人,方颉走得很稳很慢。江知津偏高的体温源源不断地从背上传过来,方颉还能听见耳边对方有些沉重的呼吸声。

"三十八点五摄氏度,发烧了。"医生看了一眼刻度,把温度计放了回去,说,"先验个血项,看样子应该要打点滴。"

两个人去的就是附近的社区卫生院,大清早人很少,输液室里只有江知津和方颉。护士对着江知津的血管慢慢把针推了进去,利索地解开止血带,转头面向方颉说道:"有什么不舒服的感觉就按铃,看着点儿输液瓶,快没了就叫我。"

方颉点了点头,说了句:"谢谢。"

护士出去后,方颉站在原地,先抬手按住输液瓶再次确认了一遍上面的名字,又看了一眼点滴下落的速度,稍微调慢了一点儿,才低头去看江知津。

江知津整个人蜷缩在椅子里,歪着头,很认真地看着输液室的电视放的《猫和老鼠》,感受到方颉的目光时懒洋洋地开口说:"站着干吗?坐啊。"声音有点儿沉闷沙哑。

方颉没坐,也没说话,伸出手,在江知津输液的那只手上搭了几秒。

江知津吓了一跳,下意识地想抽回手,又想起自己手上扎了针,勉强忍住了动作,用另一只手作势往方颉的手上拍过去:"干吗呢?"

他还没拍到,方颉已经收回了手。

"太冷了。"方颉说道,"我去问问有没有热水袋。"

有些人一输液手就会变凉,江知津更严重点儿,方颉摸到他的手时,感觉像是摸到了一块冰。幸好卫生院里有电热水袋，方颉跟护士要了一个，又耐心地在护士站等着充好电。

方颉把热水袋拿回输液室时，江知津已经快要睡着了。方颉走过去把热水袋垫在他输液的手下，又把一截输液管轻轻压在下面，让点滴进入血管时不要太凉。

江知津稍微打起精神睁开眼，由着他折腾完，等人坐下了才开口问："你是处女座吗？"

"不是。"方颉答，"十一月十二号，天蝎座。"

"你这么'事儿'，我还以为你是处女座呢。"江知津笑了一下，接着说道，"不过挺好的，细心一点儿招小女生喜欢。"

这句话江知津不过是顺口一接，方颉看了他一眼，突然问："那你喜欢什么样的？"

江知津微微眯起眼睛，半晌才答："找抽是吧？"

"就是好奇。"方颉扭过头看着电视上的《猫和老鼠》，汤姆正在追隔壁家的小白猫。

他又说道："随便问问。"

"我喜欢我自己，行了吗？"江知津戴上羽绒服的帽子往后一仰，说，"困了，别吵。"

方颉没再说话。

直到《猫和老鼠》放完一集，方颉才把目光从电视上收回来，转到了旁边的人身上。

江知津明显已经睡着了，呼吸均匀绵长。羽绒服的帽子挺大，挡住了他的半张脸，只露出鼻尖、嘴唇还有下颌。

方颉看了很久，最后不得不承认，江知津这张脸确实招人喜欢——如果不开口说话。毕竟他损人时候的语气听起来特别欠抽。想到这儿，方颉忍不住笑了一下。

但是他知道，虽然江知津有时候嘴上说得乱七八糟，但做事的时候干脆利落，非常靠谱，包括但不限于经营好"云七"、处理好自己转学的事、摆平"金项链"和方承临。

他又想起方承临来的那天晚上，江知津对他说："你现在只需要看着我就行了。"

他猛地收回目光，轻轻吐了口气。

他抬头看了一眼输液瓶，一瓶点滴已经快要滴完。他去叫了护士，又把热水袋换了一遍。

就这么折腾了好几次，药水换到了最后一瓶，江知津居然还没醒，看得出来是真的又困又累了。

最后一瓶点滴快要滴完时，方颉拍了江知津两下："醒了。"

片刻之后，江知津才动了动，缓慢地睁开眼，说话还带着沙哑的鼻音："嗯？"

"要拔针了。"

一旁的护士边俯身准备拔针边笑道："你弟弟好乖哦，一直守着你。"

江知津看了方颉一眼，笑着答："确实挺乖的。"

窗外没有下雨，甚至有点儿微弱的阳光，江知津本来以为能暖和点儿。两个人出了卫生院的门，一股冷风直逼两个人，几乎要刮进骨子里，他下意识地骂了一声。

方颉看了他一眼，走到了他前面。

输了一上午的液，两个人在小区门口的面馆里随便吃了两碗盖浇饭，回去时，单元楼前面的积水还在，但不知道哪个好心人找了几块砖临时搭了条路，好歹能走了。这次江知津没让方颉背，自己走在他后面。

江知津又睡了一下午，顾巡倒是来了一趟，帮忙把他的车开过来，还把钥匙送了上来。江知津还在睡觉，方颉收了钥匙，把生病的事和顾巡简单地说了说，对方还挺担心，问要不要开车去市医院看看。

"应该不用了，中午已经退烧了。"方颉说，"下午我再看看吧。"

"行，那就麻烦你了。"顾巡拍了拍方颉的肩膀，笑道，"如果有事给我或者周洪打电话。"

整个下午方颉都没出门，连着刷了几套理综题，背了会儿单词，最后太无聊了，还做了几篇平时最不感兴趣的文言文阅读。这期间徐航倒是兴致勃勃地打电话问他要不要再出去玩，他拒绝了。

他固定每隔一小时就去江知津的房间替江知津盖盖被子、测一次体温。因为江知津好像一直睡得很熟，他只能用手先测测江知津额头的温度，打算等有些烫的时候再把人叫醒，幸好一下午江知津的体温都很正常。

晚上六点多，江知津终于起床了。

方颉正准备进去替他测体温，他恰巧推门出来。方颉一愣，问道："你醒了？"

"醒了，不用测了，我刚才自己测过，退烧了。"

方颉看了江知津片刻，慢慢开口说道："你下午根本没睡着吧？"

"睡着了。"江知津笑道，"但是没那么熟，你来摸我的头那几次我还是有感觉的。"

方颉不知道为什么，突然就有点儿尴尬。幸好江知津立刻转了话题，轻描淡写地说道："吃什么？饿了。"

"外卖吧。"方颉问道，"你想吃什么？"

江知津闻言叹了口气，看着方颉说道："吃面吧，我来弄。"

"你——"

"还没病死呢。"江知津挽起袖子，转身走向厨房。

虽然是面，但江知津弄得还挺认真，卧了两个鸡蛋，配上小青菜，还用番茄炒蛋做了汤底。

吃完晚饭，窗外已经完全黑了。方颉收拾好碗筷出来，江知津正在摆弄电视，见到他出来了才问："看电影吗？"

方颉瞬间想到自己上次和江知津看电影的事，而且看的还是惊悚、恐怖、悬疑片。

"不看恐怖片。"江知津估计也想到了，忍不住笑，然后立刻补充道，"随便找一部看看，白天睡太久了，现在睡不着。"

江知津应该是随便找了一部电影，是部爱情片，里面的演员方颉几乎都不认识，讲的是一个女大学生和一个混混恋爱的故事。

电影拍得还挺纯情，有点儿文艺片的感觉，江知津吃着薯片，时不时地还要点评一句"挺幼稚的"。

电影正演到女生向小混混告白，大雨里昏黄的路灯下，两个人相互对望，女生一句一句地说着告白词。

方颉扫了江知津一眼，问："哪里？"

"'未来不管怎么样都会永远和你在一起'这句。"江知津笑了笑，说道，"可能是说这话的人太小了，所以有点儿幼稚。"

"嗯。"隔了一会儿，方颉答。

他本来想说点儿什么，但好像说什么都不合适，因为就算在他看来这个剧情也确实有点儿幼稚，不过听到江知津这么说，又有点儿不爽。

很快两个人就没机会针对"幼不幼稚"展开讨论了。

方颉定定地看着电视，脸上没什么表情，脑子飞速运转。

这情节怎么这么长？

江知津家的音响挺好的，立体声环绕——方颉已经开始考虑要不要假装去上厕所缓解一下尴尬气氛，又觉得这个举动说不定会让自己更尴尬……

下一秒，他听到江知津轻轻嗤了一声。

还没等他反应过来，原本歪坐在沙发上的江知津直起身，一只手抄过茶几上的遥控器，另一只手朝着他伸了过来。

方颉的眼前一暗，所有光线与画面都被江知津的手挡住了，他只能感受到对方手心的热度，贴在眼皮上，源源不断地传过来。

江知津的声音在方颉的耳边响起，带着点儿隐隐的笑意："未成年人禁止观看。"

说完这句话，客厅里环绕着的种种不可言说的声音都一齐消失了——江知津按了快进，直接跳过了这一段情节，随后放下了挡在方颉眼前的手。

眼前重新恢复光亮，方颉先是转头看了一眼旁边的江知津。

江知津和他对视了一秒，表情非常正经地问："还看吗？"

方颉一时没能说话。其实他现在没考虑要不要继续看这部其实没怎么看懂的爱情片，就是被方才江知津突如其来的举动惊到了，不知道该做出什么反应。

但江知津明显会错意了，等了一会儿，见方颉没说话，他原本很正经的表情突然有些微妙起来，脸上多了一点儿隐约的笑意，轻轻咳了一声。

"你要不要——"江知津顿了一下，尽量让自己的语气听起来平静一些，脸上的笑意也不要那么明显，问，"去个厕所？"

"什么？"

方颉说到一半，才猛地反应过来江知津说的是什么意思。

方颉深吸一口气，有点儿想抽江知津，又万分庆幸自己刚才没有为了避免尴尬说要去上个厕所，把自己置于更尴尬的境地。

"不用！"这两个字方颉说得很暴躁。

江知津笑着举起双手做了个投降的姿势："对不起，青春期嘛，我还以为你——"

他没接着说下去，只说："不好意思。"

如果说刚才还只是方颉自己尴尬，那么现在尴尬的气氛已经弥漫整个客厅。方颉觉得有股热度在他的耳朵上萦绕不散，为了缓解气氛，他甚至顺手抄起了桌上的半杯水喝了一口。

温热的白开水，方颉喝了一口才想起来这应该是江知津刚才吃药时候喝的水，喝了一半，剩下一半。

方颉迅速把水放回去了。

幸好江知津好像没注意到，继续看电影。因为刚才跳过了一段时间，剧情已经到了两个人吵架决裂的一段。

嘈杂的电影声中，方颉盯着屏幕看了一会儿，却发现自己什么都看不下去了。

电影背景声中，方颉犹豫着慢慢开口说："你——"

说了一半，他又停住了，看着江知津微微抿了抿嘴。江知津看着他，等了一会儿，笑道："谈过恋爱。"

"啊？"

"你不就是想问这个吗？"江知津笑道，"在部队里，大概两年多吧。"

说完他转过头继续去看电影，语气听起来很平淡："后来我退役了，就分手了。"

方颉定定地看了他三四秒，又移开目光，看向了电视屏幕。

"哦。"

其实他还想问问对方是什么样的人、两个人怎么谈的恋爱、为什么分手，但是这些问题在他的舌尖上打了个转，到底还是没说出来。

虽然他确实很好奇，但是问出来好像太奇怪了。

电影的结尾男、女主角分手了，女主角远赴他乡求学后归来，男主角早就结婚了，在街头相遇的时候甚至没人回头。

这个结尾有些平淡，方颉没能看出伤感，江知津已经看困了，窝在沙发里一直没动弹,直到片尾曲响起来,他才慢吞吞地坐起来说:"行了,睡吧。"

方颉也从沙发上起来,汤圆本来已经趴在沙发的一角睡了,被两个人的动静惊醒,猛地窜回了猫窝。

方颉没管它,对江知津说道:"再测一遍体温?"

江知津本来已经往房间里走了,闻言无奈地转过身看着方颉。

结果是三十六点六摄氏度。

方颉把温度计放回医药箱,叮嘱:"记得吃药。"

"还挺操心。"江知津气笑了,伸手想要报复性地揉一揉方颉的脑袋。

他下手一直没轻没重,方颉下意识地偏头,他的手一偏,指尖从方颉的头上往下一滑,蹭过了方颉的左耳与颈侧。

两个人都愣了一秒,江知津飞快地收回手,语气还是懒懒散散的,说:"行了,去睡吧。盖好被子,今晚还要下雨。"

方颉冲了个澡,睡前外面果然又下起雨了,不大,细密地敲在窗子上,发出轻微的声响,很像电影里的场景。

起床的时候方颉看了一眼时间,早上五点五十分。

他去冲了个澡,又把自己刚换下来的睡衣和内裤洗了。为了不那么尴尬,他甚至多洗了几件外套和裤子什么的。

搞完一切已经快七点,方颉回到房间不想再睡,随手抽了一本英语单词册。

高考必备单词、高考必备句式、高考必备范文……他有些烦躁,闭上眼睛,用书盖住了脸。

第六章
有我呢

接下来的一天假期，方颉说是要写作业，几乎把自己关在屋里一整天。

三天假期过得很快，用徐航的话来说就是一眨眼的工夫。开学那天早上，方颉去教室，半个班的人都在补作业。

一见到方颉，徐航大声疾呼："同桌，救命！"

方颉直接把书包扔给他，抬头刚好对上蒋欣馨的眼神。见他看过来，她冲他一笑，说道："早。"

"早。"方颉点了点头。

早自习是语文，唐易踩着点进了教室，到讲台上环顾了一圈底下的学生，不轻不重地敲了敲讲桌。

"差不多得了啊。"唐易叹了口气，说，"三天假期的作业等着今早写呢？写得完吗？"

底下的学生心照不宣地笑成了一片，唐易又敲了两下桌子，说道："行了，赶紧背书，被逮到写作业直接没收。"

这样的威胁还是有些震慑作用的，大部分人开始拿出课本早读，还有些人把试卷压在课本下面，趁着唐易不注意写两个字。

徐航就是其中一个，所以刚抄完选择题就发现唐易神不知鬼不觉地出现在桌子旁边的时候，差点儿没吓背过气去。

幸好唐易跟没发现似的，只是敲了敲方颉的桌子，说道："跟我出来一趟。"

等到了楼道里，唐易问："穿这么少，不冷吗？"

"还行。"方颉觉得唐易应该是习惯了开口说事前先问点儿其他的话缓和气氛，于是直接开口问，"有事吗？"

"有，好事。"唐易笑道，"十一月初省里要举办青少年物理竞赛，每个高中有七个名额，一等奖计入档案，高考加十分。本来学校想让年级前五名的学生去，但后来又觉得不妥当，毕竟这是单科竞赛，所以打算搞个测试综合评定一下。"

唐易说道："还是告诉你们几个年级尖子生一声，免得你们多心。"

方颉点头应了一声："知道了。"

"行。"唐易拍了拍他的肩膀，说，"进去吧，顺便把谭卓给我叫出来。"

方颉应了一声，回到教室时直接走到谭卓的桌子面前，在桌边敲了敲。

谭卓正在埋着头背书，声音小、语速快。猛然被人打断，他唰地抬起头，面露不满之色。

看到面前的人是方颉，他的不满之色有些凝固了。

方颉对着他简短地说道："班主任找你。"

听到这句话，谭卓先是一愣，接着脸上的不满之色立刻变成了不安和愤怒，脖子又瞬间变红。他盯着方颉，声音又快又低："你说什么了？"

方颉过了几秒才反应过来，谭卓以为自己是告了什么黑状，让唐易找他谈话了。

方颉有点儿想笑，觉得谭卓这种神经质的言行有时候真的挺让人无语的。他懒得解释，只说了一句"他在等你"，随即返回了座位。

谭卓就这么一直盯着方颉回了座位，才僵硬地站起身往门外走去。

快要下课的时候，唐易和谭卓一起进来，谭卓的表情明显轻松了不少。唐易站上讲台拍了拍桌子示意所有人安静，等教室里没什么声音了，才开口把物理测验的事说了一遍。

"这次测验和选拔物理竞赛名额有关，大家努力点儿，万一去参加竞赛，不小心拿了个一等奖，高考还能加十分。"

徐航顺嘴说道："省级比赛，那得多不小心啊？"

"人要有梦想嘛。"唐易的耳朵挺好使，他立刻转头看着徐航的方向，笑眯眯地接着说道，"有些同学不是语文自习还在写物理试卷吗？"

全班同学哄堂大笑，徐航立刻红了脸，埋头假装自己不在。

唐易笑着收回目光，说："行了，下课吧。"

高考的十分和平时测验的十分天差地别，当天的晚自习几乎所有人都在复习物理，方颉也不例外。下了自习，江知津打电话说自己不想出去了，让他自己回家。

用江知津的话说就是："男孩子有的时候就该独自回家，锻炼一下胆量。"但方颉知道他就是因为天越来越冷了犯懒，比如这次进了门，方颉一眼就看到他躺在沙发上盖着小毛毯玩手机。

听到开门声，江知津瞟了一眼，问："回来了？"

"嗯。"方颉把钥匙放在鞋柜上，弯下腰开始换鞋。

"行，我先睡了。"江知津起身打着哈欠往房间走了几步，又想起什么似的回头看了方颉一眼。

"今天去超市给你买了箱牛奶，你记得喝。"

"好。"

等洗完澡，方颉去了趟厨房。

他打开冷藏室的门，里面的东西虽然多，但还算整齐，上面两层放的是蔬菜、水果之类的东西，最下面一层放的是江知津给方颉买的牛奶，还有江知津的啤酒。

不大的一点儿空间像是画了条线，被分成了两个区域。左边是江知津黑色的高罐啤酒，右边是他刚买的、用白色纸盒包装的低脂牛奶。

方颉拉着冰箱门看了片刻，最终拿了一盒牛奶，关上了门。回到房间，时间还早，他打算再刷两小时的物理题。他的物理很不错，所以也没什么负担，自己挑了两套提升题刷了起来。

刷题刷到一半，方颉放在一旁的手机响了，思路被打断，他有些不耐烦地皱眉，看了一眼手机，上面显示的是一个没有印象的陌生号码。

他只看了一眼，就抬手挂断了电话，目光又回到了练习册上。

但这个电话着了魔似的，他刚刚挂断，隔了几秒又打了进来。方颉连着挂断两次，第三次的时候终于放弃了。

这题的思路算是断掉了。

他叹了口气,拿过手机接通了电话:"喂?"

那边的声音有些杂乱,也没人说话,方颉耐心地等了一会儿,终于,一个柔柔的女声传了过来:"是方颉吗?"

方颉总觉得这个声音在哪儿听过,但电流声又让他的直觉没有那么敏感。

思路接不上,方颉干脆不接了,左手拿着手机,右手飞快地转着笔,问:"你是哪位?"

"你好,我是翟菀。"

方颉转笔的手立刻停住了,因为惯性,笔滑出去掉在地上,发出声响。

翟菀——方承临的"小三",那个白血病小孩儿的母亲。

笔掉在地上不动了,四周彻底安静下来,方颉清晰地听见对面传来的温柔女声。

"我想找你谈一谈……听说你现在在绍江上学,是吗?"

午休结束的铃声已经响了,陈瑶起身去接了杯水,回来时特意绕到了蒋欣馨的位子边上。

"还看呢?"陈瑶把蒋欣馨手里的书一拍,说,"别这么紧张啦。"

蒋欣馨苦笑着仰头看向陈瑶,说道:"我觉得我还有好多不会。"

陈瑶笑嘻嘻地开玩笑道:"少来,物理一直是你的强项,你再谦虚我就烦了。"

"真的,比如这题——"蒋欣馨指了指试卷,问,"你做出来了吗?我想了好久也没想出来。"

陈瑶连题都不看,赶紧摆手说道:"别,别,别,连你都做不出来,我更不可能做出来了。"

她抬头环顾了一圈,目光最后落在了方颉身上。

"问问学霸吧,方颉!"

方颉正低头看着手机,仿佛没听见有人叫他,直到陈瑶又提高音量喊了一声,他才猛地抬头,对上了对方的眼睛。

他抬头的时候面无表情,眼神很冷漠,陈瑶被他吓了一跳,迟疑着开口问:"你……干吗呢?"

"没事。"隔了几秒,方颉的眼神缓和了下来,他问,"怎么了?"

"蒋欣馨想问你一道题。"陈瑶指了指蒋欣馨。蒋欣馨也一脸不安地看着方颉。

"哪题?"

蒋欣馨把试卷递了过去,说道:"第二十一题,没太搞懂。"

方颉看了片刻,把自己的试卷翻出来,按照步骤一点儿一点儿地讲给对方,全部说完一遍后又问了一句:"懂了吗?"

蒋欣馨连连点头:"懂了,懂了。"说完后她迟疑了一下,又问,"你没事吧?"

见方颉看着自己,蒋欣馨又赶紧解释:"觉得你今天心情不太好。"

"没事。"方颉几乎就在下一秒回答道。

蒋欣馨愣了一下,哦了一声,不再开口。

直到对方转回身去,方颉才重新低下头看自己的手机的短信界面。

昨天晚上翟菀说完那句话后,大概是害怕方颉挂电话,立刻连珠炮似的不断开口。

"拜托,先听我讲完好不好?阿姨真的是没办法了,小安已经在化疗了,但是效果很不好,阿姨真的没有办法了,你没见过他在病床上的样子……"

她的话带着哭腔,颠三倒四,好像情绪非常不稳定。

他直接打断她,问:"你怎么知道我在绍江一中上学?"

他很冷静,目视前方,又问:"你怎么知道我的电话号码?方承临告诉你的?"

那头的翟菀沉默了片刻,没有反驳,反而哭了。

她的哭声并不歇斯底里,听起来很压抑,仿佛她极力控制着自己的悲伤情绪,只为了和方颉说话。

"阿姨求你了,小颉,阿姨和你爸爸妈妈有错,但那是大人的事,你弟弟是无辜的——"

方颉立刻打断她,说道:"我妈妈有什么错?"

他抑制不住心里猛然生出的怒气,对着电话那头的人反问:"我妈妈有什么错?"

那头的翟菀立刻又哭了,反复地说着对不起。

"对不起,小颉,都是我的错。我对不起你们一家,真的,我该死。但你弟弟是无辜的,你不知道他知道自己有个哥哥的时候多开心……"

方颉有那么一瞬间居然有些想笑。

他想问问对方：知道他无辜，为什么要生他？

——我不无辜吗？我活了快十八年，突然有一天有人告诉我：嘿，你有个同父异母的弟弟，是你爸出轨，养在外面的"小三"生的，现在他需要骨髓移植，你去配个型吧，毕竟孩子是无辜的。

多牛啊，多仁慈啊，这种人是巴黎圣母院出来的吧？

但方颉没有说，甚至没有耐心听对方说完，直接打断了对方。

"我没有弟弟。"方颉说道，"别打过来了，否则我就报警。"

说完，方颉立刻挂掉电话，又把那个号码拉黑，随后给方承临打了个电话。

电话很快就被接通了，方承临大概没想到方颉会主动打电话给自己，接起来时语气很高兴。

"小颉——"

"我的电话是不是你给她的？"

方承临冷不丁被问，下意识地问道："什么？"

方颉的语速很快，他极力压抑着心里的怒火："那个女的为什么知道我在绍江上学？为什么知道我的电话号码？"

"没有！"方承临才反应过来，立刻大声说道，"你转学以后我没跟她说过任何你的事！"

方承临沉默几秒，又有些慌乱地开口说："是不是她看了我的手机？"

方颉忍不住冷笑了一声。

方承临立刻住口，半晌才说道："她打电话给你了吗？你别管她，也别接电话。我现在在外地，等出差结束——"他停了一下，又改口道，"明天我就回潮城找她谈谈。"

方颉沉默了一下，随后说道："随便你，别来烦我。"

说完，没等方承临再开口，方颉立刻挂断了电话。

桌子上的练习册还是刚才那一页，方颉看了一会儿，俯身捡起掉在地上的笔，开始从头算题。

"设 m 抵达 D 点的速度为 v1……"

方承临的话可以信吗?他真的不知道翟菀找自己吗?

"设此小车的速度为 v2,A 到 D 过程中系统动量守恒……"

翟菀知道多少自己的信息?自己的号码、自己的学校,还有自己的地址?

"mv0=mv1+Mv2,所以 v2=……"

如果她知道地址,会再来找自己一次吗?

方颉的脑子仿佛分裂了,解题的思路和其他乱七八糟的思绪混合在一起,写完最后的答案,他翻到解析看了一眼,居然还做对了。

真牛啊,方颉,这可能就是学霸吧。

方颉短促地笑了一下,破天荒地没收拾东西,把笔一扔,倒在床上。

如果翟菀真的知道了自己的学校或者住址,然后再一次找过来,那么……江知津怎么办?

和第一次不同,上次他因为受不了学校里的议论、注视,受不了乱七八糟的声音和环境,受不了父母无休止的互相指责谩骂,所以选择了转学,但这一次,一考虑到翟菀有可能再出现,他产生的第一个念头居然是:江知津会受影响吗?

想到这儿,方颉轻轻吐了口气,闭上眼睛。

自己横插入江知津的生活已经很麻烦了,他不希望给江知津带来更大的麻烦。

但方颉还是低估了翟菀的毅力和疯劲,拉黑一个号码根本没用,对方可能是找了什么办法,换了很多号码,从昨天晚上到现在,给他发了快一百条短信。

有些短信是认错,有些是恳求,请方颉原谅她,救救自己的孩子……她甚至给他发了很多张照片,照片上是一个六七岁大小、穿着病号服躺在病床上的小男孩儿,很瘦很小,眼睛大得惊人,直愣愣地盯着镜头。

"看看你弟弟,你就当可怜可怜他,行吗?"

方颉没什么防备,刚点开照片的时候呼吸都停了一下。

他深吸一口气,把手机直接关机了,甚至把手机卡也取了出来。

他要换张卡了。

晚自习结束，方颉出去的时间迟了几分钟，江知津已经在门口等着了。见到他出来，江知津一挑眉，问："关什么机啊？"

方颉停顿一下，只简单答了一句："没什么。"

江知津看了一眼方颉，没再说话。坐上车，他一边开车一边慢慢说道："不对劲啊，方小颉。"

"什么？"方颉问。

"你不对劲。"江知津说道，"说说吧，遇到什么事了？"

方颉转头看了江知津一会儿，半晌才说道："你以前是算命的吧？"

"不是，但我给你算还行。"江知津脸上带着笑，目视前方说道，"说说吧。"

"没事。"方颉最后还是说道，"手机没电了。"

"你上个学把手机上没电了？"江知津看了他一眼，问，"在学校玩了一天手机呢，学霸？"

方颉点了点头说："对，学霸就是这么嚣张。"

江知津乐得不行，没再往下问。

他心里清楚，方颉的学习很好，除了因为聪明，还因为足够努力，平时方颉在家学习的时候能几个小时不碰一次手机，更别说上学了。

但方颉不愿意说，他就不问了。

接下来的两天，方颉的手机也尽量没开机。只有快下晚自习那一段时间，为了接江知津的消息，他会开机十分钟。

他没时间出学校换新卡，只能先这样，等星期六再说。

星期五下午，高三全年级进行物理测试。

毕竟是为了选拔省竞赛人员的名单，这次测试很正规，学校还特意打乱所有学生重新排了考场，和月考差不多。早上上完课，所有人就开始布置考场。

考试唯一的好处大概是，每当这个时候，学校对于学生的管理都会宽松一些。陈瑶拖着蒋欣馨点了奶茶外卖，趁着午休时间去学校门口拿。

"每次都是隔着铁门递进来，跟探监似的。"陈瑶叹了口气。

旁边的蒋欣馨笑着压低了声音说:"能喝就不错了,小声点儿。"

要是平常,两个人可能会被门卫说一顿,但这次学校门口有人在和门卫说话,门卫来不及管这两个违反校规点外卖的女生。蒋欣馨和陈瑶站在角落晒着太阳,等着外卖。

门口的人说话声有点儿大,蒋欣馨下意识地朝那边看了一眼。

门外是个三十多岁的女人,很瘦弱,一身素色衣服,没化妆,显得有些憔悴,但还是能看出来五官很漂亮,正在和门内的门卫说话。

"不好意思,你们学校高三有一个叫方颉的学生吗?他在哪个班啊?"

蒋欣馨愣了愣,朝那边看过去。

门卫是个四五十岁的大叔,背着手,站在门内絮絮叨叨地说:"我们不能随便透露学生的信息,你和他是什么关系啊?"

"我是他的阿姨,有急事找他,他弟弟生病了。你让我进去找一找他,好吗?"

对方说话的语调很柔和,满脸的焦急之色掩盖不住。门卫愣了一下,也放缓了声音说道:"你等等,我先打电话问问有没有这个人。"

一般家长要在上学时间见学生,都要先打电话给班主任,班主任再打电话给门卫,然后才能放人进来。但对方看起来很着急,门卫打算替对方打个电话问问。

陈瑶也听见对方说的话了,转头看着蒋欣馨小声说道:"方颉不是转学过来的吗?怎么还有阿姨在这儿啊?这人特意过来找他的?"

蒋欣馨抿了抿嘴没说话,看着门口的女人。

对方已经完全不顾形象地坐到了门口的地上,看起来很疲惫。从刚才开始她包里的手机就一直在响,应该是有人一直在打电话给她,但她每次都直接挂断。

不知道哪里来的直觉,蒋欣馨觉得不太对劲,等门卫进了传达室,她突然跟了过去。

门卫被她吓了一跳,说道:"干什么?等外卖是吧?校规不许你们点外卖,知道吗?"

蒋欣馨先冲他笑了笑,看了一眼门口的人又飞速转过头,小声说道:"叔叔,刚才那个阿姨找方颉,是吧?"

"方颉是我们班的，"蒋欣馨顿了顿，小声道，"要不你别给班主任打电话了，我直接去告诉我同学吧。"

门卫莫名其妙地说道："既然他是你们班的，那刚好你带她去找找你同学呗，你哪个班啊？"

蒋欣馨坚持说道："真的不用了，我先去找找我同学吧，很快的。"

她迟疑了几秒，又说道："她连我同学在不在这个学校都不知道，万一我同学不认识她呢？"

门卫闻言犹豫了一下，最后一挥手，说："你去吧。"

蒋欣馨飞快地点了点头，立刻转身往教学楼跑去。后面的陈瑶一脸发蒙的表情，大喊道："喂，你干吗呢？"

"回一趟教室。"蒋欣馨转身冲她挥手，说，"马上回来。"

这个时候学生们刚结束午休，还没到要进考场的时间。住校的学生们大部分忙里偷闲地回了宿舍休息，走读的有些在教室里睡午觉，有些在复习备考。

蒋欣馨跑到教室门口，差点儿撞上出门的方颉。

方颉稍微后退了一步，避免撞到对方。蒋欣馨也吓了一跳，按着门停住脚，抬头看着他说道："方颉，我有事找你。"

方颉闻言，低头和面前的女生对视，问："怎么了？"

蒋欣馨跑得有点儿急，换了两口气压住了喘息，才低声说道："你……出来一下。"

教室里只有零星的几个人，他们的声音又小，没人在意这边的对话。方颉和蒋欣馨并肩往外走的时候，原本坐在位子上低头刷题的谭卓抬头看了他们一眼。

直到两个人的背影消失，谭卓才重新低下头。他脸色阴沉，仿佛看到了什么脏东西，重重地在自己的试卷上画了一笔，直接划破了整张试卷。

蒋欣馨带着方颉走到楼道没人的角落才停了下来。他看着她，问："有事吗？"

"有。"

其实蒋欣馨有些怀疑自己是不是多管闲事了，但到了这个时候，只能犹豫着开口说道："刚才我和瑶瑶去学校门口等外卖，刚好有个女的来找你，说是你的阿姨。"

下一秒，她看见方颉的脸色骤然冷了下来。

蒋欣馨被吓了一跳，剩下的话不知道该不该往下说，但方颉已经开口问了："然后呢？她说了什么？"

"她……说你弟弟生病了，她来找你，问你在不在这个学校……"蒋欣馨低声说道，"我觉得怪怪的，如果她是你阿姨，不应该什么都不知道吧？我就让门卫等一会儿，先偷偷来问问你。"

片刻之后，蒋欣馨听见方颉说了一句："谢谢。"

"我不认识她。"方颉语气生硬地说道，"也没有弟弟。"

"哦。"蒋欣馨点了点头，什么都没问，只说道，"那现在怎么办？要我去和门卫说一声吗？"

方颉没说话，片刻后轻轻吐了口气，然后看着蒋欣馨，说道："你说没用，我想想办法。"

说完，他看着蒋欣馨，又郑重其事地说了一遍："谢谢。"

蒋欣馨的脸有些红了，她赶紧摆手表示没关系："没事，没事，我就是碰巧看到，过来和你说一声。"

方颉问："你还回门口吗？"

蒋欣馨立刻答："回，瑶瑶还在门口等我呢。"

"待会儿我可能会给你打个电话。"

蒋欣馨虽然不知道发生了什么事，但还是立刻点了点头，说："好。"

方颉这时候才发觉，蒋欣馨看起来有点儿紧张，可能是被自己吓到了。他意识到这点，面色缓和下来，甚至对着她笑了一下。

"没事，你回去吧。"

蒋欣馨点了点头，转身走了几步，不知想到什么，又回头对着方颉低声说道："这件事情我和瑶瑶都不会往外说的，你放心。"

方颉愣了一下，对着蒋欣馨点了点头。对方冲他笑了笑，转身下了楼。

方颉立刻开了手机，先给唐易打了个电话。大概是在午休，唐易隔了一会儿才接通电话，语气里还有些睡意："上学时间给你的班主任打电话，炫耀你带手机了是吧？方颉同——"

方颉没等他讲完直接开口说:"唐老师,帮我个忙。"

他的语速很快,紧迫感显而易见。唐易也立刻变了语气,忙问:"怎么了?"

"学校门口有人找我,女的,是个疯子。麻烦你打电话给门卫,让他说学校里没我这个人。"他顿了顿,又说道,"转学前我理综考零分就是因为她,以后再和你解释。"

唐易没多问,立刻答:"行,知道了。"

挂了电话,方颉在原地等了几分钟,估计唐易已经打了电话,又给蒋欣馨打了一通电话。

对方接通电话后,方颉问:"她还在吗?"

"在。"蒋欣馨把手机藏在袖子里,眼睛看着门口的方向小声说话。

"刚才门卫和她说学校里没这个人,但是她没走,现在在门口的花台上坐着呢。"

方颉猜到了。

直觉告诉方颉,就算门卫和翟菀说了学校没有这个人,她也不会放弃的。按照她的个性,她大概会在学校门口等着,等所有学生放学,自己挨个看一遍,确认一遍,保证这所学校的近两千个人里没有他。

她简直像个疯子。

那个时候她如果看到自己,在潮城七中发生过的事情没准能当着绍江一中全体师生的面再来一遍。

"知道了,你不用管她了。"方颉吐了口气,说道,"谢谢。"

等挂了电话,方颉迟疑了一会儿,最后还是给江知津打了电话。

电话刚拨出去,江知津几乎是秒接:"学霸,在学校玩手机是吧?"

江知津的语气挺欠,却带着一点儿笑意。这种时候,方颉听到他说话居然还笑了一下。

江知津接着问:"怎么了?"

隔了一会儿,方颉才低声回道:"那个女的来找我了。"

江知津反应了一秒,立刻知道了方颉说的是谁。

他正准备出门去酒吧,已经走到客厅门口,闻言立刻停下来,脸上的笑意也消失了："她在哪儿？你的学校？突然来的吗？"

"嗯……"方颉迟疑了一下，说，"前几天她给我打了电话、发了短信，今天来学校了。"

怪不得。

江知津无意识地皱起眉，问道："她跟你说了什么？"

"很多，道歉、让我救救她儿子……"方颉闭了闭眼，继续说，"她还给我发了几张她儿子的照片。"

一股怒气油然而生，江知津深吸了一口气，把怒火压了又压，声音听起来依旧很冷静，说道："你把照片发给我，然后删了。她见到你了吗？"

"没有，门卫和她说学校里没这个人，但是她没走。"

"她还在学校门口，是吗？"江知津拉开门，说，"我立刻过去。"

"你——"方颉犹豫了一下，没再说话。

他真的非常不希望江知津掺和到这一堆破事里面来，这些事本来跟江知津无关，江知津却总是因为自己不得不直面一堆麻烦。

这种感觉比方颉自己去面对这些事的时候还要焦躁一万倍。

"我已经出门了。"江知津知道方颉心里在想什么，不紧不慢地说，"成年人的事情由成年人来解决，未成年高中生给我好好待在学校里学习，懂了吗？"

"我就差十几天——"方颉叹了口气，放弃辩论，对着天傻乐了一会儿，突然说道，"我出去和你一起见她。"

随便吧，别人怎么看无所谓了，爱怎么着怎么着吧。他去见翟菀也行，看对方哭闹或者发疯也行，反正还有江知津在。

"江知津"这几个字好像就是勇气的代名词。

"你下午没课？"电话那头，江知津的声音立刻传了过来。他应该是已经到车里了，说话的声音离得有点儿远，但还是很清晰。

"有一场考试。"

"那你就好好考试。"江知津毫不迟疑地说，"放学前敢让我看到你出校门，我就打断你的腿，不信你试试。"

真凶啊，江哥。

"你一个人找她，我不太放心。"

江知津没忍住叹了口气，问道："不放心什么？怕她打我吗？"

"不是。"方颉笑了笑，说道，"她毕竟是来找我的，我只是觉得，责任不该你承担。"

江知津在整件事情里是无辜的。

"那也不该你承担，你该承担的只有待会儿的考试。你要是从第一掉下来了，下次的家长会我绝对不会再去了，求我都没用。"江知津边说边叹气道，"未成年能别思考那么多事吗？能给成年人一点儿解决问题的空间吗？"

明知道那头的江知津看不见，方颉还是握着手机笑了起来，笑着笑着眼眶就有些热。

"行了。"那头的江知津也笑了，说，"挂了吧，有我呢。"

有我呢。

——方颉，你有江知津呢。

方颉的右手握着手机，左手飞快地抬起捂住眼睛，片刻之后他才轻声回了一个"嗯"字。

挂了电话，方颉按照江知津说的，把翟菀前几天发过来的几张照片发给了他。隔了一会儿，江知津回复："都删了。"

方颉回："知道了。"

他利落地把短信全部清空，刚把手机揣回兜里，就听见背后有人叫他的名字。

"方颉。"

方颉转过身，唐易气喘吁吁地从楼梯间爬上来，头发乱七八糟的，估计是从床上爬起来就过来了，都没来得及整理。

他几步跨到方颉身边，气都还没喘匀就开口问："到底出什么事情了？"

"家里的事情，我……一时半会儿不太说得清楚。"方颉回道。

他其实也不太想说。

幸好唐易也看出来了，没有追问，只是拍了拍方颉的肩膀，问道："需要老师出面帮你解决吗？"

"不用了。"方颉没发现自己的语气轻松了不少，说道，"江知津已经来了。"

唐易松了口气，说道："那就好，江知津挺靠谱的。你专心准备考试，其他的事别管。"

"嗯，知道。"方颉说。

不需要唐易安慰，他现在确实无条件信任江知津。

明明刚开始的时候他觉得这人既不靠谱又欠抽……

"待会儿考完试，我能提前交卷出一趟学校吗？"方颉问。

见到唐易表情震惊地看着自己，他不得不又补充了一句："在保证做完的情况下。"

"毕竟事情和我有关，江知津一个人在外面，我不太放心。"

"行吧，行吧。"唐易叹了口气，无可奈何地说，"考试得给我好好考啊，考差了让江知津提头来见。"

方颉笑道："让他请你吃饭。"

"谁稀罕啊！"唐易笑骂了一句，又说道，"写一张假条，我现在签给你。"

下午两点开始考试，现在是一点四十五分，预备铃已经响起。唐易把签好的假条递给方颉，说："赶紧进考场吧。"说完他又不放心地叮嘱了一句，"好好考啊。"

方颉接过假条放进包里，应道："放心。"

方颉的位子在第一考场第一位，发试卷从他的位子开始。监考老师提前五分钟发卷，提高了音量提醒。

"先看看试卷。铃声响了再动笔啊。要养成习惯，你们高考的时候是绝对不能提前动笔的……"

伴随着监考老师的提示声，四周的学生都在翻阅试卷，纸张被抖动时哗啦啦的声音回荡在整个教室里。方颉在这样的声音里微微闭了一下眼，将脑海里的所有人、事还有乱七八糟的思绪抛开。

丁零零——

开考铃声响了。

方颉睁开眼，开始看第一题。

江知津这天开车很快，到学校门口的时候距离方颉给自己打电话顶多十分钟。他没第一时间下车，而是先点开方颉刚才给他发的消息看了一遍。

几张照片上都是一个穿着病号服的小男孩儿，或坐着或躺着，有时候在笑，有时候在哭，表情很痛苦。

江知津看这些照片的时候都感到胸口好像堵了什么东西，有些闷得慌，不知道方颉看到这些照片时是什么心情。

江知津看完照片放下手机，抬起头，隔着车窗往学校门口看去。

学校门口有一个穿着米色羊毛外套的女人。因为她背对着江知津，他看不到对方的正面，只能看到她的头发松松地绾在脑后，坐在花坛边缘，始终面朝着学校大门的方向，像座雕塑。

江知津打开车门，下车朝对方走了过去。

这个时候，学校门口几乎没人，翟菀直勾勾地看着学校大门口，对周围的一切事物都视若无睹，更没注意到有人走到了自己身边。

江知津站到翟菀面前，看着她开口问："翟菀女士，是吗？"

翟菀这才有点儿反应似的抬起头，看着江知津问道："你是哪位？"声音很低，语调称得上柔和。

"我叫江知津。"江知津顿了顿，又开口问，"你要见方颉是吗？"

听到方颉的名字，翟菀的表情立刻就变了，从方才的麻木变成了带着几分激动的神色。她一把抓住了江知津的手臂，死死地盯着对方，语气也抬高了："你知道方颉，是吗？他在哪儿？是不是在这所学校里？"

翟菀手上的力气很大，江知津出门出得急，只穿了件卫衣，对方的指甲好像都掐进了他手臂上的肉里。

但他没动，只是看着翟菀说道："他住我这里，你要是想见他，先和我找个地方谈一谈。"

茶室包间里点着安神的熏香，烟雾在翟菀和江知津之间散开。房间不算大，但隔音很好，门一关，和外面就是两个世界。他沏了一杯碧螺春，推给她："喝点儿水。"

翟菀没有接，甚至没有去看那杯茶，只盯着江知津问："方颉在哪儿？"

江知津抬眼看向翟菀，语气一如既往地平和："我不会让方颉见你。"

本来翟菀是因为江知津说方颉住在他那儿，才愿意和他坐下来谈谈，一听到这句话，她的脸色一下子难看起来。

江知津继续说道："谁出轨了，谁生病了，谁要离婚了，这些事情和方颉一点儿关系都没有。他来这儿是读书的，你、方承临之类的任何人都没什么资格来打扰他。"

他这话说得很不客气，翟菀的胸口起伏得厉害，她看着他说道："你是谁啊？这件事情轮得到你管吗？"

"你们的事情轮不到我管。"江知津的嘴角勾了一下，眼睛里却没什么笑意，他说道，"但是方颉在我这儿，就由我来管，谁也别想拿任何事情找他的麻烦。"

"什么叫找麻烦？那是他的弟弟——"

"准确地说，那是你和方承临的儿子。"江知津敲了两下桌子，打断对方，"方颉不知道自己有这么个弟弟。

"别出了事情又想起来方颉这么个哥哥了，当初生这小孩儿的时候你们通知方颉他要有弟弟了吗？没有吧？"

江知津停了一下，看着面前的女人叹了口气，说："你在潮城已经去学校找过一次方颉了，对吧？在他考试的时候——哦，还得谢谢你不是在他高考的时候去找人。他那个时候就已经表明态度了，你找找其他办法，别老缠着他不放，让他好好读完高三行吗？"

翟菀深吸一口气，看着江知津说道："我能怎么办，啊？我一个女的，能怎么办啊？！我不找他还能怎么办？！

"我的小安还那么小，八岁的生日都没到，现在天天住在医院里。我没联系过骨髓库吗？我没有想过其他办法吗？！每次配型都失败，每一次都失败，你知不知道啊？！"

翟菀抹了一把脸，头发大部分散下来了，有些在耳后和肩头，有些凌乱地黏在满是泪痕的脸上，衣服乱七八糟的，看起来无比狼狈。但她已经顾不上这些了，连珠炮似的往下说："你知不知道他的化疗反应多强烈？每化疗一次他都在吐、掉头发、疼得一直哭，疼得……疼得睡不着觉，抱着我喊'妈妈，我疼'，你知道那个时候我是什么心情吗？你们……你们能懂一个母亲那个时候的心情吗？！"

翟菀几乎歇斯底里地说着，嗓子沙哑得不行，直勾勾地盯着江知津，眼泪不停地涌出来。

"我大学还没毕业就跟方承临在一起了，没上过一天班，人生所有的意义都在安安身上了。别人说我是'小三''二奶'，我都无所谓，但是为什么要这么对我的儿子？他做错了什么啊？！"

江知津耐心地听对方说完，反问道："那方颉又做错了什么？"

他看着以泪洗面的翟菀，语气还是和刚才一样，没什么变化。

"你和方承临做错了事情，还觉得自己特别惨，然后心安理得地等着一个十八岁的孩子牺牲自己来替你们收拾烂摊子？"

"他是安安的哥哥。"翟菀还是坚持重复着这句话，"他得救他的弟弟。"

江知津几乎要被气笑了。他看着翟菀，突然问："你的小孩儿知道你和方承临是什么关系吗？"

他这个提问突如其来，翟菀愣住了，下意识地问："什么？"

"七岁是刚刚上小学的年纪，他能理解什么叫合法婚姻和非法同居吗？"

翟菀原本在擦眼泪的手垂下来放在桌上，不可抑制地轻轻发着抖，她死死地盯着江知津，问："你什么意思？"

江知津回想刚才方颉发给自己的照片上面的信息，快速地开口说："这孩子单名是安字，应该是和你同姓吧？不然落不了户，他叫翟安？"

"你要干什么？"

"他正在住院，白血病应该是在血液科，照片里的病号服上绣的是潮城一院，病床写的是 113——"江知津看着翟菀，语气平静无波，"潮城一院血液科 113 号床，翟安，七岁，是吗？"

翟菀一下站了起来，声音因为激动有些破音："你要干什么？！"

"向你学习而已。你不是总喜欢一个一个地猜方颉的学校、班级、住址吗？"

江知津和翟菀对视，说道："我只想告诉你，要找到一个人确实很简单，你能找方颉，我也能找到你的儿子。"

太不要脸了，江知津。

江知津看着被气得浑身发颤的翟菀，在心里叹着气骂了自己一句。

江知津当然不可能去找一个生了病的小孩儿，但用来吓唬吓唬把儿子当自己的命的翟菀还是绰绰有余的。果然，她发着抖，看着江知津半天没说话。

"你别来打扰方颉，我不去打扰翟安。"江知津说道，"成年人犯的错就成年人自己受着，别总欺负小孩儿，你真以为对着小孩儿发疯没人管你是吧？"他看着翟菀，突然嘴角一扬，笑了一下，声音里却没什么笑意，"你要这么想我也没办法，但你放心，要真疯起来我肯定比你们疯多了，不信你试试。"

方颉写下最后一题的答案，放下笔，又快速地扫了一遍整张试卷，确认答题卡上没有漏题、错题。等检查完，他抬头看了一眼教室黑板上方悬挂的时钟。考试一共九十分钟，现在时间刚过去四十二分钟。

方颉合上笔，拿起试卷站了起来。监考的老师拎了张椅子坐在讲台边缘，监视着下面的学生的一举一动，见到方颉站起来还愣了一下，以为他要干什么，直到他把试卷放在了讲台上。

"交卷。"

监考老师错愕地看了方颉一眼，又赶紧转头去看墙上的钟。已经过了半小时，按照规定学生是可以交卷了。

他重新看向方颉，皱着眉，不认同地说道："不再检查一遍？"

"不用了。"方颉回道。

他回答得很果断，监考老师剩下的话被噎了回去，摆了摆手示意他赶紧走。

就这十几秒钟的动静，已经吸引了整个考场的学生的目光。考场里所有人都停下笔朝前排望过来，众目睽睽之下，方颉飞快地收拾好自己的东西，推开了考场的门。

出门的时候他听见监考老师的声音在身后响起。

"有些同学不要觉得自己学习好就了不起，学习越好越要细心检查，等你们高考的时候……"

后面的话因为方颉走远了，他没听清，但已经能想到这场考试后关于自己的言论了——那个狂得要死、为了出风头考试提前交卷的年级第一……

要是这次名次掉下去了，他真是挺丢人的。

应该不会，虽然开考前发生了一堆事情，但方颉反而觉得，这次考试专注到前所未有的程度。四十多分钟里，他的脑子里只有试卷和题目。直到现在结束考试他出了考场，其他思绪才一点点地回到他的脑子里。

比如说，江知津。

他现在非常非常想见江知津，想知道事情有没有被妥善处理。

高三在考试，其余两个年级的学生在上课，整个学校空空荡荡的。方颉把假条递给门卫，出了学校。

学校门口没有人，江知津不在，翟菀也不在。方颉皱了皱眉，拿出手机给江知津打了个电话。

江知津接电话倒是很快，方颉没等他开口，直接问道："你在哪儿？"

"你考完试了？"那头的江知津明显有些意外，顿了一下才回道，"我在回城的路上。"

"回城？"

"去了趟机场，事情都解决了，你好好上你的课。"

方颉沉默了一下，开口说道："我在学校门口。"

"什么？"

方颉重复了一遍："我在学校门口，请假出来的。"

那头的江知津沉默片刻，最后居然笑出来了。

"你真是……"

方颉听到江知津叹了口气，然后说道："找个地方等着我。"

方颉挂了电话，觉得自己这个举动挺傻的。江知津是成年人了，有自己处理事情的方式，自己贸然出来没准还会给他添麻烦。但方颉担心翟菀会做出什么事情，更担心他会遇到麻烦。

他强迫自己止住了这个念头，门卫还在铁门那儿往这边看，估计是奇怪他站在门口干吗。其实他也可以走五十米左右去旁边或者对面的奶茶店等江知津，但他犹豫了一下，还是没动。

因为他如果站在这个位置，待会儿江知津过来的时候能一眼看见他。

就因为这么个不是理由的理由，方颉在门口站了快半小时，直到看到江知津的车。

江知津确实是一眼看到了学校门口站着的方颉——这人又高又直，像是一棵小白杨，把校服穿得跟等街拍的模特似的。

他直接把车开了过去，放下车窗让方颉上车。

直到方颉上了车，江知津才有些震惊地问："你从刚才打完电话就一直站在这儿等我？"

已经是冬天，虽然白天的温度不会特别低，但也只有四到五摄氏度，有时候还会刮风。江知津一时不知道该说什么，半晌才说道："考试考傻了吗？学霸？！下次你能找个地方坐着吗？"

方颉不答反问："翟蕬呢？"

"走了，我送她去的机场，然后又打了个电话给你爸，应该没问题了。"

"哦。"方颉应了一声，扫了江知津一眼，又问，"你……没事吧？"

"你就因为担心我特意请了假从学校里出来？"江知津边开车边看了方颉一眼，问，"你考试考完了吗？"

"提前交卷了。"

"这次你要是从第一——"

方颉打断江知津，说道："不会的。"

"真牛啊，方小颉。"江知津笑着叹了口气，又看了一眼时间。

"四点钟，去趟超市然后回家吃饭，行吗？"

"行。"

原本江知津想带着方颉在外面吃一点儿东西，但四点钟确实太早了，两个人去超市买了菜又开车回家，时间也才刚过五点钟。

晚饭是西蓝花炒虾仁、凉拌三丝和孜然牛肉，配上了一个山药排骨汤。江知津看起来心情还不错，支使方颉帮他洗菜、淘米，后来因为汤圆也进厨房凑热闹，他嫌麻烦，把一人一猫都赶出去了。

方颉抱着汤圆站在厨房门口，看着江知津切萝卜丝。江知津切到一半，回头看了他一眼。

"作业写了吗？旷课的学霸？！"

"我请假了。"

"什么事情都没有就随便请假约等于旷课，去写作业。"

汤圆适时地喵了一声，方颉终于抱着猫去了客厅。江知津看着他的背影，莫名地松了口气。

一米八几的人站在门口看着自己的一举一动，江知津确实会有压迫感。

作为一个学霸，方颉虽然请假了，但还是坚持刷了几个小时的题，直到晚上临睡前去洗澡，才打开卧室的门。

江知津刚刚洗完澡，客厅里暖气很足，他只穿了一件白色的背心，头发还没干，也没吹，湿漉漉地垂下来。方颉扫了一眼，猛然间看见了他左手臂上清晰的、被指甲掐过的痕迹。

方颉原本已经要往浴室走了，见状猛地停了下来，朝着他走过去。

"怎么回事？"方颉指了指江知津小臂上的痕迹，问，"怎么弄的？"

"嗯？"江知津有些疑惑地顺着方颉指的方向看过去，看到手上的掐痕，先是一愣，又反应过来。

"哦，翟菀弄的。"

说完见到方颉皱眉，江知津笑道："没事，连皮都没破，就是有点儿痕迹，几天就消了。"

方颉沉默片刻，在江知津右侧的座位上坐了下来。

"她……今天说什么了？"

"没说什么，随便聊了两句。"

"她说我是哥哥，应该救弟弟了吧？"方颉笑了一下，说道，"她上次也这么说。"

"有时候我都觉得自己是不是……"方颉停了一下，继续说，"怎么说呢？冷血吧,毕竟那是个小孩儿。但如果他是我完全不认识的人,没准我会捐献骨髓,但是他偏偏……"

方颉抿了抿嘴,说道:"这话听起来好像更冷血了,我不知道该怎么说。"

"那就别说了,也别想。"江知津耐心听方颉说完,说道,"想捐就捐,不想捐就不捐,你自己的身体,和其他人没关系。"

江知津拿起桌上的烟盒抽出一支烟咬在嘴里,又把烟盒放了回去,说:"你不要老是顾虑别人,不管是那个小孩儿、翟菀、方承临,还是你妈。"

方颉心里一沉。

江知津真的挺聪明的,方颉不愿意捐献骨髓除了因为不能原谅翟菀和方承临,还有很大一部分原因是他觉得这样对不起自己的母亲。

江知津拿过打火机,看了方颉一眼:"抽支烟行吗?"

"嗯。"方颉没反应过来,下意识地回了一声,才问道,"问我干什么?"

"怕你狗鼻子,闻到了又不高兴。"江知津点燃了烟,极淡的烟雾散开。

"你现在的任务是好好学习,天天向上,下次你再随便请假我就抽你。"

方颉笑了笑,看向江知津。

江知津抽的烟是薄荷爆珠口味,咬碎那颗小小的珠子,浓烈的薄荷味立刻散了出来。方颉隔着淡淡的白色烟雾看他,他的侧脸在烟雾里显得不太真切,只隐约露出了下颌的线条。他上身穿着背心,露出大片白皙的皮肤,还有利落分明的锁骨。

江知津的锁骨很漂亮,呈平直的"一"字形,还有浅浅的锁骨窝。他的头发因为偷懒完全没吹,散乱地垂着,方颉看着他的发梢有水滴慢慢凝聚,然后滴落下来,刚好落到他的锁骨上。

滴答一声响起。

方颉站了起来。

江知津仰头看着他,问道:"干吗呢?"

"我要去洗澡了。"

方颉说完,转身径直往卫生间走过去,速度很快,几步就到了门口,利落地打开门进去,又把门反锁上了。

然后方颉往前走了两步，站在镜子前不动了。

镜子里的人面无表情，看起来很冷静。

方颉看着镜子里的自己，原本的寸头有些长了，还没去理。五官分明，不知道是不是因为这里的气候，他最近有些变白了，但没表情的时候看起来总是带着一点儿不耐烦的样子，有点儿凶，总之就是看起来很有男子气概。

在这么安静狭小的空间里，方颉甚至能听见自己的心跳声，一下接着一下。

怦怦怦——

砰砰！

门外突然响起两声敲门声，方颉猝不及防，心差点儿没被吓得飞出去。

"干吗呢？"是江知津的声音。

方颉缓了口气，看了自己一眼，确定看不出什么异样了才打开卫生间的门。

江知津站在门口，看到门开了便抬头看人。

方颉尽量让自己的表情和声音都保持正常——保持那种高冷不耐烦、有点儿欠揍的态度，回道："洗澡。"

"你的睡衣拿了吗？"

方颉顿了顿，答："忘了。"

"你记忆力这么差还能当学霸呢？"江知津又忍不住嘴欠道，"考试抄的是别人的卷子吧？"

他原本以为方颉会反驳，没想到方颉什么都没说，回房间拿了衣服，折回卫生间时才又看了他一眼，开口说："你……"

江知津已经打算回卧室了，闻言回头看了方颉一眼。方颉停了一下，接着说："把头发吹干再睡吧。"

"管得还挺多。"江知津回过神，说，"洗你的澡。"

方颉想：自己管得确实越来越多了。

他关上卫生间的门，长长地叹了口气。

那天晚上方颉写了两套英语卷、一套数学卷还有三个单元的理综题，又背了一遍必修一到必修五的所有必背文言文。到深夜三点，他确定了，自己睡不着。

方颉扔下笔，把头垂下来，抵着桌子，闭上眼睛。坚硬冰冷的木质桌沿抵着额头，这样的触感能让他清醒一点儿。

旁边传来了轻微的猫叫声，方颉回头看了一眼，汤圆不知道什么时候溜进房间的，刚从床底下爬出来，一双眼睛瞪得圆圆的，看着他。

方颉伸手勾了勾，刚好能碰到汤圆，顺手把它捞了起来，放在腿上。它也不跑，乖乖地趴在他的腿上，抬头瞅着他。

"你怎么不去江知津的房间啊？总跑来我这儿。"方颉小声说道。

喵——

"你觉得他讨厌是吧？"方颉笑了笑，说道，"他又懒嘴又欠，爱抽烟，有时候还特别烦人。"

喵——

——但是他永远会帮你解决麻烦，有时候会安慰你，听你说话，和你说：有我在呢。

方颉说不下去了，挠了挠猫下巴，轻轻地叹了口气。

虽然头一天晚上接近四点才睡，但第二天是星期六，方颉还有白天一天的课。他原本以为自己上课会打盹儿，但没想到一整天精神都挺好的，还和蒋欣馨、徐航他们几个讨论了一下昨天的物理考试。

当然，蒋欣馨是来认真讨论考试题目，徐航就是来讨论八卦消息的。

"听说你昨天半小时写完试卷，提前交卷了？"徐航就差把"佩服"两个字写脸上了，直说，"牛啊，同桌。"

"这都谁传的？"方颉有点儿无奈地说，"怎么不说我开考十分钟后交的卷呢？"

"这都不重要，反正现在学校已经传遍了，你太牛了，已经有外班的人特地来瞻仰你的风采了，下一拨来的应该就是高一、高二的学生了。"

方颉总算知道这天一整天在教室外面晃荡的面生的同学是怎么回事了。旁边的蒋欣馨乐得不行，补充道："真的，真的，和你一个考场的女生是我的朋友，她还和我说觉得你提前交卷的时候特别酷。"

方颉:"……"

他想:是我不了解当代审美了。

"她还让我问问你有没有女朋友。"

"没有。"方颉不假思索地回答。

蒋欣馨笑着问:"那你有喜欢的人吗?没有的话她想试试。"

这次方颉没说话。他很长时间没回答,蒋欣馨和徐航都发觉不对了,徐航表情震惊地看着他。

"同桌,对方是谁啊?是我们班的吗?是我们年级的吗?你可是学霸啊,谈恋爱影响学习!"

蒋欣馨也有点儿震惊,但是反应很快,立刻和徐航斗嘴:"再怎么影响也不会和你一样的,你昨天物理考得怎么样啊?"

"蒋欣馨同学,你作为一个学习委员,就是这么对待同学的吗?"

"就这么对待你,昨晚的英语作业你还没交给我呢。"

"我忘了……"

话题就这么越扯越远。

下午最后一节课刚刚结束,江知津的短信跟掐好时间似的发来了:"你先回家把饭煮了,我晚点儿回去。"

方颉回:"知道了。"心里松了口气。

方颉回到家,江知津确实不在。方颉舀了一碗米淘好煮上,又回到客厅收拾了汤圆这天的猫砂,换了猫粮和水。

这个时候他终于感觉困了,毕竟昨天晚上实在熬得太晚。他懒得回房间,倒在沙发上,垫了个靠枕,不到两分钟就睡了过去。

他这一觉睡得很沉,什么梦都没做,后来迷迷糊糊中感觉有人开了客厅的灯,又走到自己旁边,随后身上忽地有了点儿重量,有人给自己盖了床毛毯。

方颉勉强醒了过来,睁开眼,第一眼看到的就是江知津。

对方站在沙发旁，还是俯身盖毛毯的姿势，见到方颉醒了，轻轻一挑眉，问道："吵醒你了？"

方颉反应了一下，才说道："没有。"声音还是哑的。

"睡得还挺熟，昨晚做贼了吧？"江知津直起身说，"去洗把脸，快要吃饭了。"

方颉没说话，从沙发上直起身，坐在原地没动。他感觉头有点儿疼，又是刚睡醒，不太想动弹。江知津看他一眼，啧了一声，从包里摸出了什么东西，撕开包装。

"张嘴。"

方颉："什么？"

方颉刚开口，江知津就把那个东西喂到了他的嘴边。他下意识地吃了进去。

一股熟悉的柠檬酸味在他嘴里炸开，酸得他打了一个激灵。

江知津露出一点儿笑意，问道："现在醒了吧？去洗脸。"

方颉这次是真的醒了。

江知津还在厨房里，方颉站起来去了趟卫生间，打开洗脸台的冷水开关，俯身洗了一把脸。

高三的时间如流水，还得是奔涌不复返的那种瀑布。十月一过，十一月初就是省物理竞赛，所以这次物理试卷批得很快，星期一的第二节晚自习刚开始，物理老师就抱着一沓答题卡进来了。

"借用一下这节晚自习啊，讲讲星期五考的那份试卷。"

底下立刻传来几声小声的哀号。

物理老师的耳朵很尖，脾气也大，他提高了音量说："喊什么，不想听啊？你们觉得自己考得很好了？"

这一嗓子声若洪钟，底下的学生立刻安静了。

他还不解气，接着往下说："我带了那么多届的学生，就你们这届最不让人省心，马上就高考了，你们还跟玩似的。有些同学还觉得自己是高一、高二，一点儿都不着急。"

说到一半，他又提高了音量："有些同学倒是很着急，九十分钟的考试，他半小时给我交卷了,觉得自己很牛是吧?"

"……"

四面八方的目光立刻聚集到方颉身上。他在心里长长地叹了口气,没抬头,看着桌上的课本装聋。

物理老师扫了他一眼,收回目光抖了抖手里的答题卡。

"行了,把试卷拿出来,我叫到的人自己上来拿答题卡——方颉。"

方颉立刻站起来,到讲台前从老师手里拿过自己的答题卡。老师看了他一眼,语气平静地开口:"很厉害,提前交卷拿了个满分。"

方颉愣了愣,还没来得及说什么,底下如同一滴水掉进热油中,立刻炸开了锅。

整个教室里惊呼夹着议论声四起,徐航的嗓门儿尤其大,方颉站在讲台边都听见了他的惊叹。

"吵什么?!"物理老师拍了拍桌子,说,"这么激动,你们全拿满分了?"

底下的声音低了下去,他又转头去看方颉。

"就这么一次,别骄傲,知道吗?下次再提前交卷,你就是拿了十个满分也得给我叫家长。"

"知道了。"方颉点了点头。

"下去吧。"

方颉拿着那张答题卡,在万众瞩目中回到自己的位子。物理老师已经开始叫下一个人了。

徐航瞪着眼睛看着方颉,嘴里喃喃:"我还拜什么佛啊?同桌,你给我张自拍照,我每天拜拜你得了。"

"你正常点儿行吗?"

虽然没想到会拿满分,但方颉在考试的时候就觉得自己这次应该不会考得差。他做题很顺,几乎没有什么停顿,而且考试时全神贯注到了前所未有的程度。

虽然连着几天被短信轰炸、翟菀就在学校外面守他、家里一堆破事还没解决完……但他就是变得非常专注。

因为江知津在。只要他在,任何糟心事好像都无关紧要了。因为在处理各种事情上，江哥永远靠谱。

方颉低头笑了笑。

晚上回去的路上，方颉轻描淡写地和江知津说了一下考试的事。

"星期五那天的考试成绩出来了，我考得还行。"

江知津边开车边看了他一眼，问："还行是什么意思啊？"

"满分。"方颉简短地答。

"嘿。"江知津忍不住笑了，说，"这叫'还行'吗？你这语气听起来怎么这么欠抽啊？"

方颉也笑了，问道："欠抽吗？我只是觉得直接说考了满分挺不要脸的。"

"这样其实更不要脸。"江知津脸上带着笑意，说道，"不过真的挺牛的，方小颉。那天一堆事，我还担心你考不好来着。"

这次方颉隔了很长一段时间都没说话，直到车马上要进小区了，他才犹豫着开口说："本来考试前挺慌的，担心以前的事再来一次，但是我打电话给你的时候，你说你马上过来，我就突然觉得……好像也没什么大不了的。"

"反正就是感觉，好像不管遇到什么事情，你肯定能处理，肯定值得信任。如果你真的处理不了，我就出去陪你一起面对。还不行的话，她想干吗就干吗吧，无所谓了。反正我和你在一块儿——"

方颉的脑子很蒙，基本是想到什么说什么，直到说到这句他才顿了顿，转头去看江知津。

车已经到了小区地下停车场，江知津停好车，看向方颉。见他盯着自己，江知津面上一片平静，点了点头说道："在一块儿，然后呢？你接着说啊。"

方颉没思考就张口："就是——我就是觉得你挺靠谱的，比我爸像我爸。"

这话说得真傻啊。

方颉坐在副驾驶座上，看着旁边的江知津趴在方向盘上，笑得整个人都在发抖，好几分钟都没停。

"差不多得了。"方颉本来很尴尬，见江知津笑成这样自己也有点儿想笑了，问，

"有这么好笑吗？"

江知津直起身，脸上全是笑意，但还是说："不好笑，挺感动的。"他顿了顿，接了一句，"谢谢儿子。"

"啧。"方颉皱着眉看着江知津，没忍住又笑骂道，"顺竿爬是吧？"

江知津笑着开了车锁，说道："上楼。"

到了家，方颉才突然想起什么，看着江知津说道："这次考试是为了选拔省物理竞赛的名额，如果我入选，估计要去省城几天，参加考试。"

江知津愣了愣，哦了一声，接着又说道："那你肯定能入选啊，去多久？"

"加上来回要六七天吧。"方颉答。

唐易和物理老师都提过，这竞赛分笔试和实验，笔试有两次，实验操作有一次，加上开幕式、闭幕式，没一个星期不可能办完。

方颉知道自己肯定会被选上，意思就是，自己和江知津会有一个星期左右的时间完全分开，见不到面。

"去呗。"江知津干脆地回答。

"这是能高考加分那种比赛是吧？去试试，挺好的。"

"啊，是。"方颉没想到江知津能回答得这么干脆，愣了一下，有些不知道该说什么，顺着江知津的话往下说，"是挺好的。"

"你这是什么反应？"江知津看着方颉。

"没什么反应。"方颉顿了顿，拎着书包往房间里走去，边走边说，"我还得写会儿作业，你先洗澡吧。"

"行。"江知津看着方颉的背影，看着他一只手拎着书包，一只手打开了卧室门，又顺手把门关上了。

江知津脸上的笑意消失了，微微皱起眉。

方颉的情绪不太对，不管是这晚在车上的表现，还是刚才的反应，江知津都能看出来，他心里有事。

能让一个冷酷学霸这么反常的绝不是小事。

江知津最开始想到的是他家里的事，但很快这想法又被自己否定了。他家里的事已经持续很久了，还不至于让他突然这么心绪不宁，也不至于让他在车上说出那些话……

江知津能听出方颉那段话里微妙的情绪，感受到他对自己的信任。

方颉是学霸，考试拿第一毫不费力，但在察觉别人的情绪这方面，七八岁就开始学习看人脸色讨生活的江知津明显要厉害得多。

第七章
平安扣

徐航说得很准，物理考试的排名一放榜，课间教室外面的生面孔明显又多了，毕竟半小时交卷然后考了全校唯一一个物理满分这个行为太拉风了。方颉有时候去食堂吃饭，还能听到后面穿着高一、高二校服的人小声讨论。

"谁啊？"

"前面那个啊，个子特别高那个。"

方颉皱着眉回头看了她们一眼，几个人赶紧转过头，开始讨论别的事。

幸好大多数人也就好奇那么几天，兴趣很快就淡了。一个星期后，省物理竞赛的名单已经确定下来，一共七个人，他们班占了三个，分别是方颉、谭卓、蒋欣馨。

那几天唐易容光焕发，来上课的时候跟飘似的，整个人都喜气洋洋的。

他们出发的时间是星期六。星期五的晚上，唐易趁着晚自习时间把方颉他们叫到办公室啰唆地叮嘱了将近半小时。

"竞赛尽力就好，你们不要有太大的压力。在外面有任何事你们都要和带队老师联系，注意自己的安全。明天早上八点从学校出发，不要迟到。"

唐易使劲想了想自己还有什么没叮嘱到的："对了，都和你们的家里人打招呼了吧？"

方颉顿了顿，没说话。

虽然明天就要走了，但是他还没和江知津说过，因为这一个星期他都没怎么见过江知津。

这个星期"云七"的事情好像很多，江知津已经连着几天都没来接他放学了，他到家的时候江知津一般都还没回来。至于早上，他出门的时候江知津还没起。

就这样,两个人居然都没什么时间见面。

临近下课时间,方颉的手机轻轻振动了两下,是江知津发来的消息:"今晚有事,你自己回去啊。"

意料之中,方颉把手机放回包里。

他懒得走路,打了个车回到家里。屋子里漆黑一片,他开了灯,回卧室收拾自己的东西。

衣服、裤子、内裤、鞋子、牙刷、毛巾……方颉收拾了很久,又认真检查了一遍,确认没有漏的东西。把一切收拾妥当,他看了一眼时间,已经快要十二点了。

方颉还睡不着,顺手拿出一本练习册准备刷题。刚在桌子面前坐下,他不知道想到什么,又站起身,把刚才顺手关上的卧室门打开了。

"别把马上满十八岁的青少年当小孩儿,平时还一口一个'我儿子'。"

今晚"云七"的人很少,零星坐了两三桌人,不怎么忙。顾巡擦干净手里的吧匙,把东西放回原位,笑着看向江知津。

"我平时真把他当小孩儿看来着。"江知津笑着叹了口气。

从周龄把方颉交到自己手里那一天开始,江知津就觉得自己对这小孩儿是有责任的,得让他安安稳稳地过完高三,好好高考,还得让他不遇到麻烦。但在后来和他相处的这段时间里,江知津觉得自己真的很喜欢这小孩儿。

方颉认真、聪明,虽然不怎么爱说话,但是很会照顾人,有时候成熟得不像个高中生,有时候又会表现出一点儿这个年龄段的少年独有的脆弱和敏感。

所以一旦有事,江知津都会尽量解决,遇到方颉心里有事的时候,他也尽力和对方沟通。因为比起临时的监护人,他更希望自己能以一个不错的朋友的身份和方颉走完高三这段时间。

"行了,都十二点多了,你儿子估计睡了,赶紧回去吧。"

江知津到家的时候已经快深夜一点了。客厅里只开了壁灯,他一眼就看见了从方颉的卧室里散出来的光。

下一秒，方颉也从里面出来了。

江知津愣了一下才走进屋，顺便按开了客厅的灯。

"还没睡？"

"写作业。"

江知津点了点头，准备换鞋，目光随意一扫，看到了门口鞋柜旁放着的行李箱。

他微微一愣，指了指行李箱问："干吗呢？"

"就上次和你说的竞赛，我明天该出发去省城了，本来应该早点儿和你说的，但是你最近——"方颉顿了顿，说道，"挺忙的。"

好像是有这么回事。

江知津瞬间就有点儿愧疚。他这几天一直忘了问竞赛的事，结果人家都要出发了，行李都已经打包好了，自己还什么都不知道，人家还得大晚上熬夜通知自己……

这感觉有点儿像第一次见面的时候自己记错了接人的时间。

不管是监护人还是朋友，江知津觉得自己当得都挺垃圾的。

江知津有点儿不知道该说什么了，只能下意识地问："明天什么时候走？去几天？"

方颉倒是很淡定地说："八点在学校门口集合，走高速。七号去，十四号回，一共八天。"

江知津心里一动，觉得好像忘了什么事情，暂时想不起来。他收回思绪，点了点头道："明天我送你去学校。"

"早上八点。"方颉看着他问，"你起得来吗？"

"这话说的。"江知津发现方颉最近说话越来越没大没小了，很欠抽，"努努力我还是能起来的。"

方颉也笑了："行。"

他们之间正常地一问一答，正常地损人，正常地开玩笑……

好像一切都挺正常的。

第二天一早，江知津起得很早，甚至给方颉煮了面当早饭——竹笋火腿面，配上了一点儿虾仁，挺清淡的。吃完早饭，江知津把他送到学校门口，商务车停在校外，有几个学生已经到了，带队老师正在车前核对名单。

路上两个人都没怎么说话，江知津停好车，打开后备厢，想帮忙把行李箱拿下来，谁知道方颉利落地下了车，说道："我自己拿，你别下来了。"

江知津迟疑了一下，看着方颉自己拿了行李，关上后备厢，又绕到了驾驶座的车窗外。

"东西都拿好，路上注意安全。"

"嗯。"方颉点了点头，犹豫了一下，站在车窗外没动。

江知津和他对视了几秒，问："怎么了？"

"我还以为你得说点儿什么呢。"方颉说道，"比如'好好比赛''没拿奖这辈子别想我去你的家长会'什么的。"

江知津听到一半就笑了，说："我在你心里还挺凶神恶煞的。"

"主要你平时挺喜欢这么说的。"

"行吧。"江知津勾起嘴角，说道，"那还是说点儿。"

"早去早回，有事发消息，拿不拿奖都行，玩得开心点儿。"江知津说。

他说完原本想伸手拍拍方颉的肩膀，但犹豫了一下，手依然停在方向盘上没动，冲对方点了一下头。

"行了，去吧。"

"嗯。"方颉点了点头说道，"我走了。"

方颉转身往商务车走过去，行李箱的轮子碾压着路上还没扫掉的行道树枯枝，发出轻微的咔嚓声，一下一下，很有节奏，像是心跳。

学校包的商务车是十人座，很宽敞。方颉上车的时候车里已经有三四个人了。蒋欣馨和另外一个女生坐在一起，正在聊天。谭卓一个人坐在另一排，见到方颉，皱着眉飞快地移开了目光。

"早。"蒋欣馨笑着和方颉打了个招呼。

"早。"方颉冲她点了下头，挑了个后排的位子坐下。

"还没比赛呢，我觉得我已经开始紧张了。"蒋欣馨苦笑着转头和方颉聊天，"感觉我就是运气好被选上了。"

蒋欣馨这次测验确实考得出乎意料地好，七个人里排在第三，比她上次月考的物理成绩超出一大截，连她自己都有点儿不相信，确认了好几遍成绩，又高兴又不安。

反倒是谭卓，成绩掉到了第四，虽然还在名单里，但按照他的个性，这估计和吞了苍蝇的感觉差不多。

"我的强项不是物理，又是全省竞赛，感觉要去当炮灰了。"

"不至于，你的物理其实学得挺扎实的。"方颉快速地回想了一下蒋欣馨平时问他的题，说，"就是一些创新型的题可能有点儿吃力。"

蒋欣馨赶紧点头附和："对，有时候一遇到复杂的题就蒙了。"

"思路都一样，多练几道就行。"方颉说道。

几句话的讨论本来就到这儿了，方颉已经拿出了耳机，蒋欣馨也转回自己的位子和旁边的女生一起看手机了，一道声音突兀地响了起来。

"练不练都差不多，女的在理科方面不怎么行。"

是谭卓。

这人永远有一开口就能让人想抽他的本事，方颉简直服气了。果然，连向来好脾气的蒋欣馨都有点儿生气了，反唇相讥："哦，可是这次考试我比你高三分。"

说完蒋欣馨立刻扭过头和自己旁边的女生聊天去了，一副不想再搭理谭卓的样子。

谭卓的脸瞬间跟调色盘似的，一阵青一阵白，半天他也没憋出来一句话。方颉很不给面子地笑了一声，立刻感觉到谭卓阴冷的目光刺了过来，恨不得在自己身上戳几个窟窿。

方颉毫不迟疑地转头和谭卓对视，心道对方要是再开口说什么，自己就在车上抽他，天王老子都拦不住。

但方颉一看过去，谭卓又立刻转过头，避开了他的眼神。

方颉心想：有病。

他们又等了十分钟左右，剩下的人也来齐了。领队老师重新对了一遍人，确认无误后又交代了一些注意事项，大概就是要遵守竞赛的规章制度、注意安全、有事报告、外出要申请之类的，等说得差不多了，才转头对司机道："师傅，走吧。"

从绍江去省城，走高速需要近三个小时，刚开始一群人还挺兴奋的，等车驶出城区上了高速，已经有几个人闭眼准备睡觉了。

方颉戴上耳机，拿出手机，点开了音乐软件，退到后台后又迟疑了一下，点开了一旁的微信。

微信聊天栏的最上方就是江知津，方颉记得自己刚加他的时候，他的头像是"云七"的标志，后来养了汤圆，他就把头像换成了汤圆趴在阳台上睡觉的照片。

阳光底下睡觉的小土猫白花花的，小小一坨，看起来暖洋洋的。方颉看了一会儿，觉得自己刚才被谭卓影响的心情突然就变好了。

他拿起手机，拍了一张车窗外飞驰而过的沿途景色，点开对话框发给江知津，又发了一句："上高速了。"

没多久，江知津回："到了说一声。"

方颉："嗯。"

他退出微信界面，仰头靠在座位上，安心地闭上了眼。

三个小时的路程其实不算难熬，也就是聊个天、睡个觉的时间。十一点半，方颉他们已经到了住的酒店。

这次物理竞赛的地点定在省理工大，便于借用对方的实验教室和器材，阅卷老师也是从省重点高中和大学抽调的。酒店就在学校旁边，所有参加竞赛的学生统一住这里。

一进酒店的门，他们就看到这次比赛的工作人员在登记学校和人员。这天是统一入住的时间，酒店里不同学校的学生挺多，通常都是一个学校的人聚在一起聊天，偶尔打量一下其他学校的人。

带队的老师在前面登记，方颉拿出手机拍了张酒店里人来人往的照片给江知津发了过去。

方颉："到了。"

江知津回复："好。"

登记完，带队的老师拿着房卡，招呼他们一起上楼。

"我们的房间都在六楼，双人房，两个人一间。我们四男三女，有一个女生单独住一间，其他人合住，没问题吧？"

所有人都摇了摇头。

"女生自己决定一下谁住单间。"带队老师转头看向四个男生，"你们就两两住一间。"

他随手指了指谭卓和方颉："你们同班是吧？那你们就住一间吧。"

方颉还没开口，旁边的谭卓立刻跳起来说："不行！"

电梯里所有人的目光都落在了谭卓身上，他的面色难看得要命，胸口起伏得厉害，看起来头顶都要冒烟了，他说道："我不和他住一间。"

带队老师皱起眉头问："为什么？"

谭卓喘了半天没说出话，方颉在心里骂了一声，转头看向老师。

"我怕我影响谭卓同学学习。"

"你们一个年级第二，一个年级第一，还会影响学习啊？"

"第一和第二竞争多激烈啊，"方颉看着老师，说，"最近这样的社会新闻不是很多吗？"

谭卓又怒又惧地看了方颉一眼，带队的老师被方颉噎住了，也看出来这两个人关系不好，重新指了一遍。

"那就你们住一间。"

这次和方颉被分到一间房的是一个有点儿胖的男生，戴了一副眼镜，看起来很腼腆，一路上方颉也没怎么见他说过话。进了房间，对方放下行李就去阳台打电话了，方颉听见了几句，应该是给父母报平安。

房间就是普通的酒店标间，不算大，但是干净，床头柜上放了两盆手掌大的多肉，小小的，挺精致，就是长势不怎么样。

方颉看了一会儿，拍了一张照片发给江知津："房间里的多肉，没有'云七'门口的长得好。"

这次江知津没回消息。

方颉等了一会儿，对方依然没有回复，他犹豫着滑了一下对话框，怀疑自己是不是发太多消息了。

江知津就让他到了发消息，自己连着发了两条，这么看确实有点儿烦人啊。

方颉还没想完，手机跳到了呼叫界面，江知津的名字明晃晃地出现在屏幕上。

对方打来电话了。

方颉的手比脑子快，接通电话将手机放在耳边。那头的江知津喊了一声"方颉"，语气里带着明显的笑意。

"啊。"方颉应了一声。

江知津的第二句话就是："你以前有没有玩过一个游戏？"

话题跳得太快，方颉心想：这人没事吧？嘴上却顺着问："什么游戏？"

"就是养青蛙的，你给它准备食物，它就天天出去溜达，没事就给你寄两张照片。游戏名好像叫《旅行青蛙》吧，顾巡挺喜欢玩的。"

方颉听一半就懂了，等他说完立刻开口说："你说谁是青蛙呢？"

这就是学霸的反应能力吗？江知津乐了一会儿才开口说："不是，我就觉得你这个行为和它挺像的。"

"你是'旅行的方小颉'。"江知津笑着说。

"旅行的方小颉"比青蛙也没好到哪儿去，听起来有点儿傻。但江知津的声音带着笑意，方颉也跟着乐了。

"不是你让我到了给你发消息吗？"

"我也没让你发那么多条啊，走一步拍张照。"江知津笑完接着才问，"两人间啊？"

"嗯。"室友还没从阳台回来，方颉打算等着对方先挑床，暂时坐到了一旁的沙发上。

"和隔壁班的一个同学一起住。"

"好好相处啊，你那狗脾气——"

"什么脾气？"方颉立刻反问。

"就你这脾气。"江知津笑道，"平时一声不吭，急了就咬人。"

"那你是没看到我的一个同学……"方颉原本想和江知津说一说谭卓，但说到一半又停了，"啧，算了。"

哪怕谭卓神经质，自己也不能在背后说他，这是方颉的基本准则。

虽然方颉只说了一半，但江知津也迅速领会到了他的意思，估计他是和同学有了点儿矛盾。江知津倒不担心方颉吃亏，不过还是问了一句："我还以为你这种酷哥在学校里都横着走，没人敢惹你呢，怎么了？"

方颉被逗笑了，答："没事，他暂时还没惹到我。"

虽然谭卓一天到晚跟个神经病似的在方颉的底线上来回试探，但目前还不至于到他真动手抽人的地步。

"还挺牛。"江知津说，"好好休息吧，别老发照片了。"

他顿了一下，笑道："我和人谈生意呢，手机一直响，人家还以为我故意的。"

方颉闻言一愣，随即立刻有点儿不好意思地直起身说："啊，那你谈，我挂了。"

"嗯。"江知津答。

他挂了电话，一旁的汤圆适时地叫了一声，声音非常不耐烦，跃跃欲试地想去扒拉他的裤子。他回过神，把手里拿了半天的妙鲜包撕开，倒进了猫粮盆里："行，行，行，吃吧。"

汤圆立刻扑过去，吃得整只猫都快埋进盆里了。江知津穿着居家服，蹲在旁边看着它大口大口地吃东西。

他这天确实要谈生意，但时间是在下午。他睡了个回笼觉，原本打算洗个澡再出门，方颉的消息就接二连三地发来了。

江知津回了两条，第三条实在不知道怎么回了，或者说，不知道该不该回了。

内容很正常，照片也很正常，但方颉绝对不是这种出个门会和人连发几条消息的人，刚开始的时候方颉都不想存他的电话号码。

他说自己有事，让方颉别发了，也只是想打断对方这种有点儿不知道怎么定义的举动。

江知津揉了揉汤圆的脑袋，它不满吃饭被打扰，终于舍得仰头看着他喵了一声。

"你说你哥在想什么呢？"江知津叹了口气，说，"十七八岁的小孩儿，心思还挺重。"

汤圆又把头埋下去了，江知津收回手，站起身，准备换衣服出门。

一直联系的那个供酒商收到了一批不错的红酒，打电话给江知津，让他需要的话过去看看。他到对方的仓库看了酒，又谈了订单，差不多已经到了晚饭时间，对方又留他一起吃了顿饭。

这次因为开了车，江知津没喝酒，吃完饭散了场，他拿出手机看了一眼时间，不到八点。

微信一下午都很安静，没有消息进来。

还挺乖，江知津笑了笑，笑完心里又有点儿闷。如果是以前，他这个时候应该也会发消息给方颉，问方颉适不适应、什么时候比赛之类的。

但最后江知津还是把手机收起来了。

他明白自己应该和方颉拉开距离，又有点儿摸不准自己这样强行和方颉保持距离是不是对的，尤其方颉是一个很敏感的小孩儿，自己故意疏远的次数多了，对方一定会察觉。

现在他们之间好像系着一根线，离得太远线会被扯断，离得太近了又会缠在一起，变成乱麻。

江知津叹了口气，先不管这些事，开车准备去"云七"。

晚上十点多，方颉刷了两套针对练习，又把笔记看了一遍。酒店里只有一张桌子，他让给了同住的那个男生，自己暂时用了电视柜。对方感激得一直道谢。

其实对于方颉来说，在哪里写作业倒是没有多大的区别。一旦他进入到学习的状态，别的东西很难打扰到他；但要是从那个状态抽离出来，到休息时间，他也很容易想到其他的事。

比如说从中午挂掉电话到现在，江知津一直没发来消息。

晚上十点多，生意应该已经谈完了，江知津现在应该是在"云七"……不知道这晚"云七"忙不忙，不过有顾巡和周洪，应该也还好。

那自己要不要给江知津发消息？

其实时间还挺早的，江知津肯定能看到。但自己这天发的消息太多了……江知津说什么来着？哦，"旅行的方小颉"。

这人怎么这么不着调啊？方颉想。

他飞快地转着手里的笔，盘算着要不要给江知津发消息。他还没想好，手机先一步响了两声，有微信发来了。

方颉立刻拿起手机看了一眼，是祁向。

祁向已经很长时间没和方颉联系了，以前他还偶尔会来问个问题或者聊几句天，后来估计是被考试和复习折磨得半死不活了，连朋友圈都不发了，微信名不知道什么时候改成了"活着就好"。

祁向："在吗？问个题。"

方颉："嗯。"

对方立刻拍题发了过来，是一道化学大题，方颉看完，没直接写答案，理了一遍基本思路给祁向发过去。祁向说了句"懂了"，过了一会儿，微信电话打了过来。

同住的男生还在做题，方颉拿起手机去了阳台，又关上了阳台的门。

"上次联考七中居然没考过五中，均分全市第二，估计把老杨他们气得够呛，疯了似的加课加测。"

老杨是他们的年级主任兼副校长，祁向的声音听起来确实很累，估计他也快被逼疯了。

"这也就算了，不知道是谁听说我们这届成绩不好是因为谈恋爱的人太多，天天在学校里逮早恋的人，晚自习下课后保安就轮流拿个手电筒去操场晃，我真服了。"

方颉在电话这头乐了半天。

祁向叹了口气，说道："还是你有先见之明啊，别说谈恋爱了，我就从来没见你喜欢过谁。"

方颉回想了一下，从小到大，自己好像确实没有喜欢过谁，别人讨论自己喜欢的女孩儿的时候，他甚至没有一个确定喜欢的类型。

祁向说："我想通了，最后两百多天了，还是先活到高考吧，其他都是浮云。向你学习，自由诚可贵，爱情价更高，若为'清北故'，两者皆可抛。"

除去方颉他们出发和回家的头、尾两天，省竞赛九号开始，十四号结束。九号是开幕式，发放竞赛规则和流程，下午就是登记考生信息，考生领取初赛准考证、考号，然后看考场。

考场只集中在一个教学楼里，虽然考场布置图已经人手一份，但还有不少考生围着考试楼打转，确认自己所在的考场位置。方颉觉得挺没意义的，领完东西就回了酒店。

他应该是最早回酒店的那批人之一，大厅里除了服务员，一个人都没有。他进了电梯，直接按了第六层。

电梯门快合上的时候，外面有人猛地朝电梯冲了过来。方颉没看清是谁，条件反射地按了开门键。

电梯门重新打开，方颉看了一眼，居然是谭卓。

谭卓应该也没想到电梯里的人是方颉，猛地顿在了门口，目光死死地盯着方颉，一只脚踩在电梯门的位置死活不动。电梯报了两声警，方颉克制住自己骂人的冲动，面无表情地看着他，说："你到底进不进？"

谭卓最后还是进来了，站在电梯的角落里，尽量和方颉保持距离，好像他是什么病毒似的，目光却没有从他身上挪开。

电梯在往上升，始终没人进来，谭卓的目光也始终没有离开。

他的目光总是带着阴冷之意，到方颉身上的时候还加上了恨意，好像恨不得从对方身上挖下几块肉。方颉被他搞得有点儿烦，转头也朝他看过去。

"看什么？"方颉压着火气问。

"你很开心吧？"隔了几秒，谭卓突然问。

"所有人都围着你转，成绩好，家里又有钱，陈瑶那些女的就跟没见过男的一样捧着你，你以为你很牛是不是？"

行，还会说这些，方颉一直以为对方吵架只会复读呢。

"装得要命，其实也就只能和徐航那种不学无术的人混，你以为别人捧你就了不起了是吧？考了一次年级第一，你真觉得自己——"

方颉叹了口气，朝谭卓走了一步。

谭卓后退了一小步，又立刻站着不动了，只问："你要干什么？"

"我上次说过你要是再发神经我就抽你吧？"方颉问道。

叮——

电梯已经到六楼了，门自动打开，但两个人都没动。谭卓刚好退到了电梯口，梗着脖子大声嚷嚷："你要干什么？"

"用不着这么大声，你没找对时间，现在这层楼里估计就我们。"方颉说道。

谭卓的神色明显慌了一下。方颉盯着他，短促地笑了一声，说道："地点倒是挺好的，电梯里有摄像头，电梯外面也有，我要打了你两个监控还能一起看。放心，马上就要竞赛了，我肯定不会挑这个时候抽你，以后有的是机会。"

谭卓的脸涨得通红，呼吸急促得方颉觉得他下一秒就要背过气去。他死死盯着方颉，说道："你以为拿了一次第一——"

"我确实只考了一次第一，但你放心，以后就算我不是第一了，也肯定在你前面，不信就拿这次竞赛试试。"

方颉看着谭卓，说："因为我确实比你强很多。"

回到房间，方颉还记得最后谭卓那张气得有点儿哆嗦的脸，还有精彩至极的表情，简直让人心情舒畅。

嘲讽人确实挺爽的，特别是令对方憋得说不出话的时候。方颉总算知道江知津平时为什么嘴那么欠了。

江知津……他这天还没给自己发消息。

方颉原本高昂的情绪又低了下去，他躺在床上，拿过一旁的物理课本盖住自己的脸，无声地叹了口气。

方颉和江知津之间这种零交流的状态从竞赛开幕式开始，一直持续了两三天。

其实以前两个人的聊天消息也屈指可数，毕竟方颉平时都要上学，星期六两个人基本都在家，没有发消息的必要。但现在两个人一分开，时间就会被无限拉长，感知也更清晰起来。

方颉也知道，江知津也没有一定要给自己发消息的理由，毕竟自己在考试，也没有遇到什么麻烦，自己几乎都是待在房间里复习，出门必须跟领队老师报备，也没什么机会再当"旅行的青蛙"——不对，"旅行的方小颉"。

很快他也没什么时间想这些事了。

这次省竞赛分笔试和实操，十号是笔试初赛，十一号是实验实操，十二号是笔试决赛，十三号休息一天等待竞赛结果，十四号颁奖闭幕。时间说赶也不赶，但是对于考试的学生来说，已经紧迫得不能再紧迫了。

平时学生觉得自己还不错，一旦大考临近，就会突然发现，自己好像这也不会，那也不会，脑子里一片空白。

这个时候团队就显得尤为重要，头两天除了谭卓不见踪影，几个人都聚在一起复习。特别是初赛和实验实操考试一过，第二天就是决赛，紧张感蔓延到每个人的每寸神经上，几个人恨不得把一分钟当两分钟花。

"不行了，"一个男生哀号了一声，扑到桌子上，说，"我什么都看不进去了！"

对面的方颉写完最后一个数字，看了一眼时间，已经快要晚上十二点了。

女孩子的房间不好占用，谭卓那间房他要自己复习，连同住的男生都不敢大声说话，更别说一起讨论了。所以这两天几个人都是在方颉和罗睿的房间里复习。书桌、茶几、电器柜、地毯……反正哪儿坐得下几个人就坐哪儿。

"要不先休息吧。"一旁的蒋欣馨说道，"明天还要考试呢，今晚熬太晚了也不太好。"

所有人互相看了看，没人说话，也没人先动。

困、累，但是他们依旧不敢提前休息，也不想提前休息，毕竟是这么重要的考试，没准自己睡觉的时候对手又多看了一道题……

"休息吧。"方颉第一个合上笔，说，"太晚了。"

他都说要休息了，其他人纷纷松了口气，也跟着站了起来。

等人都走光了，方颉收拾好自己的东西，到卫生间洗澡。

酒店里的沐浴露不知道是什么牌子，有一股浓浓的玫瑰香味。方颉一直觉得这个气味太重了，不太喜欢。

江知津用的沐浴露是淡淡的青草味，几乎察觉不出味道，很干净，像是下完雨之后草坪的气息……这天他也没有消息，不知道他在干什么。

方颉关上水，拿过一旁的浴巾。

刚换上睡衣，方颉就听见外面罗睿喊自己的声音。

"方颉，你的手机响了。"

方颉先是一怔，随后立刻打开门。在床头充着电的手机果然一直在响，他几步跨过去看了一眼屏幕，是方承临。

方颉去拿手机的手一下子停住了，他站在床头，半晌没有动作。直到手机开始响第二遍，那边的罗睿都忍不住往这里看了，他才拿起手机，一边接通一边往阳台走去。

"喂，小颉？"

"有事吗？"

"没什么事，就是想问问你最近过得怎么样，生活和学习都挺好的吧？"

"如果没人来学校堵我，我就挺好的。"方颉回道。

那边的方承临被噎了一下，着急忙慌地说："上次翟菀去找你了是吗？是我的错，我那几天出差了，没有看住她。以后不会有这种事了，我保证。"

方颉没耐心听方承临说完他的保证，直截了当地问道："到底有什么事情？"

"明天是十二号，你的生日。"方承临答。

方颉一愣，这才猛然想起来，十一月十二号确实是自己的生日，十八岁的生日。

因为日夜不间断地准备竞赛，方颉一时居然没能想起来自己的生日。

"我本来想着去绍江给你庆祝生日，但又怕影响你学习……你自己和几个朋友一起庆祝一下吧，我给你打了一笔钱，不够了你再和爸爸说。"

十八岁的生日在一个陌生的城市准备比赛，一直到头一天晚上自己才想起来，这种经历还挺奇特的。

方颉没和方承临说自己在外面参加竞赛，他大概也知道方颉不想和自己多说，又简略地说了几句，无非是让自己多注意身体、好好学习之类的话。

说到最后，方承临犹豫着又加了一句："我和你妈妈离婚的事还在谈，但是你妈的脾气你也清楚，她太固执了，如果可以——"他顿了顿，又说道，"算了，你好好读书。"

方颉的怒气到了顶峰，他居然差点儿笑出来。

方承临的意思再明显不过，周龄死活不松口，一定要让方承临净身出户，方承临想离婚，又舍不得一分不要，想让他劝劝周龄，但不知道为什么又没说出口。

大概方承临也觉得自己不够格吧。

家里一大堆破事，周龄无奈之下先想到的是把自己的儿子托付给江知津。结果方颉已经离开潮城了，方承临反倒想让他来劝架。

"我妈没说不离婚，是你自己不同意。"方颉毫不留情地说道。

方承临立刻没声了，方颉直接挂掉电话。回到房间，他直接上了床，关掉了自己床头的灯。

那边罗睿的床头灯还有一点儿微弱的光。方颉听见对方正在小声地背公式。

反正睡不着，他闭上了眼睛，尽量把刚才方承临带来的负面情绪压下去，把公式从头默了一遍，又回顾了几种常见的题型、自己的易错点……

最后想无可想，方颉又想到了江知津。

虽然前几天不发消息好像也没什么，方颉一直忙着考试、复习，想到江知津的时间也很少，大多只是偶尔想起零星的一个片段。但在这晚，可能是因为方承临的电话，也可能是因为突然想起的、即将到来的十八岁生日，在这个时候，他突然非常想回到绍江。

这个想法一旦被撕开了一个微小的口子，就浩浩荡荡，如同海浪一般在方颉的脑子里来回翻腾。他拿过手机看了一眼时间，已经晚上十二点了。

江知津可能在"云七"，也可能回家了。这个时间他一般还没睡觉，可能在看电影、喝啤酒或者玩《开心消消乐》，上次方颉看他已经玩到三千五百多关了，还觉得怎么能有人这么无聊……

方颉点开微信与江知津的聊天框，记录还停在上一次聊天时。他犹豫了一下，给对方发了一条消息："明天决赛。"

因为马上就要参加决赛了，所以他给自己的临时监护人发消息以免对方担心，多正当的理由。

隔了四五分钟，方颉都有点儿怀疑江知津是不是已经睡了，那边突然回了一条消息。

江知津收到消息的时候还在"云七"。虽然双十一早就成了购物节的代名词，但还有不少人记得光棍节的本质。这晚"云七"的客人有点儿多，他担心顾巡和周洪忙不过来，打算一直待到酒吧关门。

手机收到消息的时候客人刚走了一拨，江知津在吧台后休息，顺手拿出手机看了一眼，居然是方颉发来的："明天决赛。"

江知津下意识地看了一眼时间，晚上十二点十五分。他微微一挑眉，回复道："学霸，紧张得睡不着吗？"

方颉都能想象出江知津说这句话的语气，而且是带着隐隐的笑意、有点儿欠抽。他无声地笑了一下。

方颉："学霸不会紧张。"

江知津秒回："真厉害。"

方颉笑了笑，那边的罗睿还在复习，他坐起来走到浴室，关门的同时拨通了江知津的电话。

那头江知津接起来问道："还不睡觉？"

"在复习。"方颉顿了一下，听见江知津那头有些吵，音乐声和人声混杂在一块儿。"你还在'云七'？"

"嗯，今晚人有点儿多。"江知津边往外走边答，出了店到门口，酒吧的声音一下子被隔绝在内，四周安静了不少。

"怎么了？"江知津问道，"十二点打电话。"

方颉停了几秒，然后答："明天……"

他本来想说"明天是我十八岁的生日，过了明天你就不能说我未成年了，否则我就把身份证拍在你的身上"。

但最后方颉还是没说。

既然江知津不知道，自己特意提起来好像挺奇怪的。

"我以为你在家呢，想看看汤圆。"方颉答，"挺想它的。"

"你可真行啊。"江知津笑着叹了口气，说，"大半夜的想一只猫了。"

方颉轻轻吐了口气。

"我还有几小时才能回家呢，汤圆估计也睡了。"江知津说道，"明天拍几张照片给你。"

"行。"方颉答。

"赶紧睡吧，明天好好考，考完了发条消息。"

方颉笑了笑，说道："知道了，你早点儿回去。"

"晚安。"江知津说道。

"晚安。"方颉也说道。

挂了电话，江知津没立刻回到酒吧里。

他在原地站了一会儿，拿出烟盒，抽出一支咬进嘴里点燃。淡淡的烟雾里，他微微皱起眉头，有点儿无奈，又有点儿想笑。

大半夜的想一只猫了所以给自己打个电话，这种谎现在年龄超过六岁的小孩儿应该都撒不出来了。

但是江知津不讨厌，只是觉得有点儿好笑，甚至觉得有点儿可爱。

事实证明学习的智商并不等同于处理感情的智商，但江知津觉得这样撒个不高明的小谎的方颉真的挺可爱的。

当天江知津忙到了深夜三点多，回家的时候几乎快四点了。他洗漱完，吃完晚饭倒头就睡，计划睡到第二天下午，中途却被一个电话吵醒了。

江知津睡得迷迷糊糊的，一开始还以为是方颉考完试给自己打电话，然后才看清手机屏幕上不断闪烁的人名是周龄。

江知津稍微清醒了一点儿，清了清嗓子，接通了电话："喂，龄姐？"

那头的周龄四周听起来很安静，应该是在办公室里，她问："知津，在忙吗？"

"没有。"江知津笑了一下，说，"你说。"

方颉刚转学到绍江的时候，周龄几乎是三四天打一个电话给江知津，询问方颉的情况。后来她估计是对他放心，又因为公事太多，逐渐变成一两周打一个，但一样问得事无巨细："小颉今天还在学校上学吧？"

江知津愣了愣，才意识到方颉没和周龄说过竞赛的事，自己居然也忘了说。

然而还没等江知津说话，周龄就已经自顾自地说了下去："今天是小颉的生日，我原本想去一趟绍江,但是方承临说约了律师要和我谈谈。"

周龄顿了一下,语气有些疲惫:"我走不开,等小颉放学了,麻烦你给小颉过个生日,买个蛋糕什么的,替我祝他十八岁生日快乐。"

江知津瞬间清醒了,半晌没有说话。

他先是愣住了,随后才猛然反应过来当时方颉和自己说去竞赛的时间的时候,自己觉得忘了什么事的原因。

十一月十二日是方颉的生日,上次他生病的时候和方颉聊过一次,他居然忘记了。

那头的周龄久久没有得到回应,重复了一遍:"知津?"

"嗯。"江知津答,"好。"

"谢谢你。"周龄松了口气,说道,"十八岁的生日挺重要的,我和方承临是不合格的父母,希望至少能有一个人陪陪他。"

"知道了。"江知津说。

一个人在陌生的城市参加竞赛的方颉昨天晚上那通电话想说的话估计不止那些,可能还有自己即将到来的十八岁的生日。

挂掉电话,江知津看了一眼时间,下午两点十分。

其实江知津可以发条消息、打个电话,如果想更隆重点儿还可以隔城定个蛋糕,直接送到方颉的酒店……

但最后,江知津在床头抽屉里翻了几分钟,最后拿出了个巴掌大的蓝色盒子。

从绍江到省城,开车是三个小时。

决赛的笔试一共两个小时,题目比平时考试的更多,方颉他们考完已经是中午十一点。

大考刚过,几个人都没从兴奋的状态里脱离出来,一边讨论刚才的试卷一边回酒店,有人看了一眼时间,提议道:"不如我们出去吃顿好的吧!"

考试这几天,所有参赛的同学都是在酒店餐厅吃饭的。这个提议一出,立刻得到了其他人的响应,领队老师本来想带他们回酒店吃饭,但看他们一个个如释重负、喜气洋洋的,也松了口气,让所有人先回酒店放好东西,再在大厅集合一起出门。

方颉回房间放好考试带的证件和笔，又洗了一把脸。手机刚刚开机，没有未接电话，也没有新消息。

他出门前给江知津发了一句："考完了。"

江知津没回复，应该是没看到。

他们到酒店大厅集合，加上带队老师一共只有七个人。带队老师看了一圈，问："谭卓呢？"

一群人面面相觑几秒，和谭卓同住一间房的男生举了举手。

"他说他不想出去，要在房间里睡觉。"

"不吃饭也不行啊。"老师皱了皱眉，说，"你们等一等，我上去看看。"

其他人倒是没说什么东西，乖乖地待在大厅里等着，拿出手机搜索附近的餐厅，围在一起讨论要吃点儿什么。过了几分钟，带队老师又一个人下来了。

"他说他不想出去。"老师可能也觉得谭卓有点儿不合群，无奈地说道，"我让他饿了的话去餐厅吃就行。"

没人对这个结果感到意外，一群人七嘴八舌地谈论着出了门，最后还是决定，这么冷的天气还是吃火锅比较合适。

火锅店离酒店不远，一群人都很能吃辣的，干脆要了个红汤，又点了一堆菜。虽然大家不是一个班的同学，但好歹也是一起代表学校参加比赛，又在一起待了几天，关系还算不错。等上菜的过程中一群人聊得不亦乐乎，疯狂吐槽刚才的竞赛题要命的难度，开玩笑说这种题目能拿一等奖的都不是人。

"不过也不一定。"罗睿忽然小声说道，"我觉得方颉就很有可能拿一等奖。"

所有人的目光都转到了方颉身上，蒋欣馨笑着问："方颉，你觉得今天的题难吗？"

"有点儿。"方颉答。

竞赛题目的难度和平时的确不是一个级别，难度、题量都远远超过了平日的考试。一个女生笑道："完啦，方颉都说难，那是真的难。"

另一个女孩儿说道："不过不是还有谭卓嘛，他的物理也不错啊。"

"呃。"和谭卓住同一间房的男生闻言犹豫了一下，说道，"不过他这次好像发挥得不太好，回房间的时候脸色挺难看的，我就问了句考得怎么样，他就生气了。"

203

说完他又赶紧摆了摆手，补充了一句，"不过我也是猜的，可能是他对自己的要求高吧。"

几个人刚聊到这儿，包间的门被打开，服务员开始上菜了。话题就此被岔开，一群人又聊起了别的话题。

这顿饭边吃边聊，吃完饭回到酒店房间，方颉身上一股火锅味，打算换套衣服，脱外套时才重新拿出手机看了一眼。

有一条微信消息静静地躺在消息栏里。

江知津："真棒，吃饭了吗？"

方颉立刻点开微信，回复："和同学出去吃了火锅。"

方颉等了一会儿，那头的人又没有回复了。他脱了沾满火锅味的衣服，进浴室快速地冲了个澡，出来时放在床头柜上的手机屏幕依然干干净净，没有收到消息。

方颉犹豫了一下，干脆给江知津打了个电话。

等到系统默认的彩铃响了第二遍，那头的江知津才接通电话。

方颉在对方出声之前抢先答了一句："吃了，吃的火锅。"

江知津愣了一下才反应过来，忍不住笑道："回条微信就行，你不用打电话。"

"微信也发了。"方颉说道，"你没回。"

那头江知津安静了几秒，估计是看了一眼微信聊天框，才重新开口，笑着说道："我错了，开车呢，没看见。"

"没事。"江知津这么认真地解释，方颉反而有点儿不好意思了。他躺到床上仰头看着天花板，江知津的声音有点儿远，他应该用的是蓝牙耳机。

"你要出门？"

"嗯，有点儿事。"江知津答。

"哦。"

方颉不知道该说什么了，反倒是江知津问："考得怎么样？"

"还行吧，题有点儿难。"

"上次你跟我说还行是你拿满分的时候。"

方颉没忍住笑道："这次不行了，真的挺难的。"

"知道了，考完你就别想了，等成绩出来了再说。"江知津笑道。

"行。"方颉答。

"不说了，我开车呢。"江知津说道，"你休息会儿吧。"

方颉嗯了一声，等江知津那边先挂了电话才放下手机，心里忽然就轻松不少。

考完了就什么都别想，大人的事什么都别想，无关的东西什么都别想……江知津每次都能敏锐又精准地把一些令方颉纠结的东西点出来，然后推开。

这几天竞赛的压力瞬间倾泻出来，让方颉觉得有点儿精疲力竭。他放下手机，扯过被子，把自己裹成一团，闭上了眼睛。

没有谁能轻轻松松就拿高分，这几天方颉付出的精力不比任何人少，所以一切结束，他也更容易疲惫。

这一觉方颉睡得昏天黑地，什么梦都没有做，直到隐约听见床头柜上的手机在响。

刚开始方颉还以为自己是在梦里，过了片刻，清醒了一点儿，才反应过来是有电话打来了。

罗睿不在房间里，房里没有开灯，天已经完全黑了。他眯着眼睛从被子里探出手来，摸索着拿过手机，连来电显示都没看，直接接通了电话。

"喂。"刚醒的方颉嗓子还是哑的，第一声"喂"差点儿没发出来。

"哎哟，这声音。"那边的江知津笑道，"还没睡醒吧？"

方颉瞬间清醒大半，稍微坐直一点儿，清了清嗓子才说道："醒了。"

"真能睡啊，给你打三个电话了，再没人接我都要报警了。"江知津笑道。

方颉愣了几秒，把手机从耳旁拿开看了一眼，已经晚上七点四十多了，手机上显示有两个来自江知津的未接电话。

方颉顿时有点儿愧疚地说："睡太沉了，没听见。"

"睡这么久，还没吃晚饭吧？"

"没有。"

方颉以为江知津就是随口一问，原本想说自己会点外卖什么的，结果还没开口，那边的江知津就说："那下来吧，带你出去吃。"

"什么？"

"省理工旁边的四季酒店是吧?"江知津说道,"出来吧,我在楼下呢。"

方颉这会儿是真的醒了。

他猛地掀开被子,从床上跳了下来,一边伸手去拿旁边的衣服,一边和电话那头的江知津说话:"等等,马上。"

"不着急。"江知津笑道。

挂了电话,方颉才低低地骂了一声。

江知津居然来找他了。

隔着三个小时的车程,跨了一个城市,这么冷的天气,江知津居然来找自己了。

这种太过玄幻的感觉,让方颉有一瞬间怀疑自己还在做梦。

他随便套了身衣服下楼,冲出酒店大厅,一眼就看见了门口临时停车位上那辆熟悉的白色汽车,还有站在车旁正在玩手机的江知津。

估计是感受到了方颉的视线,江知津抬头朝着这边看了一眼,恰巧看到走过来的方颉。

江知津脸上带了点儿笑意,收起手机。

"速度还挺快,想吃什么——"

江知津的话还没说完,方颉已经冲了过来,几乎把他撞了一个踉跄,他都听见了自己撞在车上的一声闷响。

"哎哟!"

江知津有点儿想笑,又有点儿无奈,甚至有点儿不知所措。

最后江知津伸手在对方的背上轻轻拍了拍。

"你——"因为太震惊,方颉一开口嗓子还有点儿哑。他问:"你怎么来了?"

"今天不是你的生日吗?十八岁生日,还挺重要的。"江知津说。

哦,对,这天是自己十八岁的生日。

这么远的距离,江知津开车过来,就为了给自己过个生日。

方颉的眼眶一热,他稍微偏了偏头,轻轻吐了口气,不想让对方看见。

江知津看见了,却什么也没说,只是笑道:"快点儿,吃什么?开了三个小时的车,累死我了。"

"都可以。"方颉说,"你想吃什么都行。"

"你过生日还是我过生日啊?"江知津笑着叹了口气。天气实在是太冷,两个人老站在路口吹风也太傻了,他接着说道,"不吃火锅了,你中午不是刚吃过吗,点菜行吗?"

"行。"方颉拿出手机给领队老师打了个电话报备。他平时就很靠谱,老师也没说什么,只是提醒他晚上十点半之前要回来,会查寝。

挂了电话,两个人上了车。

江知津在软件上看了一圈,最后挑了个附近评价不错的私人菜馆。

晚上七八点餐厅的客人还很多,服务员带着两个人找了靠窗的位子坐下。

等点完菜服务员走远了,方颉才转头看着江知津,问:"你怎么知道我在什么酒店?"

"我问了唐易啊。"

"下午我给你打电话的时候你怎么没告诉我?"

江知津轻轻一挑眉,看着方颉说道:"知不知道什么叫惊喜啊?方小颉!"

"下午你打电话的时候我还没出城呢。"江知津说道,"到了你又没接电话,我还以为你和同学一起出去庆祝了。"

"没有,我没和他们说今天是我的生日。"方颉说道。

江知津闻言定定地看了方颉半晌,最后微微叹了口气:"你们这个年纪的小孩儿不是应该把生日看得很重要吗?特别是十八岁,成人礼,至少得和朋友一起出去吃顿饭什么的吧?"

方颉笑了笑:"莫名其妙地和别人说自己今天过生日有点儿奇怪。"

所以他谁都没说,上午考试,下午睡觉。晚上江知津要是不来的话他就随便点份外卖,再给母亲打个电话,这天就普普通通地随便过了。

如果江知津不来。

但是他来了,对于方颉来说,原本可以随意过的十八岁生日,稍微多了一点儿意义。

"这就是酷哥吧。"江知津说道。

这个人从来正经不了多久，方颉面不改色地点了点头，说道："开三小时车来给别人过生日也挺酷的。"

他反击得很快，江知津乐了半天。

餐厅是仿旧上海的风格，木质桌，桌面放着烛台和一小把雏菊，灯光柔和，照得江知津笑意盈盈。

方颉看着对面坐着的人，也跟着笑了起来。

因为已经有点儿晚了，两个人点的菜都很清淡，但胜在味道确实不错。吃完，两个人出了餐厅，江知津看了一眼时间，是九点十五分。

"先送你回去。"江知津说。

现在没有去吃饭时那么堵了，江知津跟着导航把方颉送到酒店门口。等车停稳，方颉转头看向江知津："你——"

他本来想问问江知津晚上住哪儿，却看到他把车熄了火，打开了车里的灯。

"等等。"江知津说道。

说完，江知津转头微微探身，绕过椅背，从后座拎出一个蛋糕盒子。

盒子是红白色的纸盒，很小，五六寸的样子，上面的盖子是透明的，露出一点儿里面的蛋糕的样子。

蛋糕小小的一个，堆满白色的奶油和草莓。

方颉愣了一下，说道："刚才我……没看见。"

"这观察能力。"江知津逗他，"本来想要不要带到吃饭的地方来着，但人那么多，担心你尴尬，带回去自己吃吧。"

江知津笑着看了方颉一眼，说："你妈妈要我买给你的，待会儿你记得给她打个电话。"

方颉顿了顿，伸手把蛋糕接了过去，应道："好。"

等方颉接过蛋糕，江知津又从口袋里拿出一个藏蓝色的巴掌大的小盒子递给方颉。

"生日礼物。"

方颉愣住了。他没料到江知津还给自己准备了礼物，有些错愕地看了一眼对方，一时忘记了伸手去接盒子。

江知津喷了一声，伸手把盒子打开了。

淡黄色的车灯灯光里，方颉看见里面是一枚玉质的平安扣，用红线穿着，安安静静地躺在盒子里。

"这个平安扣是我八岁的时候，我奶奶带我去庙里求来的。"江知津说。

"当时我爸妈刚走三四个月，我生了一场病，挺严重的。有些人说是因为我家里刚出事，我压不住邪，要被阎王爷一起勾走了。"

江知津说到这儿，看着玉佩笑了笑。

"其实我就是生病，当时农村医疗条件不行，很久没看好。我奶奶没办法，又信这些，就把我带到庙里求了一个平安扣。"

他碰了碰盒子里的平安扣。

"是真玉，但品质不算好，水头也不足，我记得挺便宜的。"

方颉的目光跟着落在盒子里的平安扣上。

平安扣小小的，系着红绳，是挂坠，青玉色，不太透亮，但或许是因为时间久了，透出一点儿温润的感觉。

"我记得那个时候，庙里的和尚带着我对着这块玉坠念了一百遍《地藏经》。"

方颉瞬间抬头看着江知津，神色有些错愕，江知津对上他的表情，嘴角微微勾起。

"真的，刚开始的时候他念一句，我念一句，后来就熟悉了，每天念三遍，念了一个多月吧。那本经书好像一万多个字——"江知津叹了口气，吐槽道，"那段时间念得我想哭。"

方颉没忍住笑了一下，江知津也跟着笑了。

"后来病就好了。其实也该好了，一个多月我天天吃药来着，但我奶奶就觉得是这东西的功劳，我就一直带在身边了。"

江知津没说的是，后来奶奶去世，他就只剩下这点儿东西了，当兵不允许戴这些东西，他就拿个盒子把平安扣装起来，一直放着。

"我当兵不是伤退的吗？我出任务遇到了边境偷渡者。他们自制了枪弹，我的腹部中了一枪，医生说我运气好，子弹再进几毫米就打穿脾脏了。然后我就突然想起这平安扣了，打开看了看，绳子不知道什么时候断了，他们说是它替我挡了灾——"

209

江知津说着说着突然笑起来："哎，我这是不是宣传封建迷信啊？"

方颉也笑了，回答："不算吧，就是……挺巧的。"

"是挺巧的。"江知津说。

其实他不是相信怪力乱神的东西，只是对江知津而言，这种莫名其妙的幸运与巧合更像是一种隐秘的联系，让他对过去、对家人还能有一点儿念想。

"扯远了。"

江知津利落地把盒子盖上，连平安扣带盒子递给副驾驶座上的方颉。

"我就是想说，虽然玉没有多好，但好歹也戴了那么久，我还对着它念了一个多月的经，现在送给你当十八岁的生日礼物。"江知津顿了顿，说道，"就当我为你念了一百遍《地藏经》，希望你平平安安的。"

车外就是街道，对面的夜市依旧热闹，来来往往的人很多，其实是很嘈杂的环境。但因为车内门窗紧闭，反而形成了一个完全静谧的空间。

于是方颉清晰地听见了江知津那句"就当我为你念了一百遍《地藏经》，希望你平平安安的"。

方颉从江知津手里接过那个小盒子，这么安静的环境里，他好像能听见自己的心跳声，一下接着一下，声音清晰可闻。

"你——"方颉清了清嗓子，尽量让自己的语气听起来平常一点儿，"送我这个是什么意思？"

"什么什么意思？"江知津问。

"东西挺贵重的，我有点儿……"方颉犹豫了一下，实话实说，"都不太敢拿了。"

贵重的不是礼物，而是这个东西对于江知津代表的意义。

"不至于。"江知津听完反而笑了，"我觉得合适，所以送你，就这样。"

江知津是临时想起来方颉的生日，仔细去挑礼物已经来不及，又不愿意随手买一个东西给对方，十八岁生日的礼物，就算不选贵重的，也不能敷衍了事。

最后，他想起了这个平安扣，平安顺遂的寓意挺适合这个时候的方颉。

说完，江知津收回手，低头看了一眼时间，说道："十点了，你们不是要查寝吗？"

"啊。"方颉应了一声，也跟着看了一眼时间，刚好十点整。

"上去吧。"江知津说。

方颉坐着没动,只是看着江知津问:"那你呢,你住哪儿?"

"我还用你操心吗?"江知津笑着看了一眼方颉,说道,"随便找个酒店住一晚,明早回去。"

"你就住这儿不行吗?"方颉说。

"行啊。"江知津看了方颉一眼,玩笑道,"成年人在哪儿都可以住,但是马上就要查寝了的高三生,先回房间吧。"

虽然这么说,但江知津也懒得再跑到其他地方了。

他停好车,跟着方颉一起进了酒店,到前台开了一间房。

方颉拎着蛋糕在旁边等着他,顺便看了一眼房卡。

江知津的房间和自己的房间隔了三层。

两个人一起上了电梯,方颉按了六层,又帮江知津按了九层。到六楼的时候电梯门开了,方颉看了他一眼。

江知津冲着门口略一抬首,说道:"去吧,晚安。"

回到房间,方颉刚把蛋糕放好,就撞上领队老师点名。看到两个人都在房间里,对方就出去了,还叮嘱了一句"早点儿休息"。

方颉先给周龄打了个电话。

电话里周龄的语气听起来有些疲惫,总体还算正常,她先是祝方颉生日快乐,又问了问他最近的学习情况。

方颉挂电话时,已经十一点多了。大概是因为考后难得地放松,罗睿睡得很早。方颉下午睡了很久,现在反倒有点儿睡不着,躺在床上玩手机。

他想给江知津发消息,又担心对方已经睡了,毕竟开了那么久的车,估计挺累的。

十二点,方颉刚打算放下手机睡觉,微信闪了闪,一条消息卡着点弹了出来。

江知津:"你好啊,十八岁的方小颉。"

方颉怔了怔,随后立刻爬起身,轻声走到了卫生间,锁好门后给江知津打了个电话。

江知津几乎是一秒就接了起来。

"还没睡呢？"江知津笑道。

"下午睡太久了。"方颉压低了声音问，"你怎么还没睡？"

"刚洗完澡。"江知津说道，"刚好十二点，顺手发条短信恭喜你正式进入十八岁。"

方颉乐了一会儿才说道："至于吗？"

"至于。"江知津说，"正式成年的方小颉可以干点儿以前干不了的事了。"

"比如？"

"比如可以喝一点点酒，开始能进酒吧或者网吧了，也可以学学驾照什么的，还有——"

方颉应了一声，问："还有呢？"

江知津接着说："分辨复杂的情感。"

方颉笑着抬起头，头顶的灯有点儿刺眼，他用手臂遮住了眼睛。

他心里一松，不知道是什么感觉，像是一颗石头掉进了深井里，咚的一声，不住地往下沉，又说不出地轻松。

电话那头的江知津也没说话，叹了口气，觉得自己从来没有这么难开口的时候。

他确实是不太想让方颉失望。

江知津沉默了一会儿，最后开口说道："情感的构成是很复杂的，方小颉。友情、亲情、爱情……不管是哪一种，我都希望你能够分清楚，并且不对任何一种失望。"

"我十八岁了。"方颉说。

江知津被噎住了。

方颉笑了笑，接着江知津的话往下说："情感的构成挺复杂的，友情、亲情、爱情，但是作为一个成年人，我有对自己的情感最基本的判断力。"

第八章
酷哥的自信

方颉原本想第二天一早去找江知津，结果刚起床就被带队老师叫去帮忙，直到快十一点才被放走。等他给江知津发消息的时候，江知津已经在回绍江的路上，都快到家了。

于是，竞赛闭幕前，两个人又回到了没什么交流的状态。

省物理竞赛这年改了规则，考完直接阅卷，两天内出成绩，刚好赶上闭幕式颁奖，免得出分时间拖得太长，招来不必要的质疑。闭幕式借用了省理工的礼堂，所有参加竞赛的学生整整齐齐地坐在礼堂内，台上各个老师和领导轮流上去讲话，讲的也无非是这次比赛的重大意义，感谢各个学校配合，希望他们好好学习、考上好大学之类的套话。

很多学生已经无聊到偷偷摸摸地在底下玩手机了。

方颉旁边坐的是蒋欣馨。她看了一眼四周，转头压低了声音和他说话："讲话结束是不是就到宣布名次和颁奖了？"

"嗯。"方颉答。

蒋欣馨吐了吐舌头，说道："反正肯定没我，重在参与。"

这次参赛学校很多，几个大学的附中加上省级重点中学，学霸扎堆，还有几位名声广为流传的学神，属于可望而不可即那种级别。

"能到这儿就很幸运了，就当来感受一下省竞赛的气氛吧。"蒋欣馨叹了口气，又转头看向方颉道了一句，"不过你应该可以试一试。"

近三百名参赛学生当中，一等奖只有五个名额，笔试成绩和实验成绩都是满分一百分。方颉的实验完成得不错，但这种实操性的考试很难估分，至于两次笔试，按照他自己的估分，应该还算不错。

他觉得自己应该不只是试一试，而是可以获奖。

果然，漫长的讲话结束以后，上面的人开始依次宣布获奖者名单和分数。三等奖十五位，二等奖十位……蒋欣馨拿了个三等奖，还是很靠前的，她还挺心满意足，毕竟就三十个人获奖。

最后公布一等奖。

第一名方颉不认识，好像是省重点高中的，二百八十二分。第二名他也不认识，二百七十九分。第三名……上面的人念道："绍江一中，方颉，二百七十五分。"

旁边的人齐刷刷地看了过来，方颉脸上没什么表情，心里轻轻地舒了口气。

还行，这和他估计的分数差不多，他没白努力，也没被打脸……应该也没有让江知津失望。

他挺怕让江知津失望的。

等颁奖结束，绍江一中拿了一个一等奖、一个二等奖、一个三等奖，在这种非人难度的竞赛里已经算是不错的成绩了，比较出乎意料的是，谭卓没有拿奖。

回酒店的路上方颉扫了一眼谭卓，他脸色惨白，一直没说话。

其实谭卓的物理很不错，方颉记得自己第一次分析全年级成绩的时候，对方的物理分数还很高。这次不知道是不是心态问题，谭卓居然一个奖都没拿到。

但是这不关他的事。

闭幕式结束，整个竞赛正式结束，吃了中午饭，一群人重新返回绍江。刚好是星期六，他们回到绍江城里已经是五点多了，领队老师叮嘱了几句，干脆让他们解散回家。

方颉打开门，家里没有江知津的影子。汤圆趴在地板上，正在死命地挠拖鞋，听到开门声，吓得往沙发底下一躲，看到来人是方颉后又慢慢地爬了出来。

方颉摸了它两下，又在屋里转了两圈，确认江知津真的不在。他放下行李箱，换了套衣服，出门打了个车直奔"云七"。

冬天天色暗得早，等他到"云七"的时候外面已经差不多黑了，店里还没什么客人，周洪和顾巡正在吧台里聊天,听到推门声一起朝门口看了一眼。

"哟,江哥不是说你去比赛了吗?"周洪一如既往地大嗓门儿问,"回来了?"

"嗯。江——他在吗?"

方颉原本想直接叫江知津,但是在周洪和顾巡面前又感觉不太合适,想跟周洪一样叫"江哥",又不知道为什么叫不出口,卡了一下,生生换了个词。

顾巡估计听出来了,乐了一会儿才说道:"他在二楼的小仓库里休息呢,你上去看看吧。"

"哦。"方颉点了点头,朝楼上走去。

说是二楼,其实也就七八级台阶,一间阁楼被改成了临时放点儿酒的小房间,放了张折叠床,有时周洪或者顾巡懒得回去了也会在里面过夜。

门没锁,方颉打开房门,两边都是成堆的箱装酒,正对着的就是那张小小的折叠床。

江知津仰面躺在床上,右手搭在额头上,闭着眼睛,看起来是睡着了。他没盖被子,只随便盖了一件外套,一半盖着,一半已经滑落。

阁楼里没有暖气,温度并不高。方颉看了一眼,轻轻关上门,上前几步,走到江知津的床前。

他走路的声音很轻,江知津动都没动,呼吸也很平稳,看起来没醒。他小心翼翼地把对方身上遮不了多少的衣服拿开,稍微往床里面探了探身,想扯一扯叠好的被子,帮江知津盖上。

江知津睡得算不上张牙舞爪,但姿势也很霸道,小半个身子压到了被子的边缘,方颉轻轻扯了两下没扯开,在心里默默叹了口气。

他稍微又往里靠了半步,右腿屈着搭在床沿上,探身去扯被子的一角,这次终于拉开了半床被子,盖在江知津身上。

方颉给江知津盖好被子,低头去看江知津,正好和对方脸对脸。

江知津依旧闭着眼,似乎没听到动静。方颉看着他,突然发现他的睫毛又密又长,有点儿像小扇子。他的眼皮上居然有一颗痣,小小的,颜色很浅,别人不靠近几乎看不出来……

方颉微微低下头，想把对方看清楚一些。

就在这个时候，他听见身下的江知津微微叹了口气。

"差不多得了啊。"江知津说道。

江知津的语气很平静，也没带什么睡意。但这句话来得突然，方颉条件反射似的立刻往后仰，脚下跟着退了两步，不小心撞到了身后的酒箱，叮叮咣咣的声音响成一片。幸好他反应还挺快，反手一把扶住了晃荡的箱子。

江知津反而吓了一跳，立刻从床上翻起，扶了对方一把，让他站稳，没忍住笑起来了："哎，至于吗？"

方颉瞪着眼看了江知津几秒，才慢慢地说道："你到底睡没睡？"

"睡了，没睡熟，你开门的时候就醒了。"江知津笑了笑。

"哦……"方颉应了一声，顿时后知后觉地尴尬起来。

"我……没其他意思。"

江知津看着他应答："嗯。"

"真的，我看你睡着了，想给你盖被子……被子被压住了，我就想拉一下。"方颉说道。

"知道，你紧张什么？"江知津笑道。

方颉微微松了口气。

江知津看了一眼时间，拿过外套边穿边和方颉说话："怎么现在才到？吃饭了吗？"

"没有。"

"走吧。"江知津穿好衣服，朝门口走过去，边走边说，"带你去吃饭。"

下楼后，江知津跟顾巡和周洪打了个招呼，带着方颉出了"云七"。天气冷，他们没有走多远，随便选了一家涮羊肉。

两个人坐的是小桌，铜锅里的汤底开了，热气腾腾，白雾裹着香气散在两个人中间。江知津点了好几盘肉，自己却没怎么动。

吃到一半，江知津就停了筷子。方颉隔着热气看了一眼江知津，问："你吃饱了？"

"吃你的，我和周洪他们吃过了。"室内不能抽烟，江知津含了一颗送的薄荷糖，说话有点儿含混，问道，"考得怎么样？"

"第三，高考应该能加分。"方颉答。

全省第三，高考加分。明明挺厉害的事，方颉说得却很平静，包括上次考满分，上上次考年级第一……

江知津刚开始觉得这小孩儿是在装酷，故意做出一副"虽然我很厉害，但是我不在乎"的姿态。但方颉从不掩饰自己的努力，不会装作轻轻松松拿第一的样子。

后来江知津才想明白，方颉这种态度，只不过是觉得自己拿这个成绩是正常的。

——因为我够努力，这个分数和我的努力成正比，不管什么名次都理所应当并坦然接受，没有什么好惊讶的，也用不着吹嘘。

这种态度比故意装酷还要酷一点儿，但是江知津又觉得他很可爱。

这就是酷哥的自信吧……江知津眼里带着一点儿笑意，看了方颉一会儿，又在对方抬头前移开了目光。

他们吃完饭后，"云七"的客人不算多，江知津让顾巡和周洪看着店，自己带着方颉先回了家。

几个学生不仅出去参赛，还拿了名次，星期一学校的升旗大会上，校长特意把这一批人叫出来嘉奖了一遍。特别是方颉，学校里甚至想让他做一次国旗下的演讲，激励一下高三生以及高一、高二的学弟、学妹，被他干脆地拒绝了，幸好学校也没坚持。

竞赛结束，学校的生活又回归正轨，方颉重新投入到无止境的复习考试里。教室后黑板上的高考倒计时一天一天地在减少。所有人都起得越来越早，睡得越来越晚，据说有的时候宿舍和教室熄灯了，还会有人在宿舍走廊里看书，因为走廊的灯是常亮的。

连徐航这种以前每次都等着抄作业的主也开始和方颉讨论数学题了，晚自习对着试卷抓耳挠腮，整张脸上布满了痛苦之色。

当然，高三也不全是煎熬，不管无休止地学习生活有多么暗无天日，他们到底还是一群青春期的小孩儿，快乐总比痛苦多一些。

十二月刚开始，十一月底的月考成绩就出来了。方颉依旧是年级第一，和前几次的成绩差不多。蒋欣馨进步很快，连徐航都前进了五六名。谭卓反而掉出了班级前五名之列，年级排名更是掉出了前二十之列。

对于这个结果，很多人都有些诧异，唐易更是和谭卓私底下谈了好几次，让他调整好心态，注意休息，不要太着急。他当时没说什么，在班上却越来越沉默，极少和人说话。

星期五晚上，江知津没来接人，据说是有事。方颉下了晚自习刚出教学楼，包里的手机就振动起来。他刚开始还以为是江知津的电话，拿出手机，屏幕上显示的是"妈妈"。

方颉愣了一下，接通电话，冲那边喊了一声"妈"。

"小颉，放学了吗？"

"刚放学。"方颉说，"怎么了？"

晚上风有点儿大，不停地往脖子里灌。方颉拉高了拉链，听周龄在那头说话。

"明天星期六，妈妈出差路过绍江，想见一见你和知津，一起吃个晚饭，提前和你说一声。你几点放学啊？"

方颉拉拉链的动作停下，手慢慢地放了下来。

"五点——"方颉沉默了片刻才开口，顿了顿接着说道，"江知津那儿我问问他。"

"没事，妈妈自己给他打电话就行。"那头的周龄心情听起来还算不错，她又嘱咐方颉，让他回去路上小心，早点儿睡觉。

挂了电话，方颉又在原地站了一会儿，才慢慢地重新往前走。

虽然周龄经常给他打电话，过生日的时候还让江知津订了蛋糕，但说起来，他和她也已经近三个月没有见过面了。现在她突然说要过来，他有一点儿没反应过来。

三个月没见到母亲，方颉思绪纷杂，想着自己应该说什么。

他想问问对方的身体怎么样？工作还行吗？不要太忙，这次来绍江干什么？待多久？……

还有……她到底和方承临离婚了没有？

方颉写完一份理综试卷，客厅里传来开门、关门的声音。方颉放下笔起身，想了想，又拿起一旁的水杯，打开自己卧室的门。

江知津刚换了鞋，顺手把车钥匙扔在鞋柜上，抬眼就看见站在卧室门口的方颉。

"吵到你了？"

"没有。"方颉举起杯子示意了一下，"倒水。"

其实他不是很渴，但是听到江知津开门的声音就立刻出来，好像又太刻意了。

方颉去厨房随便倒了杯热水，返回客厅时才接着问："我妈说明天要过来。她给你打电话了吗？"

"打了，她说她出差路过，下午四点的飞机到绍江。"江知津看了一眼方颉的表情，他看起来挺平静。

"到时候我去机场接她，你——"

四点钟江知津去接机，肯定来不及接方颉放学。方颉瞬间领会了他的意思，立刻接话："我放学自己过来找你们就行。"

"行。"江知津点了点头，说，"到时候给你打电话。"

江知津上次和周龄见面还是在他退伍回来那一年，回老家给奶奶扫墓时偶遇。对方在他的印象里一直是个挺厉害的女人，爽快又果决。

高中时江知津没钱念书，周龄二话不说给他出了所有的费用。当时他连张银行卡都没有，是周龄将钱打给另一个邻居，又让那个人去镇里取出来交给他的。

一学期的学费加生活费是三千块钱，捏在手里不算厚的一沓红色纸币，是江知津当时全部的希望。

后来江知津才知道，当时周龄也很难，干工程这一行的女性本来就不被看好，她当时刚咬着牙在圈子里闯出一条路来。

虽然挺长时间没见，但周龄刚出接机口，江知津就认出了她。

周龄穿了一件黑色的风衣，头发过肩，微微烫过，看起来很利落。江知津走过去接过对方手里的行李箱，笑着喊了一声："周龄姐。"

周龄反而有点儿认不出江知津了，笑着抬手在他的肩膀上拍了拍，语气挺惊喜地说："都长这么高了！"

"上次见你时我就这么高，没长过了。"江知津表情无奈，带着周龄往外走，并说道，"又不是方颉。"

提起方颉，周龄的神色又温柔起来，她问："方颉还好吗？没给你添麻烦吧？"

"他能给我添什么麻烦？"江知津把行李箱放进后备厢，又替周龄开了车门，说道，"他挺好的，次次考年级第一，省物理竞赛还拿了第三，遗传自你吧？"

周龄笑得不行，打趣道："可能吧，我上学的时候也挺厉害的。"

说完她看了一眼在开车的江知津，说："我记得你高中的时候成绩也不错，早说了你大学的学费我能付——"

"不是学费的事。"江知津笑道，"是我比较想去当兵。"

周龄怎么会不知道当时的江知津在想什么，无非是自尊心太强？但他这么说了，她没接着往下说，话题又转回到方颉身上。

"小颉的学习和生活都不用人操心，他就是不太爱说话，一个小孩儿心思反而挺重。我和他爸爸的事你……知道了吗？"

"方颉和我说过。"江知津犹豫了一下，最后还是如实道，"这件事对他的影响有点儿大。"

周龄没再说话，转头看向窗外，良久之后叹了口气。

周龄要在绍江住一晚，已经订好了酒店，江知津帮她把行李箱放回了住的地方，又去了饭店。

两个人到饭店已经是下午五点多，刚好是方颉放学的时间，趁着周龄去卫生间，江知津给方颉打了个电话。

那头的方颉接得挺快，江知津能听见他那边的背景音有点儿吵，估计他是在学校门口。

"接到你妈妈了，在李家大院。"江知津说。

方颉本来一整天心情都有点儿飘忽不定，一听这话就笑了："早知道应该叫上唐老师。"

"美得他。"江知津笑着说，"打车过来，在六号包间。"

从方颉的学校到李家大院差不多要二十分钟车程，江知津让周龄先点菜，她看了会儿菜单，最后点了粉蒸排骨和茄子豆角。

"方颉以前很喜欢吃这两道菜。"周龄笑着说，"他也不告诉你喜欢，但是如果那天做了这菜就会多吃一点儿饭。"

江知津也跟着笑了。

方颉确实没和江知津说过自己喜欢吃什么，他也一直不知道，但没想到方颉在家里也是这个样子。

酷哥人设不倒。

周龄说完笑意一敛，又说道："不过我也是因为保姆发现了，告诉我我才知道的，我和他爸爸很少陪他吃饭。"

江知津犹豫了一下，总觉得别人的家事不该由自己贸然开口评论。但他想到方颉遇到的那些麻烦事还有偶尔显现出来的情绪，又觉得有点儿难受，不是自己难受，而是替方颉难受。

"我可以问一下吗？如果不太礼貌，我先道歉。"江知津最后还是开口问道，"你准备和方承临离婚吗？"

周龄愣了愣，回道："我当然想离婚……"

她说完这句，挺长时间没再开口，最后苦笑了一下。

"但是就这么离婚，我有时候又会觉得，凭什么？"

"凭什么我这么辛苦，到头来要被不相干的人破坏生活？凭什么我赚的钱要被方承临拿去养外面的女人和儿子？凭什么方颉还没高考，就要承受这么多的事？他前几天还约了律师，想和我协商离婚，我耐着性子去和他谈了，结果他还想讨论财产分配的问题。"

周龄冷笑一声："做梦，要不是看在十几年夫妻情分和方颉的分上，我早就告他重婚罪了。"

李家大院的茶是糯米茶，浓郁的茶里混着一股淡淡的糯米香味。周龄喝了一口茶，在翻腾的热气里慢慢地说道："我身边很多人知道这件事了，一群人劝我赶紧离婚，一群人劝我为了孩子忍一忍，还有一群人等着看笑话。"

周龄整个人看起来都有些疲惫，但还是说："我无所谓，随便他们。可方颉还是个孩子，我把他送来绍江就是希望他别受影响，好好高考。"

江知津听完周龄的话，眉头紧锁，隔了一段时间才开口说道："虽然我觉得我说这些好像挺不合适的——"他说道，"但是方颉来绍江不等于不会受影响。"

"不管在哪儿，方承临和你都是他的爸妈，他不可能不受影响。他也不是什么都不懂的小孩儿，那种'为了孩子忍一忍别离婚'的想法，用在他身上不合适，他好好高考和你离婚也不冲突。"

江知津想起方颉第一次和自己谈心的时候说起周龄，语气很认真，带着一点儿自豪感。

"方颉一直觉得你很厉害，所以不希望你被束缚。如果你为了他而选择不离婚，他才会难受。"江知津说。

"他是成年人，有独立思考的能力，也有最基本的判断力……"

江知津说到一半，突然想起来那天晚上方颉在那通电话里说的成年人对自己的感情有基本的判断力什么的。

突然思路跑偏让江知津一下子卡壳了，停了几秒才接着说下去："没有人能替他做决定。"

他说完这些话后，包间里陷入寂静状态。周龄愣了很久，看着江知津一直没说话。

包间门外，方颉背着书包在门口站了很久，等里面完全没声音了，才轻轻吐了口气，敲了敲门。

听到敲门声，江知津和周龄的谈话立刻停下来。方颉敲了两下门，推开门进了包间。周龄看到他立刻站起来喊道："小颉。"

方颉喊了一声"妈"，周龄刚才的疲惫之色好像立刻隐去了。她露出笑意，对着方颉招了招手，问道："累了吧？过来坐着，马上就吃饭了。"

包间里是一张小小的圆桌，方颉把书包放在一旁，走过去坐到周龄旁边，正对着江知津。他看了一眼对方，江知津对他微微一笑。

"在绍江生活还习惯吗？学校怎么样？和老师、同学相处得来吧？……"

周龄转头和方颉说话，连着问了好几个问题。江知津看着对面的方颉，他的表情很平静，不再是那副狂得要命的样子，周龄问到的每一个问题他都回答了。

方颉到底还是个在异地读书的刚成年的孩子,平时再成熟,回到家人身边还是会显露一点儿和平时不同的样子。

周龄问得事无巨细,方颉回答到一半,抬头看了一眼江知津,又飞快地收回了目光。

其实平时周龄工作忙的时候,方颉和她经常两三个星期见不着面,她也挺喜欢在电话里了解他的近况。那时候他觉得没什么,可是在江知津面前被她这样当成小孩儿,他有点儿不好意思。

江知津没注意到方颉的动作,为了不打扰周龄和方颉说话,尽量让自己不要看向他们,低头回了几条微信消息,又静音玩了会儿游戏。直到服务员推开门开始上菜,他才放下手机,说道:"先吃饭吧。"

吃饭的时候周龄的话题又转回到江知津身上,周龄笑着看了一眼方颉,问:"还没问你,你和知津相处得怎么样?没给人家添麻烦吧?"

方颉一时没回答上来。

自己给江知津添麻烦了吗?好像有很多,从他刚来绍江开始,麻烦就没怎么停过……

"真没有。"江知津夹了一块香煎豆腐放进碗里,对着周龄笑道,"小孩儿挺乖。"

"他从小到大都挺乖的,刚上小学就自己坐公交车上下学,那时候刚有投币机高,刷卡还得踮一下脚。"周龄说这些话的时候注视着方颉,脸上全是温柔的笑意,说完转头对江知津说道,"不过小颉七岁的时候肯定比你七岁的时候高,我记得你小时候又瘦又矮,跟小猴子似的,满村乱窜。"

"哎,怎么还揭人老底啊?"江知津笑道,"好歹我也是长辈了。"

周龄被逗笑了,说道:"也是,你叫我姐,小颉应该叫你叔叔。"

方颉正在吃豆角,听到周龄这句话差点儿咬到自己的舌头。他猛地抬头看了一眼对面的江知津,正好对上对方含着笑意的眼睛。

"啊,应该是吧。"江知津说。

"什么叫应该啊,难道小颉没喊过你?我儿子这么没礼貌啊?"周龄和江知津开玩笑,手上还没忘给方颉夹一块排骨。

"不是，他都叫我哥哥来着。"江知津笑着说。

"这辈分乱的。"周龄笑着看着方颉，道了一句，"也是，你和他也差不了多少。"

一顿饭吃得差不多了，江知津先去结了账，回来时还被周龄埋怨了几句，说原本该自己请客。他笑着受了埋怨，把她送回了酒店。

周龄次日一早就要飞往另一个城市，本来是直飞，同行其他员工都已经到了，是她抽了一下午的时间改签来了趟绍江。江知津说第二天早上自己来接她去机场，她推辞了几句，但他挺坚持的。

"太早了不好打车，也不安全。"江知津说。

"你真是——"周龄笑道，"一点儿也没变。"

到了酒店外面的停车场，方颉下车帮周龄开门。江知津没有下车，对着方颉说道："我在车上等你。"

方颉和周龄需要几分钟单独对话的时间，他在旁边不太合适。

方颉点了点头，走到周龄旁边，说道："我送你进去。"

停车场和酒店门口隔着一段不远的距离，两个人慢慢走过去。周龄和方颉走在一起，她还需要仰视他。

"我还记得你小时候小小的，刚刚到我的腰，走路还晃荡，怎么现在就这么高了？"

方颉露出一点儿笑容，答："我已经十八岁了，妈。"

周龄也笑了，说道："是啊，你十八岁了，是个男人了。"

说完这些，两个人又一起沉默了。到了酒店门口，方颉才开口问："你和他……？"

方颉没说方承临，又好像叫不出爸爸，只能用第三人称代替。他想问问周龄和他离婚了没有，如果没有，到底会不会离婚？

他希望两个人离婚。

"还没离。"周龄沉默了一会儿，说，"妈妈挺固执的是不是？"

"离婚吧。"方颉看着自己的母亲。她看起来很干练，是公认的女强人。这个寒冷的冬天的夜晚，他却感觉自己触到了她厚重外壳下的一点儿脆弱样子。

"为了我、为了家庭、为了公司忍一忍之类的话都是废话，你别听。"方颉注视着周龄，"我已经成年了，反正……你开心就好。"

周龄仰头看着已经比自己高一头多的儿子，眼圈瞬间有点儿发红了。她立刻偏过头，隔了几秒才转回来。

有风吹过来，吹得两个人的衣角翻动。周龄伸手替方颉拉高拉链，又帮他拍了拍衣服，收回手时脸上带着笑意说道："行，妈妈知道了。你好好读书，不要替妈妈担心，知道吗？"

方颉看着周龄，半晌才轻声答："知道了。"

"你也……照顾好自己。"方颉说，"我在绍江挺好的，你没什么可担心的。"

"好儿子。"周龄笑道，"回去吧，别给你知津哥哥惹麻烦啊。"

周龄转身大步进了酒店。方颉看着她的背影，将脊背挺得直直的，风衣没有一丝皱褶，步伐很稳，没有回头。

从小到大，周龄都是这副神态，但这一刻，方颉突然清晰地感知到，她已经不再年轻了。

回去的路上，方颉一直没有说话。

江知津也没有主动和他聊天，打开音响随便放了首歌。回到家，方颉难得地没有立刻回房间复习。汤圆看到两个人回来了，立刻往这边蹿，扒着方颉的裤脚不放。他顺势把它抱了起来，坐到了沙发上。

江知津没有管他，自己换了衣服，洗了澡，又到厨房拿了一罐啤酒和一罐可乐。

他回到客厅，把可乐放在方颉面前，自己打开啤酒喝了一口。

"聊一会儿？"江知津说。

方颉看了一眼江知津，放开手中的猫，汤圆一下子蹿出去。他去洗了一下手，才回来打开自己的可乐。

"见到你妈挺开心的吧？"江知津问。

"开心。"方颉笑了一下，又说，"又有点儿愧疚。"

"我家的事很多人知道了，估计在背后说话也不好听。我有时候觉得我自己挺懦弱的，自己跑来绍江，留她一个人在潮城。虽然我在也帮不上什么忙，但至少能给她一点儿力量，让她觉得自己至少还有个儿子。"

"多新鲜啊，你不在潮城就不是她的儿子了吗？"江知津叹了口气，说道，"你妈为什么要把你送来绍江？她只要你平平安安的，不管你在哪儿，都能给她力量，懂吗？"

方颉笑了一会儿，忽然问："我是不是挺不让人省心的？"

"今天我妈说让我不要给你添麻烦，但我到绍江以后给你带来的麻烦很多，转学、打了人，后来又赶上翟莞来找我，过个生日让你开了三小时车，还喜欢……"

江知津立刻抬头，微微眯起眼睛看着方颉。

两个人之间陷入安静状态，一旁的汤圆在玩客厅里的快递纸盒，发出细微的声音。

"我能喝酒吗？"半晌之后，方颉说。

江知津喝啤酒的动作顿了一下，他看着方颉说道："不能，想被抽？"

"我成年了，明天也不上课。"

"那也不行，成年不等于能为所欲为。"

"你上次在电话里不是这么说的。"

江知津一时没反应过来，问："什么电话？"

"我生日那天晚上的电话。"方颉说。

"你说我十八岁了，可以喝一点点酒、进网吧、学驾照，或者——"

"一口。"江知津立刻打断他，说，"就喝一口。"

方颉忍不住露出一点儿笑意，伸手去拿江知津面前的啤酒。江知津手疾眼快，抢先按在了啤酒罐上。

"干什么？自己去拿。"

"就一口。"方颉答。

言下之意，自己就喝一口，拿一罐新的挺浪费的。江知津眉头微蹙，盯着方颉看了片刻。方颉和他对视，神色挺平静的。

最后，江知津先把手放开，说："你烦死我得了。"

方颉笑着没说话，拿过他的啤酒，仰头喝了一口。

啤酒有点儿辣，有点儿呛，带着苦味和一股说不出来的味道。

"怎么样？"江知津问。

"不太好喝，你下次换个牌子吧。"方颉说。

"我惯的你。"江知津要被方颉气笑了，说道，"爱喝不喝。"

方颉傻乐了一会儿，看着面前的人，突然开口喊了一声："江知津。"

江知津微微眯起眼睛，问："叫我什么？你妈说你得叫我叔叔，知道吗？"

方颉假装没听见，接着说道："你说得对，我确实不太能肯定。

"我不知道自己对不对，对情感的判断是不是准确，但只能确定……"

方颉没说完。他觉得自己有点儿热，从耳后一直热到脸，可能是刚才那口酒的原因。他拿起啤酒又喝了一口，这次江知津没有阻拦他，甚至没有说话。

方颉放下啤酒罐时手有点儿重，罐子和茶几一碰，发出一声脆响。

"我能问你以前的事吗？"方颉吐了口气，直视江知津，说道，"经历、感情什么的。"

客厅里很安静，微黄的顶灯灯光落在两个人的头上。汤圆还在玩纸盒，弄得噪声不断……这只猫怎么这么烦人？

"和你有关系吗？"良久之后，江知津问。

"如果你想有，"方颉说，"那就有。"

有的时候江知津会觉得方颉有点儿像小狗。

他刚来的时候有点儿狼狈，又有点儿认生，像是被人捡回家的流浪犬。后来熟悉以后会稍微和人亲近一点儿，又乖又不让人操心，但一旦触碰某些特定的点，又会露出一点儿"尖牙"，表现出直接果断、毫不掩饰的一面。

比如现在，方颉直勾勾地看着江知津，眼神很专注，一定要对方说点儿什么。

江知津看了方颉一会儿，最后有点儿无奈似的，仰头往沙发上重重一靠。

"我抽根烟行吗？"江知津问。

"行。"方颉答。

江知津从茶几上摸过打火机和烟盒，抽出一支烟放进嘴里，点燃，然后讲起以前的事。

方颉听着江知津慢慢说，又把面前的啤酒拿起来喝了一口，还把它握在手里。

铝罐的罐身有点儿凉，在方颉微微发烫的手心里刚好起到降温的作用。他看看江知津，问："那你是什么时候……"

"谈恋爱是吧？"江知津笑了笑，想了一会儿才回答，"入伍以后，两年多吧。"

当时江知津应该是二十一岁左右。方颉默默地听着，想象着当时他和对方的样子，手上又拿起啤酒罐喝了一口啤酒。

"对方追了我一段时间，说试试，后来我们就在一起了。再后来我伤退，因为志向不同，我们就分手了。"

江知津的语气轻描淡写，几句话就把这事说完了。他转头看了一眼方颉，问："行了吧？祖宗。"

方颉笑了一下，得寸进尺地问："你和人谈恋爱一般都干吗啊？"

"谁谈恋爱都一样。"江知津有点儿烦了，但还是说，"部队里单独吃饭都挺难的，差不多就是一起散步、训练，有时间的时候出去看电影。"

"哦。"方颉想：江知津现在这样早起五分钟都跟要了他的命一样的人还能跟人一起去散步？哦，不过现在他腰上有伤。但是他还会跟人一起去看电影……，真了不起啊谈恋爱的力量。

方颉又喝了一口啤酒。

"还有问题吗？没有就去睡。"江知津一支烟抽到了头，顺手在烟灰缸里将其掐灭，站起身看向方颉。

"明天早上我去送龄姐，你如果想去——"话没说完，江知津看到了方颉手里的啤酒。

他刚才边回忆边说话，没注意到方颉这边的动静。

江知津迅速把啤酒罐从方颉手里拿过来，罐子轻飘飘的，他晃了一下，已经差不多空了。

"你可真行啊，方小颉。"

江知津只能安慰自己幸好对方明天不上课。但方颉在自己的眼皮子底下喝了这么多酒，而且好像还喝醉了，到底是自己的责任。

江知津有点儿头痛地说："正式通知你，这是你最后一次能当着我的面喝酒了，现在赶紧洗漱，然后回房间睡觉。"

方颉好像没听见似的，隔了半响才抬头看着江知津，答了一声："哦。"

他的眼神有点儿飘，不知道放在哪儿似的，整个人的反应也慢了半拍。

江知津愣了一下，盯着方颉看了几秒，最终确定他是真的喝醉了。

酒精度不超过百分之十五的黑啤，大半罐，顶多三百毫升，让方颉喝醉了。

就他这还十八岁的成年人，已经可以为所欲为了呢？

江知津差点儿笑出来，稍微俯下身盯着方颉看了一会儿，叹了口气，说道："行了，酷哥，喝醉了就回去睡吧。"

说完，他担心方颉站不稳，伸手想要去扶一把方颉的肩膀，让对方借力站起来。

他的手刚放上方颉的肩头，就被抓住了。

下一秒，方颉猛地一拽，把江知津往下拉，江知津没有防备，整个人重重摔在了沙发上。

"方颉！"

半响，方颉退后半步，松开江知津，对着他点了点头。

"晚安。"

第二天方颉醒的时候不到六点。

窗外天还没亮，他爬起来的时候头有点儿疼，是饮酒后那种昏昏沉沉的疼痛感。他按了一会儿太阳穴，先去洗了个澡。

因为酒精的作用，他昨晚睡得很沉，几乎是沾床就睡了过去。但也因为昨晚并没有喝断片，所以对昨天发生的事基本上都有印象，比如和母亲一起吃的那顿饭、酒店前两个人说的话、回家和江知津的谈心内容。

方颉在不断淋下的热水中抹了把脸，长长地叹了口气。

真的太丢人了。

方颉迅速洗完澡，换好衣服出了浴室，正好撞见刚出卧室门的江知津。

方颉愣了愣，尴尬感在瞬间卷土重来。

江知津也愣了一下，没想到方颉会醒这么早。按昨天那个程度，他还以为对方会睡一上午呢。

一时间两个人谁都没有说话。

方颉不说话是因为尴尬、丢人等一系列情绪，但他觉得，江知津不说话，大概率是因为生气。

直到江知津也洗漱完，方颉才开口问："你要去送我妈吗？"

昨晚江知津说会送周龄去机场。

江知津正在穿外套，抬眼看了一眼方颉，嗯了一声，语气挺平静。

方颉松了一口气，说道："我和你——"

江知津一抬头，方颉看到了他的正脸，话就断了。

"和我一起去。"江知津把方颉的话接了下去，面上还是没什么表情，仿佛也不知道他说了一半就不往下说了。

"那走吧。"

两个人一起把周龄送到机场，她又和方颉说了几句，大概还是好好学习、不要操心家里之类的话。

出了机场，开车回城的路上，江知津一直没有说话。

大清早回城的高速路上车很少，外面都是白茫茫的晨雾，车内这么安静，让方颉觉得有点儿压抑。

"对不起。"方颉突然开口说道。

江知津正开车，一时没反应过来，嗯了一声，是疑问的语气。

"要不你骂我一顿吧。"方颉说。

"什么乱七八糟的？"江知津转头看了方颉一眼。

"就……昨天晚上的事。"方颉挤牙膏似的，说得很困难，"我可能是喝晕了，反正确实挺傻的，还把你摔在了沙发上。"

江知津乐了一下，说道："我就没见过上赶着找骂的，受虐狂吧你。"

方颉心里突然就松了一点儿，跟一块石头落地了似的，他放松了一下因为精神高度集中而有些僵硬的身体，稍微往座椅上靠了靠。

"我就是怕你一直生气。"

"昨晚已经气过了，现在懒得气了。"江知津说，"不然怎么办？真骂你一顿？这得算残害祖国的花朵了。"

方颉也跟着乐了一会儿，然后转头看着外面白茫茫的雾气，又说了一遍："对不起。"

这次两个人沉默的时间久了一点儿，一直到了小区门口，江知津停好车，转头对着方颉说道："你先进去吧，我得去趟'云七'，待会儿回来。"

"哦。"方颉愣了一下，解开安全带下车。

方颉下了车，被外面寒风吹得一抖，隔着茶色的玻璃冲车内的江知津挥了挥手。

江知津现在去"云七"估计是有什么生意上的事，自己不好跟着去。

就在方颉准备进小区的时候，副驾驶座的车窗慢慢降下来了。

"方颉。"

方颉愣了愣，转身看着车内的江知津。

车还没有熄火，江知津一手搭在方向盘上，转头看着车外的方颉。见他看过来了，江知津冲着他笑了一下。

"我二十八岁了。"江知津看着方颉，突然说。

"啊。"方颉虽然不知道江知津是什么意思，但还是立刻答。

"每个人在不同的年龄段，考虑的问题是不一样的。"江知津说得很慢，仿佛在一边想一边说。

耳边是北风的呼啸声，旁边的行道树没掉完的枯枝被吹得沙沙作响。偶尔有行人从方颉身后经过，又转头看一眼他，估计是不明白怎么会有人大清早在外面吹冷风。

但方颉只看着江知津："所以——"

"所以我们都要考虑一下。"江知津说。

方颉觉得自己可能是在外面被风吹得太狠了，从小区门口回家这段路上，脑子一直是晕的。

大清早已经有人出来运动、遛狗了，一群老大爷正在中心广场上打太极，身体真不错。斜对面几个大妈一边跳广场舞一边大声聊家长里短的八卦，嗓门儿真洪亮。旁边一堆金毛、二哈和泰迪在草坪上打滚，长得真可爱……

十二月二十四日是平安夜。虽然已经高三了，但不得不说，所有节日对于学生都有吸引力，特别是这种互送礼物、有点儿浪漫与暧昧的洋节。

学生之间流行互送苹果，寓意平安夜的平安，虽然方颉一直觉得耶稣应该不懂中国的谐音梗……但他还是收到了非常多的苹果。

非常朴素、毫无包装的那个是徐航送的，让他直接吃。用塑料彩纸包起来的那个是陈瑶送的，用了粉色小纸盒装起来还系了蝴蝶结的是蒋馨欣送的。还有更多的是他不知道谁送的，通常他出趟教室回来，桌子上都会多几个包得五彩斑斓的苹果。

这些苹果下面一般还会压着一封信。

方颉没有立刻将信扔进垃圾桶，这是基本的尊重。但他也没有拆开，一股脑儿地塞进了书包，准备带回去一起处理。

旁边的徐航还有其他男生羡慕地盯着方颉手里的一沓信说："同桌，你今天收的信抵我一年的量了，这就是帅哥的力量吗？"

一群人酸得要死不活的，还保持着旺盛的好奇心。其中一个男生说道："方颉，你怎么不拆啊？就不好奇里面写了什么吗？拆开一起看看。"

"不好奇。"方颉一边说话一边飞快地做了一篇阅读理解，还说，"不打算拆。"

"你不看拆给我们看看呗。"那个男生不依不饶地笑道。

方颉停下笔看了对方一眼，语气毫无波动地说："这里面有你的信？"

言下之意——不是你的信，我为什么要拆给你看？

那个男生表情讪讪地转身回到座位上。

本来这件事情对于方颉来说就是个不到一分钟的插曲，到了下午，他基本已经忘了这事。

中午午休结束，方颉要去楼下的厕所，徐航刚好也要去，勾上方颉的肩膀就下了楼。

厕所是隔间，挺大。洗手台在厕所外面的位置，需要出了厕所才能看到。但里外又没有门，所以只要厕所里的声音稍微大点儿，外面的人都能听得一清二楚。

比如现在，方颉上完厕所正在洗手，里面就不断有对话声传出来。

"那个方颉，装什么啊，信收得多真以为自己了不起了？"

说话的是上午那个要看信的男生。

一旁的徐航愣了一下,立刻就要往里冲。方颉拦住他,面上依旧没什么表情,打开水龙头开始洗手。

"他不是一直这样爱装吗?以为自己成绩好就了不起。"

这个声音有点儿低,充满轻蔑之意,辨识度很高,方颉立刻听出来了,是谭卓。

"外班那群给他送信的女的也有毛病,真以为他是什么好货色。"上午那个男生答。

方颉关水,抽了张纸擦手,示意一旁的徐航回教室。

徐航错愕地看着方颉,估计是不明白他怎么这么淡定,却还是愤愤不平地跟着他一起往外面走去。

其实方颉真的觉得没什么好生气的,毕竟就那么几句话来回说,骂得没什么新意,况且这种背后说人坏话的事在他的认知里只存在于小学,高中了这些人还这样就需要测智力水平了,没什么计较的必要。

就在方颉准备踏出门的那一刻,谭卓的声音又响了起来。

"别说外班,我们班女的不也一样?蒋馨欣天天和他眉来眼去的,物理竞赛的时候大半夜还和他待在一起,谁知道两个人在房间里搞什么?"

"哈哈哈,真的假的?……"

下一秒,徐航就看见方颉转身重新进了厕所。

谭卓刚上完厕所,正和旁边的人一边说话一边往外走,抬头就看见迎面而来的方颉。他心里一跳,还没来得及反应,已经被一脚踹翻在地。

方颉这一脚毫不留情,谭卓惨叫一声,摔倒在地。旁边那个男生慌张失措,想要上来帮忙,方颉转头指了指他。

"站那儿别动,否则下一个就是你。"

对方愣了一下没敢动,徐航赶紧冲上去把他拉住。

方颉接着转头看着地上的谭卓,对方还没爬起来,眼镜已经摔在一旁。厕所刚被拖过,地上全是混着消毒液的水迹,他的衣服也湿了,看起来狼狈不堪。他仰头一脸惊恐表情地看着方颉,声音尖厉地说:"你干什么?这是学校!我要告诉老师——"

话没说完，方颉直接一拳打在了他的脸上。

谭卓涕泗横流，这次是真的半趴在地上不敢说话了。方颉蹲下身拽住他的衣领，看着他，开口说："我早说过要抽你，你没忘吧？"

谭卓抖了抖，没敢出声，眼泪鼻涕流了满脸。

"你在背后骂我，我一般都可以装作没听见。毕竟背后说坏话这种智力超过十岁的人就干不出来的事，也就只有你这么乐此不疲地做了。"

方颉停了停，又向地上的人靠近了一点儿，注视着对方，语气冰冷地说："但是拿别人，特别是拿女孩子造些不干不净的恶心人的谣言，别再让我听到一次，否则就不止今天这样了，听懂没？"

方颉说这些话的时候语气很冷静，好像没有一点儿玩笑的意思。看到谭卓慌乱地点了点头，方颉才放开他，起身出了厕所。

"太离谱了！真的太离谱了！我当了二十多年的老师，从来没遇到过这么离谱的事！"

高三的教导主任姓高，也是学校的副校长，已经接近五十岁了。他个子不高，长得挺胖，但嗓门儿出奇地大，特别是训人的时候，为了震慑被训话的学生，他的声音几乎能穿透办公室，传遍一层楼。

"年级第一的学生在学校里公然打人，打的还是同班同学，这是什么行为？带头挑战校纪校规！唐老师，你平时到底是怎么教育学生的？"

从进门到现在，对方已经骂了十几分钟。方颉、徐航、谭卓还有早上那个男生一字排开站在办公室中央，谁都没有出声。

唐易在旁边急得大冬天都要冒汗了，赶紧开口说："高主任，要不我们还是先了解一下情况？没准他们就是闹了矛盾。"

高主任估计也骂累了，坐回自己的位子，拿起旁边的保温杯喝了一口茶才说道："说说，到底怎么回事？"

他看了四个人一圈，又指了指谭卓："你先说。"

谭卓没来得及换衣服，依旧是那身沾着一股消毒水味的校服，只在外面加了件外套,脸上被方颉打的伤已经青了,眼镜也是歪的,看起来非常狼狈。

"我和刘杰一起去上厕所,正聊着天呢,方颉突然就冲出来了,我也不知道为什么……"

说完,谭卓畏畏缩缩地看了方颉一眼,接着说道:"不过他一直对我意见挺大的,好几次说过要揍我。"

旁边的徐航立刻转头冲着谭卓破口大骂:"还装上了是吧?"

"干什么?!"高主任重重一拍桌子,说,"让你说话了吗?当着老师的面骂人,你想干什么?!"

唐易立刻冲着徐航低声喝了一句:"先别说话。"

徐航一脸不甘心的表情,到底还是把嘴闭上了。

高主任转头看向那个叫刘杰的男生:"你说说是怎么回事?"

刘杰仿佛和谭卓形成了某种默契,语气诚恳地说:"真的,我和谭卓聊着天呢,方颉就突然进来揍人,我想劝架,还被徐航拉住了。"

这次徐航忍住了,表情不甘地看了一眼方颉。他倒是没什么反应,听完甚至笑了一下。

问完了两个"受害者",高主任把目光投向了方颉:"你说,怎么回事?为什么威胁同学?还打人?"

方颉还没说话,唐易当机立断地先开口说道:"说清楚。"

教了方颉大半个学期,依照对方恨不得全世界都跟自己无关的性格,唐易不太相信他会突然动手打人。但是他的脾气又挺好,唐易担心他一个字不说,到时候肯定要背处分。

方颉偏过头,直视着不远处的谭卓,说道:"那得问谭卓。"

下一秒,谭卓飞快地移开了目光。

就这么几秒钟,唐易已经看到了他们的反应。他皱了皱眉,转头看着徐航,说道:"你来说。"

徐航憋了半天,闻言立刻开口说道:"是谭卓和刘杰在背后说方颉,嘴还特别臭。真的,老师,那些话你听了你也揍人……"

235

"行了，行了。"唐易害怕他一激动又当着教导主任的面骂人，接着问，"他们说什么了？"

谭卓抢先辩白："我们就是开了个玩笑，说方颉讨女生喜欢，收了很多苹果。"

一旁的刘杰赶紧点头："真的，我们还挺羡慕来着。"

徐航怒了，说道："你们在背后骂人，还造谣方颉谈恋爱！"

"谈恋爱？"高主任听到这三个字跟被踩了电门一样，立刻不淡定了，盯着方颉问，"什么谈恋爱？和谁谈恋爱？高三了，觉都不能多睡一分钟，你们还有时间谈恋爱！"

这抓重点的能力也是绝了。方颉吐了口气，答："我没谈恋爱，不知道这两位同学从哪儿听来的。学校禁止早恋，但也没说可以在背后造谣别人早恋吧？"

谭卓的脸立刻涨得通红，高主任将信将疑地看了方颉一眼，又转头看着谭卓，说道："是啊，谈恋爱也得有个对象吧，你怎么知道别人谈恋爱了？"

谭卓推了推眼镜，露出颧骨上的伤，语气依旧唯唯诺诺："我就是觉得平时他们关系挺好，开玩笑的。"

"他和谁关系好？"

"和——"

谭卓开口的瞬间，方颉转头面无表情地看了他一眼。他立刻想起了对方在厕所说的话，蒋欣馨的名字卡在喉咙里没敢说出来。

方颉重新转头看向面前的高主任，说道："既然是造谣，为什么要知道是和谁？"

对方愣了愣，怒道："我叫你们过来是要了解了解情况！"

"他们在背后骂人、造谣，运气不好被我听见了，我没忍住揍了人，就这么回事。"

也就半节课的时间，方颉打人的事已经传遍高三，毕竟年级第一的学生打人这种事太劲爆了，简直震撼全校。

这个时候如果蒋欣馨被叫到办公室，将来谭卓或者其他人再管不住嘴，那说闲话的人可能就不止他一个了。

被全校人传闲话，被当作焦点指指点点，被背后议论……这种感觉非常难受。

"跟谁被造谣和我谈恋爱了没有一点儿关系，对方也毫不知情，我看不出有了解情况的必要。"方颉说。

高主任盯着方颉，一时没说话。唐易赶紧接话："如果只是同学间瞎说的，那女生肯定也不清楚，将人叫过来确实有点儿不合适。"

"行，那就先处理今天的事。"

半响之后，高主任一挥手说："两个在背后诋毁同学，两个当众打架斗殴。就现在，把家长全叫过来。"

江知津接电话的时候正在"云七"。平安夜、圣诞节这种时候酒吧一般会爆满，他和周洪、顾巡一大早就打扫了一遍卫生，又买了点儿彩带和贴纸搞装饰。

电话来的时候，他刚和周洪一起把一棵成人高的圣诞树搬进酒吧。听到铃声，他随便擦了擦手，掏出手机。

屏幕上显示的来电人是唐易。

江知津心头一跳，立刻接通了电话："喂？"

"方颉家长，麻烦你现在有空的话赶紧来一趟学校。"那边的唐易说话声中透露着浓浓的无奈感，"你家小孩儿在学校打架了。"

江知津从"云七"开车到绍江一中，飞快地停好车又冲到行政楼，按照唐易说的到了三楼，对方正等在办公室门口。

江知津大步走到唐易身前，问："怎么回事？"

"和同学闹矛盾，打了一架。"唐易也是一脸无奈的表情，说道，"好像是对方在背后说了方颉些什么，刚好被他听见了。其他的我就不知道了，你们家小孩儿嘴严得跟什么似的。"

"人没事吧？"江知津问。

"你们家方颉没事，对方有点儿事。"唐易指了指身后的办公室，说，"人在里面呢，你先进去吧。"

江知津没再多问，直接推门而入。

高主任暂时不在，房间里站着、坐着几个小孩儿和家长。方颉站在离门最近的地方，听到开门声，立刻转头往门口看了一眼。看到进来的人是江知津时，他一秒直起身，望着对方。

从唐易打完电话开始，方颉就一直在等江知津过来。现在对方真的到了他旁边，他又有点儿心慌。

毕竟从小到大，因为打架被叫家长这种事方颉还是第一次经历，结果第一次被叫的就是江知津。

他觉得有点儿给江知津丢人。

江知津走到他身边，低声问："没事吧？"

"没事。"方颉答。

江知津迅速扫了一眼方颉浑身上下，没有明显的伤，衣服也挺整洁，看起来确实没什么事。

他稍微松了口气，一路上悬着的心终于放下来一些，接着才转头去看其他人。

站在方颉旁边一点儿的是个个子挺高的男孩儿，皮肤有点儿黑，有点儿眼熟，江知津回忆了一秒，立刻想起来，这是方颉的同桌，上次家长会和爬山的时候都见过。对方旁边站了一个中年女人，正皱着眉，表情无奈地看着男孩儿，偶尔低声数落两句。

而远远站在方颉对面的两个男孩儿，一个高高壮壮的，正低着头不知道在想什么。另一个看起来很瘦小，戴了副眼镜，脸上有明显的瘀青，伤看起来有点儿恐怖，但江知津也看得出来，那只是皮外伤。

对方从江知津进门就一直在偷偷看他，等他看过去时，又飞快地移开了视线。

江知津收回目光。

"刚才唐老师在门外跟你说了吗？"方颉犹豫了一下，压低声音开口说，"他们在背后说了几句……恶心人的话，刚好被我听到了。"

方颉抿了抿嘴，又说道："然后我可能有点儿冲动了……"

他的冲动害得江知津站在这儿，面对一群老师与家长。

"没事。"江知津听出了方颉镇定之下那一点儿不易察觉的慌乱情绪，把手搭在方颉的肩上，轻轻按了一下，说，"待会儿再说。"

没过多久，刘杰的爸爸也冲了进来。对方拎了个公文包，看起来是直接从上班的地方过来的。他先是确认了一遍自己的儿子有没有受伤，又数落了几句刘杰不懂事。

其他三方的家长都已经到齐了，几个人又等了将近一个小时，门才重新被重重地推开了。

进来的是一个四五十岁的中年男人，长得很瘦弱，看起来弱不禁风。这么冷的冬天他只穿了一件短袖，外面裹了件棉袄，衣服和裤子应该穿了挺久了，不太干净，袖口和裤脚还沾着水泥灰和黄土，让他整个人看起来畏畏缩缩的。

男人先是小心翼翼地环顾了一圈屋内的情形，看到谭卓，赶紧走了过去，一边检查谭卓脸上的伤口，一边心疼地嘟囔："哎呀，哎呀，怎么回事？疼不疼啊？……"

刚才独自一人的谭卓还面无表情，自从他的父亲进来以后，他的表情可以称得上是厌恶了。

他一边躲开父亲想要查看伤口的手，一边不耐烦地喝道："别碰！"

男人立刻不敢碰了，瑟缩着收回手，站到自己儿子旁边。

直到这个时候男人似乎才意识到屋内所有人都在看他，先是愣了一下，接着面上浮现有些谦卑的笑容，稍微躬着身对着每一个人点头，就当打招呼。看到江知津和刘杰的爸爸，他又赶忙从口袋里摸出了一包五六块钱的烟，想要发烟。

跟在他身后进来的唐易赶紧开口说："谭卓爸爸，学校里有规定，不能抽烟哈。"

谭卓的胸口剧烈起伏着，面上一阵青一阵白，他扭头冲着自己的父亲说道："好好站着，别丢人了行吗？！"

对方一听，又手忙脚乱地把烟收了回去，什么话都没敢说。

"啧。"方颉听见身旁的江知津低声问道，"你这同学应该不是第一次被人打了吧？"

方颉："……"

一旁的唐易明显也听见了这话，瞪了江知津一眼，示意他别乱说话，又转头对着谭卓皱起眉说道："谭卓，好好和家长说话。"

男人赶紧说道："没事，没事。"

一旁的谭卓没再出声。

等所有家长到齐，过了几分钟，高主任也回了办公室。当着众人的面，唐易把大概的事情经过讲了一遍。估计是觉得"造谣谈恋爱"这个说法不太妥当，他只用了"在背后诬陷同学"这个说法，具体什么事情没有往下说。

等唐易说完，高主任放下茶杯接着说道："我们请各位家长来也是希望各位家长和学校一起做好对孩子的教育和管理工作，让他们知道自己的问题的严重性，坚决杜绝类似的行为……"

高主任一个人说了快五分钟，终于意犹未尽地停了下来，问："各位家长，还有什么要说的？"

刘杰和徐航其实都没动手，也没什么事情，两位家长都没有说什么。谭卓的父亲动了动嘴巴，却没出声。一片寂静之中，江知津先开口了："在学校打人确实不对，我替我们家小孩儿道个歉，医药费都由我负责。"

方颉愣了一下，转头看向江知津。江知津没有看他，目视前方，语气也很平和，手却一直搭在他的肩膀上，没有放开。

"方颉确实有点儿较真，不过我也挺好奇两位同学说了什么能让他动手打人。打架不对，在背后造谣、诬陷同学应该也是不被允许的吧？"

刘杰的父亲在旁边说了一句："没准儿就是同学间开个玩笑。"

"他觉得好笑，方颉也觉得好笑，这才叫开玩笑。"江知津转头盯着他，说，"网上造谣被转发超过五百次还得被追究法律责任呢，怎么到现实里就是开玩笑了？这不合适吧？"

江知津嘴上道歉，结果别人说方颉一句，他立刻顶回去十句。唐易简直要被他这么明显的护犊子行为给整得窒息了，赶紧打圆场说道："好了，好了，好歹小孩儿们都在一个班里念书，开家长会各位家长还得经常见面呢，大家相互理解一下。"

他好说歹说，家长这边总算是达成和解了。高主任接着说道："不管是背后造谣诬陷还是打人，都是违反校规的。学校这边决定换个给个处——"

唐易立刻咳了一声，喊了一声"高主任"，示意他单独说几句。

其实也没有其他原因，要在他们高一、高二，给处分这种惩罚其实可大可小，有的时候学校也会酌情帮学生消掉处分。但是到了高三还被处分确实有点儿严重，特别是方颉刚拿了一个物理竞赛全省第三，高考有十分的加分，正在审核学生资质，如果有处分，那么他很有可能被撤销奖项。

别说绍江一中，这次整个绍江市也就方颉拿了个全省第三，这就有点儿严重了。

但是学生在学校公然触犯纪律，如果不处罚，肯定也不合适。

最后两个人从外面进来，高主任喝了口茶，咳了两声，把刚才的话接了下去："学校讨论决定，从现在开始你们四个全部停课三天，由家长带回去反省，再写一份两千字的检讨书，家长看过签字，等复学的时候交到我这边来。"

第九章
等红灯

一行人出了办公楼，徐航的母亲去开车了，方颉先和徐航说了一句："对不起。"

他本来只是陪方颉去上厕所，这确实是无妄之灾。

徐航赶紧摆了摆手说道："没事，没事，我就当放假了，挺好的，顶多被我妈念叨几句，我都习惯了。"

他挠了挠头，低声说道："刚才你哥还挺酷的。"

方颉笑了笑，转头看向江知津。

江知津先去问了谭卓的父亲要不要带他们一起去医院。对方还没说话，一旁的谭卓就语气激烈地说："用不着你们假惺惺！"

谭卓的爸爸赶紧摆摆手，示意不用了。江知津看谭卓吼人的时候中气十足，不像有什么事情的样子，干脆先加了谭卓的父亲的微信。

对方用的智能机看不出是什么牌子，点软件的时候非常卡。江知津耐心地等在一旁，估计是看出对方有点儿局促，笑道："没关系，天冷了手机都这样。"

加上微信，江知津收起手机对着对方说道："到时候花了多少医药费，你在微信上跟我说一声就行，我转给你。"他顿了顿，又说，"不管怎么说，方颉确实有错，对不起。"

方颉在不远处目睹了全程。

被停课三天的方颉先回教室收拾了东西。

复习资料、试卷、练习册、笔记本……眼看马上就要上课了，方颉不太想打扰别人，把东西全部塞进书包，在众目睽睽之下出了教室。

上了车，出了学校，方颉看了一眼正在开车的江知津，犹豫着想说点儿什么。

他觉得至少应该给江知津道个歉，对方这天估计也挺憋屈的……

"别跟我说对不起啊。"江知津说。

方颉猛地听到对方开口，怔住几秒，突然就笑了。

江知津真的什么都知道。

"行。"方颉应了一声，又问，"你就不想问点儿什么？"

"有啊。"江知津说，"我本来想问问你为什么打人来着，后来一看你这同学确实挺欠揍。"

方颉又乐了半天，江知津也在笑。等乐得差不多了，他才接着问："还想问问他们到底说了什么，能让你揍人，这个能说吗？"

"能。"方颉答，又说，"他们说我和我们班一个女生谈恋爱来着。"

江知津转头看了一眼方颉，微微一挑眉，问："谈恋爱？"

"不是。"方颉突然就紧张起来，下意识地坐直一点儿，然后开始解释。

"他们胡说的，物理竞赛的时候我们好几个人一起复习，其中有一个女生……就是一起刷题的同学。"

"我知道是胡说的。"江知津没忍住笑了，前面是红灯，他停下车，看着一百多秒的倒计时一下一下地跳动，问，"你这么紧张干吗？"

"我没紧张。"方颉说。

"哦。"江知津点头。

"我真没紧张。"方颉转头看着江知津，轻轻地吐了口气。

所有的车窗都是关着的，车里非常安静。前面的红灯在不停地闪烁，红色的光映在风挡玻璃上，不断闪动。

就在这个时候，方颉听见身旁的江知津突然很轻地笑了一下。

"等红灯。"江知津看着前方闪动的红光，慢慢地开口说道。

这个红灯一百二十秒，正好是两分钟。

直到信号灯变成绿灯，江知津把车开出去一段路。

"不是——"

方颉一直偏头看着江知津，说话时嗓子都有点儿发紧。

"你……什么意思啊？"

"没什么意思。"江知津一边开车一边笑着叹了口气。

方颉抿了抿嘴，扭头坐正看向前方，有点儿茫然，又有点儿想笑。他乐了一会儿，最后清了清嗓子说道："我……"

"我也在……等红灯。"最后，方颉说。

他在漫长人生的十字路口，迷茫孤独的十八岁里，等待一个不知倒数几秒的红灯，放行他不安的青春。

江知津转头看了方颉一眼，片刻之后突然笑了。

"知道了。"江知津轻声说。

由于要停课三天，江知津直接带着方颉回了家，把他带的课本和复习资料之类的东西全部放回去。

江知津等方颉回房间放好东西再出来时才开口说："虽然这次的原因我能理解，但是毕竟你高三了，同学，停课三天还是挺严重的，能自己复习吗？"

"应该能。"听到江知津不再是开玩笑的语气，方颉也挺认真地点了点头说道，"这几天没上到的课等回去了找同学要笔记补，应该没什么大问题。"

"行。"江知津说，"不管做什么，你能对自己做的事情负责就行。"

方颉回了一个"嗯"字。

江知津笑道："'云七'今天晚上估计人很多，我要待久一点儿，你自己在家复习吧。晚饭我和顾巡、周洪他们直接在那儿吃，你要懒得来的话就直接点外卖，想来的话——"

"去。"

"那就六点自己过来。"江知津说道。

等江知津走了，方颉快速地换掉校服冲了个澡，坐到自己的书桌前。他用手机定了一个下午五点的闹钟，随即戴上耳机开始复习。

他卧室的门没关，汤圆不知道什么时候进来了，围着他走了两圈，见他不理它，蜷在他的椅子底下开始打盹儿。

方颉这次复习的时间挺久，中途也没有休息过，直到闹钟振动起来，他关掉闹钟，摘下耳机，才稍微活动了一下身体。

方颉的脖子和肩膀都有点儿酸，脑子还算清醒，他休息了两分钟，站起来准备出门。

汤圆感受到椅子挪动，立刻从椅子底下蹿出来。方颉一手把它捞起来，抱到客厅，又给它倒了猫粮，撕了一包妙鲜包。

"平安夜，给你吃顿好的。"方颉轻轻弹了弹汤圆的脑袋，起身抓起外套出了门。

出了单元楼，方颉才发现居然下雪了。

雪并不大，但是地上已经积了一层薄薄的白雪，不知道从什么时候开始下的。

可能是因为节日气氛，哪怕这么冷的天，小区里的人还是很多。有几个家长带着裹得跟小熊似的小孩儿在玩雪，还有几个打扮得挺漂亮的女生一边笑着打电话一边往小区外走。

方颉打了个车，上车时报了"云七"的地址。司机是个四五十岁的中年男人，笑呵呵地问："帅哥，出去和朋友过节啊？"

方颉冲着后视镜笑了一下，没说话。

街上的人和车非常多，路上有点儿堵，六点十几分，方颉才好不容易到了"云七"门口。等他付好钱下车，三个人已经站在门口了。

见到方颉，周洪先喊了他一声："快，快，快，今天江哥请客，我们去吃顿好的！"

一旁的江知津正在抽烟，见到方颉，笑着把烟掐灭，冲着他招了招手。

天气太冷，几个人去了一家火锅店。这家店从外面看起来挺普通，就是一户院子，里面的空间居然挺大。店里没有大堂，是两层楼的环形结构，都是包间。不管客人从哪个包间看出去，都能看到中间的院子，有一个小池塘和一些错落的常青树，到了冬天还绿茵茵的，被刚才下的雪一盖，挺漂亮。

估计是江知津说过一点儿学校里的事，周洪和顾巡都没问方颉怎么没上学。点完了菜，等着服务员上菜的当口，顾巡也只是笑着问："今天平安夜啊，方颉要不要在'云七'一起过节啊？我们搞活动缺个壮丁。"

"什么活动？"

"扮圣诞老人，给每个进来的客人发糖和圣诞帽。"周洪插嘴说道。

方颉点了点头，说："真有创意。"

"别啊，我们还有写心愿卡和抽礼物环节呢，万一你就是幸运儿呢？"顾巡说。

"少来啊。"江知津笑道，"吃完饭他得给我回去看书了。"

"有没有点儿对青少年的同理心啊？大过节的，你让人家回去看书。"顾巡笑完又转头看向方颉，说道："哪里有压迫哪里就得有反抗啊，方颉同学。"

"不用了，我们青少年一般都不过圣诞节。"方颉说。

江知津闻言看了他一眼，莫名地笑了笑。

"真行。"顾巡说道，"我说不过你们，毕竟你们——"顾巡稍微顿了顿，目光在两个人脸上扫了一圈，才慢慢接下去，"父子连心，是吧？"

江知津挺利落地踹了他一脚。

据顾巡介绍，这家店做的是最正宗的铜锅，所有牛羊肉都是当天从草原空运来的，肉质非常好。当然，价格也挺高的，结账的时候四个人居然花了四位数的钱。

出了饭店，顾巡和周洪先走，准备赶在开门之前去穿圣诞老人衣服。方颉准备打车回家，这家店的位置挺偏，不好定位，他和江知津准备先顺着巷子走出去一段。

雪已经停了，地上积了一层，踩上去嘎吱作响。两个人把手揣在兜里并排走着，巷子里不知道挂了多久的红灯笼晃晃荡荡，在雪地上投下摇晃的影子。

"你们真要扮成圣诞老人发糖啊？"三个圣诞老人满"云七"蹿着发糖……方颉看了一眼江知津，想象那个场景，觉得有点儿搞笑。

"是他们，不是我。"江知津纠正道。

方颉问："凭什么你不穿？"

"凭我是老板。"江知津说。

方颉笑了半天，夸赞："真厉害。"

江知津笑着看了他一眼，说道："你比较厉害。"

方颉问："什么意思？"

"本来明天是圣诞节，你还惨遭停课，我想着下午要不要带你出去玩一趟，放松一下什么的……"江知津说完，脸上是压抑不住的笑意，继续说道，"但是你刚才说青少年不过圣诞节,真牛啊,我都不敢说了。"

"你成心的吧?"方颉看着江知津。

江知津乐了半天,最后问:"去不去啊,学霸?"

一个小时前说的话,现在他要是反悔了真是挺丢人的,青少年的尊严都自己碎在火锅汤里了……

"去。"方颉叹了口气。

自己丢人就丢人吧。

平安夜晚上挺忙,江知津回来得挺晚,一觉睡到中午。方颉早上自己出去买了早点,又自己复习了一个上午,直到卧室门被敲响。

方颉扔下笔,打开门,江知津看起来刚洗完澡换好衣服,他还能闻到对方衣领间淡淡的沐浴露草木香气。江知津低着头发完一条消息,才抬起头看着他,说道:"准备一下,走了。"

"去哪儿?"方颉问。

"山里。"江知看了一眼方颉身上单薄的毛衣,嘱咐道,"穿件厚点儿的衣服。"

方颉犹豫了一下,随手拿了一件灰白的夹克羽绒服,一边往身上套,一边跟着江知津往外走。

昨晚下了一夜的小雪,这天倒是挺晴朗,天很蓝,几乎没有云。江知津说的"山上"是指城外的一座山,不算高,因为风景好被绍江市当成了文旅地开发,有很多民宿和餐厅之类的店。

盘山公路两旁都是积雪,越往上走天气越冷,雪也肉眼可见地厚起来。江知津的车开得挺慢,太阳隔着风挡玻璃晒进来的时候很舒服,方颉觉得自己都有点儿犯困了。

"去山上干吗啊?"方颉问。

"参加婚礼。"江知津说。

方颉闻言扭头看了他一眼。

仿佛察觉到方颉的眼神,江知津答:"有个一直给'云七'供酒的老板,今天他女儿结婚,说过好几次让我带着家里人去喝喜酒。"

"哦。"方颉说。

"我还以为……"他停了停，没接着往下说。江知津抽空看了他一眼，露出一点儿笑意，问，"以为什么？"

"没什么。"方颉答。

江知津笑了，隔了一会儿才说："晚上的婚宴，时间还早。这上面有个咖啡店挺有意思的，带你去看看。"

方颉没再说话，闭着眼睛靠在椅背上，在阳光里笑了笑，心情忽然又变好了。

江知津说的咖啡厅在半山腰，入口是点餐台，再进一扇木门才是咖啡厅。墙是现在已经很少见的红土墙，屋顶是拱形，上面铺了厚厚一层茅草，从外面看起来像是座圆滚滚的茅草屋。

方颉跟着江知津走了进去，里面的天花板也是拱形的，全部挂着错落的白色球灯。除了门、窗的位置，四面墙壁处全部堆满了书，书架一直抵到天花板。

桌子只有六七张，都挺矮，刚到方颉的小腿。座位上也全部是人，是一坐就陷下去的那种懒人沙发，挺适合休息。有几个人在里面看书或者办公。

江知津没停，带着方颉穿过屋子走到最里面的一扇木门前。

那扇门很矮，两个人还得稍微弯腰才能通过。出了门，方颉抬起头，眼前是重重叠叠的山岭，还掺杂着没有化的白雪。

咖啡厅靠近一块崖壁，从山中伸出去一截。设计师干脆把它做成了玻璃露台，半圆形的露台顶是透明的弧形玻璃，隔开寒意，又完整地呈现山中的景色。地上铺着厚厚的毯子，只放了两张和室内差不多的小桌子和懒人沙发。桌子已经临近露台的边缘，两张沙发在靠里的地方，放在一起，正对着群山。

外面没有人，江知津和方颉随便选了一张桌子坐下。

"有意思吧？"江知津笑着问。

"有。"方颉点了点头。

因为在崖壁上，这个露台看起来就像是悬空的，阳光透过玻璃洒下来，暖洋洋的，挺舒服。

两个人没吃午饭，叫了两杯喝的东西，又点了些比萨、甜点、薯条之类的东西，味道比一般的咖啡店的东西确实好不少。

对于江知津能知道这种地方，方颉还觉得挺不可思议的。

"就你平时那种下楼散步都费劲的样子，我还以为你都懒得出门呢。"

"别说下楼了，我出卧室门都要做心理建设，行了吧？"江知津乐了半天，说，"这也是别人带我来的。"

方颉喝了一口咖啡。江知津点的应该是卡布奇诺，挺甜，基本没什么咖啡味。

"谁啊？"

"你猜。"江知津说。

谁能叫动江知津出门并走这么远的山路来咖啡厅，看山、看水、喝喝咖啡、聊聊天……方颉看了江知津一会儿，慢慢开口问："李行延？"

江知津估计是没想到方颉会说这个名字，先是明显地错愕了一下，接着嘴角浮出一点儿笑意，一直注视着他没说话，只有笑意越来越浓，最后都乐得陷进了沙发里。

真可爱啊，方小颉。

少年人还没学会绕圈子，对于想知道的事直言不讳，偏偏又要装作一副"我不在意"的样子，显得有些笨拙，又不可否认地可爱。

其实方颉说出这个名字的时候就后悔了，江知津的表现让他悔上加悔，他觉得自己太傻了。

"唉。"江知津笑着叹了口气，窝在沙发里转头看着旁边的方颉。

"不是，你是怎么联想到他的？能给我解释一下吗？"

方颉内心已经骂了自己一万句，表面还挺镇定地说："我猜的。你不是让我猜吗？"

江知津一边说话一边笑道："你这猜得也太离谱了。"

他乐了一会儿才说："开业的时候这家店老板请我来的。以前他的店在'云七'旁边。"

"哦。"方颉立刻答，语调都有点儿上扬，明显轻松了不少。

江知津又有点儿想笑了。

江知津不是很饿，随便吃了点儿东西就窝在沙发里，随手从旁边的小书架里抽了一本书，随便翻开一页。

等方颉吃完东西，旁边翻书的声音已经停下来了。他转头看过去，江知津用书挡着脸，看样子已经睡着了。

冬天午后的阳光确实很容易让人犯困。旁边放着膝盖毯，方颉抽了一条给江知津盖上，又帮他把书拿了下来。他睡得挺熟，没有醒。

方颉低头看了江知津一会儿。

外面是密林叠翠，余雪盖在山间，被阳光一照，色彩深浅不一。江知津闭着眼，呼吸绵长，在这样的天地间显得安静无比。

他一闭眼，又露出了左眼皮上那颗颜色浅淡的痣，在薄薄的、微微泛红的眼皮上非常明显，显示出一点儿奇异的干净感。

方颉躺进沙发里，靠着手臂闭上眼睛，轻轻地呼了口气。

江知津是被压醒的。他还没清醒过来，就感觉自己左边的胳膊一阵酸麻，好像被人压住了，动弹一下都费劲。他转头看过去，方颉睡得挺熟，半个身子压在自己的胳膊上。

江知津立刻不动了，右手拿过手机看了一眼，下午四点整。

他放下手机，太阳开始西斜，山色变暗。他看了会儿远处的景色让自己清醒点儿，又转头去看方颉。

从他这个角度只能看到方颉若隐若现的半张脸，眼睛闭着，睫毛挺密，遮住眼下一小块皮肤，眉头稍微有点儿皱起，睡个觉都苦大仇深似的，不知道在愁什么。

不过方颉愁的事确实很多，成绩、高考、父母……

江知津想到这儿，原本轻松的心情也沉了下去。

又过了差不多二十分钟，江知津觉得时间差不多了，自己这条胳膊再不活动也应该要断了。他稍微抽了一下手，低声喊了一声："方颉，醒醒。"

大概是平时上学养成的习惯，方颉醒得很快，几秒就睁开了眼睛。

他先是回了一下神，反应一下自己在哪儿。发觉自己靠在江知津的肩膀上时，他立刻蹿了起来，跟弹簧似的，把江知津吓了一跳。

江知津收回手，甩了甩，又捏了捏肩膀，问："你这是什么反应？"

方颉盯着江知津看了一会儿，最后清清嗓子说道："我不是故意的。"

"我睡的时候还在自己的位子上，真的，可能是睡得太熟了没注意——"

"我也没说你是故意的啊。"江知津笑道。

"我怕你以为我是故意的，又说要抽我。"方颉看了他一眼，有点儿无奈地说道，"都条件反射了。"

江知津边乐边站起身说："行了，走吧。"

举办婚礼的酒店在山顶，是个花园酒店，风景很好。两个人到的时候正好下午五点。江知津进去的时候遇到好几个人都和他打了招呼，给人介绍方颉时，他统一说"我弟弟，正在读高三"，又笑着把话题拉到其他地方，看起来没有一点儿平时窝在客厅里打游戏的颓样。

方颉很佩服江知津这点。就算私底下再懒、再颓、再不想交流，在公共场合，他都能熟练地运用好成人社交的礼仪。

结婚典礼刚刚开始，婚礼布置得很漂亮，堆满了白色和粉色的玫瑰花束。新娘被父亲带着走向新郎，宾客在台下观礼。

江知津和方颉来得晚了，站在很靠后的位置。方颉不认识人，倒是江知津看得挺认真，还夸了一句"新娘子挺漂亮的"。

方颉看了他一眼，没说话。

仪式结束，到了新娘扔捧花的时间，底下瞬间热闹不少。两个人站在后面，估计觉得扔不到自己这儿，江知津还转头给方颉递了颗门口拿的喜糖："柠檬味。"

方颉刚想伸手去拿，一个东西直接朝着自己的脸飞过来，在众人的惊呼声中，他下意识地抬手一抓，把它抓在了手里。

那是一束用白纱半裹的、由香槟色玫瑰组成的捧花。

方颉还没反应过来，旁边已经全是哄笑声和欢呼声，还有人在鼓掌。一个之前和江知津打过招呼的人笑道："人家江知津的弟弟刚读高三，用不上啊，还不如扔给江知津呢。"

"捧花不是扔到谁算谁的吗？说明你们桃花运还没人家弟弟旺呢，懂不懂？"

四周的人又是一顿笑。

典礼结束就是开席，所有人都往餐厅里走去。婚礼虽然是西式，用餐还是中式的桌餐，菜品丰盛。吃完饭天色已经暗下来，又有人准备了烟花，没等天黑透就放起来了。

烟花在半空炸开，大朵大朵的，绚烂华丽。不少人站在庭院里看，大多数人在新郎和新娘旁边，一边笑着说话，一边拍照或录视频。

庭院很大，江知津和方颉站在刚才结婚典礼的位置。刚才的东西还没有收拾，因为纱帐、气球之类的遮挡，这个地方看烟花的角度不太好，只有他们。江知津看了一会儿烟花，又转头去看方颉。

方颉也抬头看着半空，感觉到了江知津的视线，又收回目光和他对视。

大概是不知道该把接到手的捧花放哪儿，方颉一直拿在手里。江知津看了一眼，又想到了刚才接捧花的时候，开玩笑道："看来接下来桃花运很旺啊。方小颉。"

"什么意思？"方颉问。

"接到新娘的捧花，说明你接下来招人喜欢，说不定快结婚了——这条就算了，你还有几年呢。"

"我不想这么早考虑这件事。"方颉立刻答，面上没什么表情，看起来挺认真的。

"你可真行，我就随口一说。"江知津看了他一眼，叹了口气，"那就祝你招人喜欢，行吗？"

没有收拾的典礼现场陷入夜色中，婚礼的粉白色纱帐和花篮错落有致，在朦胧的夜色里显得柔和、梦幻。半空中的烟花此起彼伏，照亮半个夜空，完完整整地映在方颉的眼睛里。

方颉笑了一会儿，突然把捧花递给了江知津。

"算了，我不用招人喜欢。"他停了一下，接着说。

一朵烟花炸开，庭院里光线不够好，烟花瞬间的火光照亮两个人的脸，又飞快暗下去，但很快又有另一朵升空。

在明暗光影变化里，江知津抬头看着方颉，沉默了一会儿，忽然轻轻地笑了。

下山天黑路滑，江知津将车开得有点儿慢，八点多才到市内，天已经黑了。他看了一眼方颉。

"先送你回去，我再去'云七'？"

"我——"方颉回过神，犹豫了一下，没说话。

这天是圣诞节，"云七"应该挺忙的，方颉知道自己去了也帮不上什么忙。

以前分开的时候好像也没什么，江知津在"云七"，自己在家看书复习……但这天不一样。

就在他犹豫的这段时间，旁边的江知津轻轻笑了一声。

"想说什么就直说。"江知津开着车，抽空瞟了一眼方颉，说，"不想回去是吧？"

"是有点儿。"方颉说。

江知津笑了笑，随后说："我要是说不行是不是挺残忍的？但是你已经一个下午没复习了，方颉同学，高考已经不远了吧？"

还得负责劝学业务，江知津自己都有点儿佩服自己了。

方颉答："嗯，不到两百天——"

"一百六十二天。"江知津接道。

方颉立刻转头看向江知津。

江知津说道："替你记着呢。"

方颉半晌没说话，最后往后一靠，笑着长舒了一口气。

太不容易了，江知津。

"行吧，我今天的单词还没背。"

这个时候方颉还能记得自己的单词没背，这下轮到江知津震惊了，他在等红灯的间隙转头看了一眼方颉，忍着笑意说道："真听话啊。方小颉。"

"还行，学霸的自觉。"方颉说。

江知津乐了一路，最后把方颉送到了小区门口。等他下了车，江知津开口说道："我今晚估计回来得很晚，自己看着时间，该休息就休息。"

"知道了。"方颉没走，隔着车窗看着江知津，说，"开车慢点儿。"

"嗯。"江知津眼里带笑，说，"进去吧。"

等到了"云七"，江知津才发现那束捧花还放在车上，忘记让方颉带回去了。他又不想把花留在车里，犹豫了几秒，直接拿着进了"云七"。

"云七"里人很多，顾巡和周洪都在桌前等着点单。江知津把花放在吧台后，先去收拾了刚散场的桌子，又送了两桌酒。等到稍微闲下来，他才有机会休息一下。

"要不招几个人吧，三个人是有点儿不够。"江知津说。

"行，也就这段时间了，真招的话招小时兼职好点儿。"顾巡边说边走到吧台前，一眼看到了那束捧花。

"什么情况？这是捧花吧？"顾巡看了江知津一眼，开玩笑道，"今天结婚去了？"

江知津拧开矿泉水喝了一口，答："方颉送的。"

"哟，今天父亲节啊？"顾巡随口胡诌。

方颉背完单词刷完题，又多做了两份试卷，时间已经指向深夜一点多，江知津还是没有回来。

估计这晚江知津真的挺忙的。

方颉活动了一下颈椎，又抽出一张数学卷，刚写完选择题，他的手机就响了，是一条微信消息。他抬头看了一眼显示栏，来自江知津。

江知津："睡了没？"

方颉："没。"

江知津："等我呢吧？"

方颉笑了一下，回："嗯。"

那边江知津又发了一条微信消息："我这儿还早呢，先睡吧。"

隔了几秒，又是一条微信消息："我回去的时候你要是还没睡，你就完了，知道吗？"

江知津知道方颉的性格，哪怕刚才自己说了估计会晚回，他也会再等等。但节假日这种时间，酒吧不到两三点根本散不了场，江知津不太放心，于是又发了一遍消息。

方颉想：这人真凶啊，不愧是江哥。

他笑着看了会儿江知津的消息，最终还是放下笔，回复江知津："知道了。"

方颉不知道江知津是什么时候回来的，反正第二天江知津起床的时候已经是中午了，出卧室门时还和他说了声"早"。

都快下午一点了，自己都刷完一套模拟卷了……

方颉跟着点了点头，说道："早。"

吃完午饭江知津倒是没再出门，就在客厅玩《开心消消乐》。方颉吃完饭休息了半个小时，又去卫生间洗了把脸，让自己清醒过来。

他下午原本计划做两套题。但江知津在客厅，回房间的一小段路程里，他犹豫了一下。

估计是方颉在门口站的时间太长了，躺在沙发上的江知津玩完一把游戏，转头看了他一眼。

"干吗呢？"

"准备写两套题……房间里又有点儿闷。"方颉说。

"哦。"江知津点了点头，然后说道，"拿出来在这儿写吧。"

方颉心里瞬间放松下来，回房间拿了书包到客厅，把练习册和纸笔都抽出来。

客厅的茶几有些矮，方颉干脆抽了个抱枕垫着坐在地上，靠着背后的沙发，和在书桌前也差不多。斜后方就是窝着玩手机的江知津，他只要微微偏头，就能看见对方的样子。

汤圆在方颉旁边转来转去，偶尔好奇地叫一声，江知津招手，叫了一声它的名字。

"过来，别烦你哥。"

汤圆立刻跃上沙发，爬到了江知津旁边。方颉低头开始认真刷题。

江知津把手机调成静音，玩了几把游戏。最后一关有点儿难，他花光了能量值就懒得继续了，放下手机去看正在刷题的方颉。

方颉微微低着头，目光始终落在练习册上，手里的笔就没有停过，看起来无比认真。可能是遇到有点儿难的地方，他偶尔会轻轻皱一下眉头，这个时候手里的笔就会顺势飞快地转两圈，最后又稳稳落在他的手里。

他非常专注，也非常帅。

一旦专注起来，时间就会变得非常快，方颉写完两套题，在原地随便活动了一下，转头看了一眼自己的书包，在江知津的脑袋旁边，自己要拿的话应该要站起来走两步。

他一抬头江知津就察觉了，偏头看了他一眼，问："要拿什么？"

"参考答案，对题。"江知津一接话，方颉顿时懒得站起来了。

他仰头靠在沙发上，让自己休息几秒，说："就在书包里，蓝色封面的一本册子，和我做的这本有点儿像。"

江知津拿过方颉的书包，一边听他描述一边替他翻书，翻到一半，又忽然停住了。

"找到了吗？"方颉问。

"没，但是我想问一下，"江知津转头看着方颉，嘴角露出一丝笑意，问道，"既然是你让我翻的，我这不算侵犯青少年的隐私吧？"

方颉觉得有些不对劲，稍微直起身看着江知津："不算。你是什么意思？"

"哦。"江知津笑着点了点头，从方颉的书包里抽出一沓花花绿绿的东西，"那我能问问这是什么吗？"

那是一沓信封，粉色、红色、蓝色都有，颜色还挺丰富，有些方方正正，有些叠成了爱心……是方颉平安夜和苹果一起被放在课桌里的、忘记处理的信。

"你们学校的女生还挺心灵手巧的。"江知津笑着看向方颉。

方颉条件反射般一下子从地上站了起来，还不小心撞到茶几，把旁边的汤圆吓了一跳。

他没空管它了，几步跨到江知津旁边，下意识地想要去拿信。

江知津轻轻喷了一声，仰头看着方颉。

对上江知津似笑非笑的眼神，方颉去拿信的手顿了顿。

"这个……我能解释。"方颉收回手，叹了口气。

"哦。"江知津笑了一下，面上倒是看不出来生气与否，对着旁边的位置抬头示意，说，"坐这儿解释。"

方颉坐到江知津旁边，江知津看了一眼手里的信，粗略一数，一共五封。他没再看，把信原样放回了方颉的书包里，又转头去看方颉，说道："解释解释吧。方颉同学。"

"就是平安夜那天，有人趁我不在把信放在我的桌子里，我不知道谁送的，当场丢了又觉得不太好，那天又急着走……就带回来了。"

方颉解释完，又补了一句："真的。"

"没说你说谎。"江知津挑眉，快乐死了，觉得逗方颉简直有意思得不行。

"不过还挺有意思的，我还以为只有我们那个年代才写信呢。"江知津笑笑，又感叹了一句，"年轻真好啊。"

说得他好像已经七老八十了一样。

方颉看了江知津一眼，忽然问："那你以前谈恋爱……写过情书吗？"

江知津转头看了方颉一眼，对方正定定地看着自己，表情很专注。

"不是，问话也得讲先来后到吧。"江知津又被逗笑了，屈起手指在方颉的额头上不轻不重地弹了一下。

方颉笑了，身体一松，和江知津一样窝在沙发里，头靠着背后的沙发靠枕，说道："我就是好奇。"

方颉看着笑得躺倒在沙发上的江知津，觉得自己的耳朵有点儿热，喊道："喷，别笑了，到底写没写过啊？"

"真凶啊，酷哥。"江知津乐了半天，含着笑意回道，"没写过。

"我们成年人谈恋爱不写情书。"

方颉心想：哇，成年人真了不起啊。可是我也成年了，你看不起谁呢？

他转头看着江知津，问道："那成年人谈恋爱都……"

这个时候是黄昏，夕阳的光线透过落地窗洒进客厅里，是浅浅的金色，刚好有一缕落在江知津的身上、侧脸上。他穿着浅米色的针织毛衣，阳光里整个人看起来慵懒又干净，睫毛被浅金色的光照得毛茸茸的。

方颉猛地失语几秒，隔了一会儿才接着问道："干吗啊？"

江知津看了方颉几秒没说话，然后微微一勾嘴角，笑了。

停课那天刚好是星期四，以至方颉再去上课已经是第二周的星期一了，上课之前还被唐易叫到办公室聊了会儿天，大概意思就是让他先专心准备高考，好好和同学相处，有什么事情先报告老师，不要冲动之类的。

大概他们那四个人都得被叫去。方颉回到教室的时候刚好徐航被叫出去。至于谭卓，已经安安分分地坐到了位子上，见到他进来，只是飞快地瞟了他一眼，随即收回了目光。

方颉回教室的时候几乎所有人都在偷偷看他，等他坐回自己的位子，前面的蒋欣馨才转过头小心地问了一句："没事吧？"

方颉摇头回道："没事。"

其实就算唐易不说，方颉也懒得搭理他们了。高考倒计时挂在后面黑板上，每天撕掉一页，像高悬在他们头上的挂钟，嘀嗒嘀嗒地摆动着，提醒他们时间在飞速流逝。

就连元旦那天，学校都只放了一天假。

方颉倒是不在意假期长短。

吃饭、聊天、打游戏，或者什么都不干地躺着……都行。

但躺着是不可能的，元旦那天江知津替汤圆约了做绝育手术。

汤圆刚满六个月，他在微信上问了医生，这个月份做绝育手术风险最小，也最合适。刚好那天方颉放假，两个人一起带着猫去医院。

一大早汤圆被带出了门，整只猫趴在太空舱里，还在悠然自得地甩尾巴，完全不知道自己即将遭遇什么事。方颉在车上伸手去逗了它一下，还被它一爪子不耐烦地拍开了。

"脾气还挺大。"方颉收回手，说，"待会儿就把你给阉了。"

"还有没有点儿当哥哥的觉悟了？"江知津开着车说道，"别欺负你弟。"

方颉看了他一眼，又把汤圆抱起来一点儿，面冲着江知津说："看到了吗？你爸要把你变成太监，记住这张脸，要抓人、挠人什么的，都冲他来。"

"真阴险啊。"江知津边听边乐，问道，"那坏人都我做了，你待会儿要和它演一演生离死别吗？"

"什么生离死别？"

"我看别人都说，猫绝育的时候主人得装作特别不舍，不得已分开，最好能当着猫的面哭一哭，这样它才觉得你是被迫的。"

"真的假的？"方颉笑着低头看了汤圆一眼，说，"我觉得我们家这只猫智商不够，估计看不懂这么复杂的套路。"

到最后汤圆做绝育手术的时候方颉也没演戏,主要让他对着一只猫飙演技难度真的挺大的。他和江知津站在手术室门口看着汤圆被抱进去,还对着猫猫挥了挥手告别,一个爸爸、一个哥哥,都表现得十分没有人性。

手术做得非常快,出来的时候汤圆的麻药明显还没过,戴着伊丽莎白圈,眼睛半眯半睁,两颗尖牙露在外面,看起来呆呆傻傻的。这下方颉确实有点儿心疼了,轻轻摸了摸它的脑袋,转头问做手术的医生。

"它这样没事吧?"

他们来的还是捡到汤圆时做检查的那家店,约的也是同一个医生。

"麻醉过了就没问题了。头三天记得每天喂药,早晚各一次,前一个星期要每天给伤口消炎一次,一定要注意看有没有发炎,最好每天拍张伤口的照片给我。"医生转头看向江知津,说:"有问题的话把它带过来。"

江知津等她说完,点了点头,答:"知道了,谢谢白医生。"

"客气。"对方笑着看了两个人一眼,说道,"你们兄弟俩都挺有爱心的。"

方颉闻言先转头看了江知津一眼。江知津面带不明显的笑意,没反驳。

等汤圆的麻药过了,又检查了一遍确认没什么问题,方颉和江知津才把它带回家。回到车上汤圆也很蔫,方颉摸了它两下它也没什么反应,更别说像刚才那样气势汹汹地打人了。

"真可怜啊,新年第一天就承受了这么多不能承受之重。"江知津抽空往副驾驶座上看了一眼,说,"回去给它吃点儿好的。"

方颉笑着转头看了他一眼,问:"吃什么?"

"你问猫还是问我们呢?"江知津答,"猫的话给它吃个罐头,我们……"

江知津看了方颉一眼。

"你想吃什么?"

"中午随便吃点儿,晚上……火锅吧。"方颉想了想,答。

"行。"江知津笑着说。

"云七"刚招了两个兼职，人手充足，江知津偷了个懒，没有再去店里，和方颉去超市买了底料和准备烫火锅的菜。

　　回到家，汤圆的状态恢复了一些，它开始慢慢溜达了，也不怎么排斥伊丽莎白圈，就是不太愿意搭理他们。方颉有时候逗它，它都装作没看到。

　　"让你演戏你不演。"江知津刚洗完菜，坐在沙发上边玩手机边看方颉逗猫，笑道，"记仇了。"

　　"就它这脑瓜子还记仇呢，"方颉不管猫了，站起身往江知津那儿走去，边走边说，"明天它就不记得了。"

　　晚饭汤圆获得了一个罐头，弥补了一下这天受到的伤害，晚上稍微活泼了一点儿。方颉看了它一会儿，确定没事才去吃饭。

　　江知津和方颉烫了火锅。江知津开了一瓶啤酒，给他拿了一罐可乐，毕竟他第二天还要上学。

　　两个人都很能吃辣，吃的是红汤。菜弄得有点儿多了，方颉吃完感觉自己快要撑得走不动道了，江知津差不多也是一样，瘫在沙发上不想动弹，被他硬拖起来下楼走了两圈。

　　天刚擦黑，吹着风还有点儿冷。可能因为是元旦，小区门口有人在卖那种握在手里挥舞的烟花棒。好几个七八岁的小朋友买了被家长带着在旁边玩。江知津看了一会儿，转头看着方颉："方颉小朋友，你想玩吗？"

　　"我今年十八岁，不是八岁。"方颉神色复杂地看着江知津，问，"能正视一下我的年龄吗？"

　　江知津笑了半天，随后压低了声音说道："哦，但是我想玩，去买两根。"

　　"你可真行啊，干吗不自己去？"方颉问。

　　"因为哥哥我今年二十八岁了，不是八岁。"江知津笑道，"能正视一下我的年龄吗？"

　　方颉一下子笑了，江知津轻轻踹了他一脚，说道："快去。"

　　"等着吧。"方颉止住笑意，说道，"江知津小朋友。"

最后方颉在一群小孩儿的注视下买了四根烟花棒，两个人都觉得有点儿丢人，自觉远离那群舞着烟花棒乱跑的八九岁小朋友，找了个安静的地方点燃。

烟花是淡银色的，燃起来很漂亮。方颉跟江知津一人点燃两根，看着它们在夜色里燃烧。

江知津笑道："上次我放这个烟花还是在小时候，过年我奶奶给我买了两根，说是能许愿。"

方颉顿时就有点儿心疼，江知津反而面带笑意，挥了挥手里的烟花，说道："方颉，新年第一天，许个愿吧。"

方颉看着手里的烟花，想了半晌，最后如实说道："好像没什么愿要许。"

"高考顺利，考个理想的大学……"江知津顿了顿，没说他家里的事，而是说，"我还以为你的愿望很多呢。"

"这个许了也没什么用。"方颉说道，"我自己能考什么大学我已经知道了。"

"真牛啊，我要是你的同学现在已经揍你了。"江知津笑着看着他。

手里的烟花已经快要燃尽了，方颉想了想，最后说道："那就……希望明年还能一起跨年吧。"

江知津闻言说道："明年这时候你该在大学里了，还不知道在哪儿呢。"

"不管在哪儿都不耽误跨年。"方颉说。

江知津看了方颉半晌，最后叹息道："吓得我都不敢说话了。"

"我们十八岁的人都这样。"方颉说。

江知津闷声笑了半天，方颉看着马上就要燃尽的烟花棒催促他："你的愿望呢？"

"我也没什么愿望啊，我又不高考。"江知津盯着燃到尾端的烟花看了一会儿，最后开口说，"那就希望你愿望成真。"

烟花燃尽了。

不知道小区里谁在放烟花，半空中一朵接着一朵烟花炸开，江知津看了一眼方颉，说："回去吧。方颉同学，你该复习了。"

"哦。"方颉叹了口气。

"叹什么气啊？"江知津听笑了，说道，"你这是学霸学习的态度吗？"

方颉也有点儿不好意思了。

顶着寒风往回走时,路上没什么人,两个人都走得很慢。

方颉说道:"我就是突然很想早点儿考完。"

方颉觉得高三过得也没有传说中痛苦,一样是定点复习,定点休息,但是每天被江知津提醒看书,有种像对方的儿子的感觉,这让他有点儿烦。

过了高考,离开了按时上学、放学、写作业的状态,就接近了作为一个成年人的自由,没人会再跟他说"你好好学习就行了,其他事不用管";就有了一些平等对话的权利,不管是和江知津,还是和方承临,或者是和母亲。

"慢慢来吧,急也没用。"

江知津从包里掏出不知道什么东西,撕开往方颉嘴边一递,方颉下意识地张嘴,将其吃进了嘴里。

那是方颉常吃的那种柠檬糖,酸酸的,提神醒脑。

这人安慰一句给颗糖。方颉咬碎糖,感受酸味充斥口腔,说道:"哄小孩儿呢?"

"哄弟弟呢。"江知津答。

方颉听笑了,心里突然就轻松了一点儿。

管他的呢,反正自己努力就行了。

新年第一天,谭志强没在家跨年,工地放假了,需要一个守材料的工人值班,一天一百块钱。

"晚上我就不回来了,你和奶奶早点儿休息。"

谭志强披上一件不知道什么时候买的军大衣,又从包里摸出一沓钱,在一堆零零散散的票子里抽出一张一百元的递给谭卓。

"万一饿了,想吃什么就去买点儿。"

谭卓趴在饭桌上写作业,没有抬头,也懒得吭声。

谭志强有点儿尴尬地把钱放在一旁,笑了两声,说道:"行,好好学习。"

房间门被关上,谭卓才抬起头。

旁边的手机一直在振动,是班级群里的人在互发红包。有徐航这样发一两百块的,也有发五块、十块的。

一群人嘻嘻哈哈地抢，不管抢到多少都要发个"谢谢老板"的表情包，再说句"新年快乐"，连唐易都出来发了两个红包，让他们新的一年好好学习。

谭卓看着不断刷新的聊天记录，一个红包都没点开。

徐航不就是为了炫富吗？学习烂得要死，以为自己有钱就了不起，恶心！还有发几块钱红包的人，别人刚发了一两百块，自己不觉得丢人吗？哦，还有一群抢了几块钱就兴奋得不得了的人，不觉得丢脸吗？

谭卓直接关掉了手机。

房间里很安静，奶奶应该已经睡着了。他看着桌上的练习册，密密麻麻的全是字，他却一个也看不进去。

他的排名一直在跌，年级第二、第四、第十……每次班主任、科任老师都要找自己谈话，难道怪自己吗？！怪方颉！他为什么要来绍江？如果他不来，排名就不会变，自己的成绩也不会出问题，自己更不会受影响，导致参加物理竞赛连个名次都没有！这种人只会装，一来就在巷子里跟人打架，靠运气拿到年级第一和竞赛奖，毁了别人的生活，还一点儿都不觉得羞愧……都是垃圾。

头顶灯泡的光洒在谭卓身上，拉出一个黑色的影子。

北风吹得巷子口的枯树枝沙沙作响，门外传来一声微弱的猫叫。

冬天了，天气很冷，总是会有很多流浪猫和流浪狗来到居民区，想着蹭一顿饭，或者找一个避风睡觉的地方。

谭卓沉默着坐了一会儿，等到第二声猫叫传来的时候，站起身，往门外走去。

跨过新年，意味着提起高考不再是"明年六月"，而是"五个月后"。整个高三的学生都陷入了疯狂复习的状态，有时候方颉来得早了点儿，还会遇到有些同学在学校的路灯下面背英语或者语文，一句一句，小声又专注，只是偶尔会因为太冷，原地蹦两下，让自己暖和起来。

每个人都在为自己的人生努力。

"昨晚数学作业的最后一题你写了没有？我没写出来。"等方颉一落座，徐航就赶紧开口。

路过的陈瑶跟不认识似的盯着他徐航看，然后说道："震惊，你居然自己写作业了！"

"你们天天跟不要命似的学，我紧张不行吗？"徐航一脸苦相，说道，"咸鱼也得翻个面晒吧？"

旁边一群人都乐了，方颉也笑了，拿出作业递给徐航，说："你先看，不懂我再告诉你。"

"谢谢同桌。"徐航赶紧接过作业，说道，"我还特意去找了数学老师，想问问自己还有没有救。他让我先从打基础开始，多跟你和谭卓学习。我犯得着跟谭卓学吗？"

徐航一边压低了声音，一边下意识地往谭卓的位子看过去。

"哎？"他愣了一下，"谭卓怎么没来？"

谭卓一整天都没有出现在学校里。

刚开始有些人还以为他是病了或者家里有事，毕竟以他学习的那个疯狂状态，只要不出事他就一定会来学校，直到下午，有人开始偷偷在班里分享微博上看到的一段视频。

"这是谭卓吗？"

"不会吧……我的天……"

"一看就是他啊，这拍得也太清晰了。"

"好恶心！别给我看！"

方颉刚接了水回教室，就看见一群人围在徐航的位子边不知道在看什么。他在外面只能听见徐航怒气冲冲的声音。

"我就说他是个神经病！"

"什么？"方颉下意识地问了一句。

"谭卓啊！"徐航立刻探出头，把手机伸到方颉面前，说，"你看看他是不是有病？！"

方颉低头去看手机，上面是一个二十多秒的视频，视频标题是"元旦当晚拍到人渣虐猫"，转发量已经破万了。

新年第一天拍到有人虐猫本来就吸引人眼球，网友群情激愤，转发量很快就破万。加上视频的地点和人物都清晰，很快就有人挖到了真实信息。

短时间内，"绍江一中高三学生虐猫"的话题就上了热搜。

有人觉得这人既然还是高中生，那就还是个孩子，找到私人信息不合适；有人觉得，这人还是高中生就敢虐猫，以后还说不定干些什么事；还有人开始探讨学习压力过大对孩子的影响；也有部分人直接找到了学校的微博，质问学校怎么处理。

学生之间也有偷偷讨论的，被学校要求禁止传播相关视频，也不允许去网上发布同学的信息。唐易甚至在班会上强调了一遍，语气非常严肃。

"同学做错了事，会有家长和老师一起商量怎么处理。但如果一些同学因为所谓的'正义感'或者想博取关注，在网上发布自己同学的真实信息，这种做法和犯错误的同学一样恶劣，明白吗？"

底下的人沉默了几秒，最后齐声答："明白了。"

谭卓整整三天没有来学校，直到第四天上午，他和父亲一起出现在教学楼里。

这个中年男人连什么是微博都不知道，只知道老师通知自己的儿子犯了错，后果很严重。

他穿着军大衣一脸惶然地站在教务处，见到哪个老师都给人递烟，嘴上不住地道歉："是我没教好，是我没教好，对不起啊……"

唐易有些不忍心，让他去办公室里面等，又倒了杯水给他，和他谈了一个多小时谭卓的问题，最后又和谭卓单独聊了一会儿，建议谭卓去看心理医生。

最后学校的处分下来了，保留学籍的情况下，谭卓暂时休学。

除了因为虐猫事件太过恶劣，还因为谭卓的心理状态已经不适合继续备考了。

谭卓接到处分通知那一刻，面色惨白。

他去教室收拾东西的时候，脸色依旧苍白无比。班上大部分同学在，但见他进来没人敢吭声。一片寂静里，他默默收拾好东西，抱着书包里放不下的一摞书，弓着背，出了教室。

方颉和徐航下楼买了瓶水，刚爬上一层楼，就在楼梯间遇见了抱着书下楼的谭卓。

谭卓猛地停住脚步，居高临下、死死地盯着方颉。方颉也没想到会遇见他，和他对视了几秒，移开目光，然后从他旁边走过去。

擦肩而过的时候，谭卓突然开口说道："你开心了吗？我的人生都被你毁了。"

他语气里带着隐约的恨意。

一旁的徐航愣了一下，立刻骂道："你说什么呢？"

方颉在徐航的肩膀上拍了拍，示意他别说了，又转头去看谭卓。

"没人要毁了你，也没人对不起你。"方颉说，"你从来不认为自己有错，家庭不好怨父母，成绩下滑怪同学，不是谁都得惯着你的，你活成什么样是你自己的事。"

方颉的语气很平和，最后他和谭卓对视了几秒，说道："还有，今年考不了就明年考，别觉得一场考试就决定人生了。最后给你提个建议，最好去看心理医生。"

能心平气和地和谭卓说这么多话，方颉都有点儿佩服自己了。

这件事情就像是投掷在湖面的石头，虽然溅起了不小的水花，但最后还是归于平静。

高三的时间在忙碌的学习里飞逝，后面的日历由学习委员一天一撕，撕日历的声音干脆响亮，预告着考试的到来。

"云七"请了两个兼职，加上这几天人不是很多，工作一下子轻松不少。顾巡刚调完一杯酒，让周洪送过去，转头看着旁边的江知津。

"方颉什么时候高考来着？"

"六月七、八日。"江知津回复完一条消息，按灭手机，"还有一百二十一天。"

"记得这么清楚。"顾巡幸灾乐祸地说，"跟养儿子似的。"

"方颉听见了这话肯定抽你。"江知津说道。

"方颉在学校好好学习天天向上呢。"顾巡边笑边道，"你还不去接他下晚自习？"

"还有半个小时。"江知津看了一眼时间，还想说点儿什么，门口传来一阵喧哗声。

两个人停止谈话往门口看过去，五六个男人正边聊天边往店里走，声音有点儿大，一进门就挑了正中央一个挺大的卡座。

估计是看服务员在忙，没等人过来，一个男人直接走向吧台，冲着里面的顾巡开口。

"啤酒，先来两扎——"话说到一半，这个男人转过头，看到江知津的脸，突然停住了。

借着酒吧并不算明亮的灯光，对方确认了好几秒，才犹豫着喊："班长？"

江知津原本没太注意对方，此时愣了愣，也朝对方看过去。他微微眯起眼睛看了几秒，突然笑了，直起身喊道："陈波？"

他没记错的话，这是他当初带过的一个兵。

"是我！"陈波明显激动起来，立刻站起身走到江知津面前，高兴地说道，"都多久没见了，我还以为你忘了我呢。"

"怎么会？"江知津在他的肩头上重重拍了拍，说，"好歹你也在我手底下两年多。"

"是啊，那时候我负重跑成绩最差，老是连累你陪练。"陈波有些兴奋又尴尬地挠了挠头。

江知津转头跟顾巡打了个招呼，示意他先给那桌上酒，又给陈波递了一支烟，问道："现在还在部队吗？"

"早就没在了，你走的第二年我就回来了，现在和朋友做点儿小生意。哦，还有大杨、赵泉他们，现在结婚的结婚，创业的创业……"

江知津来绍江已经五年，因为换了城市，没怎么遇到过以前的战友。毕竟是一起同吃同住过的兄弟，他们的情谊本来就要比一般人深一些。

陈波和朋友打了个招呼，同江知津找了个位子聊了很久。知道这个酒吧是江知津开的，陈波还挺高兴。

"当时你一走，我们都觉得可惜了，凭你的成绩，你出头是迟早的事。"

江知津笑了一下，说道："都一样。"

江知津待会儿还得去接方颌，没喝酒。陈波倒是喝了不少，见他的酒杯又空了，江知津顺手拿起酒帮他倒上。

"也是，在哪儿过不是过？"陈波爽朗地笑了两声，说道，"顾文曜倒是还在呢，整天忙得跟什么似的。"

江知津猛地听到这个名字，倒酒的手停了一下。

下一秒，他替陈波倒上酒，抬眼笑道："他还在呢？"

"啊，考上了嘛。他也挺了不起的，我记得当初除了你，就是他最拼。"

"是很了不起。"江知津真心实意地夸了一句。

"唉，一晃都五年过去了。"陈波笑完又叹了口气，说道，"大家天南地北的，平时也不怎么联系，偶尔在群里说句话，还老有人提起你呢。"

"当时我们都觉得你走得太狠心了，都没回来看我们一眼，后来顾文曜说你也不容易。"

江知津笑了一下，没说话。

当时江知津在医院里躺了四个多月，好不容易爬起来了，又要进行康复训练。等他咬着牙做完康复训练，检查完，最后有人表情遗憾地通知他，从腰伤程度来看，他应该是没办法再回去训练了，问他是要转文职还是转回地方。

江知津记得当时脑子一片空白，完全依靠直觉开口，语气倒是很冷静。

"哦，那我走吧。"

接着就是出院，办退伍手续，领补助金……然后离开，江知津自己也有点儿记不清了。

没人催他，就是江知津自己急着离开而已。

"对不住大家了。"江知津说道。

陈波赶紧摆摆手，脸因为喝了酒变得通红。

"什么对得起对不起的，大家就是担心你，不知道你过得怎么样，所以老爱在群里问你——刚好，我们加个微信，我拉你进群。"

江知津爽快地点了点头，说道："行啊。"

加了微信，陈波一边拉人一边说话。

"刚好我们前几天说趁着过年这几天大家都放假，到时候挑个方便点儿的地方一起聚一聚，你一走都……都五年了，是吧？"

江知津笑了笑，答："是啊，都五年了。"

手机响了一声，提示江知津被拉进了群。他点开看了一眼，人还挺全。他顺手把自己的群昵称改成了"江知津"。

江知津进群的时候是晚上，群里的人大概都挺闲的，他一进去就有人看见了。陈波还在后面接了一句："兄弟们，看看我遇见谁了？"

江知津只能在后面跟了个表情包，权当打招呼。

群里立刻就有人出来了。

"班长？"

"真的是班长啊？"

"班长，你这几年去哪儿了？"

"班长，还记得我吗？我是大杨。"

…………

江知津的记性挺好的，哪怕过了这么久，他依旧能把群里这些人的名字和样子对应起来。五年过去了，有的人头像是婚纱照，有的已经是小孩儿的满月照了。

江知津挨个打了招呼，几乎是有问必回，群里一下子热闹起来。

"班长在绍江？我一年跑绍江三四次，怎么一次也没遇见过？"

"前几天群组织说要聚一聚，还有人说班长不在呢，说曹操曹操就到。"

"前两天谁说组织的？顾文曜是吧？"

"是啊，他是副班长嘛。"

"顾文曜怎么没说话？"

江知津没注意，这时候往上滑着看了一眼，对方确实没出过声。

有人接话："估计他有任务吧，部队里不比外面。"

江知津接着聊了几句，直到要和陈波道别回去接方颉，群里才稍微消停一点儿。

陈波也是和生意场上的人一起出来的，不好冷落人家太久，只能冲着江知津再三叮嘱，等有时间大家一定要聚一聚，再见一面。

"行。"江知津双手插兜，笑着开口。

写完最后一个字,方颉放下笔,休息了一会儿。对面居民楼的灯已经熄得差不多了,他看了一眼时间,现在是晚上十二点半。他放下手机,转身准备去开卧室门。

他刚走到门口,门外就传来敲门声,只有一下。方颉顺势把门打开了。

"你是不是就守在门口呢?"门外的江知津先是一愣,接着把手里的牛奶递给方颉。

"猜的,觉得你该过来了。"方颉接过牛奶喝了一口,是温热的,江知津加了一点儿细砂糖,有点儿甜。

这几天方颉都复习到深夜一点半,江知津虽然知道这是高三生的常态,但还是忍不住有点儿心疼。所以他一般会在客厅看电影或者打游戏,等到十二点半左右给方颉送杯牛奶,然后才去休息。

顾巡知道后评价他"父爱如山",被他踹了一脚。

方颉几口喝完牛奶,江知津把杯子放回厨房,顺手洗了。等他出来,方颉已经在卫生间刷牙了。

方颉认认真真地刷了牙,又洗了一把脸让自己保持清醒。他没关卫生间的门,江知津倚在门口看着他,他一抬头,刚好能看见镜子里的江知津。

江知津这几天其实不太忙,一般都是下午去"云七",等方颉下晚自习就接他回家,然后在客厅待到现在。

"其实我要喝的话会自己泡的,你早点儿休息,用不着特意陪我,太晚了。"方颉关上水,转身对江知津说。

"别操心了,我第二天睡到中午呢。"

方颉的额头上还有一点儿水渍没擦干,江知津直接上手帮他擦了一把。

"挺累的吧?"江知津问。

"还行。就是坐久了有点儿腰疼。"

"小孩儿哪儿来的腰?"江知津说。

"你这什么封建迷信?"方颉笑了,抬头看着江知津,说,"有的小孩儿不仅有腰还有腹肌,你要看看吗?"

"哇,真了不起。"江知津笑着拍了一下方颉的背,说道,"走吧,替你按一按。"

方颉直接往沙发上一扑，江知津盘起一只腿坐在边缘，伸手替他按腰。

江知津按得不重，隔着一层睡衣，带着一点儿温热感，让方颉觉得很舒服。方颉闭上了眼睛，休息两分钟。

"没多久了。"江知津说，"过了这段时间就好了，再撑一撑。"

"嗯，撑着呢。"方颉无声地笑了一下。

时间过得飞快。离农历新年还有不到一个月，这次估计能放十天假都是恩赐。接着就是三月、四月，春天过了就入夏……等开始入夏，高考就来了。

到那个时候，不管他愿不愿意，人生的轨迹也开始发生转变了。

按到一半，不远处的沙发上，江知津的手机忽然振动了两下。

他隔得远，距离刚好碰不到手机，又腾不开手，顺势在方颉的腰上拍了一下，说："帮我看一眼手机。"

方颉睁开眼，伸手把江知津的手机拿过来。他的手机没锁，方颉打开屏幕就是微信界面的好友申请里有一个红点。

"有人加你好友。"

"谁？"

方颉顺手点开看了一眼，对方的头像是橄榄绿的迷彩图案，昵称就是一个句号。

"备注是顾文曜。"

下一秒，方颉很明显地感觉到江知津手上的动作顿了一下。

江知津先是愣了一下，接着又挑了挑眉。

方颉扭头看了他一眼，问："通过吗？"

"通过呗。"江知津说。

当初江知津和顾文曜倒是有彼此的微信，后来估计是因为一些工作上的问题，顾文曜原来的各种联系方式都换了。江知津倒是无所谓，事情过去就是过去了，就像这次对方加他好友，他怎么也不可能直接把人拉黑。

"这人是谁啊？"方颉边点了通过，边问江知津。

江知津看了他一眼，说道："前战友，退伍前一个班的。"

方颉哦了一声。江知津的按摩服务已经停了，方颉翻了个身，坐在沙发上伸了个懒腰，跟汤圆似的。

"大半夜十二点半加你的微信，你这战友还挺能熬夜。"方颉说道。

"估计是他现在刚好有时间。"江知津答，"管理很严的。"

"那他加你干吗？"

"不知道啊。"

江知津低头看了一眼手机。

顾文曜发来了一条消息，就三个字："江知津？"

第十章
家属

方颉本来准备休息十分钟就回去继续刷题的，但这个突如其来的变故让他有点儿不想挪窝。江知津也没管他，低头去看微信消息。

方颉盘腿坐在江知津身旁，扫了一眼他的手机界面。

刚加微信，连人都要确认一遍，看来顾文曜是这天才有时间拿到手机，看到了前几天群里的聊天内容，然后加的江知津。

江知津回了个字："嗯。"

那边的人紧接着发过来消息："我是顾文曜。"

方颉又瞟了一眼江知津的手机界面。

刚才看到好友申请的时候，方颉还觉得顾文曜这名字有点儿好听。

江知津往后一仰，又打了两个字发出去："知道。"

方颉低下头，又看了一眼江知津的手机界面。

顾文曜发消息问江知津："刚看见群里的消息，你这几年都在绍江？"

原来对方还不知道江知津现在在哪儿……两个人大半夜的聊什么天啊，差不多洗洗睡了行吗？

方颉又看了一眼江知津的手机界面。

"哎，"江知津这次没立刻回消息，先是笑了，然后转头看着方颉，有点儿无奈地说，"你要想看就好好看，别老乱动行吗？"

"算了。"方颉立刻抬起头、挺直背，离江知津远了一点儿，说，"我的题还没刷完。"语气满不在乎，非常高冷、非常酷。

年纪小的弊端应该就是"太过透明"，江知津差不多一眼就能看出方颉在想些什么。

"哦。"江知津点了点头,说道,"那你去刷题吧。"

这人怎么这么无情啊?方颉瞪着眼看着江知津。

江知津笑了,也坐直了一点儿,和方颉对视,问:"等你复习完给你看聊天记录?"

"不至于。"方颉顿时不好意思了,气势弱下去一大截,摆手说,"我不是那个意思,我就觉得过了这么久,他突然找你,还是大半夜的……当然大半夜聊天也没什么……"

江知津笑得倒在沙发上,钩了一下方颉垂在自己手边的右手,说道:"行了,去看书吧,早点儿结束,早点儿休息。"

"知道了。"方颉从沙发上起身,走到房间门口又回头看了江知津一眼,"你也早点儿休息。"

"知道了。"

等方颉回了房间,江知津才又拿起手机看了一眼。估计是他太久没回,顾文曜又发了一条消息:"休息了吗?那就明天再说。"

江知津没说自己有没有休息,只是回复道:"有事吗?"

隔了一会儿,那边的顾文曜说:"之前群里一直说过年组织大家一起聚一次,本来你不在,说由我组织,现在刚好你回来了,那我们什么时候把时间、地点定一下吧。"

都是天南地北几年没见的战友,大家打算抽时间聚一次很正常,江知津想了想,回复道:"时间、地点在群里定吧,看大家怎么方便。"

顾文曜:"行。"

江知津看了一眼,放下手机去洗漱。洗完澡回来拿起手机,他才看见顾文曜半小时前发了个"晚安"。

江知津想了想,没再回复,觉得时间太晚了。

第二天早上,顾文曜在群里问了一下大家的想法。几个人讨论了好几天,综合了一下所有的意见,最后还是定在了年前的那个星期六,在绍江聚一聚。

难得聚一次,群里的人都说能来尽量来,人多热闹一些。还有人刚结了婚,开玩笑地问:"能带家属吗?"

顾文曜估计刚好看到，回复："能。"

底下一群人立刻起哄，让他也带家属来看看。

隔了半晌，顾文曜才回复道："还没家属呢。"

江知津顺手跟着复制了个"能"字，战火立刻又烧到了他的头上。

有人说道："既然副班长没有，那班长到时候也带家属来给我们看看呗。"

江知津正在"云七"跟顾巡对一整年的账，见到群里的消息，想了一下，打字回复："家属太忙了，可能不行。"

这下群里更热闹了，大家纷纷让他交代清楚情况，坦白从宽。

顾文曜应该看见了消息，没再说话。

江知津也没接着回复。

江知津在绍江，算是东道主，所有事情都需要他先准备。很多人是从外地赶过来，他把订的饭店地址发在了群里。

除去实在来不了的，这次到的人很多。大家难得见一次面，聚在一起很热闹。江知津开了个包间，又到门口等还没到的人。

顾文曜就是这个时候来的。

这次来的人都是原来在部队就关系好的，而且大多已经退役转业，否则没有那么多时间。在部队里还来参加聚会的只有顾文曜，据他说是休年假出来的。

群里还有两个人表示马上就到了，江知津站在门口等了一会儿，又掏出手机给方颉发了条消息，说自己应该会晚点儿回去。

隔了一会儿，方颉回复："知道了，少喝酒。"

小孩儿管得还挺多。

江知津回了一条："知道了，好好学习。"

江知津刚发完消息，就听见身前有人喊了一声："江知津？"

他抬起头，面前是个穿着黑色外套的男人，身高腿长，寸头，站在自己面前时背脊挺得很直，是长期训练留下来的肌肉记忆。见他抬头看过来了，对方露出一点儿笑意，稍微一点头，声音低沉地说道："好久不见。"

来人是顾文曜。

"好久不见。"江知津也笑了一下。

他示意了一下身后的饭店,说道:"包间在二楼右边第一间,你先上去吧,我等等没到的人。"

"我和你一起。"顾文曜站到江知津旁边。

"不用。"江知津看了顾文曜一眼,说道,"外面挺冷的。"

这天是阴天,没出太阳,大冬天在外面确实有点儿冷。

顾文曜没动,抬手看了一眼表,说:"没事,应该快到了。"

江知津见状没再劝阻,两个人一起站在饭店门口。直到接到人,他们都没再说话。倒是迟来的几个人看到他们还开玩笑道:"班长和副班长一起在门口接人啊。"

另一个人笑着说:"不然呢?以前就他们关系最好。"

江知津笑着往对方背上拍了一下,说道:"进去吧。"

几年不见的战友聚餐,气氛热闹得不行,一大桌子人边喝酒边聊天,从以前部队时候的事说到这几年的经历,又说到自己的家庭,很多人已经结婚了,小孩儿都有了,挨个开始晒娃。

陈波坐在江知津旁边,刚晒了一圈自己的宝贝女儿,又转头问江知津:"班长,不是说带家属吗?"

"饶了我吧。"江知津笑道,"家属其实也是个小孩儿,他真的挺忙的。"

现在这个时间,小孩儿应该还在上晚自习呢。

一群人起哄了半天,开始聊别的话题。

江知津拿出手机看了一眼,十点三十五分。

他打了个招呼,拉开椅子出了包间,走到门口给方颉打了个电话。电话一通,他先开口问道:"放学了?"

"嗯。"那边方颉的声音混合着风声一起传过来,"等公交车呢。"

"到家了和我说一声,复习完早点儿休息。"

"知道了。"方颉应了一声,又问,"喝了不少酒吧?"语气笃定。

江知津一下子笑了,问道:"你怎么知道?"

"听出来了。"方颉说。

"这都能听出来，真厉害。"江知津笑着说。

"不行就让服务员给你倒杯热茶，趁人不注意偷偷喝点儿。待会儿打车回来，到小区门口给我打电话，我去接你。"方颉说。

江知津顶多就是喝太多了有点儿醉意，远远没到需要人接的地步。但是方颉说了这么长一串话，他一直没打断，眼里带着笑意。

每到这个时候，江知津都会觉得方颉是个和自己差不多的成年人，太认真、太细心了，能考虑到每个方面的问题，特别是为了别人。

但有的时候他又觉得方颉幼稚得可爱。

江知津失笑道："知道了。"

他边说，边随意地抬头往马路对面看去。

隔了一条马路，对面是一家KTV，人流量很大，很多穿得时尚又漂亮的年轻男女进进出出。

江知津刚要收回目光，就看到一个女孩儿从里面走出来，不顾形象地往花坛边一坐，看来是喝醉了，正在打电话。

"挂了，你等车吧。"江知津看了一眼，说。

挂了电话，江知津没急着回包间。旁边就是吸烟区，他走了几步，抽出一支烟咬进嘴里，看着对面的女孩子，又伸手去摸打火机。

他摸了两下没摸到，旁边已经有人递了打火机过来。

江知津转头看了一眼，是顾文曜。

他有点儿诧异地看了顾文曜一眼，问道："怎么出来了？"

其实他更想问对方是什么时候出来的。

顾文曜示意了一下自己手里的烟，说道："抽支烟。刚才看你在打电话，就没过来。"

意思是他没听江知津打电话的内容。

江知津迟疑了几秒，接过打火机，说了句"谢谢"。

点燃烟，江知津把打火机还给顾文曜，顾文曜接过来放回包里，转头看了他一眼。

"这几年还好吗？"

"挺好的。"江知津答，"听说你当指导员了？"

"刚满一年。"顾文曜说。

江知津倒是不怎么意外,平淡地说道:"挺好的,当初刚到部队的时候你就挺拼的。"

顾文曜是那种什么事都要做到最好的人,江知津记得以前他刚进部队的时候,第一次负重跑考核没达标,一个人加练了一个多月,当时部队里的领导都笑称来了个"铁人"。

也有人说来了第二个江知津。

"你比我更拼,如果当初不出事留在部队——"话说到一半,顾文曜顿了顿,没继续说下去。

倒是江知津笑了一下:"都过去的事了。"

江知津说话的时候没看对方,只是看着对面。

那个女孩儿打了几个电话,看样子是没打通,扔下手机扭头对着花坛吐了。

这么冷的天,她穿了一条裙子,只在外面搭了件外套,看起来冷得不行。等吐完,她整个人一歪,直接睡在了花坛边上。

"也是。"顾文曜笑了一下,转而说道,"你一出来他们就把枪口对准我了,一群人晒小孩儿、晒对象,我实在扛不住了,赶紧出来透透气。"

他稍微顿了顿,接着问:"你出来打电话给——"

"家属。"江知津看了他一眼,说。

顾文曜的话就此打住。

江知津笑了一下,又看了一眼对面的情况。

女孩儿还在那儿躺着,偶尔有路人路过也没注意对方。

他往女孩儿旁边扫了一眼,有几个男人已经在不远处站了很久,一直在往那儿看,慢慢地开始往女孩儿身边靠。

江知津将笑意一敛,皱了皱眉,转头对着顾文曜说道:"等我一会儿。"

说完,他往马路对面走了过去。顾文曜猝不及防,愣在原地看着他穿过马路。

那三个男的已经走到了女生旁边,伸手把人拽了起来。

江知津走快了一点儿,最后几步几乎是用跑的。他冲过去一把拽住了女孩儿的另一只手。

他拉住了人，才抬头看着这三个人，对着拽住女孩儿的另一只手的男人问了一句："干吗呢？"

女孩儿迷迷糊糊地嘟囔着什么，看起来还没醒。

对方估计没想到会突然冲出来一个人，先是愣了，随后怒骂道："我接我对象，你干吗呢？"

眼前这三个男的看起来不超过二十五岁，面容凶狠，头发染得一个比一个夸张，江知津飞快地扫了一眼，和自己说话这人的裤子口袋有点儿鼓，应该有匕首之类的东西。

"你的对象？"江知津收回目光，问道，"她叫什么名字？几岁？有联系方式吗？"

那边的顾文曜也反应过来了，掐灭烟，大步往江知津这边走来。

为首的青年被江知津连着几个问题问得有点儿恼羞成怒，死死地盯着江知津说道："你是谁啊？关你什么事！"

"别来这套，我就是开酒吧的。"江知津看着他面无表情地说，"要么赶紧放手，要么我报警。她不是你的对象吗？那一起去趟派出所没事吧？"

对面的三个人一阵哄笑，其中一个人无赖地笑道："我什么都没干呢，警察来了能干吗啊？"

江知津转头看了他一眼，他脸上挂着吊儿郎当的笑容，江知津也冲他笑了一下。

"还有一个办法。"江知津不紧不慢地说，"那就是我现在让你趴在这儿。"

"你是不是——"

对方勃然大怒，扔下手里的人，对着江知津冲了过来，江知津比他还快，一脚狠狠踹在了他的肚子上！

刚才冲江知津骂人那个男的见状，骂了句脏话，一掏包，拿出一把匕首，对着江知津挥了过去。

这时候顾文曜也到了，一脚踹到对方的手上，把刀踢飞，反手直接把人扣住，摔在地上。

两个人对付三个街头的小混混简直游刃有余，没两下三个人就趴下了。

一群人远远地围观着不敢靠近。

江知津打了个电话报警，又去看那个喝醉的女孩儿。

对方估计现在还没反应过来，蹲在一旁瑟瑟发抖，不知道是被冻的还是吓的。

江知津顺手脱下自己的外套递给她。一旁的顾文曜看了他一眼，又把自己的外套脱下来递给他。

江知津摇了摇头，说："不用。"

顾文曜的外套在半空中停了几秒，最终他还是收了回去。

警察来得很快，对于街头打架斗殴，不管是什么原因，都要求所有人回派出所做笔录。

里面大家还在聚餐呢，江知津有点儿头痛，转头看了顾文曜一眼："跟他们说一声？"

顾文曜点点头，和警察解释了几句，又回了趟饭店，等再出来才一起上了警车。

车顶的警灯闪烁着，在车窗上映照出不断变化的光影。这天晚上的事实在有点儿玄幻，顾文曜有点儿无奈又有点儿好笑地看了江知津一眼。

"他们急死了，一个战友聚会，出来抽根烟的工夫，两个人还被警察带走了，差点儿一起冲出来，我说做个笔录就回。"

前面的警察看了他们一眼，也开玩笑道："战友聚会还能见义勇为，不是挺好的吗？"

江知津也没忍住笑了，还没等他说什么，包里的手机响了一声，他掏出手机看了一眼。

方颉："还没回来？"

啧，还有一个更着急的人。

江知津犹豫了一下，不知道自己这里什么时候才能结束，干脆暂时不回。

到了派出所，一群人依旧吵吵嚷嚷。

喝醉的那个姑娘估计现在才反应过来，一直坐在大厅里哭。

至于另外三个人，咬死了自己什么都没干，就是路过看看热闹，态度十分嚣张，甚至和警察起了冲突。民警们只能把人先铐在拘留室里，几个人去调监控，几个人先询问江知津和顾文曜情况。

方颉回到家，自己刷了一套英语卷，已经是十一点多了。他发了条消息给江知津，过一会儿看了一眼，对方没回。

方颉又等了一会儿，有点儿担心江知津是不是喝醉了。毕竟刚才那通电话里，他听着对方说话时好像已经有了醉意。

他犹豫了一下，直接打了个电话过去。

那头的江知津刚被问完事情经过。因为他们算是见义勇为，警察也不过是了解一下情况，所以只在调解室问完话，然后让他们坐着等几分钟。

方颉的电话就是这个时候打来的。江知津拿出手机看了一眼，迟疑了几秒，还是接通了电话。

小孩儿估计已经着急了。

电话一接通，方颉停下转笔的手，喊了一声："江知津？"

江知津应了一声："嗯。"

对面的顾文曜抬头看了江知津一眼，又低下头继续发消息了。

调解室的隔音并不算好，外面派出所大厅里吵吵嚷嚷的，连电话那头的方颉都隐约能听见了。

"你在哪儿呢？这么吵。"

"外面。"江知津不欲多说，担心方颉察觉到什么，紧接着开口问，"怎么了？"

"没什么，就是问问你回来了没？"方颉说完觉得自己好像也挺烦人的，有点儿尴尬地咳了一声，问道，"需不需要去接你？"

江知津嘴角一弯，低声说道："不用，我这儿快结束——"

就在这个时候，调解室的门被人一下从外面推开了，刚才出去那个警察走进来，对着江知津招了招手，很大声地说了一句："江知津是吧？过来在笔录上签个字。"

江知津："……"

他自觉要糟，果不其然，下一秒电话那头方颉的声音紧接着响起，说话的语速都快了不少："江知津，你在哪儿呢？"

"派出所。"江知津叹了口气，走过去边签字边接着打电话，"我这儿出了点儿事，已经解决了。"

"哪个派出所？"方颉立刻问。

江知津不太想方颉掺和到这件事情里来，已经十一点多，加上这里事情差不多要结束了，实在没必要。

"我这儿快结束了，马上就回家。"江知津签完字回到原位，尽量放缓了声音说，"这么晚了，你就别出来了。"

"明天是星期日，我不上课。"隔了一会儿，方颉的声音传了过来，有点儿闷，"我过去找你。"

江知津沉默了几秒，在心里叹了口气，说道："来吧，我等你。"

等他说了地址，挂掉电话，对面的顾文曜才抬起头。

顾文曜注视江知津几秒，才开口说道："其实我们这儿差不多结束了，现在赶过来挺麻烦的。"

而且对方过来也没什么用。

"知道。"江知津把手机握在手里转了一圈，没接着往下说。

按这个速度，没准儿方颉到的时候事情已经结束了，根本没有过来的必要。但是江知津听着电话那头的人的语气，还是同意让他过来。

江知津不太想在方颉觉得自己需要他的时候，生硬地拒绝他，说"你来了也没什么用"之类的话。

方颉需要自己的信任。

顾文曜没再说话。

又过了不算长的一段时间，刚才那个警察重新走进来，通知两个人可以走了。

出了派出所，江知津看了一眼时间。距离那通电话过去了二十多分钟，方颉应该也快要到了，他转头看着顾文曜："你先回去吧，我等人。"

"陪你等一会儿吧。"顾文曜说，"刚才我发消息给陈波他们了，告诉他们没什么事情，让他们先散，别等着，具体的事明天再说。"

江知津刚才被方颉的电话打断，把这茬儿给忘了，点了点头，没再说话。

方颉挂了电话,一把抓过旁边的衣服出了门。因为太急,他顺手拿的还是回家时脱下的校服。在小区门口打上车,他报了派出所的地址,还叮嘱师傅"快一点儿"。

师傅犹疑着看了他一眼,一踩油门开了出去。

晚上没怎么堵车,方颉半个小时就到了派出所门口,远远就看见江知津站在门口吹风,穿着一件灰色的外套,个子挺拔,非常引人注目。

江知津旁边还站了一个人,穿黑色外套,双手插兜,站得笔直。

方颉刚下车江知津就看到他了,冲他招了招手,他两步走到了江知津身边。

"没事吧?"方颉问。

"没事,见义勇为。回去再和你说。"

方颉松了口气,这才转头看向江知津旁边的人。

江知津顺着他的目光看过去,介绍道:"这是顾文曜,我以前的战友。"

方颉转头和顾文曜对视。

从下车开始,顾文曜就一直在看他。此时目光对上,顾文曜没什么表情,对着方颉略微一点头,转头看向江知津,问:"这位是——"

江知津看了方颉一眼,方颉也同样飞快地看了过来。

对视之间,方颉的脸上没什么情绪,只是喉结稍微动了动。

下一秒,江知津先开口了:"弟弟。"

方颉怔了怔,江知津面上很淡然地对着顾文曜说道:"介绍一下,我弟弟方颉。"

顾文曜明显愣了一下,幸而他将情绪收得很快,立刻冲着方颉伸出了手,说道:"你好。"

"你好。"方颉伸手和对方握了握。

等他收回手,顾文曜转开话题,注视着江知津说道:"那我就先回去了,有什么事情明天再说。"

"明天再说"大概率就是对方第二天一定会找自己的意思。

"行。"江知津点了点头。

回去的路上江知津把这晚的事大概和方颉说了一遍,一路都是他说,方颉听,等进了家门才差不多结束。

方颉先去倒了杯热水给他解酒，看着他喝下了才开口说："我该夸你吗？出门聚餐你还见义勇为了。"

江知津躺在沙发上喝完半杯水，看了他一眼，笑道："算了，我觉得你想骂我。"

"没那么严重。"方颉被他这么一说有点儿不好生气了，慢慢说道，"我就是觉得挺危险的。"

"知道，以后注意。"江知津的态度十分诚恳。

方颉听到对方有刀而且还是三个人的时候原本有点儿生气，这个时候顿时气不起来了，甚至有点儿想笑。

这件事情就算翻篇了。

方颉笑了一会儿，又开口说："不过你和顾文曜说……"

他半天没说下去，江知津主动接话："说你是我弟弟。"

"嗯。"方颉看着江知津笑了一会儿，干脆坐到江知津的旁边。

"今晚我是不是给你惹麻烦了？"方颉说。

"没有。"江知津看了方颉一眼，问道，"怎么会这么想？"

"其实我一坐上车就反应过来自己去也没什么用，但你一说你在派出所，我就有点儿着急，觉得至少在你旁边……万一你需要我，我刚好能在。"方颉说。

江知津静静地看了方颉片刻，最后叹了口气，说道："过来吧，小朋友。"

方颉没犹豫，一边听话地往江知津那儿靠，一边问："干什么？"

江知津伸出手在方颉的头上揉了揉，低声说道："你用不着担心我什么时候需要你，这个假设不成立。我一直很需要你的。"

江知津说完这句话，客厅里静了几秒。

方颉稍微抬眼和江知津四目相对。

他一直觉得江知津和从前差不多，对自己带着一点儿对于小孩儿的纵容，两个人的阅历和生活经验也完全不同。所以他想让自己尽量成熟一点儿，不要给江知津添麻烦，但是有的时候又觉得江知津完全不需要自己，自己不管到哪儿都是不太被需要的……

但是现在，江知津说需要他。

方颉原本乱七八糟的思绪一下子被清空了，他安静地看着江知津，没说话。

过了一会儿，江知津才开口说道："差不多得了，再看就成斗鸡眼了。"

方颉的感动情绪立刻变成了好笑。他稍微后退了一点儿，说道："刚有点儿感动，你能别这么毁气氛吗？"

江知津也笑道："不好意思，我还以为结束了。"

已经很晚了，方颉洗了个澡，回房间还坚持复习了一小时，直到两点才睡。

因为昨晚的意外，江知津半路退出聚餐，虽然事出有因，但终归不太好。他做东，又请大家吃了顿午饭。

战友倒是不在意这些事，只是问他事情解决了没有，知道解决了，才开玩笑道："昨天我们还以为你和副班长一起出去聊天了，结果过了半天副班长才回来，说要去趟派出所，把我们吓了一跳。"

"是吗？"江知津看了一眼旁边的顾文曜，笑着说。

"是啊。不过后来副班长就说没什么事情了，让我们先回去。"

"确实没什么大事。"江知津拍了拍对方的肩膀，说道，"让你们担心了。"

"嗐，说什么呢？"

这天是星期日，大部分人要回去接着上班。江知津请客吃了午饭，把人挨个送走，折腾了一天，结束时差不多已经下午四五点了。

顾文曜倒是没走。他休假休得长，据他说还要在绍江待两天，然后再回家看望父母。

昨天顾文曜确实是帮了大忙，所以散场之后他约江知津聊一聊，江知津没拒绝。

两个人随便找了一家咖啡店，等点完单，服务员上了东西走远了，顾文曜才看着江知津开口说："这几天事情太多了，一直没好好聊聊。我没想到你还在酒吧。"

以前顾文曜就知道江知津在酒吧工作，但因为距离远，也没具体问过。

"太懒了，不想换工作。"江知津自嘲道。

"挺好的，江老板。"顾文曜笑了一下，说道，"开店也挺不容易的，这几年很辛苦吧？"

"还行。"江知津喝了一口咖啡,放下杯子说,"不亏本就行,其他的事我不怎么操心。"

"那你操心什么,养小朋友?"顾文曜问。

这句话一出,两个人之间彻底安静下来。

江知津抬头看了他一眼,没说话。

江知津面无表情的时候眼里有股冷意,顾文曜下意识地喝了一口面前的美式,笑着说道:"开玩笑的。"

"那是你以前说过的姐姐家的小孩儿吧?我就是没想到对方是高中生。"顾文曜说,"他昨晚穿的校服,还挺明显的。"

江知津弯了弯嘴角,眼里没什么笑意,语气倒是很淡定:"高三生,十八岁。"

顾文曜看了江知津一眼,见他表情平和,才接着往下说:"我可能是有点儿多管闲事了,但我还是希望你考虑清楚,他住在你这儿,意味着你要承担更多的责任,特别是,你是一个很喜欢揽责任的人。

"以前在部队,班里任何人体能没达标,你都觉得是你的责任,得一遍一遍地陪练。谁犯错了你也觉得是你的责任,得一起挨罚。后来受伤你也觉得是自己的责任,没预估好危险性……

"如果说你要对一个十八岁的高中生负责,那你估计会觉得,对方的人生都得你负责任,包括学习、高考、父母……而对方很可能担负不起同样的责任,毕竟他还是个小朋友。

"这样太累了,江知津,作为朋友,我希望你考虑清楚。"

两杯咖啡放在桌子两边,发出苦涩的香气,桌上放的是一盆发财树,巴掌大,在大冬天里郁郁葱葱的。

"其实昨天晚上方颉来接我也没什么用,事情差不多已经处理完了,我自己打车回家估计都比他来接我快。"过了半晌,江知津突然开口,声音很平静。

"但是他还是大晚上跑出来了,衣服都没来得及换,因为觉得这是他应该做的事。回去以后他刷题刷到了半夜两点,就算现在,我打电话回去,估计他还在写试卷。"

顾文曜愣了愣,看了江知津一眼,没说话。

"负责这种事都是相互的,没有谁年纪小就负不起责的说法。方颉确实才十八岁,但是一直在用自己的方式对我、对他的人生负责任。所以你别觉得他年纪小就不靠谱,更别随便定义他只是个小朋友,"江知津说到一半,勾起嘴角,微微笑了一下,继续说道,"就算是小朋友,他也能对自己、对别人负责任。"

当天顾文曜没再说什么,只是后来给江知津发了微信消息,向他道歉,大意就是自己有点儿多管闲事了。

他那天刚好有些忙,很久之后才看见消息,回复了一句"没事"。

这件事情就这么结束了。

直到顾文曜走了,方颉都不知道江知津和对方有这样一段谈话。

方颉最近挺忙的,马上就是期末,省联考连着期末考,正是冲刺阶段,老师带着学生翻来覆去地复习知识点,跟灌药似的,一碗接着一碗地灌,就算是学霸如方颉,一样会觉得疲惫。

但每天晚上他复习时短暂休息的时候,看到客厅里的光,就会奇异地平静下来。

江知津在陪着他。

靠着这种信念,方颉算是咬牙把联考和期末考过了,成绩还超过他的预期。

期末考年级第一不用说了,省联考方颉居然考了全省第二名的成绩。

出了成绩就开家长会,依旧是江知津替方颉去开,结束后顺便带着他出去吃了顿好的。

前几天方颉感冒了,虽然已经差不多好了,但还是一直咳嗽,嗓子估计有点儿发炎。江知津选了一家很有名的粤菜馆,选了几道清蒸、炖汤的菜,比较清淡。

吃完饭,两个人去超市买了点儿东西才回家。江知津先去洗澡,方颉窝在沙发上百无聊赖地点开了微信。

从这天开始就是寒假了,虽然只有短短十四天,但是聊胜于无,总算可以喘口气。班级群里热闹得很,一群人在说假期要不要约着出去玩一次,讨论得热火朝天。唐易不得已出来泼了盆冷水,提醒他们注意安全,出门要和家长报备,不要去太远的地方,记得做作业……

"小唐僧"一出马,群里一下子安静下来。徐航私戳方颉,发过来一个"生无可恋"的表情包。

徐航:"怕了小唐僧了。同桌,放假出来玩呗?就我们班的几个人。"

方颉回:"去哪儿?"

徐航:"也就这附近,近一点儿的市里玩密室,远一点儿的出去烧烤、泡温泉,还没定,你来吗?"

方颉还没回复,那边徐航又恍然大悟似的发过来一句:"哦,对了,你家不在绍江,过年你要回家吧?"

方颉微微皱起眉,手停在消息栏上。

其实他考试的时候就想过,自己寒假应该是要回家的,毕竟已经一个学期没回去了,又是春节……

但他又不太想回潮城,因为如果回家,他又要面对那堆躲也躲不掉的破事。

而且江知津家里已经没其他人了,方颉不想留他一个人在绍江过年。

最后,他含混着回了徐航一句"应该吧"。

仿佛有什么心灵感应,方颉刚回完徐航的消息,手机便振动了两下,有新消息进来了。

是周龄,他母亲发来的消息。

徐航话多且思维极其跳脱,还在说这天开完家长会回家以后,他母亲因为他考入年级前两百名喜极而泣、差点儿去拜佛的事。方颉暂时从对方的聊天框退出来,点开周龄的消息。

妈妈:"小颉,听知津说你今天正式放假了,是吗?"

方颉:"嗯。"

妈妈:"真好。妈妈替你买后天的机票,你早点儿回家过年。"

方颉先是愣了一下,手上飞快地打字:"你替我订了?"

隔了一会儿,那头的周龄回复了语音:"过年的机票不好买,妈妈问了知津你的放假时间,然后订了后天的票。你是有什么事情吗?用不用改签?"

没什么事情。春运难买票,母亲为儿子提前买票也很正常。方颉沉默了片刻,回复道:"那江知津呢?"

那头周龄的声音也很无奈:"我也问他要不要到潮城一起过年,他说他春节有事,就不过来了。我劝了好几次他都不听,偃,你再劝劝他。"

方颉盯着这条消息看了很久,最后回复道:"知道了。"

几句话聊完,江知津也洗完澡出来了。他只穿了一套米色的纯棉睡衣,手里拿着一块毛巾,正在擦头发,因为刚洗完澡,整个人看起来懒散无比。到了客厅,他往沙发上一坐,冲着方颉说道:"去洗澡。"

"待会儿去。"

方颉微微偏过头看着江知津,江知津感受到他的目光,与他对视了几秒,问道:"怎么了?"

"刚才我妈给我打电话了。"方颉说,"说给我订了后天的机票,让我回潮城过年。"

江知津先是一愣,前几天倒是接过周龄的电话,问方颉什么时候放假,只是他没想到她的速度这么快。

"你妈挺想你的。"江知津说。

江知津的语气很淡然,方颉看着他,几乎要脱口而出——要不要和我回潮城一起过年?

但方颉没问。

他很想和江知津一起跨年,但是话未出口,又想到了自己家里那一堆事。

方承临、翟蒐、私生子、知道他们家的事的人的指指点点……这些事不会因为过年而消停,反而像是不知道什么时候就会引爆的炸弹,到处都是雷区。

如果是以前什么都没发生的时候,方颉一定会让江知津和自己回去过年,但现在,他不能让对方跟自己一起回去承受这些莫名其妙的事。

方颉的话在舌尖转了转,最后变成了:"那你一个人在绍江过年?"

"也不是一个人。"江知津笑了一下,说,"周洪就是本地的,顾巡不回家,还有几个认识的朋友一起过。"

方颉放松了点儿,却依旧觉得江知津这样身处异地他乡、没有家人在一起过年的样子让他有点儿难受。他往沙发上一靠，没说话。

江知津反倒笑了。

"行了，别操心，下次有机会再去，行吗？"

"等高考完。"方颉没有笑，而是看着江知津说道，"我们一起回去。"

江知津原本边说话边擦头发，听到这句话，手上的动作猛地停住了。他看了方颉一眼，对方的表情很平静。

隔了一会儿，江知津笑了笑，缓缓地说道："知道了，到时候去。"

第二天方颉哪儿也没去，在家收拾了一遍自己的东西。机票是早上九点的，江知津开车把他送到机场，又把他送到安检口。

"路上注意安全，到了给我发消息。"

"知道了。"方颉拎着行李回头看了江知津一眼，又往旁边看了一圈。

四周没什么人，方颉在安检口站定，看着江知津轻轻地吐了口气。

"少熬夜、少喝酒、少抽烟，按时吃早饭，别一觉睡到中午，晚上吃完饭出去溜达一下再打游戏，汤圆每天走的路都快和你一样多了。有事你可以给我发消息，我开学就回来……"

江知津都快听笑了，打断方颉，说道："以前没发现你的话这么多啊。"

该安检了，江知津笑完，目光落在方颉的脸上，最后轻声说道："抱一抱吧。"

方颉没什么迟疑，放开行李，一把抱住江知津。江知津立刻反抱住他，揉了揉他的脑袋，声音压得很低："去吧，好好和你妈过年。"

方颉点了点头，随即松开手。

"走了。"

这天是工作日，周龄还没下班，方颉习以为常，出了机场先给她打了个电话，自己打车回了家。

方颉家里是独栋别墅，三层，他的房间在二楼。进门时里面很安静，没人，他直接拿着行李回了房间。屋子里倒是很干净，床单、被套全部是新换的，应该是钟点工一直在打扫。

方颉把带回来的东西放好,又把带回来的各种书和复习资料放到书桌上。通通收拾完毕,他才拉开椅子,坐到书桌前。

书桌就在窗前,这天的天气很好,阳光普照,让人的心情莫名舒畅。方颉在这个房间里度过了十多年,房间里有很多以前的东西,课本、手办、游戏光盘……

江知津应该喜欢游戏光盘,等自己回绍江可以带给他。

不行啊,方小颉,刚来呢。

方颉看了一会儿,掏出手机给江知津发了条消息:"我到了。"

那头的江知津没回复,方颉实在没事干,放下手机,随便抽了本最近的复习资料,拿过来一看,是《英语范文一百篇》。

他随便翻开了一页。

背完一篇作文,手机响了起来,他看了一眼,是江知津的电话。

方颉接通电话,那头江知津的说话声夹杂着汤圆凄惨的叫声一起传了过来。

"到家了?"

方颉嗯了一声,又问:"你干吗呢?"

"给你弟弟洗澡。"江知津说。

方颉愣了愣才反应过来,一下子笑了,说道:"我说它怎么叫得这么惨。"

"不仅叫唤还折腾,烦死了。"江知津的声音带着笑意,听起来心情不错,他说道,"等你回来你给它洗。"

方颉说了一句:"凭什么啊?"又想到江知津刚才说的"你弟弟",顺口接了一句,"它还是你儿子呢。"

江知津一秒接话,损人都不带磕巴的:"那你喊我爸爸吗?"

方颉喷了一声,说道:"你就损吧,等我回去你就惨了。"

"哇,吓死我了。"江知津毫无诚意地接了话,才问,"你在干吗呢?"

方颉低头看了一眼面前的《英语范文一百篇》,答:"背作文。"

"什么?"

"《英语范文一百篇》,刚背到第六十篇。"方颉说。

那边的江知津先是沉默了一会儿，接着长长地叹了口气。

"哎哟，我的天。"江知津的语气里带着一半笑意一半难以置信，他说道，"你到家第一件事就是复习啊？学霸？！"

他又笑了一会儿，最后开口说道："再坚持几天，马上考试了。"

"知道。"方颉笑道，"去给我弟洗澡吧，都叫成什么样了？"

"这就是兄弟情深吗？"江知津笑道，"那挂了，晚上再说。"

"嗯，挂吧。"

挂了电话，江知津扔下手机，跟汤圆大眼瞪小眼。

"别这么瞪我。"江知津伸手挠了挠它的下巴，"你哥暂时还回不来呢，没人替你撑腰。"

汤圆懒得跟他谈心，叫了一声，一脸要参毛的表情。他不受影响，利落地放开了淋浴。给它洗完澡，他耐心地抱着猫把毛吹干。等差不多了，他看了一圈，觉得很满意，不顾它的意愿，拍了张照给方颉发了过去："洗完了，没折腾死我。"

方颉点开照片，估计是汤圆不太配合，江知津直接一只手把猫揽在胸口。

汤圆的眼睛瞪得很大，表情惊慌失措，内心想法估计是：凡人，你也配搂朕！

方颉乐了会儿，又去看照片里的江知津。

汤圆后面的江知津脸上带着一点儿笑意，典型的把自己的快乐建立在汤圆的痛苦之上。可能是害怕它乱动，他没看镜头，稍微垂下眼去看猫，整个人看起来随性又散漫。

方颉和江知津聊了几句，心情好了不少，最后还是坚持把背到一半的英语作文背完了，又写了两篇阅读理解。

等他休息下楼的时候，周龄刚好回来了。

方颉几步走下楼梯，喊了一声"妈"。周龄有些激动，笑着招手让他过去。

"怎么好像又长高了啊？"她笑着摸了摸方颉的脑袋，说道，"等着，妈给你做饭。"

方颉半年才回来一次，周龄没再让钟点工过来，自己下厨给方颉做了顿午饭。吃饭时她问了方颉的成绩、复习情况、作业多不多，最后又说到江知津。

"知津还是没和你一起过来?"

"没,他说他和朋友一起过。"

"偏。"周龄叹了口气,夹了一块鸡肉给方颉,说道,"你们挺像的。"

"像吗?"方颉愣了一下。

"怎么没有?死犟,决定了的事谁都劝不回来。"周龄说,"不知道随谁。"

"随你了吧。"方颉笑道。

两个人自始至终没提到方承临。

一顿饭吃完,方颉想去收碗,周龄不让他碰,自己收拾完又把他赶上楼休息。

"下午要去个施工现场,晚上妈妈回来陪你吃饭。后天公司就放假了,到时候你想去哪里玩妈妈再带你去。"

方颉应了一声,送周龄出了家门才重新上楼,看了一眼时间,现在不到两点。

不知道江知津在干什么。

江知津正在关店门。

把里面的桌椅、板凳全部归置好,顾巡把"云七"的门锁好,又挂上了一块牌子,上面写着"春节休假,暂停营业"。

"你今年又一个人过啊?"顾巡挂好牌子,看了一眼旁边的江知津,说,"我还以为你会跟方颉回家呢,反正你们也是邻居。"

"等高考完吧,现在不好打扰他。"

顾巡笑着骂了一声:"那就还是跟以前一样,我们几个一起过。"他顿了一下,又问,"过完年你还回川镇吗?"

川镇是个很小的镇子,离绍江不远。江知津的老家就在川镇下面的一个村,那里也是周龄的老家。

"嗯,回去看看爸妈和我奶奶。"江知津说。

顾巡没再说话,递给江知津一支烟。

周龄的公司一放假,原本她想带着方颉出去玩一趟,但马上就过年,他的假期又短，两个人没能成行。他也不太想出去，接下来几天出门的时间只有清晨跑步，其余时间一般待在家里复习、睡觉、打游戏以及和江知津发消息。

顾巡不回家，周洪是本地的，还有一个兼职员工也不回老家，加上江知津，几个人打算一起跨年。

晚上十点多，方颉已经洗漱完了。周龄出去跟闺密打麻将了，方颉复习了一天，晚上偷了一天懒，躺在床上和江知津聊天。

方颉："那你们吃什么啊？"

对方估计也很闲，秒回："火锅，简单、省事、不翻车。"

方颉叹了口气："懒死你们得了。"

江知津不接受批评："你一个饭都不会做的人就少批评别人了，跟我待了半年愣是没学会一道菜，学霸的悟性也就这样了。"

方颉边乐边回："不是有你吗？"

江知津要被气笑了："那就听话点儿，否则等哪天我撂挑子了，看你吃什么。"

两个人天南地北地扯了一大堆，最后江知津才说道："行了，早点儿睡吧。"

方颉："嗯，晚安。"

结束聊天，方颉看了一眼时间，十一点半，周龄打麻将的朋友就在同小区，他想着要不要给妈妈打个电话问问要不要去接她。

方颉刚打开通话界面，就听见一楼传来了细微的声音。

方颉第一反应是周龄回来了，起身打开房门，走了几步到楼梯口，又立刻顿住了。

楼下的人听见声音，也抬头看了一眼，刚好和方颉四目相对。

来人居然是方承临。

方承临原本在门口脱外套，看到方颉，停住手，先往客厅里走了两步，对着方颉露出一个笑容。

"小颉，这么晚还没休息？"

方颉盯着方承临看了一会儿，并没有回答。方承临有点儿尴尬地笑了笑，接着说道："听说你回家了，我回来看看你……还有你妈。"

"哦。"方颉说。

他确实不知道要和方承临说些什么，要是曾经，方承临可以算是一个好父亲，甚至比周龄更加温和，愿意和他沟通。但是现在对于他来说，和方承临见面让他心情有点儿复杂，烦躁、难受、愤怒……还有失望。

方承临往楼上走了几步，距离方颉还有两三级楼梯的时候，才停住脚，温声问："还在复习？刚放假回家，休息几天也没事。"

"我已经回来三天了。"方颉说。

方承临尴尬了几秒，立刻接着说道："本来应该早点儿回来，但是我最近太忙了……"

说完他又想起什么，自证清白似的解释道："我最近都住在学校里，带几个学生的毕业论文。"

方颉闻言很轻地笑了一下，忽然说道："消毒水味……"

医院独有的消毒水气味，就算隔了几级台阶，方颉还是能闻到这股刺鼻的气味。他本来不想说，但方承临刚才欲盖弥彰的话忽然激起了他的火气。

"你的外套上全是。"

方承临的神色有点儿慌，他急急地解释："我就是下班以后去待了一个小时，今天他的情况有点儿不好——"

方颉其实很想跟方承临说不用跟自己说这事，他有没有去医院、待了多久，自己根本不想听。但他看起来很想和方颉说两句，说完那句话，沉默了几秒，深吸了一口气，抬头看着方颉。

"你想和爸爸聊聊吗？关于……他们的事。"

"不想。"方颉立刻说，"太晚了，我不想跟你吵架。"

"我们不吵架，心平气和地聊一聊不行吗？"

"你觉得可能吗？"方颉看着方承临问。

方承临沉默了，隔了一会儿，才开口说道："早点儿休息，太晚了就别看书了。"

方颉没说话，转身回了房间。

方承临没上楼，过了一会儿，方颉听见楼下传来关门声，他应该是在客房休息了。

外面的事刚出来的时候，方承临就已经在客房睡了，他也不常在家，得去学校、出差、去医院看儿子……

方颉往床上一扑，把自己埋进被子里，刚才和江知津聊天时候的好心情在这一刻烟消云散。

方颉拿出手机看了一眼屏幕，江知津抱着猫，脸上带着一点儿笑意，在阳光底下显得干净又舒服。

方颉看了一会儿，最后放下手机，闭上眼睛。

他想回绍江。

想到这儿，方颉又自嘲地笑了一下。

又想当逃兵了，方颉。

他知道这是不可能的，家里一堆事，他就算逃到其他地方，还是会不断影响到自己，方承临还是自己的父亲，医院里还是有个等着骨髓移植的孩子，翟菀还是有可能追到绍江，在学校门口守着自己。

长大和面对才是解决问题的办法。

就像江知津，永远不怕任何问题或者麻烦事，气定神闲，又有点儿狂，好像能搞定所有事情。

方颉笑了一下，紧接着又叹了口气。

接下来几天，方承临都会回来吃晚饭。

钟点工一般是做完饭端上桌就走，家里的是有点儿大的圆桌，方颉、方承临、周龄围坐在一起，一顿饭吃下来可以不说一句话。

周龄和方承临更是连目光都不会接触，方颉有时候觉得自己才能同时看见他们两个人，至于他们，应该看不见彼此。

气氛很窒息，所以方颉也不太爱待在楼下。一般是在房间里看书复习，有时候给江知津发发消息，打个电话。

方颉复习到一半，有人在外面敲了两下门，推门进来了。

方颉回头看了一眼，周龄端着一盘草莓走到书桌前。

"超市的草莓挺新鲜的，我买了一点儿。"周龄把果盘放到桌子上，问，"复习得怎么样？"

"还行。"

"有时间也出去玩一玩，劳逸结合嘛。"

"嗯。"方颉笑了一下，说道，"祁向约我下午出门的。"

虽然七中也放假了，但是祁向还在补课，原本一直要补到大年三十下午，这天刚好赶上补课老师家里有事，不得已空了一天，总算能透口气，一大早他就约方颉出去放风。

"挺好的，出去玩吧。"周龄拍了拍方颉的肩膀，说，"以前寒假都要带你去给外公、外婆扫墓，今年时间实在来不及，等高考完好吗？"

"行。"方颉说。

周龄进来时没关门，楼下传来细微的响动和说话声，两个人隐约能听出来是方承临和钟点工在说话，让对方炒菜的时候不要放姜末，方颉不喜欢。

房间里稍微安静了一会儿，周龄轻声开口说道："在家里待烦了吧？"

"没有。"方颉说。

"他说一定要回来陪你过年，毕竟前面十八年我们都是在一起过的，这次你还要高考……我觉得既然他说要陪你，那就让他回来吧，总比不知道在哪儿好。"

"你打算什么时候离婚？"方颉问。

周龄没想到他会问得这么直白，过了一会儿才答："等你高考完吧，律师建议我和他打官司。"

到时候又是一场拉锯战，一团乱麻。

方颉点了点头，没再说话。旁边的手机亮了一下，收到一条消息，是祁向问他下午两点体育馆见行不行。

一收到消息，屏幕跟着被点亮，江知津和汤圆的照片猝不及防地出现。下一秒，方颉听见周龄在身后问："哎，这是知津吗？"

"啊。"方颉一出声才发现自己的嗓子有点儿哑，咳了一声才接着说道，"是他，还有他养的猫。"

周龄愣了一下才笑着说道："很帅，猫也挺可爱的。"

江知津把手机放回包里，对着面前摆摊卖黄纸的老太太点了点头，说道："就这些吧，谢谢。"

江知津付了钱，把黄纸拎上车放在副驾驶座上，开车往川镇郊外的山上去。

川镇还是个偏僻的小镇，年轻人大多在外面上班，只有过年了才会携家带口、带着大包小包的东西回来一趟。也只有这个时候川镇的街上才会热闹起来，卖年货、鸡鸭鹅、小菜、炮仗、初一上坟用的黄纸和纸钱……

街上还没有人行道，人和车到处乱窜，江知津开一会儿停一会儿，等出了镇快要到山下了，人才稀少起来，毕竟没多少人会在这个时候来祭祖。

江知津停好车，拎着刚买的黄纸慢慢往山上走去。

上山的路还是黄土路，两旁长满了毛刺和枯败的草木。江知津一个人往上走了十几分钟，才到父母和奶奶的坟前。

虽然国家提倡新式丧葬，但以往去世的人依旧是被葬在土坟堆里。江知津这天单穿了件毛衣，拉起袖子拔开坟堆旁的杂草，又把刚买的黄纸在坟头顺着压好。

全部弄完，江知津才俯身在父母和祖辈的坟前挨个磕了头，直起身。

"我挺好的，用不着操心。"江知津对着墓碑露出一点儿笑容，道了一句，"新年快乐。"

说完江知津又在那儿待了一会儿，等到风把刚才折腾出的汗吹冷了，才拿起还剩一半的黄纸，接着往山上走去。

这次他走了五六分钟，来到了一座墓碑前。墓是合葬墓，墓碑中央刻了两个人的名字，左侧还有一行小字："孝女周龄，外孙方颉敬立。"

这是方颉的外公、外婆的墓碑。

和江知津想的差不多，这年方颉家里一堆事，他又高考，过年应该来不及赶回来祭祖。江知津和刚才一样动手清理了杂草，压好黄纸，又跪着认认真真地磕了三个头才站起来。

江知津的裤子因为这一通折腾沾了不少灰，他又在原地站了一会儿，想说点儿什么。

"方颉今年高考，估计不过来了，"江知津站了很久，才说道，"我替他磕个头，等他考完了再来看你们。"

　　方颉的外公和外婆是在江知津上高中时相继去世的，二人都是镇里的小学的老师，每次过年或者什么节日，都来看江知津和他奶奶，他的印象很深。

　　江知津还想说些什么，沉默了半晌之后，只是慢慢地吐了口气。

　　"新年快乐。"

　　说完这句话，他沉默了很久，又鞠了个躬，才转身离开。

第十一章
新年快乐

砰——

篮球砸到篮板上，发出重重的声响，紧接着落入网中。方颉收回手，走到一旁抄起矿泉水拧开，仰头喝了小半瓶水。

不远处的祁向慢慢跑过来，喘着气也拿起水喝了半瓶，等气喘匀了才开口说道："去吃饭？"

大年二十九，体育馆里人很少，两个人打了一下午球，现在已经下午五点多了。方颉放下水点了点头，说道："走。"

两个人随便选了一家自助烤肉店，祁向是肉食主义者，利落地端了八九盘烤肉，一片一片地往烤盘上铺。

"在家憋死我了，出门跟放风似的，今天我妈还问我要出去干吗，我说跟你交流一下学习心得。"

"至于吗？"

"年级第一不懂底层学生的艰苦。"祁向叹了口气，说道，"我妈给我定的最新目标是华大，我差点儿没被吓死，都想问她看我长不长得像华大的了。今天她也就是听见你的名字才让我出来了，还让我趁你回潮城赶紧和你学习。"

说完，祁向看了对面的方颉一眼，犹豫着问："你这次回来……你爸妈还好吧？"

祁向知道方颉家里的事，当初这事闹得挺大的，也知道他转学的原因。

"还那样。"方颉翻了一片肉，在淡淡的油烟里开口。

"嗐……反正你今年很重要，把自己顾好就行了。绍江照顾你的那个叔叔叫什么来着？他对你还行吧？"

方颉:"……"

他停了停手里的筷子,扫了祁向一眼。直到祁向没听到回答,有些奇怪地抬头看着他,他才开口说道:"江知津挺好的。"

"好就行。反正也就剩三个多月了。"祁向吃了口肉,问了一句,"那个江知津到底是什么样的人啊?"

"酷哥。"方颉笑道,"特别酷。"

"你就够酷了,哥。"祁向喷了一声说道。

方颉知道,周龄对江知津来说既是姐姐,也是自己的恩人,当初江知津照顾方颉更多的是报恩心态。

江知津看起来无坚不摧,只是责任感对于他来说,有的时候是魅力,有的时候是枷锁。

方颉希望由自己来打破这个枷锁。

起码在江知津说过那么多次"没关系,有江知津"之后,方颉也能对他说一次"没关系,有方颉"。

第二天一早是大年三十。

方颉一睁眼摸出手机看了一眼时间,是早上七点。他先给江知津发了"新年快乐",才起床去洗漱。

快到吃午饭的时间,方颉的手机响了两声,江知津终于有了动静。

对方给方颉转了一笔钱,八百八十八元,底下附了一句"压岁钱"。

方颉乐了半天,还是把钱领了,发了一句:"谢谢啊。"

江知津回复:"不客气。临时监护人应该做的。"

方颉:"在干吗呢?"

江知津:"和顾巡、周洪一起逛超市。他们为底料买牛油还是清油讨论半小时了,卖火锅底料的售货阿姨估计正在心里骂人。"

方颉乐了半天,江知津又问他晚上吃什么。

方颉:"清蒸鱼、油爆虾、土鸡汤、炖牛腩、炒青笋……"

他没歇气地报了几个菜，又回复："我妈做的。"

家里的钟点工已经请假回家了。以往家里的年夜饭都是方承临掌勺，周龄帮忙打下手。这年一大早，方颉下楼时，她已经在厨房里独自忙碌了。

他进去帮忙洗了菜，又被周龄支使着出来打扫卫生。

方承临不敢进厨房，出去给院子里的花草浇了水，又独自一人贴窗花，贴完窗花，又一个人拿着对联去了门口。

一个人贴对联挺难的，上下拉平和对准都不容易，方颉家大门门头有点儿高，方承临拿了一张凳子，爬上爬下地比对。

方颉看了一会儿，最终还是过去帮他把对联底下拉平。

"贴吧。"方颉说。

方承临先是一怔，接着有些激动，等贴完对联从椅子上下来，拍了拍手上的灰尘，笑着说道："待会儿去买点儿烟花，今晚我们在院子里放烟花玩，你小时候可喜欢了。"

方颉没说话，只是略微点头。

不管怎么样，这天是大年三十，任何事都过了这天再说。

方颉家的年夜饭吃得有点儿晚，七点才开饭。方颉下午复习完，时间还有点儿早。电视里每一个台都是热热闹闹的锣鼓或鞭炮声。在这样的背景音乐里，他靠在沙发上，接着和江知津发消息。

"顾巡和周洪买了快一千块的烟花，打算今晚在小区广场上放一夜。"江知津给方颉发消息，说道，"我都怕放到一半有人下来揍他们。"

方颉边乐边回复："那你要上去帮忙吗？"

"多丢人啊，算了。"

"就你这样的还当老板呢？"

"我要不是老板，买火锅底料的时候已经抽他们了。"

"小颉。"周龄在方颉背后拍了拍方颉，问，"和谁聊天呢？"

方颉猝不及防，被吓得心都停跳了一瞬，下意识地收起手机，才开口说道："江知津。"

"妈妈还以为是哪个小姑娘,看你高兴成这样。"周龄笑着说道。

没等方颉接话,周龄摆了摆手赶紧吩咐:"帮妈妈去超市买瓶料酒,回来就可以洗手吃饭了。"

"知道了。"方颉说。

方颉出了家门,和江知津发消息说了一句,才往小区外的超市走去。

天刚刚变黑,方颉在小区外面买了料酒,又拎着料酒慢慢往家里走。一路上都很安静,路上只有风声,这时候人们应该都在家里吃年夜饭。

方颉隐约能听到不知道哪里传来的鞭炮声,噼里啪啦的,很热闹,还有不远处正在放歌。

"新年好呀,新年好呀,恭祝大家新年好……"

歌挺好听的,方颉在寒风里跟着哼了几句。

过了几分钟,快走到自己家门口时,方颉抬头看了一眼。

方颉出来的时候门是关上的,但是此刻,家里的大门大大地敞着。客厅里的光照了出来,一起传出来的还有哐当一声巨响,是东西被砸碎的声音。

方颉的心重重一跳,他加快速度往家里跑了几步,冲进屋内。

客厅与餐厅是贯通的,没有隔断,进了客厅,方颉一眼就看到周龄满面怒气地站在餐桌旁。而站在一旁的方承临一脸惊慌失措的表情。

还有客厅中央站着的,是正在痛哭的翟菀。

翟菀的头发全部散了下来,混着眼泪,无比狼狈,因为她情绪太激动,面目看上去有些狰狞,语气无比激动:"我怎么了?大年三十我想让你去陪你儿子过年有错吗?!"

翟菀看到方颉进来,立刻掉转方向,狠狠地指了指方颉,激动得几乎破音:"你以为你只有这一个儿子是吧?方承临!别忘了,你还有个儿子大过年的躺在医院里!今天上午他刚刚被抢救了一次!想在这时候阖家团圆,你做梦!"

周龄气得脸色苍白,指着方承临说道:"带着她滚出去。"

方承临立刻朝着翟菀走了几步,想要去扶她。

"有什么事情我们出去再说……"

"有什么好出去说的？！"翟菀一把甩开方承临，转头用那双已经哭肿了的眼睛盯着方颉，往他这边走了几步。

"方颉，你要不要跟我们一起去看看你弟弟？要是你愿意救他，他早就好了，不会大年三十还要被抢救，还要躺在监护室里！"

周龄气得发抖，顺手抄起餐桌上的碗往地上一砸，说道："滚出去！否则我就报警了！"

方颉几步走过去，扶住周龄，抬眼冷冷地看着方承临，说道："让她滚。"

方承临朝母子两个人走了几步，急急地解释："我确实没想到她会过来……"

翟菀冷笑了一下，说道："你当然想不到了，你还能想到你医院里的儿子吗？"

"翟菀！"

"我说错了吗？你心里只有你的老婆和儿子！你想过我和安安吗？"翟菀转过头，死死地盯着周龄："你报警啊，让警察来看看你们这群狼心狗肺的东西！"

"闭上你的嘴。"方颉指了指翟菀，语气很冷地说，"你儿子还在医院里躺着等你回去呢，你再多说一句试试？我保证你今晚见不到他。"

翟菀的话被生生打断。方颉转头看着方承临："我刚回来的时候你不是要聊聊吗？那就现在聊吧。"

没等方承临反应过来，方颉接着往下说："第一，你那个儿子，我绝对不可能替他捐骨髓。你骂我冷血、没道德、没良知都可以，随便。"

"第二，你和这个女的，"方颉指了指翟菀，说道，"最好别再出现在我妈面前，再有一次我直接报警，你们进去了，那个小的就自己在医院里躺着吧。"

翟菀面无血色，看着方颉一边哭一边骂："你怎么这么冷血啊？你不怕遭报应吗？"

"对，我就这么冷血。"方颉点了点头，甚至冲她笑了一下，说道，"你放心，如果有报应，肯定先落在你和方承临身上。"

他转头看向方承临，指了指门口，说道："现在，带着她滚出去。"

方承临最后还是把翟菀拖走了。

餐厅里一片狼藉，翟菀冲进来的时候估计砸了几盘菜，地上全是碎盘子和倒翻的菜，排骨、清蒸鱼……

方颉拿来扫把扫干净，又拖了地。等全部搞完，沙发上的周龄才猛然惊醒似的，对着方颉转过头，说："妈妈去热一下菜。"

"不用，还是热的。"方颉说，"先吃吧。"

电视里春节联欢晚会已经开始了，几个主持人的话语里带着喜庆之意，恭祝全国人民新年快乐。

方颉和周龄坐在餐桌前，沉默着吃完了一顿饭，又看了一会儿电视。

不到十点钟，周龄就站了起来，说道："妈妈有点儿困了，想先回房间睡一觉，你——"

"我回去复习。"方颉立刻说。

"没事，休息一天吧。"周龄笑道，"看看电视，或者出去逛一逛。"

方颉摇了摇头，和周龄一起上楼。她快要回房的时候，他喊了一声："妈，新年快乐。"

周龄先是一愣，接着眼眶立刻就红了。她赶紧扭过头，带着浓重的鼻音嗯了一声。

"新年快乐。"

方颉回到房间，没有洗漱，甚至没有换衣服，直接往床上一扑，翻过身，用手臂盖住了自己的眼睛。

窗子外面有人在放烟花，声音很响，还有小孩儿的笑声和尖叫声，吵吵闹闹的。刚才他在路上听见的歌声应该就在这附近，现在还在不停地播放着。

"新年好呀，新年好呀，恭祝大家新年好。我们唱歌，我们跳舞，祝福大家新年好……"

方颉躺在床上，慢慢地吐了一口气。

手机振动的时候方颉懒得动，隔了五六分钟，才爬起身把它拿过来点开。

江知津发了段小视频过来，周洪和顾巡远远地在点火，点燃了就赶紧往这边跑。接着镜头往天上移，烟火呼啸着冲上半空，炸开一朵一朵绚丽的烟花。

方颉把这个视频看了五六遍，才打字："他们没被揍吧？"

江知津："暂时还没有，小区的邻居都特别善良。"

方颉笑了一下，江知津又发了一条消息："在干吗呢？"

方颉想了想，回复道："睡觉。"

过了几秒，江知津的电话直接打了过来。

电话一接通，江知津带着笑意的声音裹着烟火声和欢笑声，一起传进了方颉的耳朵里。

"这么早就睡啊？"江知津的声音带着笑意，依旧懒散，却非常温柔。

方颉突然鼻子一酸，隔了半响才应了一声："困了。"

江知津脸上的笑意一顿，慢慢消失。他选了个安静的地方，对着电话那头喊了一声："方颉？"

"嗯。"

"怎么了？"

"没事。"方颉稍微压抑住自己的情绪，不想让对方听出来，于是说，"新年快乐。"

江知津安静了几秒，才开口说道："嗯。"

"懂不懂礼貌啊？"方颉本来心情很差，现在突然被江知津搞得有点儿想笑，说道，"一般这个时候你不该礼尚往来地祝我新年快乐吗？"

"行吧。"那边的江知津明显叹了口气，紧接着开口，跟念课文似的说，"我怕大年三十的祝福太多，你会看不到我的问候……"

"今天已经三十了。"方颉听了一半就笑了，说道，"江知津，你有病吧？"

江知津啧了一声，问道："能不能听我说完？"

"哦。"虽然江知津看不到，方颉还是忍着笑意点了点头，说道，"你说。"

电话那头，江知津语气带笑，偏偏还一本正经地接着把那段祝福语说了下去："我怕初一的鞭炮太吵，你会听不到我的祝福，所以在此时此刻，提前对你说一句……"

"我在呢。"江知津轻声说。

窗外面的爆竹和烟花的声音还没停，有人大声喊了一句"新年快乐"，还有小孩儿的尖叫声和笑声，估计是离烟花太近了，大人扯着嗓子让他们离远一点儿……

但方颉觉得这个瞬间突然很安静，安静得他只能听见电话那头江知津平缓的呼吸声，还有那句穿过几百千米的话。

隔了很久，江知津都快抽完一支烟了，才听见那头的方颉开口说："我……"

说第一个字，声音就沙哑得厉害，方颉不得不停了一下。

他觉得有点儿丢人，止不住想笑，又有点儿鼻酸。

"哎，你这也太突然了……我都没反应过来……我就是想说，我也……"

"慢点儿说。"江知津听得有点儿想笑，打趣道，"你这样搞得我跟怎么你了似的。"

"滚。"方颉抬手挡住眼睛，也跟着笑了，半晌之后才轻声说道，"知道了。"

一直以来方颉都是勇敢且真诚的，知道分寸，又在合理的距离里最大限度地展示自己的赤诚之心，像一团不会熄灭的火焰。

所以当这团火偶尔被浇灭的时候，江知津会特别心疼。

不远处的顾巡和周洪又点燃了新的烟花。半边天空被映得五颜六色的，江知津掐灭了烟，抬头看着半空。

"新年开心，方小颉。这是你十八岁度过的第一个春节，虽然我暂时没能和你一起过节，但还是祝你开心。"

——虽然第一个春节我们相隔了几百公里，在不同的城市，但估计接下来的一段时间，我们都会在一块儿。

所以不止新年快乐，祝我们春夏秋冬都快乐。

良久之后，方颉喷了一声。他因为刚才的破事而烦躁不安、跌落谷底的心情被江知津的一个电话抚平了。

"你这样……让我特别想回绍江。"方颉说，"就……跟你待在一块儿说说话什么的。"

"坚持坚持吧。没几天了，你在家好好陪陪你妈。"

"知道了。"方颉说，"去和顾巡、周洪放烟花吧，我怕你一个没看住他们就被揍了。"

隔着电话方颉都能听见那二人扯着嗓子在那儿叫唤，混着烟花的爆炸声，简直扰民。

江知津边笑边说道:"挂了,早点儿睡吧。"

方颉二十号收假,接下来的几天,方承临都没有再出现在他和周龄面前,估计是在医院,也可能自己回学校了,方颉懒得管。

十八号下午,周龄送他去机场。

"最后三个月,再坚持一下,好好努力。"周龄把行李递给方颉,轻声叮嘱,"高考完就好了。有什么事情你就和知津说,你们的关系应该很好吧?"

"嗯。"方颉点了点头。

"我看也是,就这么几天假你们还老聊天。"周龄笑着说道。

方颉犹豫了一下,最终还是没说什么,看着周龄说:"我走了,照顾好自己。再有人来骚扰你你就报警,然后给我打电话。"

"给你打电话干什么?那么远呢。"

"可能没什么用,但可以让我知道一下,想想办法什么的。"方颉对着周龄露出一个笑容,然后说道,"我就是想说,你还有我呢,没什么好怕的。"

"乖儿子。"周龄抬手揉了揉方颉的头发,欣慰地说道,"去吧。"

方颉乘坐的飞机起飞的时候,江知津刚好从超市回家。

这天方颉回来,坚持不让他去接,所以他打算做顿好的。

江知津踩着时间做饭,等玉米排骨汤已经冒泡了,他把蒸鱼从锅里端出来,紧接着门口就传来了开门声,有人进了门,直接朝厨房走了过来。

"回来得还挺快。"江知津先是吓了一跳,然后又笑了。

"嘿,回去过个年吃胖了吧?"江知津伸手拍了拍方颉的背,笑着说,"我一只手都搂不过来了。"

"那是我没来得及脱外套。"方颉隔了这么多天再见江知津,本来心情很复杂的,结果愣是被他搞得有点儿哭笑不得,"你能有点儿情商吗?"

"行,行,行。"江知津笑着点了点头。

他觉得方颉这次回家肯定是受委屈了,就在大年三十的时候,至于为什么,无外乎是方承临和翟菀的那一堆事。

五六分钟后，方颉吸了吸鼻子，问道："你炖汤呢？排骨玉米。"

"就这样你还说我没情商呢？"江知津叹了口气，放开方颉，说，"对，去洗手吃饭。"

方颉笑着撒开手，飞快地回房间换了衣服，又洗了手才坐到桌前。汤圆从肉味飘出来的时候就在桌子底下钻来钻去，江知津给它倒了猫粮，放在桌子旁边。

江知津给方颉舀了一碗汤，问："你妈还好吗？"

"挺好的。"方颉喝了一口汤，说道，"还问你为什么不回去一起过年。"

"下次吧，可能明年。"江知津说。

方颉抬头看了他一眼，说道："这么自信啊？"

"不自信不行。"江知津又给方颉夹了一块排骨，说道，"我怕明年大年三十你又哭着打电话给我，小可怜。"

"谁哭了啊？"方颉菜都不吃了，瞪着江知津。

"我哭了，行吗？想着你大过年的一个人，我都心疼哭了。"江知津笑着说道。

方颉跟着笑了，半晌才说道："就……大年三十那天，翟菀来找方承临，吵了一架。"

江知津皱了皱眉，放下筷子问："然后呢？"

"然后我就说绝对不可能给他儿子捐骨髓。"

"挺好的。"江知津说，"早就说过了，你决定了就行，其他的事都不用管。"

很早之前江知津就感觉到了，方颉有点儿执拗。

他来到绍江，好像已经离开了潮城乱七八糟的环境，但心理上又固执地强迫自己去面对——怎么面对方承临和翟菀，怎么对待那个医院里的孩子，怎么保护自己的母亲……

翟菀无意间拿捏住了他的性格，不断强迫他，给他说他应该给她儿子捐骨髓，他应该接受自己的弟弟，他应该……

江知津想，只要方颉乐意，他想干什么就干什么。

方颉回到绍江，心情明显好了不少，吃完饭强迫想躺在沙发上的江知津跟自己一块儿下楼遛了个弯，回来洗完澡，两个人又一起玩了会儿游戏。

两把游戏结束，汤圆凑过来开始在两个人中间打滚，尾巴甩来甩去，不停地往江知津身上爬。

方颉暂时放下游戏机，看了猫一眼，问道："它干吗呢？"

"估计是困了，都十一点了。"

方颉挠了挠汤圆的下巴，看着它舒服地眯起眼睛，说道："那就去睡觉呗。"

"它这几天都在我的房间里睡。"江知津也低头看了汤圆一眼。

"这几天晚上都在放爆竹，把它吓得不行，老在客厅里叫唤，我暂时让它睡卧室。"

"啊。"方颉明显愣了愣，看着江知津半天不知道说什么，只说了声"哦"。

江知津看了他一眼，突然笑了，问道："你那是什么表情？你也想睡了？"

"有点儿，但是，"方颉看了江知津一眼，说道，"我今天还有张试卷没做。"

江知津："……"

江知津沉默了半晌，最后长长叹了口气，说道："方颉，我发现你这人真的挺……"

"挺轴的是吧？"方颉也有点儿想叹气。

"不是。"江知津笑道，"挺认真的。"

方颉太认真了，以至有点儿可爱。

江知津把电视一关，催促道，"行了，去写吧。"他冲着旁边打滚的汤圆招手，说："走吧，陪你哥写作业。"

因为方颉要写作业，所以当天晚上江知津和汤圆一起搬到了他的房间里。他坐在书桌前写那张英语卷的时候，汤圆趴在拿进来放在门口的猫窝里，江知津躺在床上玩手机。

门窗关着，屋子里很暖和，方颉只穿了一套睡衣。他写完一篇阅读理解，抽空转头去看了一眼床上的江知津。

江知津穿着米白色的睡衣倚在床头，整个人裹进了印着海绵宝宝的被子里，拿着手机不知道在看什么。感觉到方颉的目光，他头也不抬地说了一句"学霸，专心点儿"。

方颉扭过头，继续去看题。

房间里的灯很明亮，汇成窗外万家灯火里的其中一盏。

方颉坚持把那张试卷写完时，再转头去看江知津，他已经闭着眼，好像睡着了。

开学后，高考的压力又一次压在所有学生的头上。

高三下学期的晚自习时间直接延长到十一点，江知津基本每天都接方颉放学。有的时候方颉上车直接先睡一觉，能睡个二十分钟左右，回家再洗把脸复习。

江知津觉得他肉眼可见地瘦下来了，有点儿心疼。但他一旦开始复习的时候，整个人就会变得极度专注认真，眼里那种光反而明亮且耀眼。

早上六点的雾，深夜两点的灯，写下的每一个字，还有在家与学校间往返的一趟趟路程……这些琐碎的东西加起来，对于这些十七八岁的高三生来说，都可以概括为"努力"或者是"梦想"。

而这两样东西不会辜负任何一个人。

距离高考还有一百天的时候，学校在学校大礼堂组织了一次誓师大会，要求必须有一个家长陪同学生参加。而高三教师代表、学生代表要上台讲话，为全校高三生加油鼓劲，俗称"打鸡血"。

高三教师代表选了年级主任，学生代表当然是方颉。

"那你上台打算说什么啊？"江知津看了方颉一眼。

现在典礼还没开始，学生正领着自己的家长往礼堂里走，一路上人很多，校园里吵吵嚷嚷。

"其实都差不多吧，刻苦努力争上重本，感谢学校，感谢老师，感谢父母，感谢江知津……"方颉虽然是理科生，但还是认真地写了稿子，在江知津没到的时候还读了两遍。他一直觉得自己的记忆力不错，所以上台的时候，他直接脱稿。

绍江一中的礼堂很大，足够容纳近两千人。绍江一中高三一共七百一十七名学生，加上家长，几乎把礼堂坐满。

方颉他们班在中央的位置。他一上台就先看见在人堆里拼命向他招手的徐航和蒋欣馨。他先冲着他们笑了一下，接着又看了一眼他们旁边的江知津。

已经开春，江知津这天穿了件白衬衫，整个人看起来干净、闲适，在一堆人里显得格外出挑。他正看着台上的方颉，见方颉看过来了，对着方颉笑了一下。

方颉移开目光，握住麦架开口："各位老师同学、各位家长，大家好，我是高三理科（3）班的方颉。"

方颉的演讲稿不长，刚开始那一段确实是常规的"打鸡血"的话，什么"坚持不懈、砥砺前行、奋战高考、青春无悔"……江知津在底下听着，很佩服他，脱稿都能记得这么多词。

到结尾那段，方颉稍微一顿，目光又回到江知津身上。

直到和江知津的目光对上，他才接着开口说道："高考倒计时一百天，同时感谢这段时间以来对我们大力支持的老师、同学、父母、家人，以及其他的……非常重要的友人。"

"非常重要的友人"几个字方颉说得很认真。他稍微抬起头，朝着江知津的方向笑了一下。

"如果说这么久以来我们是在黑暗中追寻月亮的人，那么感谢你们在前方为我们点灯。让我们在'刚开始明白人生其实没有小时候想象中的那么容易'的阶段，也明白了，虽然人生不太容易，努力一把也未尝不可。

"最后祝绍江一中全体高三学生，不留遗憾，未来可期。"

在满堂掌声里，方颉退后一步，稍微鞠了个躬。

演讲结束，学校又给每个人发了一张心愿卡，简单的草木黄色卡，小小的一张，用信封装着。

台上的校长语气激动，情绪高昂地说道："每个人把你想完成的事、你的梦想、你想要考的学校写在里面，写好了还给班主任，分班统一放进盒子里，埋在学校的小花园里，等高考完再挖出来，看看你们的梦想有没有实现。"

"十四个班，学校的小花园得全是坑了吧。"徐航小声说。

"你这人懂不懂浪漫啊？"前面的陈瑶回头瞪了他一眼，又问蒋欣馨，"欣馨，你想考哪儿？"

"华大吧。"蒋欣馨眼睛弯弯地说，"不知道自己行不行。"

陈瑶赶紧点头说道："行！肯定行！华大多好啊，我也想去，可去年他们的分数线好高啊……"

徐航的母亲就希望他上华大，他听见这两个字都有点儿害怕了，怕母亲在旁边接话，连忙转头看着刚下台坐下的方颉，问："同桌，你想上哪个学校啊？"

方颉先看了江知津一眼。对方也看了他一眼，笑着问："想考哪个学校？"

"还在想。"方颉说。

其实方颉考虑过。他刚开始的目标是京大，最高的那几所学府，以他的成绩他应该也是够得着的。但现在方颉突然觉得，北方离潮城和绍江都有点儿远。

唐易把心愿卡递给方颉的时候还和他开了个玩笑："这得许愿一个京大吧？"

方颉笑了一下没说话，打开后，犹豫了一下，没立刻动笔。

"想去哪里就去哪里，能对自己负责就行。"江知津看着他说，"如果还没想好，那就写点儿别的东西。"

方颉点了点头，想了想，写道："考个好点儿的大学。"

写完这条，方颉停了一下，半晌没写出下一条。

前面的唐易在已经挨个回收心愿卡了，离他差不了几排，方颉转了一下笔，有点儿无奈地看了一眼旁边的江知津，忽然问："今晚我们吃什么？"

江知津愣了愣，反问："你想吃什么？"

"火锅行吗？"

"行啊。"江知津说。

方颉笑了一下，低头接着利落地写了一句："和江知津吃火锅。"

江知津本来看得很认真，看到这条就笑了，问："前一条就算了，后一条是什么意思？不至于吧？"

"这就是个比方。"方颉笑着合上笔，把心愿卡装进信封，再封好。

"我就是挺喜欢这个感觉的，一起打游戏、喂猫、看电影，想吃火锅就一起出门下楼遛个弯，找个地方吃完了，再慢慢走回来。"

江知津一时没说话，过了半晌才笑起来，说道："方颉，我发现有时候你真的很……"

他很敏感、很可爱、很会说话、很……柔软。在酷哥的外表下，旁人不可见，只有亲近的人能触摸到的柔软一面。

"很不错是吧？"方颉看了江知津一眼，"我知道。"

"很会夸自己。"江知津挑了一下眉。

方颉勾起嘴角，唐易已经走到他这排，吆喝着问大家写完了没有。他伸出手，把那封心愿卡递了出去，被唐易放进了盒子里。

信封封得很严实，没有其他人会知道，绍江一中高三年级第一名的学霸方颉，百日誓师大会写的心愿卡上只有两个愿望。

"牛奶、鸡蛋、鲜虾、牛肉……这是什么？"

顾巡翻着江知津放在吧台上的购物袋，把最底下那包柠檬糖翻了出来。

"水果糖啊？"

"嗯。"江知津看了一眼，说，"方颉喜欢吃这个。"

"你真是……养儿子都没这么费劲吧？"顾巡笑了半天，又问，"快高考了吧？"

"快了，最后二十二天。"江知津说，"这几天方颉瘦得有点儿厉害，每天睡得又晚，我有点儿担心。"

"考完了就解放了，我当初高三的时候也觉得自己掉了层皮似的。"

"希望吧。"江知津看了一眼时间，说道，"先走了，这段时间辛苦你们了。"

顾巡摆了摆手："去，去，去，接儿子去。"

江知津笑着走出了"云七"，夜风一吹，他的衣摆有点儿飘。

五月份的天气已经很热了，班上的人基本都穿上了短袖，教室里的风扇从早自习就打开，一分钟不停歇地响到晚自习结束。窗子全部开着，外面偶尔刮过的风吹进来，吹得桌子上摊开的练习册哗哗作响。

就算是这样还是热，很多人左手拿着本子扇风，右手拿着笔算题，依旧热得满头是汗。

第二节晚自习没有老师，徐航写完理综卷的一道题，惨叫一声倒在了桌子上。

"救命啊！什么时候是个头啊？！"

"后面的高考倒计时在那儿挂着呢，还有二十二天。"隔壁排的陈瑶插了句嘴。

"快点儿吧，撑不住了。"

"快点儿？你复习完所有科目了吗？都练扎实了吗？每个公式、每个语法、每篇必背课文你都记牢了吗？"

徐航立刻被吓得直起腰，摆手说道："算了，算了，那还是慢点儿吧。"

周围的人都笑起来，沉闷的气氛被冲淡了一些。

陈瑶毒舌完，又大发善心地安慰了徐航几句："高考完可有三个月假期呢，到时候你再休息呗。"

下课铃声已经响了，徐航如释重负，从桌上爬起来，边收拾东西边说道："等考完我先睡个七天七夜。同桌，你呢？"

"先回趟家吧。"方颉想了想，说。

几天前周龄特意打电话过来问要不要她陪考，他拒绝了，说有江知津在这儿。她还开玩笑说现在在他心里江知津比她这个母亲还靠谱了。

虽然只是开玩笑，但最后周龄放弃了过来陪考。

所以等高考结束了，他打算先回趟家……

他看着校门口的江知津，想着。

江知津冲着他招了一下手，等人到了面前，从包里掏出一颗糖递给他。

"回家。"

天气热到窗外已经传来蝉鸣的时候，六月份终于快要到了。

到了这个时候，以唐易为首的一大半老师忽然又缓下来了，让他们好好巩固一下基础的知识，不要再拼命刷题，也不要过分焦虑，注意饮食习惯，预防中暑，早点儿休息……

老师们基本上把能想到的事通通在课上说了一遍。

这个时候老师通常会变得很温柔，而年级里最调皮捣蛋的那几个学生也会突然开始乖巧一点儿，愿意低眉顺眼地听老师讲这些老生常谈的话。

"明天你们都放假了，记得劳逸结合，既不能太过放松也不要太紧张，反正也就这两天了。注意饮食清淡一点儿，天热，有些喜欢吃冰棍的同学就先忍一忍。准考证、身份证、文具千万不要忘记带。每个考点门口都会有我们年级的老师，到时候有任何问题你们都可以来找我们……"

唐易啰啰唆唆地说了一大段话，忍不住又笑道："我是不是又话多了？你们心里又叫我小唐僧了吧？"

底下一个班的学生哄堂大笑，徐航壮着胆子大声嚷嚷了一句："老师，原来你知道啊！"

"老师什么不知道？"唐易笑着答完，又挨个把班上每一个同学看了一遍。

一共四十五个人，本来应该是四十六个，谭卓中途休学，前几天唐易刚给他父亲打了电话，对方说他已经在看心理医生了，准备休息一段时间，下个学期重新跟着上高三。

唐易在心里叹了口气，开口说道："行了，放学时间差不多了，最后再啰唆一句。

"高考并不能决定你今后的人生，但确实是你生命中第一个重大的转折点。不管今后大家的人生是什么样子，至少在最后这几天，尊重自己这三年的努力，不要留遗憾。"

底下的学生沉默了一会儿，一个接一个地鼓起掌来。在热烈的掌声中，唐易笑着挥了挥手，顺便玩了个梗："勇敢的少年啊，快去创造奇迹！"

底下又是一片笑声响起。

最后一天课，没有上晚自习，下午就放学了，高三的学生要把所有的东西都带回去。所有人都在忙着收拾东西，方颉抽空看了一眼手机。

江知津给他发微信问："要不要进去接你？"

方颉利落地回复："不用，我很快就出去。"

前几天他已经陆陆续续地把一些东西带回家了，现在一个书包就放得下。

方颉背上书包，从座位上起身。

旁边的徐航看他收拾得差不多了，问："同桌，你要走了啊？"

"嗯。"方颉点了点头。

徐航停下收拾东西的手，拍了拍方颉的肩膀，语重心长地说道："加油啊！我们学校就靠你争光了。"

方颉笑了笑，也对他说了句"加油"。

前面收拾东西的陈瑶和蒋欣馨没时间说话，转头冲着方颉摆了摆手。

唐易还在门口站着看着他们收东西，见方颉出来，问："江知津来接你？"

"嗯，在外面。"

"放松点儿，别紧张，我觉得你冲个全省前三名不成问题。到时候学校单独给你开一个宣传栏。"

"谢谢，没必要。"方颉有点儿无奈。

唐易笑着拍了拍方颉的肩膀，说道："行了，走吧，好好加油。"

学校门口来接人的家长很多。江知津找了个离门近的地方，站得很靠前，等方颉出来，他一眼就看到了。

回去的路上，江知津问方颉："今晚吃清淡点儿，去吃广东菜？"

说完，没等方颉说话，他又说道："算了，我做吧，干净一点儿。"

"感觉你比我还紧张。"方颉有点儿想笑，说道，"以前你不是大半夜带我去摊上吃烧烤吗？"

"现在是非常时期。"江知津笑道，"毕竟你是高考生。"

方颉抿着嘴笑了一会儿，才说道："你这段时间也很累。"

方颉一般都复习到深夜一到两点。以前这个时候江知津要么在"云七"，要么已经睡了，但下学期以来，他一般都在家里，待在客厅戴着耳机看电影或者玩游戏，尽量和方颉同步休息。

"父爱如山。"江知津接着说。

"你就说吧。"方颉看了他一眼，收回目光。

最后两天是调整和休息的时间，方颉把睡觉的时间往前提了一个半小时，晚上十二点就睡，起床的时间倒是没变，起床后又把知识点从头到尾梳理了一遍。

到了这个关头，他反而不怎么紧张，觉得自己梳理知识点的时候还挺顺的。

他进考场的头一天晚上，周龄给他打了个电话，叮嘱他一大堆事，又安慰他不要紧张，好好休息。

这通电话打了半个多小时，等挂断后，方颉才发现方承临也给他发了一条消息。

对方没打电话，只是在微信上让方颉好好应考，写完多检查，最后说了一句："爸爸一直为你骄傲。"

方颉看了一会儿，没回。

要是在最开始的那段时间里，可能他还会感到烦躁或者郁闷，但是现在，这些东西对他的情绪已经没多大影响了。

第二天一早，方颉一个人在卧室收拾好自己进考场要带的东西，想了想，又拉开书桌的抽屉。抽屉里有一个藏蓝色的小盒子，他把它打开，里面是江知津送他的平安扣。

从收到礼物开始，方颉就总觉得这个平安扣很重要，于是一直把它放在这儿，但是这天……

他把里面的平安扣拿出来，系在了脖子上。

江知津一大早起床给他做了早饭，是虾仁小馄饨，小小的，很香。为了这顿早饭，他起得比方颉还早一点儿，这让方颉有点儿震惊。

"我在这儿住了这么久，应该是第一次见你早起吧。看见你在厨房的时候我都以为我没睡醒。"去考点的路上，方颉说。

"看在你今天考试的分上，算了。"江知津看了方颉一眼，说道，"等考完了你看我抽不抽你。"

方颉笑了一路，快要进考场的时候才止住笑。

门口全部是来送考的家长和快要进考场的学生。

"东西都带了吗？"

"带了。"

方颉晃了晃手里的透明文具袋，又伸手把挂在脖子上的平安扣拽了出来，说道："还有这个。"

江知津先是猝不及防，紧接着就笑了，说道："行，进去吧，我在这儿等你。"

"你找个凉快点儿的地方等，奶茶店、茶楼什么的。"方颉嘱咐，"太热了。"

六月份的绍江，大清早热气就已经上来了，太阳照久了，让人有点儿受不了。

"你还有时间操心我呢？"江知津叹了口气，忽然对着方颉伸出了手，拍了拍他的肩膀。

阳光洒下来，行道树上传来拖长的蝉鸣，四周都是鼎沸的人声。

江知津低声说道："去吧，等你回来。"

方颉笑了一下，低声说道："嗯。"

等方颉进了考场，江知津又在原地站了一会儿，直到听见里面传来预告考试开始的钟声，才转身。

他没走太远，随便找了个奶茶店。大清早店里没什么人，他随便要了杯柠檬水。店员看起来也就二十多岁，边下单边笑着问："等小孩儿高考？"

"啊。"江知津笑着应了一声。

两天高考，三年青春，四场考试。

最后一场英语的交卷铃声响起来，监考老师让所有人停笔站起来的时候，方颉居然没什么紧张或者惆怅的情绪。

他出考点的时候旁边有人大喊了一声："终于解放了！"有人还在紧张地对题，也有人好像在哭。方颉听到了轻微的抽泣声，旁边有人在小声安慰哭的人。

方颉心里只是稍微浮现一秒钟的念头：啊，考完了。

就好像一场漫长的马拉松终于到了终点，跑的人内心深处已经毫无波动。

但包括学生、家长、老师在内的很多人很兴奋，考点门口到处是交谈声，还有父母扯着嗓子在喊自己孩子的名字，热闹得跟菜市场似的。

方颉看了一圈，没看到江知津，索性给对方打了个电话。江知津接得倒是很快，一接通就问："考完了？"

"嗯，你在哪儿？"

"往前面走一点儿，还是昨天那家奶茶店。"

方颉依照他说的走了一段距离，才看到他的车停在路边，他坐在里面，正低头玩手机。方颉打开车门，才看见位子上放了一杯奶茶。

"早上那儿太挤了，就先开出来等你，顺便给你买杯奶茶。"江知津放下手机，发动汽车，问道，"五点了，回家还是出去吃？"

方颉喝了口奶茶，说道："都行。"

"那就回去吃吧，先去趟超市。"

奶茶是冰的，不是很甜，加了椰果，方颉喝了半杯放下说道："今晚吃——"

"吃糖醋排骨。"江知津立刻接话。

"哦。"

以前放假以及高考这几天，江知津一般都会问方颉想吃什么，他这会儿愣了一下才反应过来，有点儿哭笑不得。

"不至于吧，考完了连问都不问了？"

"认清自己的身份。"江知津语气严肃地说道，"你现在已经不是珍贵的高三生了。"

"飞鸟尽，良弓藏""狡兔死，走狗烹"……好像用在这儿都不太合适。

方颉叹了口气。

江知津的嘴角上扬，隔了一会儿他又喊了一声"方颉"，语气里带着笑意。

"毕业快乐。"

方颉被这一声说得心里一空，终于有了点儿实在感。

自己毕业了。

"毕业这段假期很长，想出去玩会儿吗？"江知津说，"一般你们毕业不都喜欢毕业旅游吗？或者考个驾照什么的。"

"没想好。"方颉说。

"回家、旅游、考驾照，要么跟徐航说的一样，直接什么也不干，先躺在床上睡他五六天，或者你在家里待着不出门，先……"方颉原本想说的是"先打两天游戏"，但他一边说话一边百无聊赖地往车窗外看去，不知道想到了什么，还没说出来的话被尽数憋了回去。

江知津安静了几秒，有点儿憋不住笑，问道："哎，先怎么样啊？"

"先买点儿东西。"下一秒，方颉毫不迟疑地说。

天气一旦热起来，傍晚吹风的时候江知津才愿意出门遛弯。晚上吃完饭，两个人跟大爷似的出去逛了一圈，回来冲了个澡，一看时间，八点多。

高考一结束，脱离了那种拼命刷题复习的状态，方颉反而不知道自己应该干些什么了。江知津还在洗澡，他犹豫了一下，随便找了部电影来看。

这是一部评分不错却很冷门的意大利爱情片，原声，要是以前方颉应该还会认真看一看，但这天时常走神。

男、女主角正在花园里互诉衷肠，这个女主角很眼熟，好像他在哪部电影里也见过……

方颉还没想完，啪的一声，原本播放着电影的屏幕突然变成了一片黑暗。与此同时，屋内所有的灯一齐熄灭了。

客厅和浴室的两道声音几乎是一起响起来的，方颉先是蒙了几秒，立刻转头。

突然陷入黑暗之中，他的眼睛有些适应不了环境，只能凭借直觉看向卫生间的方向，伸手去摸刚才不知道被自己扔在哪个位置的手机，嘴上喊了一声："江知津！"

"在呢。"江知津也提高声音回了一句。

方颉还是没摸到手机，就懒得去拿了，等眼前勉强能借着窗外的光看清点儿东西，便摸索着往卫生间走去。

"你没事吧？"

"刚洗完。"江知津的语气里透露着点儿无奈之意，他说道，"吓死我了。"

方颉忍俊不禁地说："你不是喜欢关着灯看恐怖片吗？"

"喜欢看也禁不住这么吓啊。"

在这种环境下换睡衣有点儿高难度，江知津摸索着走了两步，凭直觉拿过浴巾往腰上一围，打开门说："你……"

他还以为方颉在客厅，本来想问一句"你没事吧"，结果一开，门口站着一个模糊的影子，正准备摸索着敲门。

这人拍惊悚片呢？

江知津叹了口气，先握住方颉伸出来的手，说道："没事。"

方颉明显松了口气，反握住江知津的手，退后两步让江知津先出来，然后问：

"怎么回事？"

"不知道，待会儿看一下物业群。"江知津看着方颉，问道，"吓坏了吧？方颉小朋友！"

"滚。"方颉笑着骂了一句，隔了一会儿才发现有些不对。

方颉顺手在对方的手臂上摩挲了一下，后知后觉地问道："你没穿衣服啊？"

"啧。"江知津回道，"你在这种环境下给我表演一个换衣服。"

方颉又是一通笑，好一会儿才慢慢停下来。

可能是因为高考结束，从必须早起的状态中解脱出来了，也可能是头天晚上睡得太晚，第二天一早，方颉的生物钟失灵，他直接睡到九点多。

他睁眼的时候房间里已经大亮，被子和床单都乱七八糟的，他掀开被子坐起来。卧室的门没关，外面的卫生间里传来隐约的水声，他抓过旁边的睡衣换上出了卧室。

走到卫生间门口，方颉敲了两下门，里面江知津的声音随即传了出来，还挺大的："门没关。"

方颉犹豫了一下，拧开门。

江知津刚洗完澡，下身穿了条浅灰色的运动裤，上身还光着，正在洗漱台前俯身刷牙。

"你起得还挺早的，我还以为你又爬不起来了。"方颉说。

早上江知津起床的时候抽空看了一眼物业群，里面解释说昨晚停电是因为隔壁小区施工，把什么线挖断了，抢修了一晚上，现在已经恢复供电，让业主谅解。底下也有不接受解释的业主，正在和物业吵架，他看了两眼就退出了。

两个人吃了个蛋炒饭当早餐，吃完，方颉先去洗了碗，又喂了猫，回来时才冲着沙发上玩手机的江知津说道："趴着，给你按按腰。"

"这么乖？"江知津丢下手机，顺势趴到沙发上。

他只穿了件白色的T恤，方颉隔着衣服帮江知津按着腰。

他这天一早才想起江知津的腰上有伤。江知津看起来倒是精神不错，闭着眼舒舒服服地让他按了一会儿。汤圆在旁边绕来绕去，最后轻轻一跃，爬到江知津的背上，跟着方颉的手踩来踩去。

"哎哟。"江知津笑着睁开眼,拍了一下方颉的手,说道,"行了,快按睡着了。今天不出门啊?"

"不出。"

"你们班不同学聚会啊,感情这么淡薄?"

"说是先等两天。"方颉把汤圆抱下去,说道,"班级群里通知。"

"那晚上我们叫上顾巡和周洪,一起吃顿饭吧,他们还挺关心你的,老问你高考的事。"

方颉没怎么迟疑地点头应道:"行啊。"

他们晚上吃的是风味菜。点了菜,服务员又向他们推荐了新出的米酒,江知津要了一壶,转头问旁边的方颉:"要喝一点儿吗?"

"都行。"方颉看了江知津一眼,说道,"当初你不是说再也不会让我当着你的面喝酒了吗?"

"太记仇了,方小颉。"江知津说,"我当初还说过要抽你呢,抽过吗?"

方颉低头笑了一下。

这晚江知津让"云七"关了门,给所有人放了一天假,几个人边吃边聊。顾巡和周洪一来就问了方颉高考感觉怎么样,方颉依旧是四平八稳地答了一句:"还行。"

有道石板烧豆腐江知津很喜欢,但是有香葱。方颉先把豆腐夹进自己的碗里,一板一眼地挑完葱末,又夹给江知津。

江知津跟太上皇似的等着方颉布菜,对面的顾巡都看不下去了,叹了口气说道:"小方子,你江叔叔长手了,不至于。"

吃完饭天已经黑了,几个人都喝了酒,周洪和顾巡打车回家。饭店离江知津和方颉住的小区很近,两个人溜达着慢慢往回走。

夏天晚上吹风的时候最凉快,路上出来遛弯的人不少,还有趁机出来摆地摊做生意的,手机贴膜、炸烤串、冰粉、糖葫芦串……

方颉和江知津并肩走在人群里,忽然觉得很舒服。

他喜欢这种感觉,不管是和江知津待在一块儿看电影、睡觉、复习,还是散步,哪怕两个人都没说话,但就是让人觉得舒服,就像……

"虽然旁边的人很多,还是感觉全世界只有我们似的。"旁边的江知津忽然说。

见方颉看过来,江知津接着说:"虽然都在一条路上,面对面走过去,但人与人之间的融合度是不同的,就像一杯水和水上面浮的一层油,被隔开了。"

"你这话听起来很像物理实验。"方颉反应了半天,最后说。

"你这回答听起来很欠抽。"江知津看了他一眼。

方颉乐了半天,刚想说点儿什么,包里的手机忽然跟着振动起来。

他止住话,拿出手机看了一眼来电显示,上面显示的来电人是他的母亲。

方颉愣了一下,立刻接通了电话。

"妈。"

"小颉,在忙吗?"

"没,你说。"

电话那头周龄的声音听起来倒是很轻松,她说道:"昨天就该打电话给你了,又担心你和朋友出去玩,打扰到你。考完了感觉怎么样?"

"应该还行。"方颉说。

"那就好。"周龄说完,沉默了一会儿,又问,"你这几天没事的话……想回潮城一趟吗?"

她这句话说得有点儿犹豫,方颉明显感觉到了不对,脚步稍停,微微皱起眉。

"怎么了?"

"你爸准备和我离婚了,什么都不要,只要求尽快办手续。"

周龄顿了顿,接着说道:"本来我想着自己处理这事就好了,但毕竟你已经是个大人了,还是应该通知你一下。你要回来吗?"

"真不用我陪你回去?"

大清早在机场排队的人很多,前面的人已经开始过安检了,江知津看着方颉,又问了一遍。

"真不用。"方颉走得急,没带什么东西,只背了个包。他看着江知津,面上倒是平静，看不出心情好还是不好，说道，"我妈的性格你也知道，这个时候……"

方颉没说完，江知津就懂了。周龄性格要强，这个时候估计是不太想见外人的。他没再坚持，只是对着方颉点了点头，说道："有什么事情就发消息，还不行我就过去。"

"知道。"

方颉朝着安检口走了几步，又忍不住回头看了一眼江知津，他还站在原地。见方颉看过来，他好像明白方颉心里在想什么，对着方颉笑了一下，说道："进去吧。"

方颉叹了口气，转过身。

等人消失在安检口，江知津又在原地站了一会儿，才转身往外走去。回到车上后，江知津没立刻走。烟瘾犯了，他从包里摸出烟抽了一支咬在嘴里，却没点燃。

江知津很久没抽烟了，因为高考前晚上都在家陪方颉复习，担心烟味太大，影响到对方。这段时间烟瘾一犯他就吃方颉的柠檬糖，还挺有用的。

方颉说方承临急着离婚，自己需要回去一趟的时候，江知津还挺意外的。

当初方承临咬死不离婚，现在突然转变这么大，肯定是有原因的。江知津不关心这个原因是什么，只担心会不会对方颉有影响。

万一是翟菀又发疯了，或者是医院里那个小孩儿出问题了，方承临想把方颉骗回去带到医院……但这不太可能，那样就犯法了。

江知津吐了口气，觉得自己过于担心，都有点儿神经质了。

方颉已经十八岁了，是成年人、学霸，自己没什么可担心的。

话虽这么说，但最后江知津犹豫了一下，还是给方颉发条消息："到家了和我说一声。"

两个多小时的飞行结束，方颉坐到周龄车上才看到江知津的这条消息，飞快地回复了一条消息："到了。"

旁边的周龄问："和谁聊天呢？"

"江知津，问我到了没有。"

周龄有点儿意外，片刻后才说道："小津还挺关心你的。"

方颉不知道该说什么，只是嗯了一声，周龄转而说道："我约了律师，明天一早和方承临谈离婚的事。"

方承临虽然说了自己什么都不要，但周龄已经不信任他了，哪怕他赌咒发誓，她依然要求找律师签协议转让掉他名下两个人共有的房产，还有他占的自己公司的股份。

周龄是靠自己一步一步走到这天的，在生意场上转了这么多年，脑子清醒得很，之前最信任的就是儿子与丈夫，结果后者是个不折不扣的背叛者。

现在方承临说什么她都不信了，只有白纸黑字才是真的。

方颉又嗯了一声，接着问："他为什么突然要求离婚？"

"我也不太清楚。"周龄沉默了一会儿，说道，"听说是医院里那个小孩儿……不太好。"

方颉没再说话。

医院里那个孩子他只见过一次，是在翟菀带着对方找到学校的时候。那个时候对方确实比同龄孩子瘦弱很多，被吓得一直哭、一直咳嗽，但看起来身体还算可以。

后来就是翟菀发疯时发的那几张照片了。

方颉不知道这个"不太好"是到了什么地步。

周龄和方承临定的是第二天一早九点签协议，就在家里，她找的律师提前十分钟到了，三个人一直等着方承临。

方承临迟到了近一个小时才来，看起来整个人匆匆忙忙的，身上有股淡淡的消毒水气味。

他先看到了方颉，有些惊讶，估计没想到方颉会回来，轻声喊了一声："小颉。"

方颉答了一声："嗯。"

方承临对着他短促地笑了一下，在对面坐了下来。

周龄找的律师很专业，将各个方面的问题都考虑到了，要签的协议很多。

方承临没怎么反驳，只是问了几句就开始埋头签字。

她坐在对面，这天穿了条西装裙，化了淡妆，脊背挺直，看起来像在谈公事。

两个人二十多年的婚姻走到现在，变成了一份又一份的法律协议。

方颉坐在旁边看着方承临，心里居然很淡定，没有愤怒，也没有伤感，更没有自己想象中的"终于离婚了"的喜悦。

最后，关于方颉的问题，律师说道："虽然方颉已经年满十八岁，但还在接受教育，抚养权依然存在。他可以自己选择跟随父母的其中一方生活。"

三个人的目光都落在方颉身上。

方颉长长吐了一口气，非常想说"我跟着江知津生活算了，这一年我在他那儿活得挺好的"。

但这话一说估计面前的人都得疯。

"我妈吧。"方颉答。

周龄冷硬的神色稍微柔和下来，方承临看了方颉一会儿，看起来有点儿失望，却没再说什么。

第十二章
没关系，明天见

等所有一切手续都弄完，周龄和方承临领了离婚证，已经是两天后。他还有一些东西在家里，说是有时间再来收。她也很干脆，找了家政全部收拾到客房里了。

方颉这两天都在家陪着周龄。他有点儿担心她的情绪，祁向叫了他两次出门他也没出去。但她看起来很平静，该上班上班，该休息休息。

这天周龄没上班，出去和朋友逛街了。方颉一个人待在家，躺在房间里和江知津聊天。

方颉和江知津说了一遍，江知津回复道："都这么久了，再失望、再伤心也差不多了，这很正常。"

方颉："也是。你在哪儿呢？"

过了一会儿江知津才回复："'云七'，被顾巡抓来大扫除了。"

让江知津动手大扫除，那跟要他半条命没区别了，方颉笑着回："你这个老板也太卑微了。"

江知津："是啊，我说等方颉回来了让他打扫，顾巡没同意。"

方颉被气笑了："什么人啊！"

江知津立刻回："说谁呢？"

方颉眼睛都不眨一下："说顾巡。等我回去了替你重新打扫一遍。"

江知津："阴阳怪气是吧？方小颉！"

方颉笑够了，又和江知津扯了一会儿别的话，直到听见楼下传来开门声，才出门下楼。

周龄正在一大包一大包地往屋内拎东西，方颉粗略看了一眼，一堆新床单、新被子、新枕头……

方颉赶紧上去帮她把重的东西拎进来，语气有点儿震惊："你买这么多东西干吗？"

周龄甩了甩手，说道，"给你上大学准备的。你上大学不得住校啊？一次性买回来，到时候省得买了。"

"分都还没出呢。"方颉更震惊了，说道，"再说，江知津那儿的东西我还能用呢。"

"我的傻儿子，你去的时候人家给你准备的东西，你走了还带走啊？害不害臊啊？"

周龄说完，又问："对了，还没问你，什么时候出分报志愿？"

"差不多月底吧。"

"刚好，我到时候和你一起去绍江，把你在那儿的东西带回来，再请小津吃个饭。这么久了，我都不知道怎么谢谢他……"

方颉愣了愣，打断周龄，重复了一遍："带回来？"

"是啊。"周龄莫名其妙地看了方颉一眼，有点儿好笑地说道，"都高考完了，我们家的事也解决了，你还想在人家那儿住一辈子啊？"

"我……"方颉下意识地开口，刚说了一个字，又立刻停住了。

周龄看了他一会儿，笑意慢慢淡去，微微皱起眉头说道："怎么了？"

"太突然了。"方颉沉默了几秒，说道，"我在江知津那儿待得挺好的，你突然说要我回来，我……没准备好。"

方颉接着说："当初你打了个招呼就把我送到江知津那儿，现在打个招呼又让我从他那儿回来，这样对江知津不太公平。"

"这是什么逻辑？"周龄莫名其妙地说道，"妈妈知道小津帮了我们很多忙，所以才说都不知道怎么感谢他才好，也一直把他当成亲弟弟，才让你早点儿回潮城。当初我把你送到绍江实在是没有办法，给人家添了不少麻烦，所以现在事情解决了才让你赶紧回来，别再打扰人家了，不对吗？"

对，当然对。

方颉吐了口气，心里有点儿烦躁，耐着性子说道："江知津知道你的打算吗？起码要告诉他一声吧。"

"到时候当然会告诉他。"

周龄这回是真的有些诧异了。她端详着方颉的神色问:"你是不是舍不得小津啊?"

方颉抿了抿嘴,没说话。

周龄这天也就是话赶话说到这儿了,没想到方颉的反应居然这么大,她说道:"行了,离出分报志愿不是还早吗?到时候再说。"

周龄顿了顿,开玩笑道:"小津这么大了连对象都没有,还要照顾你一个半大小子,可别耽误人家了。"

直到周龄已经说到别的话题了,方颉都没再说话,整个人都有点儿蒙。

他想过自己上大学了以后,估计会有一段时间和江知津见不了面,但还有假期,比如劳动节、国庆节之类的,好像也没什么关系。

但他没想到周龄会突然让他回来。

方颉躺在床上叹了口气,扯过被子捂住脸。

他看了一眼时间,现在是晚上十点多,江知津估计还没睡。

方颉点开微信看了一眼,聊天记录停留在上次回家时和对方的那几句对话上。

他干脆给江知津打了个电话。

江知津这晚没去"云七",昨天绍江的温度突破新高,他吹了一晚上的空调忘了关,以至第二天一起来,大热天的居然有点儿感冒了,嗓子又疼又哑。

方颉的电话打过来的时候,江知津已经在家里躺了一天了,刚下定决心走出门,去小区门口的药店买了一瓶枇杷膏。

看到来电显示,江知津犹豫了一下,先拧开手里刚买的矿泉水喝了两口,才接通电话。

电话一接通,方颉先喊了声"江知津",然后才问道:"吃饭没?"

"都几点了?夜宵都能吃完一轮了。"江知津说。

虽然江知津已经提前润了润嗓子,但他一出声方颉就听出不对劲了。方颉皱了皱眉,问:"你怎么了?"

"空调吹的。"江知津在心里叹了口气,说道,"感冒。"

"你可真行啊。"绍江现在估计日均三十五摄氏度,江知津能把自己给吹感冒了,方颉有点儿无奈,问道,"用去医院吗?"

"不用，我自己买点儿药就吃了。"

方颉猜道："懒得去，是吧？"

"你觉得现在隔得远，我抽不着你了是吧？方小颉。"

要是平时这时候方颉应该乐了，但这天和周龄的那通谈话让他有点儿笑不出来。

他们确实隔得太远了。

因为这个，方颉有一会儿没说话，江知津等了几秒，笑意稍敛，问道："怎么了？"

方颉没说话，抬起手臂遮住眼，闷声笑了一会儿才说："这次我估计要在家待久一点儿。"

"刚高考完，我妈又刚离婚，我担心方承临那边再惹麻烦，我在家的话至少能帮帮我妈的忙。"

江知津顿了顿，答："知道了，好好在家待几天。"

当天和周龄的那通对话，还有她让自己回潮城的事，方颉暂时没有和江知津说。

这几天里，方颉就抽空出门见了趟祁向，一起吃了顿饭。

祁向看起来考得不错，趁着成绩还没出来准备出去旅游一趟，庆祝脱离苦海，还问方颉要不要一起去。

"我等报志愿以后吧。"方颉说。

他很想和江知津出去玩一趟，到时候问问江知津想去哪儿。

祁向拍了拍他的肩膀，没说话。

和祁向吃完饭，回去的路上时间还早，刚好是下班高峰期，方颉打了个车，一路上堵车堵得半死不活的。

前面又是几十米长的车龙，司机按了按喇叭，不耐烦地抱怨了一句："每次一下班，一院这条路都堵死了，广播里天天说要拓宽，要分流，喊了一年多了没见动静……"

方颉闻言下意识地转头看了一眼窗外。

道路旁不远处那栋离得最近的高楼是住院楼，上面挂着一个巨大的红色十字，在黄昏时显得无比醒目。

潮城一院。

方颉猛然想起，方承临和那个女人的儿子就在这个医院里住院。

周龄说这次方承临突然松口离婚，是因为医院里的那个孩子不太好。他匆匆回来签离婚协议的时候，身上也全是消毒水味……

方颉看着对面的楼，很久没说话。

司机十分钟后又慢腾腾地将车子开出去两米，正在骂骂咧咧的时候，方颉突然说道："麻烦你在前面找个地方停车吧。"他说，"我有点儿事。"

付钱下了车，方颉站在原地，盯着那栋高耸的住院楼看了很久，才朝着住院楼走去。

走到住院部的楼下，方颉停了下来，半晌没动。

夕阳已经沉了一半，余晖洒在建筑上，看起来朦胧又柔和，如果不是那个巨大的红十字，很难看出这是医院。

他不明白自己刚才为什么要下车，也不太可能现在去看那个小孩儿。不说别的，万一他遇到翟菀，对方精神状态不稳定，估计会觉得自己是来挑衅或者给她儿子下毒的。

但此刻他又无比清晰地认知到，那栋楼里有个七八岁的小孩儿，是他父亲的私生子，得了白血病，正在等着骨髓移植。

对面楼有不少病房亮着灯，一盏接着一盏，方颉看不清里面的人。楼前的小花园里不少穿着病号服的人正在散步，有的被人扶着，有的自己慢慢悠悠地围着花坛绕圈。

那个小孩儿估计不会下来散步，太危险了。

方颉对他不可能有什么兄弟情，也谈不上憎恨。周龄说对方或许不太好的时候，他还愣了一会儿，这可能也是他现在站在这里的原因。

但是他也就这样了。

方颉又站了一会儿，最终深深吸了口气，又慢慢吐出来，还是转身准备离开。

鉴于刚才打车的速度还不如自己走，方颉准备先穿过这条街，去前面坐公交车。

他刚往路口走了几步，迎面居然撞见方承临。

方承临左手拎了一袋东西，看起来是饭盒，右手举着手机正在打电话。他往前走了几步，一抬眼也看见了方颉。

他先是明显地愣了一下，对着电话那头的人匆匆说了几句就挂断电话，大步往方颉这边走过来。

方颉站在原地没动，直到他走到面前。

"小颉，你怎么在这儿？"方承临看了一眼医院的方向，神色有点儿异样，忍不住说道，"你是来——"

"祁向找我吃饭。"方颉打断他，"就在旁边，刚吃完。"

"哦，哦。"方承临有些尴尬，指了指手里的东西，说道，"我出来买点儿饭菜，你弟……安安，实在吃不下医院的饭菜了……"

方承临小心翼翼地观察着方颉的脸色，慢慢说道："你要不要进去看看他？翟菀今天不在。病房里就他一个小孩儿，平时也没什么人和他说话，如果你去……"

方颉刚才复杂的情绪瞬间消失殆尽，他只觉得好笑。

有时候方颉觉得方承临真的很神奇，他能把一切事情说得理所应当，包括问亲生儿子要不要去看看私生子这种问题，好像不答应他是自己不对，自己错过了一个培养兄弟感情的机会，严重点儿可能影响到世界和平……

"你觉得这样有意思吗？"方颉问。

方承临的话突兀地断了。他看着方颉，神色似乎有些难过，却还是说道："爸爸错了，不该说这事。

"只是他最近病情反复得很厉害，再过一段时间，我可能会带他出国看病，到时候……"

到时候估计自己想见也见不着了。方承临应该是这个意思。

方颉快被气笑了，但因为方承临前面那句话，方颉最终还是忍住了没发火，只是点了点头问："出国？翟菀也去吗？"

"去吧，她不能离开安安，而且我们已经……结婚了。"

两个星期前离的婚，现在方承临和翟菀已经结婚了，速度挺快的。

方颉哦了一声，不意外，要不是时机不对，都想说句"恭喜"了。

毕竟方承临躲躲藏藏了这么多年。

那头的方承临还在检讨自己："我也知道这么快结婚对不起你和你妈，但是翟菀的情绪已经非常不稳定了，安安那边也真的不能再拖了……"

方颉的烦躁感更甚,他甚至想和方承临说"你家的事用不着和我解释",但接下来,方承临沉默了一会儿,有些艰难地接着开口。

"如果再没有合适的骨髓,综合来看,用脐带血好像成功的概率更大。"

新生儿脐带血。

方颉猛然抬头,死死地盯着方承临。他先是以为自己听错了,觉得荒谬可笑,紧接着怒气一瞬间被点燃,直冲头顶,他说道:"你们疯了!"

"我能怎么办?我每天都在托人问,各个医院,省内、省外、国内、国外,没有一例合适的配型。"方承临看着方颉。

他还不到半百,头发几乎白了一半,看起来整个人颓唐又苍老。

他无力地说道:"所有办法我都想了,只剩下这点儿希望了,我能说别管他了,让他去死吗?小颉,如果是你,你能怎么办呢?!"

旁边已经有人看过来了,方颉管不了那么多,盯着方承临,语气冷硬地说道:"造成这一切的原因是你出轨,生了个儿子。你从来没有考虑过他来到这个世界上会遭受什么事。现在你发现错了,又要用另一个生命来弥补这个错误,你和翟菀是人吗?"

方承临的情绪也逐渐激动起来。他说道:"对,我出轨,我知道我不是一个好爸爸,对不起所有人,但已经走到今天了,我不可能把一个七八岁的孩子扔在医院里等死!如果你以后做父亲有孩子了,就会理解我的感受了。"

"你放心,我不会跟你一样不负责任。"方颉冷笑一声,说道,"至少不会出轨生小孩儿。"

"我现在难道不是在负责任吗?我在对他的生命负责任!"

"如果你对他的生命负责任,当初就不会把他生下来!"

越来越多的人开始往这边看,方承临的胸口剧烈起伏着,他看着方颉半晌没说话。

过了许久之后,他眼中的激动又被痛苦取代,声音也低了下去:"小颉,你还太小了,不懂。等你以后结婚有了孩子——"

"我的事轮不到你管。"方颉打断他。

方承临愣了愣,抬头看着方颉,问道:"什么?"

夕阳已经完全沉了下去,四周的光线暗淡下来,方颉的脸沉在阴影里,让人看不出神色。

平心而论，在人来人往的医院门口对着方承临说这些挺话不合适的，这个情况下不适合说这些话，他也不是适合的对象，可方颉管不了那么多了。

他怒火中烧地看着方承临，忽地笑了一下，重复了一遍："我不会婚内出轨，不会在外面有私生子还觉得自己很负责任，也不会一会儿让亲生儿子捐骨髓，一会儿生小孩儿用脐带血。你用不着拿你的那堆假设情况让我感受、让我理解你，没意义，还挺恶心的。"

方颉一个人走了一个多小时，直到周围人与车的声音都渐渐消了下去，才回过神，抬头往四周看了一眼。

他走了这么久，别说坐公交车，再走半个小时都能到家了。

方颉自嘲地笑了一下，接着嘴角又慢慢垂了下去。

他走的时候看了方承临一眼，对方面色惨白，惊怒交加，看起来似乎想要对他说些什么，但可能是太过震惊了，一个字也没说出来。

不过方颉想来也不会是什么好话，算了。

天已经快黑了，方颉一个人走在路上，夜风吹得他的发梢掠过耳际，有点儿痒。

现在回过神，方颉也知道自己刚才上头了。

他不该在这个时候和方承临讲这些话。

但不可否认的是，说完了那一段话，方颉觉得很爽，特别是看到方承临的神情之后。

为什么小时候自己的父母永远不能多陪陪自己——等你长大就懂了；为什么父母总是吵架——等你结婚就懂了；为什么方承临要出轨——等你有孩子就懂了……

他用不着等了。

方颉是十八岁，不是八岁，大家都坦诚一点儿，用不着再一次一次地相互搪塞了。

离家已经不远了，方颉没再坐车，接着往前走着。

路上有人在慢跑，有人散步，有人遛狗，他们不断和方颉擦身而过。

不知道这天江知津出门遛弯了没有，以前有方颉在，还能拖着他下楼在小区里逛荡两圈，现在他一个人，估计连门都懒得出了——哦，也不一定，他还得去"云七"……

方颉边想边往前走,手机恰巧在这个时候响了一声。

他还以为是周龄问他什么时候回来,拿出来一看,是江知津发了一张照片过来。

照片上是很久之前他们去过的那个咖啡馆,依旧在原来的位置。大夏天的,山上没有雪,只有深深浅浅的绿意,在暮色中看起来静谧无比。

方颉没有迟疑,直接给江知津打了个电话。

电话一接通,那头江知津的声音夹杂着山里的风声一起传了过来,听起来有点儿模糊不清:"晚上好。"

方颉笑道:"你在山里啊?"

"嗯。"江知津说,"反正一个人也是闲着,进来待一会儿。"

"挺好看的。外面的桌椅是新换的吧?上次去不是这套。"

"记忆力真好。夏天他们不用懒人沙发,换竹椅了,外面还有个吊床,等你回绍江再带你上来。"

方颉无声地笑了一会儿,江知津语气不急不缓,带着笑意说道:"汤圆很想你,老往你的房间钻,你的床都快变成它的猫窝了。"

"等我回去抽它。"方颉答。

"什么时候?我在你回来之前先给它吃顿好的。"

这问题问得委婉,方颉安静了一会儿,答:"月底吧,报志愿的时候。"

江知津嗯了一声,说道:"那我再让汤圆在你的床上住几天。"

这人也太无聊了。

方颉没忍住笑了,那边的江知津问:"在外面?"

"嗯,出门和同学吃饭。"方颉停了一下,

最终他还是没把刚才遇到方承临的事说出来。

"行。"江知津笑着说道,"早点儿回去吧,大晚上的,别让你妈等急了。"

"嗯。"方颉笑着应了一声,也说道,"你也早点儿回去,开车慢点儿,睡前记得调空调。"

一旦分开,方颉话痨的指数直线上升,毕竟江知津是个早、中、晚饭能攒一顿吃,门都懒得出,吹空调还能把自己吹病的主……

自己还是要早点儿回绍江。

方颉挂掉电话看了一眼手机界面，依旧干干净净。

周龄没给自己打过电话，也没发过消息，不知道是在加班还是已经回家了。

如果加班忘了问自己也正常，但是如果已经回家了，周龄见到他不在，一般会发消息问一下。

方颉收起手机，慢慢吐了口气。

不管怎么样，他到家再说。

到家的时候天已经完全暗了下来，方颉走到门口伸手推了一下门，没锁，是开着的。

方颉顿了顿，推开门往里走去。

客厅里没开灯，光线很暗。

黑暗之中，周龄一直没有说话。方颉深吸了一口气，说道："妈，对不起。"

周龄的声音微微发着抖，她问："对不起什么？"

方颉停了一下，慢慢说道："妈，我一直觉得……对不起你。"

周龄愣了一下，抬头注视着方颉。昏暗中，他看着她，努力笑了一下。

"小时候我就和你不亲近，我觉得你太忙了，也不太管我，没想过你有多辛苦。后来能理解你了，家里又出了事，我没能陪在你身边，自己去了绍江。那个时候方承临和翟菀都在发疯，我自己走了，这让我觉得自己挺……懦弱的。"

"你怎么会这么想？！"周龄的脸上明显浮现错愕之色，接着，方颉看到她的眼睛慢慢红了。

"是我送你到绍江的，那些都是大人的事，和你有什么关系？"

"很多人告诉我那是大人的事，不用我管，我只需要好好学习……但是只要我是你和方承临的儿子，永远不可能说'那是你们的事'。那个时候，我确实没有陪着你。"

方颉说到这儿，吐了一口气，眼眶忽然有点儿热。

他从小到大，别人在周龄面前夸他，都说他懂事、听话、省心……

可他还是让她伤心了。

周龄看着面前站着的方颉，自己十八岁的儿子已经那么高了，帅气聪明，独立勤奋，好像从小到大都不需要自己操心。

她一直觉得自己在前面面对方承临和翟菀，把方颉送去绍江，他就能够不受影响地好好高考，从来没想过他心里原来有过这么多的压力与煎熬。

周龄的鼻子一酸，眼泪猝不及防地落了下来。

她不想让儿子看见，转过头胡乱擦了两把泪，声音还是哽咽的。

方颉的喉结一滚，再开口时他有些艰难地说道："你怪我吧，都是我的错。"

良久之后，周龄慢慢从沙发上起身。

她估计是坐得太久了，起来的时候身形稍微晃了一下，方颉想伸手去扶她，她摆了摆手，自己站直了，在黑暗中转身慢慢往楼上走去，幽幽地说道："谁也不怪，我怪我自己。"

方颉跟在周龄后面看着她上楼又进了房间，临关门的时候，他轻轻喊了一声："妈。"

周龄关门的手稍微顿了一下，她红着眼抬头看着门口的方颉，过了许久，才慢慢把门关上了。

方颉不知在门口站了多久，最后把额头抵在门上，闭上了眼。

方颉几乎一个晚上没睡，天快要亮的时候，闭上眼睛缓了几分钟，又起身冲了个澡。

周龄的房间房门紧闭，她没去上班，也没出来。方颉犹豫了一会儿，没去敲门，转身下楼准备早饭。

他这时候才发现，冰箱里钟点工准备的昨晚的饭菜放得齐齐整整的，几乎一口没动过。昨晚周龄回家应该连饭都没吃。

方颉叹了口气，烤了两片面包，煎了荷包蛋。煎完蛋，他想起来周龄不太喜欢牛奶，又把刚拿出来的牛奶放回去，翻箱倒柜地舀了半碗小米和红枣，加水煮了粥。

全部弄好，方颉才松了口气。

以前他顶多会煮泡面，还得担心水加多了，这些都是去绍江以后耳濡目染下学会的。

方颉有点儿想笑，又笑不出来。

他就这么乱七八糟地想了半天，江知津突然打来电话了。

方颉看到来电显示的时候心猛地一跳，立刻接通电话。那头的江知津语气倒是正常，接通电话就说道："猜你也该醒了。干吗呢？"

方颉一颗心放松下来，他回道："煮粥，小米粥。"

"这么厉害啊，当初煮饭都不知道加多少水——"

"差不多得了啊。"方颉心情好了一点儿，问，"你起得这么早？"

"我倒是想睡呢，你弟六点钟就到我的房间门口嚎。"江知津把猫粮倒给汤圆，又摸了摸它的背。

方颉低声说道："你再回去睡一会儿吧。"

"算了，待会儿要出门。"江知津的声音很轻松，听上去心情还不错，他说道，"天气预报说绍江这两天有台风过境，我出去买点儿东西。"

方颉刚去绍江的时候，正好赶上台风过境，转眼已经快要一年了。

"注意安全。"

"嗯。"江知津说，"吃饭吧，挂了。"

快要挂电话的时候，方颉突然喊了一声："江知津。"

江知津愣了一下，马上问："怎么了？"

"没事。"方颉沉默了几秒，说道，"别让汤圆睡我的床，它掉毛。"

"哎哟，我的天。"江知津差点儿笑出声，清了清嗓子说道，"知道了，就没让它爬过一次，逗你玩呢。"

他停了一下，又说道："我睡在你的房间里呢。"

"知道了。"

挂掉电话，方颉又等了一会儿，小米粥的香气慢慢飘了出来。他按到"保温"那一格，上楼去敲了两下周龄的卧室的房门。

"妈，先吃饭吧。"

过了半晌，周龄的声音才隔着门传了出来："你吃吧，我不饿。"

方颉放下手，站在原地没动。

周龄应该也知道他没离开，两个人一个在屋内，一个在屋外，没有人率先开口。

气氛太压抑了。

就在这个时候，楼下传来了门铃声。

门铃声一下接着一下地响起，来人按得很急，方颉不得已转身下楼去开门，刚走到客厅，外面的人已经进来了。

来人居然是方承临。

方承临衣服凌乱，看到方颉，立刻朝着他走过来，面色很难看。

"昨天给你打电话为什么不接？给我说清楚！"

大清早的，方颉不太想和他吵架，皱了皱眉说道："你管不着。"

一听方颉这话，方承临怒火中烧，一句话也说不出来，抬起手，一巴掌就要往方颉脸上扇过去。

就在这时候，楼上传来了一声喊声："方承临！"

这一声喊得几乎破音，声音沙哑刺耳。方承临手上一顿，两个人下意识地抬头往楼上看过去。

周龄不知道什么时候出来了，站在楼梯口，手上拿了一把小巧的水果刀，直直地指着方承临。

方颉嗓子一紧，有些慌，下意识地喊了一声："妈。"

周龄没有应，还穿着昨天那套衣服，有些褶皱，看起来都没换下来过，头发还扎着，但已经散乱大半。可能是没来得及，她连鞋都没穿。

她死死地盯着方承临，赤着脚，一步一步走下台阶，拿着刀走到方承临面前。

周龄的眼睛通红，还是肿的，看起来狼狈不堪，但是她的脊背又挺得很直。直到走到方承临面前，她才扔下手中的水果刀。

下一秒，她抬起手，狠狠地给了方承临一耳光！

啪——

这一巴掌又狠又重，整个客厅里都回荡着声响。

哪怕是知道翟菀的事时，两个人吵得砸了家里所有的东西的时候，除夕夜翟菀来家里闹事的时候……周龄都没动过手，看起来也从来没有这么狼狈过。

她一直是优雅、强大、知性的女强人。只有现在，她是一个维护着自己孩子的母亲。

方承临猝不及防，看着周龄，满脸的错愕与惊怒之色。她也看着他，声音沙哑，却冷静又沉稳地说:"我们已经离婚了,方颉跟着我,他的事和你一丁点儿关系都没有。你算什么东西,也配来对我儿子动手?现在,你给我滚出去,否则我就报警了。"

大概是因为周龄那一巴掌和明显说绝的话,方承临到底没敢继续和她吵下去,只是临走前神色复杂地看了方颉一眼。

客厅里一下子又只剩下了方颉和周龄两个人。

静谧之中,只有晨风从窗户吹进来,吹得窗纱微动。

大清早还有些凉意,方颉俯身把那把周龄扔到地上的水果刀捡起来放到茶几上,又上楼去替她拿了一双拖鞋下来,蹲下身,放到她的脚边。

周龄站在原地看着方颉的动作,方才的愤怒情绪和一夜未睡的疲惫感全数散去,忽然就变成了心疼和酸楚。

方颉看着周龄换上鞋,才说了一句话:"先吃饭吧,妈。"

方颉洗了手,把早饭端上桌。周龄坐在餐桌前看着面前的东西,有烤面包片、煎蛋,还有两碗黏稠的、黄澄澄的小米粥。她尝了一口,味道居然还不错。

周龄不知道是什么心情,放下勺子轻声说道:"我都不知道你会做这些东西。"

"刚学会。"方颉答。

至于他在哪儿学会的、是谁教的,不言而喻。

周龄听完不声不响地坐了很久,把涌出来的酸楚情绪压了回去。

她沉默了一会儿,忽然说道:"我昨晚睡不着,翻你以前的照片,想起来你第一天上幼儿园的时候,所有小孩儿都在哭,你也想哭,但是我说男孩子不许哭,你就一直憋着,憋得脸都红了。后来,我好像就再也没见你哭过。"

见方颉看着自己,周龄努力挤出一点儿笑意,说道:"妈妈以前是不是太强势了?"

周龄一直以方颉为傲,却很少知道他需要什么。

"我要强,所以希望我的儿子也能优秀,希望他能够好好长大……是妈妈错了。"

周龄隔着餐桌看着对面的方颉,他的脊背挺得直直的,肩膀宽阔,干净利落得像是一棵白杨。

"好好长大"这个词太过宽泛,在以前的周龄心中,一直意味着方颉学业有成、事事顺利,比自己过得舒心一些……

她一直希望方颉过成她期待的样子，却忘记问他希望过成什么样。

现在她想来，其实许多事没有那么重要。

"无论什么事，只要你开心就好了。"周龄轻声说道。

方颉先是一怔，随即立刻低下头，小米粥的腾腾热气熏得他的眼眶一热，几乎要掉眼泪。

他的喉结上下滚动，努力把眼睛里那点儿湿意憋回去，他才抬头注视着周龄，郑重其事地点了点头，说道："知道了。"

下午七点多，太阳总算已经落山，江知津趁着这个时候出门，在小区门口点了一碗刀削面，顺便要了听可乐，准备吃完了去"云七"。

店里的电视机一直开着，新闻联播已经播报完了，紧接着的是天气预报。店老板给江知津拿来了可乐，眼睛还盯着电视，和江知津搭话。

"不是说这个星期有台风过境吗，怎么几号也没个准啊？"

"气象台说是星期六。"江知津也顺口搭话。

"去年台风不是八九月才来吗？今年怎么这么早？"

对面桌的另一个客人搭话："嘻，老天爷的脸色哪里说得准？"

江知津低头快速地吃完面，结账的时候手机刚好响起来。他还以为是店里人多起来了，顾巡催他过去，拿出手机一看，来电人是方颉。

江知津愣了一下，快速结完账，出店的同时接起电话，那头方颉的声音很欢快。

"吃饭了没？"

"刚吃。"

"吃的什么？"

"刀削面。"

"一个人吃啊？"

"啊。"江知津顿了一下，问道，"隔得太远，电话查岗呢？"

"谁电话查岗啊？"

周龄这天出门了，还没回来。方颉坐在书桌前看着窗外，小区里有几个小男孩儿在打篮球，球砸到篮筐的声音一下接着一下地响起。

"等我回去当面查。"

江知津问："你什么时候回来？"

"这几天吧。"方颉心情舒畅，说道，"反正都要回去填志愿，早点儿回去。"

"你妈同意？"

"同意。"

方颉闷声笑了一会儿，把头抵在书桌上，又说了一句："我没事。"

"回来之前先发消息给我，我去接你。"江知津没跟着他笑。

方颉答得倒是很快："哎，知道了。"

挂了电话，江知津没继续走。他站在原地闭上眼待了几分钟，理清思绪，接着直接找出周龄的电话打了过去。

周龄倒是接得很快，还有点儿惊讶，喊了一声："小津？"

"龄姐，刚才方颉给我打了个电话……"

"我早就知道，你家小孩儿平时看着挺冷酷的，心思多着呢。"顾巡开玩笑道，"你也不用那么操心，他都是成年人了，你还能真当儿子养啊？"

这晚周洪请了假，"云七"人也不多，江知津和顾巡坐在吧台前有一搭没一搭地聊着天。

"他什么时候填报志愿？"

"差不多下月初吧。"

"方颉肯定不会在绍江上大学吧？"

顾巡哪壶不开提哪壶的本事见长，江知津看了一眼顾巡，问道："什么意思啊？"

顾巡不敢惹他了，笑着摊手说道："行，行，行，那他什么时候回绍江啊？"

"他没说，只说是最近，估计出分以后吧。"江知津答。

其实用不着那么久。

周龄工作很忙，临时接了个项目，要去一个北方城市出差，还特意问方颉要不要一起去玩一玩。

当时两个人正在吃晚饭，听到这话，方颉没怎么犹豫，说道："算了吧，你去工作，带上我挺麻烦的。"

"我这次差不多要去半个月呢，你一个人在家啊？"

"我……"方颉喝完汤，放下碗说道，"应该会回一趟绍江。"

周龄抬头看了方颉一眼，最后平静地点了点头，说道："好，刚好也快出分了，是吧？"语气如常。

方颉点了点头，周龄又问："你打算报哪里？想好了吗？"

"暂时考虑的是京大，学……工程管理吧。"

周龄学的就是工程管理类专业，闻言有些惊讶，露出一点儿笑意看着自己的儿子，说道："怎么会想学工程？多辛苦啊。"

"你不是一直在做这个吗？"方颉笑了一下，说道，"我觉得挺好的。"

"想学什么学什么，"最后，周龄说道，"你自己考虑好就行。"

经历了这一年乱七八糟的各种事，周龄整个人的气质和心态好像都发生了一点儿变化。以前的她太过傲气，尖锐到甚至伤害自己，现在的她反而多了一点儿平和感。

不管怎么样，人生就这么一点儿时间，她希望方颉能够开心。

两天后，送走了周龄，方颉才买了回绍江的机票。

"哪天，几点钟？"

"后天早上八点钟的飞机，十点多到吧。"方颉把最后一件叠好的外套放进行李箱里，拉好拉链，对着电话那头的江知津答。

"行，到时候我去接你？"

"其实……我自己回去也行，用不了多少时间。"方颉说。

毕竟江知津还是个老板，按两个人电话里说的，这段时间他一般都会在"云七"待到凌晨两三点钟快关门了才回家，然后直接睡到下午。

方颉买的是早上的机票，估计那个时候江知津还没起床。

江知津一猜就知道方颉在想什么。他出了"云七"，挑了个安静点儿的地方和方颉说话："什么意思啊？你不想我接你，是吧？"

"你又开始了是吧?"方颉喷了一声,说道,"你要是能从床上爬起来就来。"

江知津带着隐隐的笑意说道:"努努力还是能起来的。"

方颉一听江知津的语气就想乐,道了句:"盼望着我回来替你干活是吧?"

"对啊,我看你都乐不思蜀了。"

两个人开玩笑似的逗了半天嘴,电话结束前方颉才说:"行吧,后天见。"

"后天见。"

回绍江那天早上,方颉一个人拎着行李箱去了机场,登机的时候看了一眼时间,还是没给江知津发消息。

太早了,等他到机场了再说吧。

两个多小时的飞行时间说长也并不长,飞机平稳地在上空飞行,机舱里很安静。

方颉原本打算补个觉,还没进入睡眠状态,两声提示音过后,广播里,空姐温柔的声音响了起来。

"各位旅客,由于受绍江地区强降雨天气影响,航班无法在绍江机场正常起降,本航班迫降云市机场。"

这段话像是投进湖面的石子,原本安静的机舱一下子热闹起来。方颉愣了一下,睁开眼。

恰巧旁边的人问空姐要等多久,空姐温柔地答:"绍江突然有台风过境,暂时不太清楚。"

等飞机停稳,方颉拿出手机给江知津发了两条消息:"绍江有台风?"

"飞机迫降了,在云市。"

江知津收到方颉的消息时还在家,外面天气阴沉如墨,明明已经上午十点多,看起来却像是天还没亮,已经有风刮起来了,吹得玻璃发出轻微的响动。

看到消息,江知津立刻回拨了电话。

"对,没下雨,风蛮大的。你现在在哪儿呢?"

因为迫降得突然,机舱里一半的人在打电话,方颉旁边坐了个穿碎花裙的姑娘,看起来正在和男朋友吵架,正前方那个盘着一串佛珠的大哥吼得尤为大声,恨不得拿着电话做演讲了。

方颉："云市，说是临时迫降……"

"碎花裙"："说了明天再走明天再走，你非要我回来！现在好了吧？！"

"佛串"："我现在在云市机场！云市！哎呀，遇到台风了，你不懂，反正暂时回不去。最近接的那个新订单，你要帮我盯紧一点儿啊，好几百万，知不知道？"

方颉："不知道什么时候能走……"

"碎花裙"："我怎么知道什么时候能走啊？！我又不是空姐！"

"佛串"："我怎么放心把单子交给你啊，我哪个单子不是成百上千万啊？"

"嘿。"江知津早就听笑了，忍着笑意问，"你旁边的人在讲相声呢？"

"要不你别来接我了。"方颉叹了口气，坚持在夹缝中把话说完了。

"那你怎么办？从机场走回来？别操心了，到了发消息给我。"

挂了电话，江知津看了一眼窗外。

依旧是昏暗无比的天气，风吹得玻璃发出沉闷的声响。

汤圆大概是没经历过这么恶劣的天气，缩在猫窝里没敢出来。

江知津检查了一遍家里的门窗，又蹲在猫窝前安抚了它一会儿，又看了一眼时间，下午一点整。

他原本以为方颉能回来吃午饭，还买了很多菜，但目前看来是不行了。他随便弄了点儿吃的东西，又发了条消息给方颉，对方没回，可能关机了。

江知津正准备打个电话试一试的时候，一个电话先一步打了进来，是顾巡。

江知津接通电话，那头的顾巡率先问道："江哥，你现在有时间吗？"

"怎么了？"

"店里出了点儿事。"顾巡语气有点儿无奈，说道，"你要不要过来一趟？"

江知津冒着雨开车到"云七"的时候，门口已经站了很多人，里面还有两个警察。顾巡站在最外面，看到他过来了，冲他招了两下手。

江知津走过去，问道："怎么回事？"

顾巡看起来也烦躁，语速很快："昨晚在酒吧喝酒的两个客人说手机在店里丢了，周洪给他们看了监控，应该是喝酒的时候被人顺了。昨晚人太多了，我也没注意。"

两个人都喝多了，将手机扔在了沙发上，转头就被人摸走了。周洪帮他报了警，对方还是不依不饶，说店里也有责任，说他们是游客，本来这天该走的，延误造成的机票钱和酒店钱谁负责？

"台风天，周洪又急着关门，吵了几句他们就上手了。"

江知津立刻朝正在和警察说话的周洪看了一眼，周洪的耳朵和侧脸不知道被什么东西刮伤了，鲜红的两条印记，渗了一点儿血。

还有两个男人站在不远处，听到顾巡说的话立刻嚷嚷起来："你什么意思？我们是失主，是受害者！"

江知津闻言，转头看过去。

他平时懒懒散散，情绪一般不会挂在脸上，真生气的时候也只是面无表情，但看起来莫名瘆人。

对方接下来的话被迫吞了回去。

他语气很冷地说道："我朋友才是受害者吧？他的脸是怎么回事？"

"我不是故意的，就推了几把，手上的戒指没摘……"其中一个男的说了一半，又转而说道，"谁让他说话那么冲啊？！"

"到底谁说话冲？！"

那头原本和警察说着话的周洪立刻转过头："是你先说我跟偷东西的人玩仙人跳！"

"行了，行了！"周洪面前的警察打断了他们，说道，"都先去派出所。"

说完，他转头看了江知津一眼："你是老板吧？你也去。"

方颉挂了电话，"碎花裙"和"佛串"还在打电话，他戴上耳机闭上眼，又不知道过了多久，大概就是"碎花裙"已经提分手，"佛串"已经聊到他不知道第几个几百万的项目的时候，空姐终于过来提醒他们关闭电子设备。

他们关了手机，又等了差不多半个小时，飞机终于开始缓缓起飞。

这么一耽搁，方颉几乎耽误了一整个上午的时间。飞机终于艰难地到达绍江，他出了机场，已经是下午四点多。

暴雨还没来，天色昏暗如墨，机场门口的行道树被风吹得东倒西歪，风中已经夹杂着潮湿的水雾，路上的车已经全部开了近光灯，像是朦胧的隔着雾气的油画。

方颉左手拖着行李箱，右手打开手机，先给江知津打了个电话。

没人接。

方颉又打了一个，依旧没人接。

他皱了一下眉，挂掉电话。

江知津很少有不接自己的电话的时候，除非身边有事。

方颉犹豫了一下，没再打过去，招手拦了一辆出租车。

开出租车的大哥很热心，下来把方颉的行李箱利落地放进了后备厢，上车时还和他聊天："一个人来旅游啊？"

方颉摇了摇头说道："不是，回家。"

天气原因，车开得很慢，他低下头点开微信，先给江知津发了条消息："我到了。"

他退出微信，手机恰巧收到一条短信："受台风'水仙'影响，预计本市6月22日有中到大雨，局部暴雨，最大雨量30到50毫米，局部将达到80毫米以上。强降水主要集中在今晚，局部伴随强风、雷电等强对流天气发生，现发布风暴橙色预警，请注意防范。"

方颉愣了愣，往上飞速地翻了一下，果然找到了另一条，是他第一次来绍江的时候收到的短信。

方颉莫名地乐了，又看了一眼短信，按灭手机。

江知津在派出所耽误了快两个小时，调解、陪同看监控、商议赔偿……

他确实没见过这么啰唆的人，光调解就快一个小时，要不是在派出所，估计自己真的能上手抽人。最后好不容易说完，三个人出了派出所，他先拿出手机看了一眼。

刚才在调解室里，警察不允许他们拿手机，以至现在他一打开手机，看到的就是方颉的消息："我到了。"

江知津深深地叹了口气，先给方颉打了个电话。

电话响了片刻，终于有人接起来了。江知津还没来得及开口，方颉带着戏谑的声音先传过来了:"江知津,你故意的吧?"

江知津一时没反应过来,问道:"嗯?"

"台风天,不接电话,让我一个人在机场待着。"方颉边说边乐。

"我错了。"江知津终于明白过来,笑着叹了口气。

"我这儿有点儿事,你还在机场吗?我去接你。"

"哪有那么傻?我打车了,快到小区了。"

江知津松了口气,说道:"那我回小区等你。"

挂掉电话,江知津转头看着周洪和顾巡,还是先指了指周洪脸上的伤,问道:"要去医院看看吗?"

周洪赶紧摆摆手示意自己没事,说道:"没事,没事,就刮破了一点儿,我去药店买点儿碘酒就行。"

"行。"

顾巡和周洪都没开车,外面的风吹得人站不住脚,江知津穿了件连帽衫,被吹得鼓鼓囊囊的,头发也被吹得乱七八糟的。他没空去管,说道:"上车吧。"

上车后,大雨倾盆而下。

暴雨来得猝不及防,与狂风一起肆虐而下,打在风挡玻璃上,噼里啪啦地作响,流下来时几乎成了水柱,整个车内全部是雨声。江知津就近挑了个药店,三个人买了药,江知津先把车开到了小区门口,又把钥匙扔给了顾巡,说道:"你们开车回去。"

顾巡愣了愣,说道:"不用,我们打个车就行。"

"这天气能打到车吗?开车慢点儿,到了打个电话。"江知津从座位旁边找出一把伞,利落地解开安全带。手机恰巧在这时候响了,他顺手关上车门,接通了电话。

"到了没有?"隔着风雨,那边方颉的声音有点儿不清晰。

江知津扯着嗓子回:"到门口了。"

虽然拿了伞,但一下车,江知津就知道这把伞没什么用了。

雨太大了,风也太大了,吹得一把伞歪七扭八的。他就从路边走到小区门口这段距离,雨水已经浸湿了他的半身。

地上已经有不少积水,江知津一边打电话一边避开积水缓慢挪动,雨声和风声太大,两个人打个电话还得扯着嗓子对喊。

"你没开车啊？"

"没开回来。"

方颉停了一下，接着喊："我下去接你！"

"不是。"江知津愣了愣，说道，"我已经进小区了。"

那边已经传来了重重的关门声，方颉打断了他的话，重复了一遍："我去接你。"

"行。"江知津带着笑意的声音说道，"你来吧。"

快到单元楼门口时，江知津终于看到了方颉的身影。

方颉和江知津的狼狈程度差不多。他打了把伞，也没什么用，身上几乎已经湿透了，脸上全是雨水。见到江知津，他直接跨过面前的积水，三两步到了江知津旁边，把伞往对方的头上挪了挪。

所幸单元楼就在前面，两个人冒着风雨冲了进去，按下电梯。

进了楼，风雨声被隔绝了大半，电梯停在二十多层，等待的时候，江知津看了一眼浑身湿透的方颉，有点儿无奈，又止不住地想笑，说道："太能折腾了。方小颉。"

"有点儿良心啊。"方颉立刻转头盯着江知津，说道，"我可是来接你的。"

江知津笑了，进了电梯才慢慢说道："不好意思啊，又没接到你。"

这个"又"字很有灵性，方颉笑了半天，到了家门口才说道："没事，我不是接到你了吗？"

一年前的八月，一年后的六月，他们在台风天里相遇，又在台风天里重逢，时间好像已经跨越了十一个月，又好像在某些同样的时刻重叠。

比如同样的机场、同样未接通的电话、同样的大风大雨、同样的橙色预警。

不同的是，这次方颉接到了江知津。

江知津听完，一直没说话。

两个人进了屋，方颉在后面关上门，说道："先洗个澡吧，你前段时间不是刚感冒……"

"方颉。"江知津喊了一声他的名字，见方颉转过头，他笑了一下，招手说道，"过来。"

他说话的表情很平静，就跟说了句"你好"或"再见"差不多。方颉猝不及防，站在原地没动，问道："什么？"

江知津嘴角一勾，重复了一遍："过来。"

这次方颉没犹豫，大步走到江知津面前。

外面是暴雨和台风，两个人身上都是雨水，头发已经湿透，耳际和脖颈上还有水渍，像是一条溪流。

猫窝里的汤圆被吓了一跳，探出头盯着这两个看起来智商不太高的人。

外面的风雨还没停，通通被隔绝在外，好像是另一个世界。

第二天可能会是个好天气，也可能又是个台风天。

没关系。

明天见。

番外一
西南之行

台风只持续了一夜,之后就是连续的晴天,拿录取通知书那天的天气更是好得不像话。

方颉到学校的时候,办公室里已经有很多人,徐航和蒋欣馨正在门口聊天,一看到方颉,徐航立刻号了一嗓子:"哟,省一来了啊!"

他这一嗓子能喊出五里地,让其他原本背对着方颉的人也立刻转了过来,还有些人直接从办公室里探出头,朝着这边看来。

方颉一瞬间有点儿想掉头。

但徐航已经一个箭步冲上来了,揽着方颉往办公室带,嘴上跟打机关枪似的说个没完。

"太牛了,同桌,七百一十是人考的分数吗?待会儿年级主任估计得抱着你哭。看到学校门口拉的横幅了吗?'热烈祝贺我校方颉同学高考总分七百一十分荣获全省第一'什么的……"

"没看见。"方颉艰难地打断徐航的话,"要是看见了我估计就不进来了。"

"这叫什么话?"唐易刚好出来,笑着在方颉的背上拍了一下,说道,"赶紧去拿你的录取通知书。"

方颉最后还是报了京大,选的是建筑工程专业,报之前和周龄说了一声,她说了几句学工程可能有点儿辛苦,但还是随他去了。

蒋欣馨他们已经拿了通知书,正在角落里闲聊,看到方颉过来还笑着打了个招呼,看起来心情不错。徐航勉勉强强上了个二本,非常满足,已经开始准备出去毕业旅行了,还挨个问要不要搭伙,又被唐易教育了小半天一定要注意出行安全。

走的时候，唐易把他们当初埋在学校里的心愿卡还给他们了，一边发还一边唠叨："不知道你们当初写的愿望实现了没有？实现了最好，没实现也没什么，人生还长着呢。"

方颉从学校里出来的时候，江知津正站在学校门口眯着眼睛仰头看上面的横幅，嘴里的糖被咬碎了，念字的时候含混不清。

"热烈庆祝我校方颉同学——"

"别念了。"方颉有点儿头痛地说道，"太尴尬了。"

"这就是学霸的烦恼吗？"江知津笑着给方颉递了颗糖，说道，"上车。"

回到家，方颉还是把录取通知书拍照发给了周龄，她给他发了个红包，发了句语音鼓励他，听起来心情很不错，又问他要不要出去玩一趟。

"妈妈工作走不开，给你一笔钱，你自己出去旅游放松一下……"

方颉："我有钱，从小到大的压岁钱都存着呢，没花过。"

他把消息发出去，想了想又加了一条："江知津和我一起去。"

又隔了一段时间，周龄才发了消息过来："那你们在外面注意安全，有事和妈妈说。"

方颉松了口气。他又刷了会儿朋友圈，祁向刚晒了两张照片，是一所重本的录取通知书，是当初他抱怨家里一直让他考，但他担心考不上那所。

方颉点了个赞，刚退出页面，祁向的电话就来了。

"拿到通知书了吧？"

"刚拿回来。"

"我猜也该拿到了。"那头祁向停顿了一下，问，"京大？"

"嗯。"

祁向真心实意地说了一句："真牛啊。"

"你也挺牛的。你爸高兴坏了吧？"

"你说呢？要不是学校有规定，他都恨不得订个酒店摆流水席了。"

祁向开了个玩笑，犹豫了一下，又问道："你爸知道你考上京大了吗？"

方颉语气平静地说："没和他说，很久没联系了。"

"方颉，有件事我听我爸说了，不知道你想不想听，关于你爸的。"

祁向的爸爸也是大学教授，和方承临一个学校，同个院系，还算熟，这也是祁向和方颉以前玩到一块儿的原因。

祁向等了一会儿，没听见方颉拒绝，接着说道："我爸不是和你爸一个院吗？上星期你爸上课的时候，有个女的冲到教室里找他，和他吵起来了，说他没良心，出轨，生了儿子不管，自己儿子在医院里却好几天都没去看，想跑出国什么的。听起来像是以前找你那个女的，叫什么菀……"

"翟菀。"方颉答。

"啊，对。反正据说这件事闹得挺大的，那个女的边哭边喊，根本拦不住，被逼急了就爬到窗台边说要跳给你爸看，七楼，没把人吓死，警车都来了……"

"最后呢？"方颉问。

"最后你爸好说歹说才把人劝走，但是这件事影响挺恶劣的，学校停了你爸接下来的课……前几天你爸好像辞职了。其他的事我就不知道了。"

祁向讲完，又赶紧找补："反正我也只是听说，想告诉你一声，担心有人和你说些什么不好听的话……"

"知道了。"方颉说道，"谢了。"

现在方颉听到方承临的事已经没什么情绪波动了。以前方承临教育他要独立，很喜欢和他说"方颉，自己的人生自己负责"。

这句话现在送给方承临也正合适。

祁向也很聪明，说得差不多了，立刻换了个话题："哎，离开学时间还长着呢，你打算去哪儿玩啊？"

"没想好。"

"我约了几个朋友打算去西北，你要不一起去呗？"

"算了。"卧室的门没关，方颉偏头看了一眼客厅，说道，"我约其他人。"

"谁啊？"祁向问完立刻反应过来，问道，"绍江那个啊？"

方颉笑了一下，应道："嗯。"

"啧。"祁向笑道，"挂了。"

挂了电话，方颉走出卧室。江知津正盘腿坐在客厅沙发里拿着逗猫棒逗汤圆。方颉走过去往沙发上一扑，长长地舒了口气。

江知津回头看了他一眼："电话打完了？"

"嗯。"方颉应了一声，又问，"你想不想去哪儿玩啊？"

"毕业旅行啊？"江知津扔下逗猫棒想转个身，可方颉趴在那儿不挪窝，他尝试了两次无果，叹了口气，就这么和他说话。

"你的毕业旅行，你自己决定呗。"

方颉问道："你想去哪儿？"

江知津望着方颉说道，"去个凉快点儿的地方吧，西南行吗？"

方颉利落地说了声"好"。

"哎哟。"江知津猝不及防地说道，"我发现你真是……"

"我真是……什么？"

方颉顺势坐起来，居高临下地看着对方。这么看他的下颌线条锋利，垂眼看人的时候样子有点儿凶，又很帅。

"真是可爱。"江知津笑着仰头倒在沙发上。

两个人出门之前，江知津把汤圆带去"云七"寄给了顾巡。顾巡笑嘻嘻地打趣："人家小朋友毕业旅行，你去干吗？"

"你这张嘴是闲得慌吧？"

江知津把太空舱拿给顾巡，又开口说道："我不在这几天和周洪看着点儿店，回来给你们发奖金。"

到了地方，因为接连不断的雨天，天气稍微冷了一些。他们住的是一家古镇里的民宿。老板是个四十多岁的男人，有点儿胖，很热情，白天喂喂猫、遛遛狗、打扫卫生，傍晚就在院子里弹吉他唱歌，和客人聊天。

江知津以前没怎么出门旅游过，懒得动，有时间只想待在家里睡觉或者打游戏，偶尔出一次门也是瞎逛，没什么计划。方颉一开始很认真，出门前把路线、景点全都规划好了，后来被他带得越来越懒，天晴就出门在镇子里遛弯，下雨就在客栈里待着，打游戏或者和老板聊天。

虽然已经放假了，但方颉依旧起得早。昨晚刚下过一场雨，古镇里石板还是湿的，他出去跑了一圈，回来的时候老板已经把早饭做好放餐厅了，有煮玉米、绿豆粥，还有馒头。他带了两份上楼回房间。

客栈只有三层，江知津的房间在二楼尽头，方颉进去的时候他还睡着。方颉把早饭放下，先去洗了手，才到床头，喊道："起床，吃饭。"

江知津皱着眉没动弹，方颉干脆坐在他旁边，掐了掐他的下巴。

"哎。"江知津有点儿烦，又有点儿想笑，一把抓住方颉的手睁开眼，说道，"以前怎么没发现你这么烦人？"

"现在发现了？晚了。"方颉说道，"昨晚你说今天要出门，快起床。"

江知津又在床上磨蹭了几分钟，被方颉拽起来去洗漱。

自从方颉放假待在家里以后，江知津被迫重新恢复了吃早餐的习惯——以前他大多数时候一天只吃一顿饭，什么时候醒什么时候吃。现在方颉一定要他吃，两个人出门的时候顺便把餐盘端了下去。

老板刚遛完狗回来，看到他们，乐呵呵地问："要出去玩啊？"

"嗯。"方颉冲对方点了点头，说道，"去雪山。"

昨晚下了雨，这天难得晴了。方颉已经在网上买好了门票，担心江知津有高原反应，还买了一罐氧气。虽然是夏天，但雪山上很冷，原本他在网上看到有租棉服的，但觉得江知津那个狗脾气的人估计不会穿这种不知道多少人穿过的衣服，临出门时又带了外套。

江知津看着方颉忙前忙后，把什么事都安排妥当，觉得很有意思。

被人照顾，特别是被方颉照顾，这种感觉是不一样的，即使江知津是一个年近三十的成年独立男性，也觉得很舒服。

而且从这些举动里，他能很清晰地感知到，方颉虽然只有十八岁，但很多时候做事非常靠谱。

方颉，一个非常靠谱的小男生。

更正：方颉，一个江知津看着成长的、非常靠谱的小男生。

两个人上雪山的时候太阳已经出来了，天上没什么云，深蓝色的天空映衬着皑皑雪山，是肉眼可见的漂亮与令人震撼的风景。他们前面是一个旅游团，一个女导游举着旗子戴着麦大声给团队的游客介绍。方颉和江知津跟在后面，听导游声情并茂地讲了一大堆爱情故事。

前面有对小情侣抱在一起，女孩儿听得眼泪汪汪的，扭头和男朋友撒娇。方颉偏头看了一眼，江知津半张脸埋在衣服里，整个人懒洋洋的，特别没心没肺。

对上方颉的眼神，江知津挑了一下眉，说道："感动了吧？"

"本来很感动的。"方颉有点儿好笑地问道，"你是不是累了啊？"

背景都是茫茫雪海，江知津穿了一件黑色的冲锋衣，被风吹得鼻尖有点儿红。

"还行，坚持一下能再陪你爬一段，再往上你就一个人待在这儿吧。"

"不是，你这体力……"

"有本事你今晚别睡。"江知津盯着他，说道，"明早我叫你起来爬山，谁不起来谁是王八蛋。"

方颉乐得不行。

两个人又往上爬了一段，最后在一块标注着海拔高度的石头旁边，请人帮忙拍了张标准的游客照。

回去的路上，江知津和方颉居然在休息区又遇到了那个导游团。导游正领着游客逛一家玉器店。他们闲着没事进去溜达了两圈，导购特别热情地跟着介绍了一大堆东西，非要给江知津介绍一个玉观音吊坠。

趁着导购去招呼别人的时候，方颉小声说："你觉得怎么样？五百块也不是特别贵。"

江知津用更小的声音回答："傻了吧？你去某宝买五十块包邮的和这个应该差不多。"

"这么坑啊。"等两个人溜达着出去了，方颉才清了清嗓子开口，有点儿惊讶地说了一句。

"你不是送了我玉吗？"他伸手把脖子上那块玉钩了出来，用指尖蹭了蹭，又小心翼翼地放回去，说道，"我就想给你也买一块……"

江知津笑了，半晌才说道："你要是真想给我买呢，就去挑个靠谱点儿的店，拿回来找个灵的寺庙开个光，然后……"

方颉扭头看着他说："然后也念一百遍经？"

"然后念一百遍'平平安安'。"江知津笑着说，"把菩萨都念叨烦了，说'行了，行了，长命百岁'。"

"这猫是不是胖了？"

江知津从顾巡手里接过汤圆掂量了两下，也就出门十来天的时间，他感觉这只猫居然有点儿重了。

汤圆估计也有自尊心，讨厌江知津这么掂量自己的体重，爪子往半空中抓了一把，什么也没抓到，只能继续屈辱地待在对方的手上。

"我也不敢饿着你们家祖宗啊。"顾巡揉了揉猫脑袋，看着面前的江知津和方颉，说道，"你们倒是出去旅游了，就留它一只猫，我还不对它好点儿？"

"辛苦你了。"江知津笑着拍了拍顾巡的肩膀，说道，"给你和周洪加工资。"

"你还是给我加个人吧，暑假兼职的学生都回去了，你又跑了，累得够呛。"

顾巡说完偏头去看方颉，挑眉打了个招呼："准大学生，快开学了吧？"

"快了。"方颉点了点头，说道，"还有半个月。"

离开学还有一个星期的时候，周龄给方颉打了个电话，让他差不多回趟家，准备准备开学用的东西，到时候自己送他过去。

这很合理，开学前方颉也打算陪母亲待几天，总不可能直接从江知津这儿走。他回潮城那天江知津送他到了机场。

离飞机起飞的时间还早，江知津把车停在停车场里，没急着下车，偏头和方颉说话。

"你回去这几天多陪陪你妈，出发那天和我说一声。你到大学了肯定得住校，脾气好点儿，尽量别和室友起冲突，不然再被叫家长我还得飞三小时。"

"我从小到大就被叫了一次家长。"方颉叹了口气，说道，"你得记一辈子，是吧？"

"谁让就那一次叫的还是我呢？"江知津笑了笑，接着说道，"但是在学校里也别被人欺负了，万一有什么事你就给我打电话。"

"你说的好像我去的是龙潭虎穴一样。"

"没办法，一去就是半年呢。"江知津笑道，"担心你变成吃不饱、穿不暖的小可怜。"

方颉笑了笑，又揉了一把脸，才小声说道："要离开半年呢。"

那边江知津看了他一会儿，勾了勾嘴角。

江知津一直把方颉送到了安检口。人有点儿多，方颉进安检之前抱了江知津几秒，很快松开了。

"走了。"

江知津目送对方进去了，才转身离开，开车之前还待在车里吃了颗柠檬糖。

糖是方颉放他车上的，他在戒烟，烟瘾犯了的时候就含一颗糖，很管用。但这天他没什么耐心，把糖咬碎了含在嘴里。

"至于吗？"

"云七"终于又招了两个人，顾巡一下子轻松不少，趁着人不多和江知津有一搭没一搭地聊着天。

一群人乐成一团，江知津笑着低头去看了一眼微信消息。

江知津："明天报到？"

方颉："嗯，我妈一定要送我到学校，坐明早的飞机。"

江知津："行，有事打电话。"

方颉："放心，没什么事。"

江知津："是吗？深夜一点了，你不会是想象大学生活紧张得睡不着吧？"

方颉估计没想到他会来这么一句，隔了半晌才慢吞吞地回复："我上次因为开学紧张是刚上小学的时候，十二年前了，别造谣啊。"

江知津还没乐完，方颉接着发过来消息："就是离绍江太远了。"

发完这句话方颉估计觉得有点儿不好意思，显示了半晌"对方正在输入"才发过来，紧接着就火速接了一句话，企图岔开话题："还在'云七'吧？"

江知津装作不知道，回了个字："嗯。"

二人又聊了几句，江知津才让方颉赶紧休息。

其实虽然不会紧张，但方颉对于大学生活还是有些好奇的，毕竟是陌生的城市、陌生的环境，以及陌生的人群。这感觉有点儿像他刚到绍江的时候。

当然他到绍江那个时候也是真的不紧张，就是茫然。

大学校区真的很大，开学季到处都是人，有迎新的老师和学长、学姐，还有新生、送孩子上学的家长……方颉的那一点点新奇感立刻被磨光了，他跟着人群填表登记、填表领学生证、填表领钥匙、填表领校园卡……

等他全部折腾完去寝室，已经是中午了。周龄依旧很利落，帮着他把东西放好，两个人又在外面简单吃了个午饭。

周龄的飞机下午起飞，她又要马不停蹄地回潮城，方颉想劝她休息一天再走，她反而拒绝了。

"一堆事呢。"她看着方颉吃完饭，顺手递过去一张餐巾纸，叮嘱道，"你自己多注意，好好和同学相处。生活费我按学期打给你，你自己规划着用。"

见方颉点头，周龄接着说道："大学学习也很重要的，你别光顾着玩——"她停了停，又笑道，"算了，怪啰唆的，你心里有数就行。"

方颉没有笑，很认真地听完了周龄的叮嘱，点了点头，应道："知道了，妈。"

送周龄上了去机场的车，方颉才折回寝室。

三个室友只有一个人在，正在午睡。方颉想了想，又退了出去，先溜达到走廊尽头的窗户前，看着窗外的银杏树给江知津打了个电话。

江知津接得倒是快，方颉刚拨出去几秒，电话就接通了。

"喂。"

"喂，我到学校了，"方颉原本想跟江知津说自己已经安顿好了，说了一半顿了顿，问道，"你那边怎么这么吵？"

江知津估计是在外面，周围吵吵闹闹的，好像有几百个人在说话，逼得他说话都得略微提高点儿声音。

"在外面呢。"江知津答。

"哦，你吃饭了没？"

"还没。"

"那你快去——"方颉提高声音说了一半，没忍住，又问了一遍，"在哪儿呢？怎么乱成这样？"

这次江知津稍微停了一下，答："东门。"

方颉一下子没反应过来，问道："嗯？"

"京大，昌云校区，东门，我现在已经进来了。这是你的校区吧？"江知津问。

江知津一边说，方颉一边站直了，等到对方把最后一个字说完，他喊了一声："江知津！"

"别这么激动。"江知津反而笑道，"能不能给同学留个好印象？"

"江知津，你有病吧？！"方颉脑子里除了震惊什么都不剩了，他转身往楼下冲去，嘴上乱七八糟地不知道在说什么。

"你来之前怎么不跟我说一声啊？你现在站着先别动了，给我发个定位……不是，你来干吗？"

"你不是说离家太远了吗？"江知津被方颉的语无伦次逗得有点儿想笑，清了清嗓子，说道，"我就来看看你。"

方颉一下就没声了。

这段寂静持续了很长时间，长得江知津都怀疑方颉是不是挂电话了，那头的人才闷声说道："等着，我去找你。"

江知津确实就在东门进学校不远的地方。他长得帅，虽然只穿了一件白T恤，看起来依旧足够显眼。看到方颉过来了，他挑了一下眉。

"你们学校真的挺大的，要不是看过你的录取通知书，我都担心我迷路——"他的话没说完，方颉已经扑了过来。

旁边人来人往，大家都很匆忙。江知津轻声说道："感动坏了吧？"

"嗯。"方颉答。

"早说过了，有事没事我都能来找你，就是一张机票的事。"江知津笑了笑，说道,"没事。"

"嗯。"方颉的眼眶有点儿热。他用力眨了眨眼,把那股酸意憋回去,才直起身。

江知津也顺势松开,说道:"我还没吃饭呢,饿死了。"

"带你出去吃。"方颉立刻答道。

方颉和江知津并排往外走着。

阳光很好,路还很长。

番外二
冬至

这天是冬至，气温骤降，天空阴沉沉的，不知道积着的是雨是雪。天气太冷，"云七"里没几个客人，周洪也请了假，只剩江知津、顾巡和驻唱的小男生窝在吧台后面打游戏。

驻唱的小男生是音乐学院的学生，刚满十八岁，年轻又爱闹腾，在"云七"刚唱了一个月的歌，已经和江知津他们混熟了，这时候正咋咋呼呼地喊着"推搭"，声音比谁都大。

江知津被对面的人秒了，放下手机伸了个懒腰。小男生声音贼大："老板，你怎么又'死'了呀！"

"我年纪大了。"江知津慢悠悠地喝了口水，说道，"跟不上你们年轻人。"

小男生的语速比操作更快："哪儿有啊？你看起来跟我学长似的。你要不说，别人估计以为你大学刚毕业呢。对了，老板，你结婚了吗？"

江知津被他逗乐了，点点头，说道："结了吧。"

小男生一愣，手里游戏都停了，问道："真的啊？"

江知津面不改色地说道："真的，我儿子都研究生毕业了。"

话音刚落，顾巡很不给面子地笑出声。小男生还在巨大的震撼中回不过神，说道："看不出来啊。老板，你英年早婚啊？"

江知津煞有介事地说道："对啊，我这个人'恋爱脑'，刚谈恋爱就结婚了。"

旁边顾巡笑得手抖，一不小心又"死"了。小男生的注意力又被拉回游戏里："唉，怎么死了！完了！"

一局游戏遗憾告终，江知津收起手机，说道："今晚冬至，咱们早点儿关门，去我家吃饺子。"

顾巡点点头示意知道了。小男生眼睛发亮:"真的啊?"

江知津笑道:"真的啊,给你介绍我儿子认识。"

说完,他看了一眼时间,站起身挥了挥手,说道:"先走了。"

等到江知津出去了,小男生才好奇地开口:"老板去干吗?走这么早。"

顾巡还在研究"英雄"的技能,闻言笑道:"接儿子吧。"

方颉研究生毕业后在一家很有名的造价公司上班。因为是年末,各种工程都要加紧收尾,他忙得脚不沾地,从这座城飞到那座城,又抽空去了一趟潮城,冬至这天傍晚才到绍江。

他穿了一身黑,高个子很显眼,顺着人流从机场出来。旁边有游客看了一眼天气,忧心忡忡地说道:"不会下雪吧?一下雪好难打车啊。"

"积云还不厚呢,这雪肯定下不下来,放心。"旁边大概是她男朋友的人立刻应声说道,"今天是冬至呢,要不我们去吃火锅?"

"傻了吧?冬至吃的是饺子。"

"那咱们就去吃饺子,回家自己包,我包饺子可厉害了,我姥姥教的……"

声音越来越远。

方颉走在最后,电话响了。

电话那头江知津的声音隐隐约约地传了过来:"出来了没有?"

"门口呢。"

江知津哦了一声,接着说道:"过来吧,我在停车场。"

方颉嗯了一声,随手拉上羽绒服的拉链。走到停车场,他果然看见江知津在车旁边站着玩手机。

天空阴沉沉的,江知津怕冷,穿了件厚实的羽绒服。但是他又瘦又高,看起来清清爽爽的,一点儿都不像三十五岁的男人。

方颉走过去开了车锁,开口问道:"不是说不用接了吗?"

"反正也没事干,顺便过来等等你——"江知津看到方颉手上的两个行李箱,愣了一下，问道，"怎么这么多东西？"

"是我妈一定要给你带的，吃的和衣服，"方颉也有点儿无奈，抬手把买的东西放到了后备厢，边上车边开口，"还有她出去旅游带回来的特产。"

江知津也笑了，问道："你妈身体还好吧？"

"好着呢。"

江知津点点头："你开车。"

方颉瞅他一眼："这么久不见，一见面就压榨我劳动力啊？"

江知津再次点点头："是啊，怎么了？"

两人安静对视了几秒，又忍不住一起笑起来。

自从方颉大学拿了驾照，江知津连车都懒得开了。此刻他安安稳稳地坐在副驾驶座上闭目养神，直到路过绍江一中前面的那个红灯，才睁开眼，隔着玻璃看了一眼学校。

"听说一中要改址了？"

"嗯。"方颉闻言也转头看过去，说道，"说是要挪到新城区，新校区已经完工了，不知道什么时候搬。"

这几年绍江变化很大，拆了很多房子，也建了很多高楼。方颉原来一直穿行着去上学的那条小巷在他大学毕业那年建成了一个新小区，和原来的样子天差地别，他刚回来的时候差点儿没认出来。

江知津估计也想到了以前的事，在一旁乐道："幸好没在你来那年搬，不然每天从我的小区开车到新城送你去上学，能把我烦死。"

绿灯亮了，方颉发动车，抽空看了江知津一眼，眉毛一挑，说道："少来。就算在这儿，天一冷你还懒得送呢，真到新城了你得打包把我送去住校。"

"是吗？我怎么记得每次都是我接送的。"江知津看似认真地回忆了片刻，随后言之凿凿地说道，"你可太有良心了，方小颉。你高中毕业才七年，开始不认账了是吧？"

"对。"方颉真是说不过江知津，干脆顺着他的话往下说，"你天天风里来雨里去地接送我，我可感动了，想起来就热泪盈眶。今天吃什么？"

话题转得万分流畅，江知津愣了一下才反应过来，答道："饺子，要三鲜虾仁、荠菜猪肉的。"

他说的都是方颉喜欢吃的口味。方颉有些怀疑地看他一眼:"这么多,能包出来吗?"

"肯定不是我包啊。"江知津一脸理所当然:"我还有两个劳动力呢。"

最后还是江知津调馅,方颉擀饺子皮,顾巡和驻唱小男生负责包。

江知津这人有时候过得很凑合,比如以前经常不吃早饭,睡到中午或者下午直接点外卖,然后晚上八九点去"云七"前再吃一顿,不知道是晚饭还是夜宵。后来他有一次胃疼,被方颉撞见了,扎扎实实地把他这个习惯矫正了大半年,才改了这个臭毛病。

有时候江知津又很挑剔。比如他坚持认为超市里卖的饺子皮不够新鲜软和,味道不好,一定要自己在家里和面擀皮。

冬天天黑得早,几个人包饺子的时候天已经快黑了。厨房太小不方便,江知津把东西都拿到了餐厅里。方颉喂了猫,一群人一起坐在餐桌前包饺子。

驻唱小男生看到方颉就知道自己被骗了,这人比江知津还高,看起来就是工作了的成年男性,怎么可能是江知津的儿子?他吵吵闹闹地说江知津骗人。江知津一脸严肃地说道:"你问他,我是不是跟他爸似的把他带大的?"

方颉一脸无语,顾巡笑得哆嗦。

窗外天已经黑了,对面楼的灯一盏接着一盏地亮起。不知道是隔壁还是楼下有人在看电影,隐隐约约地有音乐声传进来。餐厅的灯是暖色调的,一群人模糊的影子落在地面上,被光线拉得细而长。汤圆吃完了猫粮,跑过来轻巧地跳到椅子上,凑近一点儿看他们在干什么。

方颉包饺子还是江知津教的。前几年他们在潮城和周龄一起过春节,都是三个人一边看晚会一边包饺子。他在自己的专业上天资卓越,做饭的功夫也进步神速,饺子包得规整又漂亮。

顾巡和小男生已经在厨房煮第一批饺子了,江知津和方颉把剩下的包完。最后剩一点儿馅料的时候,江知津拿了一个洗干净的一元硬币,让他包进去。

方颉哭笑不得,逗他:"不是,怎么还搞迷信啊?"

"这叫传统习俗，少废话。"江知津拿筷子在方颉的手背上轻轻敲了一下，示意他赶紧包，并且说道，"谁吃到说明谁接下来的时间都有好运气。别被他们两个看见了啊，不然和你抢。"

方颉笑得不行，把剩下的饺子送到厨房拿去煮。煮的时候他还特意留意了一下那个包了硬币的饺子是哪一个，准备到时候偷偷挑出来给江知津。可惜煮到一半，客厅里的手机响了，他只能先出去接电话。

电话是周龄打过来的，问他们的近况，问方颉东西带过去没有，又问他过年要不要回潮城，回去的话她好早点儿做准备。

"准备什么呀？"方颉笑道，"还跟以前一样呗，这么多年了。"

"你懂什么呀？我过几天和小津说。"

周龄嫌弃了一下亲儿子，又问："今天冬至，吃饺子了没有？"

"在吃呢。"方颉下意识地看了一眼厨房，江知津的身影在半透明的磨砂隔断玻璃内时隐时现，高高瘦瘦，跟模特似的。

等他挂了电话回餐厅，饺子都装盘端上桌了，小男生和顾巡叫着要喝一点儿，吵吵嚷嚷地开了一瓶红酒，江知津趁乱把其中一盘推给方颉，说道："吃吧。"

说完，他扭头看了一眼窗外，接着说："下雪了。"

确实下雪了，刚开始还是零星的细碎雪花被风吹得拍在窗子上，慢慢地就大起来了。方颉透过窗子看出去，大片大片的雪花不断往下落，看起来静谧无比。

餐厅里充满了饺子的香味。一群人谈天说地，汤圆在旁边急得上蹿下跳，试图让这几个人分自己一口，可惜这几个都是铁石心肠的主。吃到最后一个饺子时，方颉咬了一口，感觉自己咬到了一个坚硬的东西。

他顿了顿，松开口，往后退了点儿，果然看见一枚硬币安安静静地躺在饺子里，露出小半截。

顾巡和小男生还在斗嘴什么馅的饺子最好吃，方颉抬眼看着对面的江知津，说了句唇语。

"故意的吧？"

江知津回应唇语："赶紧吃。"

旁边两个人还没有察觉如此明目张胆的偏心行为，方颉忍不住笑着凑近了点儿，跟做贼似的压低了声音说道："捞饺子的时候挑了多久啊？"

江知津一本正经地说道："挑了十分钟吧，眼睛都看花了，就想挑给自己来着，便宜你了。"

"没关系。"方颉笑了一会儿，把饺子用筷子一分两半，把另一半偷偷放进了江知津的盘子里，说道，"接下来的好运气分你一半。"

吃完饭时间还早，几个人又看了会儿电影，是一部轻松的喜剧片，不费什么脑子。江知津一心二用，一边看电影一边玩《开心消消乐》。

有时候方颉真的很佩服江知津的毅力，这么多年玩同一个游戏，却永远不会腻，每次打到通关，就等着游戏下次更新接着打。游戏开发商知道了都得流泪。

这几年"云七"生意不错，年初的时候隔壁店又要转让，江知津干脆一块儿盘了下来，又多招了些人，然后安安心心地做甩手掌柜。顾巡和周洪帮他管着两个店，他自己每个星期顶多去看两三次，有事情就在手机上和他们联系。

顺利通关一局游戏后，江知津抬头望着旁边的方颉，在电影背景音里开口问："周末你没事吧？"

"没有，怎么了？"方颉回头看他一眼。

"周末周洪结婚，办酒席。你要不要一起去？"

方颉怔了怔，请帖他早就收到了，只不过前段时间有点儿忙给忘了。他拿出手机看了一眼日期，确实是周末。

周洪和他的未婚妻是在"云七"认识的，对方是市一院的小护士，性格很活泼。周洪苦追她一年多，两个人又谈了三年恋爱，终于准备在这年年底结婚。酒店订在了一个半山腰的度假酒店，方颉周末开车导航的时候，才发现好像是高中时和江知津去过的那一家。

"怎么回事？"方颉笑道，"绍江的结婚圣地是吧？"

江知津忍不住也笑了。

早上江知津起晚了，没来得及在家里吃饭，原本打算到了酒店直接吃午饭，方颉坚决不同意，开车找了个早点铺子给他买豆浆和油条。

江知津坐在副驾驶座上，透过窗户看着方颉下车买了早点又折返。因为要出席婚礼，这天他穿了一身灰黑色的休闲西装和黑色毛呢大衣，脖颈处隐约露出一点儿白衬衫的领边，手上戴了一块深蓝色的手表，整个人看起来成熟和年轻并存，排队买个油条都跟等着街拍似的。

江知津看了一会儿，莫名地笑了。

他想到了方颉高中的时候，也是这样少言少语，年轻且傲。

"油条切过了，小心豆浆烫。"

等方颉回到车上，江知津看到买多了的早点，收回了刚才的想法，有些无奈地说道："就这样顾巡他们还觉得你是冷酷帅哥呢，就该让他们看看你平时有多唠叨，方小颉。"

方颉重新发动车子，嘴上应道："是啊，顾巡他们要是看到了，还以为我带小孩儿呢。"

江知津刚睡醒，吃完了早饭窝在副驾驶座上昏昏欲睡，阳光洒在他的脸上，照得他整个人懒洋洋的。

昨晚的雪虽然下得急，但时间不长，到半夜就停了，早上出了太阳，道路两旁还有积雪，远远看过去白茫茫的一片。

江知津想起方颉高三那年，自己也是在这样的天气带方颉上山去参加婚礼。那时候他就已经表露出和年龄不相符的成熟与理智，在处理事情上，很多时候连所谓的大人都不如他。

但是有些时候，他又会显示出少年人的勇敢和无畏。这是他从十七八岁一直保持到现在的品质，因为从来没有改变过，所以更加难能可贵。

江知津边想边忍不住乐，觉得自己是不是把方颉想得太完美了，又忍不住在心里默念，真好啊，这么完美的人好好长大了。

他们去得早，想着或许能帮帮忙什么的，停好车走到酒店门口时，看到周洪已经站在门口了，整个人都喜气洋洋的。

见到方颉和江知津，周洪愣了一下，说道："不是，我结婚，你们一个个都穿得这么帅干吗？"

江知津在他的肩膀上重重拍了一下，故作严肃地说道："什么叫一个个啊，还有谁比我帅？"

这天他穿了一件浅米色的毛衣和咖色的风衣外套，山上风大，他戴了条围巾，整个人看起来暖洋洋的。

周洪哈哈大笑，乐够了才让他们先进去休息。

方颉和江知津进去，顾巡已经坐在宾客休息区玩手机了。

见到江知津和方颉进来，他招了招手，示意他们过来坐。

顾巡到现在还是一个人。他也谈过恋爱，但是时断时续，这次问还约会呢，下次再问就分手了。他也不怎么上心，谈恋爱的时候就两个人出去玩，一个人的时候就自己出去玩。夏天的时候他心血来潮去学了深潜，在海边被晒得脱皮，变成了健健康康的小麦色肌肤，头发还是到肩膀，随意扎了个小辫儿。

江知津走过去坐在他旁边，语气很忧虑地说道："怎么办啊？顾巡，周洪都结婚了，就剩下你了。"

顾巡还在和小男生打"双排"，头也不抬地说道："谢谢操心啊，已经在养老院订好床位了。"

江知津边笑边说道："要不你试试待会儿抢抢捧花吧。"

顾巡问："有用吗？"

江知津看了方颉一眼，他笑了一下，点了点头说道："很有用。"

周洪和他太太都是很怕麻烦的人，提前两天就住了酒店，省了不少工夫，流程简单又温馨，等到宣誓环节，新娘还没怎么样，他听完誓词反而激动得先哭了。

底下的人发出一阵善意的哄笑，新娘子也笑得捂嘴，方颉转头看了一眼旁边的江知津，对方脸上带着笑意，看起来是很开心的。

方颉知道，江知津这个人很有责任感，从自己到周洪、顾巡，他自觉对身边所有的人都有一定的责任和义务，如今看到周洪结婚，他觉得自己是友人，亦是亲人。

似乎察觉到方颉的目光，江知津转过头，用口型问："怎么了？"

方颉摇摇头，从口袋里拿出一颗糖，放到江知津的手里。

最后新娘抛手捧花的时候，江知津和方颉自觉退出了争抢队伍，远远地看着一群人起哄。顾巡懒洋洋地站在人群中间，没有离开，也没有去接花。

这么不积极，肯定是抢不到花的，不过他无所谓。

"随便吧，怎么过不是过啊？"开席的时候，顾巡看了一眼江知津，说道，"你也休息休息吧。"

江知津看了方颉一眼，笑了。

晚上订了烟花表演，因为新娘喜欢。因为担心天黑了下山不好走，周洪还特别豪爽地订了房间，让他们第二天一早再走。

这家酒店的价格不便宜，江知津又开始操心了，问："我给你开的薪水是不是太高了啊？"

周洪喝了酒，乐呵呵的，嗓门儿很大："江哥！我高兴！"

江知津抱了抱他，语气温和下来，说道："我也高兴。"

晚上的烟花放得也很热闹，江知津和方颉混在人群里，抬着头看烟花一朵一朵炸开，连成一片。江知津看了一会儿烟花，又去看方颉。

当初和他在这里站着看烟花的小男生迅猛成长，在成年人的规则世界里游刃有余，万事妥帖，但安慰人的方式依旧是给对方一颗糖。

江知津忽然就想笑。

两个人看了一会儿，最终还是扛不住冷，顺着酒店草坪的石阶小路走回房间。为了氛围感，酒店的路灯很暗淡，但月亮很大，路边的积雪反射着月光，整个天地都柔和且明亮，两个人的影子被拉长。

江知津的醉意上来了，他轻轻哼着歌，断断续续且含混不清，方颉走在他的旁边，听了很久才听出来他唱的是《勇》。

"如何险要悬崖绝岭，为你亦当是平地。"

江知津转头去看方颉，挑了挑眉，问道："好听吧？我很喜欢这首歌。"

方颉点了点头问："你还喜欢什么？"

江知津笑了，反问道："你猜？"

背后，半空中的烟花还在盛放，一朵接着一朵，春天已经在很近的将来。